BASTEI LÜBBE
TASCHENBUCH

Weitere Titel der Autorin:

Männer und andere Katastrophen
Fisherman's Friend in meiner Koje
Ehebrecher und andere Unschuldslämmer
Lügen, die von Herzen kommen
Die Laufmasche
Die Braut sagt leider nein
Ein unmoralisches Sonderangebot
Die Patin
Gegensätze ziehen sich aus
Für jede Lösung ein Problem
Ach, wär ich nur zu Hause geblieben
In Wahrheit wird viel mehr gelogen
Auf der anderen Seite ist das Gras viel grüner

Das Mütter-Mafia-Buch - Die Kunst, den Alltag zu feiern

Titel in der Regel auch als Hörbuch und E-Book erhältlich

KERSTIN GIER

Die Mütter-Mafia

Roman

BASTEI LÜBBE TASCHENBUCH

BASTEI LÜBBE TASCHENBUCH
Band 17031

1. Auflage in der Neugestaltung: März 2014

Dieser Titel ist auch als Hörbuch und E-Book erschienen

MIX
Papier aus verantwortungsvollen Quellen
FSC
www.fsc.org
FSC® C014496

Originalausgabe

Titelillustration: Sandra Taufer, München unter Verwendung von Motiven von © shutterstock/m.louise, shutterstock/Olga Selyutina; shutterstock/irur; shutterstock/VikaSuh; shutterstock/elisekurenbina; shutterstock/PinkPueblo; shutterstock/SalomeNJ; shutterstock/Guz Anna
Umschlaggestaltung: Sandra Taufer, München
Satz: Ortrud Müller – Die Buchmacher, Köln
Druck und Verarbeitung: GGP Media GmbH, Pößneck
Printed in Germany
ISBN 978-3-404-17031-9

Sie finden uns im Internet unter
www.luebbe.de
Bitte beachten Sie auch: www.lesejury.de

Für meine Mutter

Willkommen auf der Homepage der

Mütter-Society,

dem Netzwerk für Frauen mit Kindern.

Ob Karrierefrau oder »nur«-Hausfrau,

hier tauschen wir uns über Schwangerschaft und Geburt, Erziehung, Ehe, Job, Haushalt und Hobbys aus und unterstützen uns gegenseitig liebevoll.

Zutritt zum Forum nur für Mitglieder

22. Januar

Wie versprochen hier mein Rezept für den viel gelobten schnellen Apfelkuchen von unserem letzten Clubnachmittag: Das Rezept hat meine Mutti noch von ihrer Mutti! Ein Teig aus 250 Gramm Butter, 180 Gramm Zucker, 3 Eiern, etwas Vollmilch, 600 Gramm Mehl und einem Päckchen Backpulver zusammenrühren, die sämige Masse in eine Springform füllen, klein geschnittene Äpfel darauf verteilen und eindrücken, das Ganze im Ofen bei 180 Grad Umluft eine Stunde backen – fertig.

Zur Erinnerung: Dienstag kommender Woche beginnt mein Kurs Knüpfen mit Kleinkindern

im Familienbildungswerk. Bisher haben sich leider noch nicht genug Teilnehmer angemeldet. Was ist mit euch? Wir wollen einen Wäschesack knüpfen, den man im Badezimmer von der Decke hängen lassen kann. Das spart viel Platz und sieht schön aus.
Mami Gitti

22. Januar

Nichts für ungut, Gitti, aber keiner, der auf seine Linie achtet, würde diese Fett- und Zuckerbombe nachbacken. Außerdem heißt es nicht »Ein Teig ... zusammenrühren«, sondern »Einen Teig«, weil der Teig in diesem Fall das Objekt darstellt. Immer daran denken: Wir müssen ein Vorbild für unsere Kinder sein. Was den selbst geknüpften Wäschesack angeht: Mein Mann würde Zustände bekommen, wenn wir so ein Teil in unser Designerbad hängen würden. Ich hätte aber sowieso keine Zeit gehabt, bin augenblicklich beruflich wahnsinnig eingespannt.
Frau Porschke, unsere Kinderfrau, hat uns heute mitgeteilt, dass sie nur noch bis zum Sommer bei uns arbeiten kann, da sie wegen der Versetzung ihres Mannes umziehen werden. Natürlich sind wir traurig darüber, denn Frau Porschke hat ein goldenes Herz, sie liebt unsere Mäuse wirklich abgöttisch und kann hervorragend bügeln, aber ich hatte ja von Anfang an meine Zweifel, ob jemand ohne Schulabschluss der richtige Umgang für zwei so aufgeweckte Mädchen ist. Auf jeden Fall brauchen wir ab August eine neue

Betreuungslösung, gern auch weniger kostenintensiv. Wer von euch hat Erfahrung mit Au-pair-Mädchen oder -Jungen? Muss Schluss machen, habe morgen wichtiges Meeting, danach zwei Tage Tagung in Berlin, muss noch vorkochen, Beine epilieren (wegen Spa-Bereich in 5-Sterne-Tagungshotel) und Koffer packen.
Sabine

23. Januar

Wir hatten nach Sophies Geburt zwei Jahre lang Au-pairs, insgesamt fünf Mädchen aus fünf Nationen, damit ich sofort wieder Teilzeit, später wieder voll arbeiten konnte. Ich wollte auf keinen Fall den Anschluss im Job verlieren, na ja, ihr kennt das ja: Wenn man mit dem ersten Kind schwanger ist, denkt man noch, dass alles bleibt, wie es ist, und dass man problemlos weiter Karriere machen kann. Jedenfalls hielt ich Au-pair für eine gute Lösung, weil ich leider keine gute Freundin hatte, die mich gewarnt hat. Erst, als ich mitten in der Misere steckte, kamen sie alle an mit ihren Horrormeldungen. Aber da war es schon zu spät. Deshalb hier meine Frühwarnung: Nimm bloß keine Polin, Lettin oder Russin! Die können zwar in der Regel gut kochen und jammern auch nicht über zu viel Arbeit, aber insgeheim sind diese Osteuropäerinnen doch nur scharf auf einen deutschen Mann, und da machen sie auch vor deinem nicht Halt. Und was haben deine Kinder schon davon, so eine überflüssige Sprache wie Polnisch, Russisch oder Lettisch zu lernen? Spanierinnen und Italienerinnen kannst du allerdings ebenfalls vergessen, die sind viel zu verwöhnt, mäkeln ständig am Essen rum und wissen nicht, dass man Kleider in einem Schrank aufbewahrt, gebügelt und gefaltet. Wenn man ihnen Glauben schenken will, liegen in Spanien und Italien die Klamotten allesamt in Haufen auf dem Fußboden herum. Ebenso das Kinderspielzeug. Meine Freundin Susanne hatte schon eine Belgierin, die in ihrem Zimmer fortlaufend Hasch geraucht hat, und eine Französin marrokanischer Herkunft, die für viertausend Euro im Monat nach Hause telefoniert hat. Ich weiß auch aus erster Hand, dass Südafrikanerinnen und Argentinierinnen mindestens genauso heikel sind. Für ihr englisches Au-pair musste Susanne ein Jahr lang eine komplizierte Diät kochen, weil sie gegen Gluten allergisch war, was ja praktisch überall drin ist. Ekelhaft: Irinnen rasieren sich das Schamhaar in der Dusche, und du musst ihre Wolle hinterher aus dem Siphon pulen.

So billig ist das Ganze auch nicht, die Au-pairs zocken nämlich unverhältnismäßig viel Taschengeld ab, und du spielst den ganzen Tag den Chauffeur, weil die meisten keinen Führerschein haben und ständig in die Disko wollen. Ich hätte ja gern vergleichshalber mit einem männlichen Au-pair experimentiert, aber die sind leider sehr schwer zu bekommen. Am besten vergisst du diese Au-pair-Sache also ganz schnell wieder. An deiner Stelle würde ich mir wieder so eine liebe, fleißige Kinderfrau

wie deine Frau Porschke suchen. Bei der musst du wenigstens keine Angst haben, dass sie dir deinen Mann ausspannt. Wenn ich jemanden wie Frau Porschke gefunden hätte, dann hätte ich meinen Job ganz sicher nicht wieder an den Nagel hängen müssen. Aber man braucht ein absolut perfekt funktionierendes häusliches System, um als Mutter wieder arbeiten gehen zu können, nicht an schlechtem Gewissen zugrunde zu gehen und trotzdem eine gute Ehe zu führen. Mit Au-pairs kannst du das vergessen: Wenn du mal früher nach Hause kommst, sitzt deine zweijährige Tochter vor dem Fernseher, und dein Mann liegt mit dem Au-pair im Ehebett. Willst du das?
Sonja

24. Januar

An alle Mamis: Jubel! Der Frauenarzt hat heute meine Schwangerschaft bestätigt! Danke für den Kissen-unter-den-Po-schieben-und-liegenbleiben-Tipp, Frauke! Ich bin supi-glücklich und freue mich schon supi-doll auf die morgendliche Übelkeit! Es passt auch ganz genau: Übernächste Woche geht mein verlängerter Erziehungsurlaub zu Ende, und wenn ich meiner Chefin sage, dass ich wieder schwanger bin, brauche ich wahrscheinlich gar nicht erst wiederzukommen. Sie weiß noch vom letzten Mal, dass meinetwegen ständig das Klo besetzt war, hihi, und sie (kinderlos!) hält Schwangere grundsätzlich für gehirnamputiert. Ich hoffe nur, sie lässt mich bei

vollem Lohnausgleich zu Hause bleiben. Ich persönlich finde ja, dass eine Mami wenigstens in den ersten Jahren auf ihre Karriere verzichten und bei ihren Kindern bleiben sollte, ganz gleich, wie gut eine Kinderfrau auch sein mag. Aber das muss natürlich jeder selber wissen.
Ich war übrigens auch mal Au-pair, in den USA, und ich kann deine Vorurteile absolut nicht bestätigen, Sonja. Ich war kein einziges Mal in der Disko, habe gegessen, was auf den Tisch kam, und den Herrn des Hauses hätte ich nicht mal mit der Zange angefasst. Wie wär's also mit einem deutschen Au-pair-Mädchen, Sabine? Damit kannst du garantiert nichts falsch machen.
Mami (demnächst zweifach!) Ellen

P. S. Hat dein Mann tatsächlich was mit eurem Au-pair angefangen, Sonja? Ich finde es unter diesen Umständen sehr heroisch von dir, dass ihr noch zusammen seid.

24. Januar

Das sollte doch nur ein Beispiel sein! Natürlich ist das nicht mir passiert, aber der Freundin meiner Freundin. Mit einer Lettin. Übrigens meine allerherzlichsten Glückwünsche zur Schwangerschaft, Ellen. Du hast so ein Glück, dass du dir die Pfunde vom letzten Mal noch nicht runtergehungert hast, sonst wäre das jetzt alles für die Katz.
Sonja

25. Januar

Zurück aus Berlin (berauschendes Weltstadtfeeling, hatte zwischendurch sogar Zeit für einen Einkaufsbummel, Armani lässt grüßen) und irritiert über deine Aussage, Ellen. Wir von der Mütter-Society wollen uns doch gerade von der leidigen Diskussion darüber, wer nun die bessere Mutter ist, »Nur-Hausfrau« oder »Karrierefrau«, distanzieren. Eine zufriedene Mutter ist eine gute Mutter, das ist ja wissenschaftlich nun wirklich hinlänglich bewiesen. Allerdings würde es mir auch leichterfallen, auf meine »Karriere« zu verzichten, wenn ich Zahnarzthelferin wäre.
Meine allerherzlichsten Glückwünsche zu deiner Schwangerschaft bei vollem Lohnausgleich! (Deine Chefin wäre gehirnamputiert, wenn sie das macht!)
Sabine

26. Januar

Es liegen mir immer noch nicht alle Anmeldungen für die Farbberatung nächste Woche vor. Frau Merkenich ist eine Koryphäe auf ihrem Gebiet; ich bin sehr stolz, sie für die Mütter-Society gewonnen zu haben. Ihre Beratung kann Leben verändern, es lohnt sich also vor allem für diejenigen von uns, die immer noch glauben, dass ihnen Lila steht.
Frauke

1. Kapitel

Julius und ich fuhren erster Klasse im ICE von Hamburg nach Köln. Weil nämlich der Spartarif erster Klasse billiger war als der Normaltarif zweiter Klasse, was ich zwar nicht verstand, aber ich war noch nie gut im Rechnen gewesen. Außerdem soll man nehmen, was man kriegen kann, wie meine Mutter immer sagt. In der ersten Klasse haben die Sitze hübschere Polster, und man hat mehr Platz für die Beine. Allerdings hatten wir keine Platzreservierung, und die einzigen nebeneinanderliegenden, nicht reservierten Plätze lagen mit dem Rücken zur Fahrtrichtung, und statt auf den eingebauten Bildschirm in der Rückenlehne des Vordersitzes schauten wir in die Gesichter von Herrn und Frau Meyer »met Ypsilon aus Offebach bei Frankfott, ei, der Klee is aber süß, wie alt issen der?«, die ebenfalls in Hamburg eingestiegen waren und aus einem unerschöpflichen Vorrat Salamistullen verzehrten. Beides, Salamigeruch und verkehrte Sitzposition, verursachen Übelkeit bei mir, und Julius hatte das wohl von mir geerbt, wie wir nun feststellen konnten. Kurz vor Bielefeld erbrach er sich ohne vorherige Ankündigung über den Tisch, der uns vom Ehepaar Meyer trennte.

Die Zeitschriften, die die Meyers bis jetzt noch

nicht gelesen hatten und nun wohl auch nicht mehr lesen würden, wurden mit Julius' Frühstück und den drei Päckchen »Hohes C« getränkt, die sie dem Jungen zuvor förmlich aufgedrängt hatten. »Kleine Kinder brauchen Vitamine, trink nur, des is gesund.«

Das hatten sie jetzt davon.

»Kommt noch mehr?«, fragte ich Julius, während ich hektisch unsere Papiertaschentücher auffaltete und gar nicht wusste, wo ich mit dem Aufwischen beginnen sollte.

»Ich glaube nicht«, sagte Julius vorsichtig.

Herr Meyer entfernte sich diskret, während Frau Meyer rührig aufsprang und aus ihrem Gepäck eine Packung Feuchttücher hervorzauberte, so wie ich sie immer mit mir herumgeschleppt hatte, als Julius noch Windeln trug.

Mit den Tüchern wurde alles ganz schnell wieder sauber. Frau Meyer ließ sie mit den Zeitschriften in einem ebenfalls herbeigezauberten Müllbeutel verschwinden. Zum Schluss öffnete sie das Fenster, strahlte mich an und sagte: »Des hätte mer geschafft!«

Ich entschuldigte und bedankte mich ungefähr tausendmal.

»Des muss Ihne doch net peinlisch sein, Kindsche«, versicherte Frau Meyer und streichelte Julius über den Kopf. »So sin Kinder nu mal, die habens oft mittem Magen, da muss man dorsch! Des is so ein lieber kleiner Kerl, gell, so vernünftisch für seine vier Jahre, und Sie sind eine ganz sympathische, patente junge Mutti, wecklisch, das muss Ihne gar net peinlisch sein.«

Ich hatte plötzlich das dringende Bedürfnis, mich

an Frau Meyers Brust zu werfen und sie zu fragen, ob sie mich nicht adoptieren wolle. Es war lange her, dass jemand etwas so Nettes zu mir gesagt hatte. Leider hatte Frau Meyer aber schon jede Menge Töchter und Söhne und Enkelkinder und daher vermutlich kein Interesse an einer Adoption. Außerdem – wenn sie mich näher kennen lernte, würde sie das mit der »patenten Mutti« sicher schnell zurücknehmen. Sympathisch ja, patent nein. Mein eigener Mann hatte mich vor nicht allzu langer Zeit als das »am schlechtesten organisierte, lebensuntüchtigste Weibsstück, das ich kenne« bezeichnet und kurz darauf die Scheidung eingereicht. Und wirklich jung war ich auch nicht mehr. Ich meine, mit fünfunddreißig kann man sich zwar wie zwanzig fühlen, aber man sieht nicht mehr so aus.

Gerade deswegen schloss ich Frau Meyer für immer in mein Herz.

Leider mussten wir in Köln Hauptbahnhof aussteigen und sahen die Meyers nie wieder. Ich zerrte unsere Koffer und Julius auf den Bahnsteig und kollidierte dabei mit einem circa einen Meter neunzig großen himmelblauen Hasen mit einer Bierfahne. Noch während ich mir vor Schreck ans Herz griff, rülpste der Hase ein »Hoppla« und hoppelte weiter. Jetzt erst sah ich, dass er einer ganzen Gruppe pastellfarbener Nagetiere angehörte, die voller Begeisterung um die Abfalleimer herumhopsten und dabei »Bier her, Bier her« sangen. Ein Flickenclown, der einen Reisekoffer schleppte, und eine Frau mit blauer Lockenperücke, die sich etwas wackelig, aber energisch an seinen freien Arm klammerte, hielten mit »Mer losse de Dom in Kölle« dagegen.

Es war Karneval in Köln.

An einem Karnevalssonntag nach Köln zu kommen, nachdem man sieben Wochen auf der winterlich-verschlafenen Watteninsel Pellworm verbracht hat, ist in etwa so, wie mit einem Raumschiff auf einem fremden Planeten zu landen, allerdings ohne dass die Außerirdischen großartig von einem Notiz nehmen. Ich sah mich nach Lorenz um, meinem zukünftigen Exmann, dem Vater meiner Kinder. Aber von Lorenz war keine Spur zu sehen, obwohl ich ihm die Ankunftszeit mehrfach telefonisch durchgegeben hatte. Ich hatte auch nicht wirklich mit seinem Erscheinen gerechnet. Seit das Scheidungsverfahren lief, fühlte er sich in keiner Weise mehr für mich verantwortlich, und das bedeutete in diesem Fall wohl, dass wir die S-Bahn nehmen mussten.

Ich griff fester nach Julius' Hand und bahnte mir einen Weg durch das Getümmel. Auf dem Weg von Gleis fünf nach Gleis elf sahen wir nur wenige Menschen, die nicht verkleidet und/oder betrunken waren, und selbst eine Gruppe Japaner – echte, unverkleidete Japaner – schien von dem Treiben völlig eingeschüchtert zu sein. Eng aneinandergedrängt schauten sie sich verunsichert um, und nicht einer von ihnen fotografierte.

»Mir ist schlecht«, sagte Julius.

Alarmiert ließ ich den Koffer fallen und schubste einen langhaarigen Vampir vom nächsten Abfallbehälter. Ich musste Julius hochheben, damit er in die Öffnung spucken konnte, und der Vampir machte mich zu spät darauf aufmerksam, dass es sich hier nicht um Restmüll, sondern um Papiermüll handelte. Aber an einem Tag wie heute, an dem halb Köln in die Papierkörbe reiherte, konnte er mir damit kein schlechtes Gewissen machen.

Neben dem Vampir lungerte ein vermutlich männliches Wesen mit einer Gerhard-Schröder-Maske herum, das, dem strengen Geruch nach zu urteilen, schrecklich unter dem Latex zu schwitzen schien.

»Willste 'n Bier mit uns trinken kommen?«, fragte er mich.

Julius spuckte. Offenbar war immer noch genug »Hohes C« in seinem Magen gewesen.

»Is ja ekelhaft«, sagte der Vampir. »Ist das deiner?«

»Kleine Kinder haben es nun mal mit dem Magen«, sagte ich, ganz wie Frau Meyer mit Y, und streichelte Julius über den Kopf. »Des muss uns net peinlisch sein. Da müsse mer dorsch.«

»Iiiih, 'ne Hessensau«, sagte Gerhard Schröder. »Und mit der wollte ich ein Bier trinken.«

»Trotzdem, geiler Arsch«, sagte der Vampir.

»Helau«, sagte ich. Langsam machte ich mir Sorgen. Möglicherweise hatte Julius doch nicht nur meine Reaktion auf Rückwärtsfahrten und Salamigeruch geerbt, sondern einen Magen-Darm-Infekt erwischt. Er gehörte sicherheitshalber mit einer Vomex ins Bett.

Ich studierte den Fahrplan. In sieben Minuten kam unsere S-Bahn, das war zu überleben.

Ein Rentner mit einem gelb getupften Hütchen auf der Glatze rempelte mir seinen Ellenbogen in die Rippen und sagte unfreundlich: »Gleis 10, Giesela, und damit basta! Wie oft willst du denn noch nachgucken?«

Mittlerweile war meine Stimmung auch ziemlich gereizt.

Ich rempelte dem Renter meinerseits den Ellenbogen in den Bierbauch und erwiderte: »Auch wenn du mir die Rippen brichst, Karl-Heinz, *ich* nehme den Zug von Gleis 11.«

Der Rentner starrte mich verwundert an. Ich kannte ihn nicht, wusste aber gleich, dass er zu der Sorte alter Männer gehörte, die sich nie entschuldigen und vorm Supermarkt auf dem Mutter-Kind-Parkplatz parken. Hinter ihm stand eine sehr dicke, kleine Frau um die siebzig, verkleidet mit einer Lamettaperücke und einer pinkfarbenen Herz-Brille. Giesela, wie ich annahm.

»Hier bin ich, Heinrich«, sagte sie mit hoher Fistelstimme und klopfte dem Rentner auf die Schulter. Heinrich. Da hatte ich mit Karl-Heinz ja gar nicht so falsch gelegen.

Heinrich schaute eine Weile zwischen mir und Lametta-Giesela hin und her und kratzte sich an seinem jecken Hütchen. Dann sagte er: »Isch hab euch eben verwechselt, dat kann ja mal passieren, oder nit?«

Oder nit???

Ich schaute mir Giesela genau an und hoffte sehr, dass Heinrich den grauen Star hatte, und zwar in weit fortgeschrittenem Stadium.

Die S-Bahn fuhr ein und öffnete seufzend ihre Türen.

»Mir ist schlecht«, sagte Julius. Leider konnte Heinrich nicht mehr rechtzeitig beiseitespringen.

»Dat kann ja mal passieren«, sagte ich.

Wir wohnten im ersten Stock eines raffiniert sanierten Altbaus. Niemand, der von außen zu den Fenstern hochsah, konnte vermuten, dass hier eine Wohnung mit den Ausmaßen eines Fußballfeldes Platz hatte. Lorenz und ich hatten die Wohnung gekauft, als Lorenz vor zehn Jahren zum Staatsanwalt berufen worden war. Das heißt, Lorenz hatte sie gekauft, ich war nur mit eingezogen.

Lorenz war sieben Jahre älter als ich. Als wir uns kennen gelernt hatten, war ich gerade mal zwanzig gewesen, im zweiten Semester meines Psychologie-Studiums und immer noch völlig verloren in der großen Stadt. Vor allem das Straßenbahn- und U-Bahnnetz war mir nicht geheuer. Seit ich auf dem Weg zu der Lerngruppe bei einer Kommilitonin, die nur zwei Bahnstationen entfernt wohnte, verloren gegangen und ohne Brieftasche in einem geheimnisvollen Ort namens Zülpich-Ülpenich gelandet war, fuhr ich nur noch mit dem Fahrrad, egal wie weit es auch sein mochte. Im Fahrradfahren war ich gut. Ich bin auf der Nordseeinsel Pellworm geboren und aufgewachsen. Meine Eltern haben dort einen Bauernhof, überwiegend Milchkühe. Eigentlich hätte ich ein Junge werden und den Hof später mal übernehmen sollen. Mit Mädchen können meine Eltern bis heute nichts anfangen.

»Natürlich haben wir dich trotzdem lieb, Constanze«, sagt mein Vater immer, aber als drei Jahre nach mir mein Bruder geboren wurde, haben sie, glaube ich, ernsthaft darüber nachgedacht, das überflüssige Kind, also mich, zur Adoption freizugeben. Wenn ich das meinen Eltern sage – und manchmal sage ich es ihnen heute noch –, verdrehen sie nur die Augen und sagen, das sei wieder mal typisch Mädchen, und ich solle endlich erwachsen werden.

Dass die ZVS mich damals ausgerechnet nach Köln geschickt hatte, hat meinen Eltern aber auch nicht gefallen. Sie meinten, ich wäre noch nicht reif für die Großstadt. Leider hatten sie Recht. Ich wäre lieber nach Hamburg gegangen, das war näher an zu Hause und hatte ein übersichtlicheres öffentliches Verkehrsnetz. Die Rheinländer sind meiner Erfahrung nach auch höchstens halb so offen und herzlich, wie man ihnen nachsagt: Ohne einen Cent in Zülpich-Ülpenich – das war kein Vergnügen gewesen. Niemand wollte mir sein Fahrrad leihen oder mir Geld für die Rückfahrt geben oder mich auch nur telefonieren lassen. Von rheinischer Herzlichkeit keine Spur. Der Taxifahrer, der mich schließlich nach Hause brachte, kam aus der Türkei.

Wie gesagt, ich hatte es schwer, mich in Köln einzuleben. Ich sah sehr friesisch aus, groß, hellblond und schlaksig, mit überproportional großen Füßen und Händen. Ich trug eine Nickelbrille, kaute Fingernägel und stotterte, wenn ich aufgeregt war. Um kleiner zu wirken, ließ ich meine Schultern nach vorne fallen, und aus demselben Grund hatte ich mir einen schlurfenden Gang angewöhnt. Um den Neuanfang und meinen Erwachsenenstatus zu demonstrieren, hatte ich in Köln gleich als Erstes einen Friseur aufgesucht, der meinen meterlangen Zopf abgeschnitten und mir eine – nach eigener Auskunft – »pfiffige Kurzhaarfrisur« verpasst hatte. Aber die Frisur war nicht pfiffig, ich bin mir bis heute nicht sicher, ob es überhaupt eine Frisur war. Immerhin war sie unauffällig und schmucklos und passte so hervorragend zu meinen vorwiegend in Grau und Dunkelblau gehaltenen Klamotten. Ich trug meistens Jeans zu sackähnlichen Oberteilen, bequeme Gesundheitstreter und kein Make-up. Mit diesem Outfit fiel ich im Psychologie-Seminar auch kein bisschen aus dem Rahmen. Um mein Zugehörigkeitsgefühl noch mehr zu stärken, unterhielt ich ein unglückliches Liebesverhältnis mit einem der Jungs aus meiner WG, Jan Kröllmann. Aus falscher Scham hatte ich Jan nicht verraten, dass er der Erste für mich gewesen war, was wiederum keine gute Basis für unsere Beziehung darstellte. Ich war so verschüchtert und verklemmt, dass Jan mich nur nackt sehen durfte, wenn es stockdunkel im Raum war – also gar nicht. Er betrog mich auch recht bald mit der Freundin einer anderen Mitbewohnerin, die, wie er sagte, das bequemere Bett hatte. Da die beiden es aber nicht nur im Bett miteinander trieben, sondern auch auf dem Teppich im Flur, in der Badewanne und auf dem Küchentisch, vermutete ich ganz stark, dass sie außer dem Bett auch noch andere Vorteile mir gegenüber hatte. Aus lauter Angst, über die beiden zu stolpern, wagte ich mich kaum mehr aus meinem Zimmer und verbrachte unverhältnismäßig viel Zeit in der Uni-Bibliothek. Die Tatsache, dass ein weiterer WG-Bewohner sich hartnäckig anbot, Jans Nachfolge bei mir anzutreten, machte die Sache auch nicht gerade unkomplizierter, zumal dieser WG-Bewohner einen Kopf kleiner war als ich und einen durchdringenden Eigengeruch besaß. Ich war kurz davor, mein Studium hinzuschmeißen und zurück nach Pellworm zu gehen, um dort bis an mein Lebensende Kühe zu melken. Glücklicherweise lernte ich genau zu diesem

Zeitpunkt Lorenz kennen und überdachte die Sache noch einmal.

Ich überfuhr Lorenz ganz romantisch mit meinem Fahrrad. Er stand mitten auf dem Radweg. Bis zum letzten Augenblick dachte ich, er würde zur Seite springen, denn ich klingelte wie verrückt und machte scheuchende Handbewegungen, außerdem schimpfte ich ziemlich laut über ignorante Fußgänger auf Radwegen. Aber Lorenz war so sehr in seine Akten vertieft, dass er mich weder hörte noch sah. Ich wich im letzten Augenblick auf den Gehweg aus, aber dort kam mir ein anderer Radfahrer entgegen, der Lorenz ebenfalls hatte ausweichen wollen. Wir kollidierten alle drei miteinander, es gab einen ziemlichen Lärm, und es dauerte eine Weile, bis wir unsere Gliedmaßen und Fahrräder wieder voneinander getrennt hatten. Es war ein Wunder, dass sich niemand ernstlich verletzt hatte, von den Schürfwunden, die ich davontrug, mal abgesehen. Lorenz sah freundlicherweise auch fast sofort ein, dass er an dem Unfall die Hauptschuld trug. Er wartete, bis der andere Radfahrer fluchend weitergefahren war, dann lud er mich zum Essen ein. Heute denke ich, dass es purer Zufall war, dass er mich eingeladen hat: Wäre der andere Radfahrer eine Frau und besser aussehend gewesen als ich, dann wäre Lorenz vermutlich heute mit ihr verheiratet. Er hatte damals nämlich beschlossen, dass es nun Zeit sei, sich ernsthaft zu binden, und wenn Lorenz sich einmal zu etwas entschlossen hatte, dann war er davon auch nicht mehr abzubringen. Er war ein aufstrebender junger Rechts-Referendar mit genau definierten Zukunftsplänen, und mir kam er vor wie ein Geschenk vom lieben Gott. Jan Kröllmann war ein Nichts gegen Lorenz Wischnewski, das war mir sofort klar.

Rückblickend denke ich, dass wirklich nicht viel dazu gehörte, mich verliebt zu machen. Der Einfachheit halber verliebte ich mich immer in den Erstbesten, der mir über den Weg lief.

Lorenz war aber der erste Mann, der erkannte, dass ich eigentlich gar kein hässliches junges Entlein war, sondern ein Schwan. Unter seiner Regie musterte ich meine sackähnlichen Oberteile aus, kaufte mir eng anliegende T-Shirts, fand Gefallen an Pumps in Schuhgröße einundvierzigeinhalb und tauschte schließlich sogar die Nickelbrille gegen farbige Kontaktlinsen. Derart verwandelt – drei Wochen nach unserem Kennenlernen hätte mich zu Hause auf Pellworm wohl nur noch der Hund wiedererkannt – stellte mich Lorenz ganz stolz zuerst seinen Freunden und dann seiner Mutter vor.

Dass er mich der Öffentlichkeit erst nach meiner Typveränderung präsentierte, hätte mich misstrauisch stimmen müssen, aber ich war verliebt. Es gab keinen Grund mehr, die Schultern nach vorne fallen zu lassen und zu schlurfen, denn Lorenz war auch dann noch größer als ich, wenn ich Pumps trug. Endlich mal ein Mann, der wusste, was er wollte – nämlich *mich*! Ich konnte gar nicht schnell genug aus meiner WG aus- und bei Lorenz einziehen.

Fast genauso beeilte ich mich damit, schwanger zu werden.

Das allerdings war keine Absicht. Als meine Periode ausblieb, geriet ich in Panik. Schwanger! Ausgerechnet jetzt, wo sich mein Leben so wunderbar entwickelte! Lorenz – der erste Mann, der mich nackt gesehen hatte – würde mich achtkantig wieder aus seiner Wohnung schmeißen, meine Eltern würden mich umbringen, auf Pellworm würde ich mich nie wieder blicken lassen dürfen. Noch im Wartezimmer des Frauenarztes betete ich darum, eine schreckliche, gerne auch unheilbare Krankheit zu haben, bitte, bitte, ich habe doch immer gewissenhaft jeden Tag um dieselbe Zeit meine Pille genommen, bitte, lass mich krank sein, eine heimtückische Zyste, ein bösartiges Myom, alles, alles, nur keine Schwangerschaft.

Mein Gebet wurde nicht erhört. Nachdem ich das Baby auf dem Ultraschall gesehen hatte, war ich dann auch ganz froh darüber, dass ich noch nicht sterben musste.

Und ich hatte mich getäuscht, sowohl in Lorenz als auch in meinen Eltern. Als Lorenz von der Schwangerschaft erfuhr, warf er mich nicht aus seiner Wohnung, sondern machte mir einen Heiratsantrag. Und als meine Eltern von dem Heiratsantrag hörten, luden sie uns beide nach Pellworm ein, um Lorenz den Nachbarn vorzustellen und die Auswahl des Kinderwagenmodells zu diskutieren.

Ungefähr acht Monate später wurde unsere Tochter Nelly geboren, später Julius, und für vierzehn Jahre war alles in bester Ordnung. Ich hatte das Studium an den Nagel gehängt, meine Kinder großgezogen und mich bemüht, mein Leben mit den richtigen Dingen auszufüllen: den richtigen Büchern zum richtigen Party-Smalltalk, den richtigen Schuhen zum richtigen Kleid, den richtigen Urlaubszielen mit den richtigen Freunden, den richtigen Gerichten zum richtigen Anlass und dem richtigen Umgang mit der richtigen Putzfrau. Von allen Dingen war Letzteres am schwierigsten für mich gewesen. Es hatte ein paar Jahre gedauert, bis ich kapiert hatte, dass es nicht sinnvoll ist, mit der Frau, die den Dreck für einen wegmacht, befreundet sein zu wollen. Am Ende sitzt man die ganze Zeit mit der neuen »Freundin« bei einem Kaffee, hört sich ihre schlimmen Ehegeschichten an und gibt gute Ratschläge, die niemals befolgt werden. Jeden Mittag gibt man der Freundin beim Abschied das vereinbarte Geld, um sich dann selber auf die Hausarbeit zu stürzen. Merkwürdigerweise halten solche Freundschaften nur so lange, bis man sich entscheidet, jemand anderen zum Putzen einzustellen, damit man mehr Zeit für die Eheprobleme der Freundin hat. Der Ehemann bezeichnet einen nicht zu Unrecht als selten doofes Schaf – jedenfalls war das bei mir so. Aber ich war sehr jung und in solchen Sachen absolut unerfahren (meine Mutter hatte selbstredend niemals eine Putzfrau gehabt), und deshalb musste ich aus der Erfahrung lernen. Immerhin: Frau Klapko, die erste Zugehfrau, mit der ich mich nicht duzte, putzte, bügelte und staubsaugte nun schon seit fünf Jahren für uns, und dank ihr sah unsere Wohnung immer so sauber und aufgeräumt aus wie für ein Einrichtungs-Magazin fotografiert.

Bei uns lief also alles richtig. Bis mein Mann vor vier Monaten plötzlich und unerwartet die Scheidung verlangt hatte.

Ich war damals aus allen Wolken gefallen. Der Abend hatte wie so viele andere begonnen: Lorenz hatte Überstunden gemacht, ich hatte die Kinder ohne ihn ins Bett gebracht, ihm dann sein Abendessen aufgewärmt und bei einem Glas Rotwein mit ihm über den Tag geplaudert.

Und mittendrin hatte er ohne weitere Einleitung verkündet: »Conny, ich möchte, dass wir uns scheiden lassen.«

Es hätte nicht viel gefehlt, und ich wäre vom Stuhl gerutscht.

»Soll das ein Witz sein?«, fragte ich.

»Natürlich nicht. Über so eine ernste Sache würde ich wohl kaum Witze reißen«, antwortete Lorenz streng.

Fassungslos starrte ich ihn an und überlegte, welchen Teil des Films ich wohl verpasst hatte. Hallo? Hört mich jemand?

Währenddessen unterbreitete mir Lorenz seine Pläne, mein und sein weiteres Leben betreffend: »Selbstverständlich bleiben die Kinder bei dir, dafür behalte ich die Wohnung, allein schon wegen der Nähe zum Gericht. Ulfi wird den ganzen Finanzkram für uns regeln, darüber müssen wir uns nicht den Kopf zerbrechen, aber ich dachte, dass es schön wäre, wenn du und die Kinder im Haus meiner Mutter leben würdet. Die Kinder hätten einen Garten, und ihr hättet sogar noch mehr Platz als hier. Außerdem ist es mein Elternhaus, und es an Fremde zu verkaufen fände ich irgendwie nicht richtig. Was hältst du davon, Conny?«

Hallo? Hallo? Ich funkte immer noch Hilferufe in den Weltraum. Aber niemand antwortete.

»Conny?«

»Hm?« Ich stand ganz klar unter Schock. Vermutlich lief mir Spucke übers Kinn oder so. Ich versuchte, einzelne Bruchstücke von dem, was Lorenz sagte, zu einem logischen Ganzen zusammenzusetzen, aber es war vergeblich. Seine Mutter war vor vier Wochen dreiundachtzigjährig an einem Schlaganfall gestorben. Vielleicht waren Lorenz' Scheidungsideen eine verspätete Reaktion auf ihren Tod? Ich versuchte, die Überbleibsel meiner Psychologiekenntnisse zu aktivieren: Gab es möglicherweise eine Art ... äh ... ödipalen ... äh ... Scheidungszwangs ... äh ... postmortal? Ich erinnerte mich nicht daran, jemals von so etwas gehört zu haben. Eigentlich gab es nur zwei mögliche Erklärungen. Entweder Lorenz hatte einen Gehirntumor oder ... –

»Julius könnte in die ›Villa Kunterbunt‹ gehen, das ist der Kindergarten nur eine Straße weiter, der hat einen fantastischen Ruf, und der Anteil ungezogener Ausländer- und Sozialhilfekinder ist sozusagen gleich null«, unterbrach Lorenz meinen wirren Gedankenstrom. »Dort bekommt er nicht täglich eins mit der Schaufel übergebraten, und die Erzieherinnen tragen kein Kopftuch. Das wäre also eine ganz klare Verbesserung gegenüber diesem integrativen, alternativen Saftladen, wo er jetzt hingeht, findest du nicht? Nelly kann natürlich auf ihrer Schule bleiben, sie müsste nur eine längere Bahnfahrt auf sich nehmen. Wenn sie allerdings wechseln will: Das Gymnasium dort ist sogar mit dem Fahrrad zu erreichen und hat ebenfalls einen guten Ruf. Aber ich denke, das können wir sie selbst entscheiden lassen, was meinst du?«

Entweder er hatte einen Gehirntumor oder ... –

»Hast du eine andere?«, platzte ich heraus.

»Wie bitte?« Lorenz sah mich an, als habe ich den Verstand verloren. »Wie kommst du denn jetzt *darauf*?«

»Ja, sag mal!«, rief ich aus. »Warum würdest du

sonst plötzlich die Scheidung wollen? Bei uns ist doch alles in Ordnung.«

Lorenz seufzte. »Ich wusste, dass es schwer werden würde, vernünftig mit dir darüber zu reden. Du bist so emotional.«

Einer von uns beiden war hier ganz offensichtlich verrückt geworden. Fieberhaft durchforstete ich die letzten vierzehn Jahre nach einer Erklärung für Lorenz' Scheidungswunsch und fand nichts, nicht mal einen handfesten Ehestreit. Gut, ich hatte mein Studium an den Nagel gehängt und nie versucht, einen Beruf auszuüben, weswegen ich mich manchmal schlecht fühlte. Die Frauen in unserem gemeinsamen Bekanntenkreis waren nicht nur gewandter im richtigen Umgang mit der richtigen Putzfrau, sie waren in der Regel auch trotz ihrer Kinder berufstätig, die meisten waren sogar irgendwas Tolles wie Investmentberaterin, Richterin oder Ärztin. Da konnte man sich schon mal ein bisschen minderwertig fühlen, wenn alle sich bei einem Abendessen über ihren Alltag austauschten, über einen aufregenden Strafrechtsprozess, einen in letzter Sekunde wiederbelebten Patienten oder den wackeligen Nikkei, während das schwerwiegendste Problem, das man selber an diesem Tag gelöst hatte, ein Kaugummi war, der sich in den Haaren der kleinen Tochter verklebt hatte. Aber Lorenz hatte gar nichts dagegen einzuwenden gehabt, dass ich zu Hause geblieben war, er hatte immer gesagt, er verdiene genug Geld für uns beide, und das stimmte ja auch. (Zumal er das einzige Kind in einer Familie mit zwei kinderlosen Erbonkels war, die im Verlauf unserer Ehe nacheinander das Zeitliche gesegnet hatten. Wenn sie auch den größten Teil ihres Vermögens irgendwelchen Stiftungen vermachten, blieben doch genügend Wertpapiere, Gemälde und Geldmarktfonds für ihren einzigen Neffen und Großneffen übrig.) Außerdem konnte man im Laufe der Jahre beobachten, wie viele Ehen in unserem Bekanntenkreis auseinandergingen, obwohl die Frauen so tüchtig und patent waren. Nein, es gab keine grundlegenden Diskrepanzen zwischen uns, sogar unser Sexualleben war völlig normal. Einoder zweimal in der Woche schliefen wir miteinander, wenn die Kinder im Bett waren, und das war weit mehr, als die meisten anderen Paare mit kleinen Kindern von sich behaupten können. Es hatte gelegentlich nur ein paar kleinere harmlose Auseinandersetzungen in unserer Ehe gegeben. Etwa darüber, dass ich meistens meine »Tchibo«-Handtasche trug, obwohl Lorenz mir doch eine »Louis-Vuitton«-Handtasche geschenkt hatte, oder darüber, dass ich vor Jahren einmal Julius' Windeleimer im Flur hatte stehen lassen, als der Oberstaatsanwalt und seine Frau zu uns zum Essen kamen. Mir fiel überhaupt nur eine einzige Sache ein, über die Lorenz sich wirklich aufgeregt hatte, und das war die Sache mit dem neuen Nachbarn.

Kürzlich hatte ich den Müll runtergebracht und mich dabei selber ausgesperrt, ein Klassiker, wir kennen das alle: Die Tür war zugefallen, der Schlüssel steckte innen im Schloss. Drinnen schmorte eine Gemüselasagne im Ofen, und Julius hielt seinen Mittagsschlaf. Außerdem war ich barfuß, eine blöde Angewohnheit. Die Nachbarin, die unseren Wohnungsschlüssel hatte, um dort nach dem Rechten zu sehen, wenn wir in den Ferien waren, war nicht zu Hause, und Nelly kam erst in zwei Stunden von der Schule. Weil die Lasagne so gut wie gar war, klingelte ich kurz entschlossen an der Wohnung über uns, wo gerade jemand neu eingezogen war, ein altersloser, bärtiger Mann, der es bis dahin versäumt hatte, sich vorzustellen. Er war glücklicherweise zu Hause. Ich hatte es etwas eilig, weil ich nicht wollte, dass Julius aufwachte und mich nicht in der Wohnung vorfand, darum sagte ich hastig, aber nicht unfreundlich: »Hallo, mein Name ist Constanze Wischnewski, ich wohne unter Ihnen, willkommen in unserem Haus, Brot und Salz bringe ich Ihnen ein anderes Mal vorbei, dürfte ich bitte mal auf Ihren Balkon?«

Der Bärtige war damit wohl etwas überfordert, er glotzte nur verdutzt auf meine nackten Füße. Aber ich konnte nicht warten, bis er aus seiner Erstarrung erwachte.

»Sehr hübsch haben Sie's hier«, sagte ich, während ich mich an ihm vorbei ins Wohnzimmer schob und über den kompletten Mangel an Möbeln staunte. Nur »Bang & Olufsen« und deckenhohe CD-Regale. »So reduziert.«

Weil der Mann immer noch nichts sagte, öffnete ich die Balkontür und kletterte, nicht ohne mich vorher noch einmal höflichst zu bedanken, an den mit Knöterich bewachsenen Edelstahlrohren hinab auf unseren Balkon. Der Rest war ein Klacks: Ein Flügel des Schlafzimmerfensters stand auf Kipp, ich griff routiniert durch den Spalt, öffnete den anderen Flügel und kletterte hinein. Ich war stolz auf mich: Weder die Lasagne noch Julius waren zu Schaden gekommen.

Als ich Lorenz am Abend die Geschichte schildern wollte, wusste er schon Bescheid. Der Bärtige hatte ihn nämlich im Treppenhaus abgefangen und sich nach den Psychopharmaka erkundigt, die ich einnehmen müsse. Und sich darüber beschwert, dass der Vermieter ihm vorher nichts von mir erzählt habe. Offenbar witterte er eine Chance auf Mietminderung. Meinetwegen! Als ob ich gemeingefährlich sei! Lorenz war das schrecklich peinlich gewesen. An diesem Abend hatte er dann auch diesen beleidigenden Satz von sich gegeben, von wegen, ich sei das am schlechtesten organisierte, lebensuntüchtigste Weibsstück, das er kenne. Außerdem sei ich leichtsinnig und unverantwortlich und Barfußlaufen eine bäuerliche Unsitte.

Aber er würde sich doch wohl kaum scheiden lassen wollen, weil ich barfuß herumlief, oder?

»Hast du eine andere?«, wiederholte ich mit wackeliger Stimme.

»Nei-in!«, sagte Lorenz mit Nachdruck.

Ich wusste nicht weiter, also fing ich an zu heulen, weniger aus Kummer, mehr aus Hilflosigkeit. Und weil ich nicht mehr aufhören konnte zu weinen, erbarmte sich Lorenz endlich und versuchte, seine Entscheidung zu erklären.

Er sagte, dass sich seine Gefühle für mich geändert hätten, das sei alles. Dass unser Potenzial einfach erschöpft sei, wir uns gemeinsam nicht mehr weiterentwickeln könnten. Und dass wir noch zu jung seien, um eine Ehe ohne Gefühle zu führen. Und dass ich, wenn ich ganz tief in mich hineinhören würde, ebenfalls zu dieser Erkenntnis gelangen würde.

In den folgenden Wochen gab ich mir große Mühe, tief in mich hineinzuhören und nach dieser Erkenntnis zu suchen, während Lorenz bereits tatkräftig an der Umsetzung seiner Pläne arbeitete. Wenn er sich einmal zu etwas entschlossen hatte, dann gab es kein Zurück mehr. Er erklärte den Kindern, dass Mami und Papi einander noch sehr lieb hätten, aber nicht mehr lieb genug, um zusammen zu wohnen. Und dass Papi deswegen jetzt erst mal im Gästezimmer schlafen müsse. Aber das Haus von der Omi, das sei schrecklich traurig, weil es doch leer stünde, und deshalb würden sie, die Kinder, mit der Mami, also mir, dort einziehen, sobald die Heizung repariert sei. Dann wäre das Haus wieder froh, und der Papi müsse nicht mehr im Gästezimmer schlafen. Und im Garten von Omis Haus könne man eine wunderschöne Schaukel aufbauen und einen Sandkasten, und Papi würde ganz oft dort vorbeikommen und sie besuchen. Und sie könnten jederzeit zu Papi kommen, um ihn zu besuchen, und alles würde ganz, ganz toll funktionieren.

Julius leuchtete das alles auch völlig ein, er stellte keine weiteren Fragen und war ausgeglichen und fröhlich wie immer. Aber Nelly war keine vier mehr, sondern fast vierzehn, und sie fand Lorenz' Erklärungen ausgesprochen fadenscheinig. Außerdem war sie mit Schaukeln und Sandkästen nicht mehr zu ködern. Gemeinerweise gab sie die Schuld an dem Schlamassel aber allein mir.

»Ich lass mich doch nicht von euch verarschen«, sagte sie. »Was hast du getan?«

Nichts. Ich hatte nichts getan, absolut nichts. Vielleicht war das ja zu wenig gewesen?

»Ich will nicht in Omis Haus ziehen, da ist es megaöde«, rief Nelly. »Du musst dich also wieder mit dem Papi vertragen.«

Tja, wenn das so einfach gewesen wäre.

»Aber wir haben uns doch gar nicht gestritten, Schätzchen«, sagte ich und versuchte, beruhigend, überlegen und erwachsen zu klingen.

»Was denn dann?«, rief Nelly. »Hat Papi eine andere?«

»Nei-in!«, sagte ich mit Nachdruck, genau wie Lorenz.

»Aber warum liebt er dich denn dann nicht mehr?«

Ich zuckte mit den Achseln. »Weißt du, Gefühle können eben manchmal ...«

»Ach, fuck!«, schrie Nelly und fing an zu heulen. »Ich will nicht in diese Spießerkiste in die Vorstadt ziehen. Ich find das so scheiße, dass du gar nichts dagegen tust. Ihr versaut mir das ganze Leben.«

Aber was sollte ich denn tun? Lorenz' Entscheidung stand bombenfest. Er hatte keine Zeit verloren, alle unsere Freunde, Bekannten und Verwandten über unsere bevorstehende Scheidung zu informieren. Sie waren überrascht, wenn auch nicht ganz so überrascht wie ich. So etwas kam eben in den besten Familien vor.

Alle waren sehr freundlich und sehr neutral, und auch, wenn man neutrales Verhalten in einem solchen Fall theoretisch für korrekt befinden würde, ist Neutralität doch etwas, was man in der konkreten Situation wirklich nicht gebrauchen kann. Ja, ich würde sogar so weit gehen zu sagen, dass neutrale Freunde gar keine Freunde sind. Wenn ich Trudi nicht gehabt hätte, wäre ich mir einsamer denn je vorgekommen.

Trudi, die eigentlich Gertrud hieß, war die Einzige in meinem Bekanntenkreis, die nicht »richtig« war, jedenfalls nach Lorenz' Maßstäben. Ich hatte sie an der Uni kennengelernt, als ich zwei Jahre nach

Nellys Geburt versucht hatte, mein Studium doch noch zu Ende zu bringen. (Was ich – nebenbei bemerkt – aber nie geschafft hatte.) Trudi hatte, um es mit Lorenz' Worten zu sagen, einen Sprung in der Schüssel, sie glaubte an seltsame Geistwesen und Außerirdische und kannte sämtliche Stationen ihrer zahlreichen früheren Leben. Sie war eine brillante Psychologiestudentin gewesen, hatte den besten Abschluss des Semesters gemacht und zwei tolle Job-Angebote in den Wind geschlagen, weil sie sich »nicht gut anfühlten«. Seit dieser Zeit hatte sie eine Reihe von geheimnisvollen, kostenintensiven Fortbildungen gemacht, die sie dazu befähigten, Wasseradern und elektromagnetische Felder aufzuspüren, Naturgeister zu besänftigen und die Aura eines alten Autoreifens zu analysieren. Davon abgesehen war sie aber eine wirklich gute Freundin, eine von der Sorte, die man auch nachts um vier anrufen kann, wenn man Hilfe braucht.

Trudi verhielt sich als Einzige nicht neutral, sie nahm mich in den Arm und sagte: »Lorenz ist ein alter Saftsack, Connylein. Ich hab das schon hundertmal im Bekanntenkreis miterlebt. Das ist die Midlife-Crisis. Es ist normal, dass Männer sich in dieser Zeit von ihrer Familie trennen und ihre Frauen gegen eine jüngere eintauschen. Und ihren Volvo gegen ein Porsche-Cabrio. Deshalb habe ich gar nicht erst geheiratet.«

»Aber Lorenz hat keine andere«, sagte ich. Er hatte allerdings einen Volvo.

Trudi schaute ungläubig drein. »Da bin ich mir aber ziemlich sicher. Mein Gefühl täuscht sich niemals.«

»Er liebt mich nur nicht mehr, das ist alles«, sagte ich. »Und das ist irgendwie noch schlimmer.«

»So ein Blödmann!« Trudi legte den Arm um meine Schultern und reihte all die Plattitüden aneinander, die man in solchen Lebensmomenten am liebsten hört. »Er hat dich gar nicht verdient. Ich fand immer, dass ihr eigentlich gar nicht zusammenpasst. Und sieh es doch mal positiv: Fällt eine Tür im Leben zu, öffnet sich immer eine andere. Wer weiß, was das Schicksal noch für dich bereithält. Jetzt kommt für dich das große Abenteuer, ist das nicht herrlich? Wenn Lorenz eine andere hat, finden wir für dich auch einen anderen. Einen Besseren. Das wäre doch gelacht, so wie du aussiehst. Es wird nur schwer werden, jemanden zu finden, der größer ist als du. Ich kann mir nicht helfen, aber in solchen Dingen bin ich altmodisch. Wenn die Männer heutzutage schon nicht klüger als wir sein können, dann sollten sie einen wenigstens körperlich überragen. Ach, das wird herrlich werden: Mit Mitte dreißig kann man das Single-Leben ganz anders genießen.«

Aber ich wollte ja überhaupt kein Single-Leben.

»Trudi«, sagte ich mit Nachdruck. »Lorenz hat keine andere. Er liebt mich nur nicht mehr, und ich weiß nicht, warum, und das macht mich ganz krank. Mir wäre es wirklich lieber, wenn er eine andere hätte, das fände ich dann wenigstens normal.«

Ich hatte immer gedacht, seine Familie käme für Lorenz an erster Stelle. Gleich hinter seiner Karriere. Dass er uns nach vierzehn gemeinsamen Jahren ins Haus seiner Mutter abschieben wollte, nur weil seine Gefühle sich »geändert« hatten, schien mir so gar nicht zu ihm zu passen.

Wenn Lorenz keine andere hatte, dann musste er eben doch unter einem Gehirntumor leiden. Das war die einzig plausible Erklärung, und ich klammerte mich an sie wie an einen Rettungsanker.

Statt zum Neurologen ging Lorenz aber zu seinem Freund und Anwalt Ulfi Kleinschmidt, der mich nur noch mehr verwirrte, indem er mir die Trennungsformalitäten derart juristisch verschnörkelt auseinandersetzte, dass ich nur Bahnhof verstand. Ich wollte mir aber keine Blöße geben und unterschrieb alles, was Ulfi mir vorlegte, damit »das Verfahren beschleunigt wird«. Obwohl ich gar nicht wollte, dass das Verfahren beschleunigt wurde. Vielleicht wurde Lorenz ja noch vor der Scheidung von seinem Tumor dahingerafft. So etwas konnte ganz schnell gehen.

»Ich bin kerngesund«, sagte Lorenz. »Und du musst endlich akzeptieren, dass es zwischen uns aus ist.«

Aber so schnell konnte ich einfach nicht umschalten. Während ich so zusah, wie Lorenz unsere Ehe sorgfältig in ihre Bestandteile zerlegte und nur noch ohne mich zu Abendeinladungen ging – unsere gemeinsamen so genannten Freunde hatten entschieden, dass Lorenz wohl der Wichtigere von uns beiden war –, kam ich mir in der Wohnung zunehmend überflüssig vor, wie ein unerwünschter Gast. Halbherzig begann ich damit, meine Sachen und die der Kinder zusammenzupacken, was Nelly mit hysterischen Kreischanfällen quittierte.

»Meine Sachen bleiben hier! Ich werde sowieso die meiste Zeit hier sein. In diese Omi-Spießer-Kiste gehe ich allerhöchstens zum Schlafen! Dahin werde ich ganz sicher keine einzige meiner Freundinnen einladen, so viel ist klar. Papi hat gesagt, mein Zimmer hier wird immer mein Zimmer bleiben.«

Viel gab es ohnehin nicht zu packen, weil eigentlich alles Lorenz gehörte. Er hatte es ausgesucht, und er hatte es bezahlt. In Geschmackssachen hatte ich mich immer an Lorenz gehalten, nicht umgekehrt, das zog sich wie ein roter Faden durch unsere Ehe. Die ganze Wohnung war mit sündhaft teurem, silbergrauem Ziegenhaarvelours ausgelegt, es gab »Rolf-Benz«-Sofas mit schwarzen Lederbezügen, einen Couchtisch im Wert eines Kleinwagens und riesige abstrakte Gemälde, deren Wiederverkauf die Ausbildungskosten unserer Kinder decken würde.

Nur das Weichholzküchenbüfett, das ich Lorenz zur Hochzeit geschenkt hatte, hob sich deutlich vom Rest der Einrichtung ab. Ich hatte es daheim auf Pellworm im Kuhstall unseres Nachbarn gefunden, unter mehreren Schichten Farbe. Es hatte mich Wochen gekostet, bis ich es abgelaugt und -geschliffen und mit Leinöl und ätherischem Orangenöl den Kuhstallgeruch weggepinselt hatte.

Lorenz war sehr gerührt gewesen, als ich ihm den Schrank präsentiert hatte, umwickelt mit einer weißen Schleife.

Ich musste weinen, als ich mich daran erinnerte. Ich musste überhaupt viel weinen, während ich mich an vieles erinnerte. An manchen Tagen wurden meine Augen gar nicht mehr trocken vor lauter Weinen. Trudi fand das alarmierend. Sie sagte, dass meine Aura ganz vergiftet sei und dass ich sofort ausziehen solle, um meine Seele zu retten. Sie ließ sich auch nicht von meiner Gehirntumortheorie überzeugen, sondern bot an, mich und die Kinder bei sich aufzunehmen, bis Lorenz die Heizung im Haus seiner Mutter hätte reparieren lassen. Aber mal abgesehen davon, dass Nelly wegen dieses Vorschlags einen weiteren hysterischen Kreischanfall erlitt, war die Idee auch nicht wirklich gut. Trudi wohnte mit ihren drei Siamkatzen und einer ganzen Menge für uns glücklicherweise unsichtbarer Geistwesen in einer kleinen Zweizimmerwohnung und hatte keine Vorstellung davon, was es heißen würde, diese nun mit einem Teenager, einem Kleinkind und einer akut depressiven Mittdreißigerin zu teilen. Hätte ich keine Kinder gehabt, hätte ich ihr Angebot sofort angenommen. Wir hätten jeden Abend mehrere Flaschen Rotwein gekillt und traurige Filme auf Video angesehen. Nichts ist tröstlicher, als stockbesoffen die Titanic untergehen zu sehen – ich meine, da fühlt man sich doch gleich besser. Aber wegen der Kinder musste ich vernünftig bleiben.

»Ach, komm schon!«, sagte Trudi abenteuerlustig. »Wir machen uns eine schöne Zeit! Ihr drei bekommt ein Matratzenlager im Wohnzimmer, und wir machen Energiemassagen und Aromatherapie und Picknick vor dem Fernseher und so ...«

»Nein, nein«, sagte ich. »Sonst ändern sich auch deine Gefühle für mich, und dann hat mich gar keiner mehr lieb.«

Statt zu Trudi zu ziehen, fuhr ich also ganz vernünftig mit den Kindern nach Pellworm, obwohl es dort für mich weder eine tröstende Freundin noch Titanic-Videos oder Rotwein gab. Aber wir hatten jedes Jahr die Weihnachtsferien auf dem Hof meiner Eltern verbracht, und ich wollte, dass für die Kinder das Leben so normal wie möglich weiterging. Dummerweise waren während der Feiertage keine Installateure für die Heizung im Haus von Lorenz' Mutter aufzutreiben, und als Lorenz endlich jemand gefunden hatte, stellte sich heraus, dass die Heizung nicht mehr zu reparieren war, sondern völlig erneuert werden musste. Das bedeutete, dass wir noch länger bei meinen Eltern bleiben mussten. Nur Nelly fuhr am Ferienende zurück nach Hause, um die Schule nicht zu verpassen. Sie war ausgesprochen guter Stimmung, als sie sich von uns verabschiedete, denn meine Eltern hatten für Mädchen immer noch nicht viel übrig, und außerdem versuchten sie Nelly ständig einzureden, dass sie mein genaues Ebenbild sei.

»Wirklich, ganz genau wie Constanze in dem Alter«, sagten sie. Mädchen hören so etwas nicht gerne. Ich möchte meiner Mutter auch heute noch so wenig ähnlich wie nur möglich sein. Nelly hatte zu allem Überfluss meine Konfirmandenfotos gefunden – ich als Vierzehnjährige mit hängenden Schultern, Nickelbrille und Collegeschuhen in Größe einundvierzigeinhalb – und war darüber in Tränen ausgebrochen.

»Und *so* soll ich aussehen?«, heulte sie.

»Aber nein, mein Schatz«, versuchte ich sie zu beruhigen. »Du hast nur die guten Seiten von mir geerbt.«

»Was denn für gute Seiten?«, heulte Nelly unhöflich.

Während meine Tochter also froh war, endlich zurück nach Köln fahren zu dürfen, blieb Julius und mir nichts anderes übrig, als auf Pellworm auszuharren, bis die verdammte Heizung endlich eingebaut war.

Immerhin war Julius gern hier, er war ja ein Junge, und Jungs mochten meine Eltern, und die frische Nordseeluft tat uns beiden gut. Wir sammelten kiloweise Muscheln und waren, ungeachtet des Wetters, sehr viel draußen, nicht zuletzt, um meinen Eltern aus dem Weg zu gehen. Es war nicht leicht für mich, so lange mit ihnen zusammen zu sein, sie hatten so eine ganz bestimmte Art und Weise, mir zu verstehen zu geben, was sie von mir hielten: nämlich nichts. Meine Mutter ließ keinen Tag verstreichen, ohne nicht mindestens einmal gesagt zu haben: »Wenn du doch wenigstens auf uns gehört und dir zwischendurch mal Arbeit gesucht hättest! All die Jahre nur auf der faulen Haut liegen! Das konnte doch nicht gut gehen. Jetzt stehst du da – ohne Mann und ohne Beruf!«

»Und mit einem Haufen hungriger Blagen«, pflegte mein Vater dann hinzuzufügen, so, als ob ich mindestens vierzehn Kinder hätte, die alle für eine warme Mahlzeit betteln gehen mussten.

Es gab keinen Weinkeller, in dem ich Trost suchen konnte, und für den selbst gemachten »Aufgesetzten« aus schwarzen Johannisbeeren, den meine Mutter seit Jahrzehnten einlagerte, war ich dann doch noch nicht unglücklich genug. Überdies regnete es viel. So war ich am Ende wirklich froh, als Lorenz anrief und sagte: »Freu dich: Die Heizung ist fertig, alles so weit vorbereitet, und Julius hat den Not-Kindergartenplatz in der Villa Kunterbunt bekommen! Ihr könnt nach Hause kommen.«

Fehlte nur noch, dass er sagte, dass er von seinem Gehirntumor geheilt sei, und ich hätte vor Freude gejuchzt.

Nun, jedenfalls waren wir jetzt endlich wieder zu Hause.

Ich wuchtete den schweren Koffer auf die Steinstufen vor die Haustür und atmete tief durch. In diesem Augenblick öffnete sich die Tür, und der Bärtige aus der Wohnung über uns kam heraus. Als er mich erkannte, hatte er es plötzlich so eilig, dass er grußlos über den Koffer stolperte und davonhastete.

»Nett, Sie mal wieder zu sehen«, sagte ich, aber da hatte der Bärtige schon die Flucht ergriffen, ganz so, als wäre ein Irrer mit einem gezückten Messer hinter ihm her gewesen. Wahrscheinlich dachte er, ich wäre aus der geschlossenen Anstalt ausgebrochen, in der ich die letzten sieben Wochen verbracht hatte. Dabei hatte ich dieses Mal Schuhe an, sogar welche von »Gucci«.

»Ich will ins Bett«, sagte Julius. Er war jämmerlich blass, und ich beeilte mich, die Haustür aufzuschließen, die der Bärtige so gedankenlos ins Schloss hatte fallen lassen.

Nur dummerweise ließ sich die Haustür nicht aufschließen. Der Schlüssel passte gar nicht richtig ins Schloss.

Ich klingelte.

»Ja, bitte?« Das war die Stimme von Nelly, die ziemlich mürrisch durch die Sprechanlage klang.

»Nelly-Schatz, wir sind da!«, flötete ich. »Aber irgendwas stimmt mit dem Türschloss nicht, es muss einer runterkommen und uns aufmachen.«

Jetzt tönte die Stimme meines Noch-Ehemannes durch die Sprechanlage. »Warte, wir sind gleich fertig.«

»Womit denn?«

Aber es knackte nur noch in der Leitung.

»Gleich sind wir im Warmen«, sagte ich zu Julius. »Du warst sehr tapfer. Ich erzähle dir nachher auch die Geschichte von Goldlöckchen, wie es einmal mit dem Zug gefahren ist und ihm schlecht wurde.«

Ich hörte Schritte im Treppenhaus, dann öffnete Lorenz die Haustür, gesund und munter. Er sah sogar noch besser aus als sonst, irgendwie sonnengebräunt. Die Gehirntumortheorie konnte ich jetzt wohl getrost fallen lassen. Dieser Mann war nicht krank!

Immerhin lächelte er mich an. Ungefähr so herzlich wie man einen Staubsaugervertreter anlächelt, aber immerhin. »Super, dass ihr pünktlich seid. Dann können wir ja auch sofort los.«

Los? Wohin denn? Ah, typisch, wahrscheinlich hatte er wieder mal keine Lust zum Kochen gehabt. »Also, falls du jetzt mit uns zu McDonald's willst – Julius hat schon halb Köln vollgekotzt«, sagte ich.

»Wie bitte?« Lorenz runzelte die Stirn. Er hatte sich niedergekniet und Julius in den Arm genommen, schob ihn aber jetzt mit beiden Händen wieder von sich. »Steck mich bloß nicht an, Kleiner. Magen-Darm-Probleme kann ich jetzt *überhaupt* nicht gebrauchen.«

»Das kommt nur vom ›Hohen C‹ von der Frau Meyer«, sagte Julius.

Hinter Lorenz erschien Nelly auf der Treppe, beladen wie ein kleiner Packesel mit Rucksack, Reisetasche und etwas, das wie zusammengerolltes Bettzeug aussah. Als ich mein sommersprossiges, langbeiniges und riesenfüßiges Kind sah, schossen mir die Tränen in die Augen. Fünf Wochen hatte ich sie nicht gesehen. So lang waren wir noch nie voneinander getrennt gewesen. Ich hatte vor lauter Sehnsucht täglich zweimal bei ihr angerufen. (Vom Handy aus, weil meine Eltern das Telefon nur im Notfall benutzen. Und an Feier- und Geburtstagen, zum Spartarif.) Ich vermutete stark, dass diese Sehnsucht leider einseitig gewesen war. Nelly hätte es gereicht, wenn ich nur jedes zweite Wochenende angerufen hätte, wenn überhaupt.

Egal. Ich umarmte meine große Tochter so fest, dass ihr Bettzeug auf den Boden rutschte, samt dem darin eingewickelten Schlafesel mit den abgenuckelten Ohren. »Na, hattest du eine schöne Zeit mit Papi?«

»Mami! Schnief mir nicht so ins Ohr.« Nelly machte sich los. »Hallo, Juli. Lange nicht gesehen.«

Julius strahlte Nelly an. »Nelly, ich habe dreimal gebrochen. Einmal im Zug, einmal in einen Papierkorb und einmal auf den Mantel von einem Mann.«

»Ja, deswegen werden wir jetzt wahrscheinlich steckbrieflich gesucht«, sagte ich und hob den Schlafesel vom Boden auf. »Aber was sollte ich tun? Ich konnte dem alten Meckersack unsere Adresse nicht aufschreiben, denn die S-Bahn wäre sonst ohne uns abgefahren. Mann, war der sauer.«

Julius nickte. »Papi? Was ist ein deppertes, interpimenentes Frauminsch?«

»Der Mann meinte vermutlich deine Mutter«, sagte Lorenz. Sein Blick ließ vermuten, dass Heinrich Lorenz damit ganz aus dem Herzen gesprochen hatte. »Aber jetzt müssen wir mal los. Auf zum Auto und ab in euer neues Zuhause.«

»Jetzt?«, fragte ich entgeistert. »Lorenz, es ist schon dunkel, und ich habe mich gerade hungrig und durstig mit einem tonnenschweren Koffer und einem

brechenden Kind vom Hauptbahnhof hierher geschleppt ...«

»Ich denke doch, es ist für alle Beteiligten am besten, keine Zeit mit dem Umzug zu verlieren«, sagte Lorenz, warf einen viel sagenden Blick auf Julius und zog die Haustür hinter sich ins Schloss. »Obwohl Umzug ein viel zu starkes Wort ist. Es ist ja schon alles drüben, was ihr braucht. Nur die Bewohner fehlen noch.« An dieser Stelle lachte er fröhlich.

Ich hätte ihm gern Nellys Schlafesel um die Ohren gehauen.

»Papi hat es eilig, uns loszuwerden«, sagte Nelly. »Er hätte mich eben beinahe die Treppe runtergeschubst.«

»Wie nett«, sagte ich. Ach, wäre ich doch einfach im Zug sitzen geblieben und mit den Meyers met Ypsilon nach Offebach bei Frankfott gefahren. Vielleicht hätten sie uns ja doch adoptiert, wenn wir nett gefragt hätten.

»Übertreib nicht, Nelly«, sagte Lorenz. »Ich weiß nicht, was diese Diskussion jetzt soll. Morgen muss ich Aktenberge abarbeiten und habe keine Zeit, euch zu fahren, also los jetzt, trödelt nicht herum, Julius muss doch ins Bett.«

»Und ich muss mal aufs Klo«, sagte ich und fuhrwerkte wieder mit dem Schlüssel im Hausschloss herum.

»In zwanzig Minuten kannst du auf Mutters Toilette gehen – ich meine, auf *deine* Toilette«, sagte Lorenz und lachte nervös.

Lorenz musste sich wohl erst noch daran gewöhnen, und ich mich auch: Aus »Mutters Toilette« war jetzt Constanzes Klo geworden, das war notariell verbrieft.

Trotzdem: »Ich muss aber *jetzt*«, sagte ich. Lorenz hatte es ja abartig eilig, sein neues, familienfreies Leben zu beginnen. Offenbar durfte seine Exfamilie nicht mal mehr sein Klo benutzen. »Der Schlüssel klemmt ...« Ich verstummte, weil mir plötzlich ein Verdacht gekommen war. Misstrauisch sah ich zu Lorenz hinauf: »Hast du etwa ... – du hast doch nicht das Schloss auswechseln lassen?«

»Doch.« Lorenz sah angelegentlich auf seine Armbanduhr.

»Aber – hey!« Ich fasste es einfach nicht. Der Mann tauschte die Schlösser aus, als wäre ich eine Verbrecherin, vor der man sich schützen musste! »Meinst du nicht, es hätte gereicht, das Schloss an der *Wohnungstür* auszuwechseln? Ich meine, *falls* ich auf die Idee kommen sollte, deine Hi-Fi-Anlage zu klauen, während du bei der Arbeit bist. Oder« – auf die Idee kam ich aber jetzt erst – »dich im Schlaf mit einem Kissen zu ersticken!«

Lorenz schien meine Überlegungen nur lästig zu finden. Meine Entdeckung war ihm nicht mal peinlich. »Conny, können wir jetzt? Julius friert.«

Ich hätte in diesem Moment gerne einen von Nellys hysterischen Kreischanfällen bekommen und Lorenz auf der Straße eine schreckliche Szene gemacht, aber schreckliche Szenen lagen mir nicht. Stattdessen wiederholte ich nur ein bisschen bockig, dass ich aber nun mal ganz dringend aufs Klo müsse, egal wie eilig er es auch habe.

Lorenz gab mit einem Seufzer nach. Er drückte Nelly den Autoschlüssel in die Hand und wies sie an, mit Julius schon in die Tiefgarage vorzugehen und im Auto auf uns zu warten.

»Du kannst Julius schon mal anschnallen«, sagte er. »Wir kommen in fünf Minuten nach.«

Offenbar wollte er mich nicht ohne Bewachung in die Wohnung gehen lassen. »Hast du Angst, dass ich im Stehen pinkele?«, fragte ich gereizt, während wir die Treppe hochstiegen. »Oder meinst du, ich könnte mir unauffällig den wertvollen Couchtisch unter die Jacke stecken und aus der Wohnung schmuggeln?«

»Ich will nur, dass du dich beeilst«, sagte Lorenz. »Ich kenne dich!« Er schloss die Wohnungstür auf. So, so, er kannte mich doch! Dass ich nicht lachte. Betont langsam schlenderte ich in den Flur. Statt ins Badezimmer bog ich in den Wohn- und Essbereich ein und sah mich um. Genau, wie ich erwartet hatte: Es war so, als hätte ich niemals hier gelebt. Keine Spur von mir. Nicht mal der Rotweinfleck, den ich vor meiner Abreise nach Pellworm auf dem Teppichboden verursacht hatte, war mehr zu sehen.

Lorenz war mir mit einem Seufzer gefolgt.

»Wo ist denn das Küchenbüfett?«, fragte ich, nur um ihm einen weiteren Grund zum Seufzen zu geben.

»Wo wohl! Zusammen mit deinen anderen Sachen in Mutters Haus. Äh, in *deinem* Haus!«

»Aber es gehört dir«, sagte ich. »Ich hab es dir zur Hochzeit geschenkt.«

Lorenz seufzte. Dann sagte er: »Ich dachte, du würdest es vielleicht wiederhaben wollen.«

»Du willst wohl alles raushaben, was dich an mich erinnert, stimmt's?«

Lorenz antwortete nicht. Er drehte nur ungeduldig den Schlüsselbund in seiner Hand hin und her.

»Tsss, was sollte dein albernes Gerede von wegen

gute Freunde bleiben! Du-du-du schaffst es ja nicht mal, mit meinem Schrank unter einem Dach zu leben!« Meine Stimme klang ein bisschen schrill, und ich stotterte, wie immer, wenn ich aufgeregt war.

»Geh jetzt endlich pinkeln«, sagte Lorenz.

»Wieso, willst du nachher noch den Tatort gucken? Im Ernst, Lorenz, ob du nun das Küchenbüfett weggibst oder die Schlösser auswechselst: *Ich* werde immer Bestandteil deines Lebens bleiben.« Beinahe hätte ich noch einen echten Klassiker hinterhergeschoben: »Ich bin immerhin die Mutter deiner Kinder!« Aber bevor ich so weit sinken konnte, begab ich mich doch lieber auf die Toilette. Lorenz interessierten meine Gedanken sowieso einen feuchten Kehricht. Er wartete direkt vor der Tür, wahrscheinlich, damit ich nicht die wertvolle Designerklobürste mitgehen ließ.

Was für ein unwürdiges Ende einer Ehe.

»Das mit dem Küchenbüfett ist so was von kleinlich! Hätte ich dir gar nicht zugetraut«, sagte ich, als ich wieder aus dem Badezimmer herauskam. Ich versuchte, cool zu klingen, aber meine Stotterei verriet mich: »Was machst du mit den g-g-gemeinsamen Fotos? In der Mitte durchschneiden?«

Lorenz sah mich ein bisschen mitleidig an. »Ist dir schon einmal der Gedanke gekommen, dass ich das Büfett zurückgegeben haben könnte, weil es einfach nicht zu meiner Einrichtung passt?«

Nee, der Gedanke war mir noch nicht gekommen.

»Und was die Fotos angeht: Ich habe dir sämtliche Fotoalben in Mutters Haus gebracht. Äh, in dein Haus, meine ich.«

Das war nur gerecht, schließlich hatte ich die Fotos auch alle eingeklebt.

»Können wir jetzt endlich? Die Kinder warten!« Lorenz schubste mich förmlich ins Treppenhaus hinaus.

Als er die Wohnungstür abschloss, war es zur Abwechslung mal ich, die seufzte.

Willkommen auf der Homepage der

Mütter-Society,

dem Netzwerk für Frauen mit Kindern.

Ob Karrierefrau oder »nur«-Hausfrau,

hier tauschen wir uns über Schwangerschaft und Geburt, Erziehung, Ehe, Job, Haushalt und Hobbys aus und unterstützen uns gegenseitig liebevoll.

Zutritt zum Forum nur für Mitglieder

26. Februar

Ich habe soeben erfahren, dass Marlon nun doch nicht außer der Reihe mit dem Kindergarten beginnen kann. In allerletzter Minute wurde der Platz an einen Jungen vergeben, der neu in der Insektensiedlung ist und eine allein erziehende Mutter hat. Frau Siebeck ist wohl der Meinung, dass das Grund genug ist, den neuen Jungen Marlon vorzuziehen. Wir müssen unbedingt bei der nächsten Elternversammlung noch einmal auf die Parameter zur Platzvergabe eingehen und diese gegebenenfalls ändern. Ich denke doch, dass Geschwisterkinder gegenüber neu zugezogenen Kindern Vorrang haben soll-

ten. Frau Siebeck ist sich offensichtlich nicht bewusst, dass sie ihre Leiterstelle letztendlich unserer persönlichen Fürsprache zu verdanken hat. Genauso schnell kann sie sie auch wieder verlieren, oder etwa nicht, Mamis?

Es fehlt übrigens noch ein Kind für unsere Englisch-Spielgruppe, sonst wird diese nicht zu Stande kommen. Es sollte zwischen drei und fünf Jahren alt sein und vom Persönlichkeitsprofil her zu unseren Kindern passen. Also fragt bitte in eurem Bekanntenkreis nach, welches Kind Interesse hat. Kopien des Artikels über Fremdsprachenfrühförderung und die Zeitfenstertheorie können bei mir abgeholt werden. Ich denke aber, dass alle, deren Kinder bei unserem Griechisch-Spiel-und-Kochworkshop im Januar dabei waren, sich über den Nutzen und die Wichtigkeit von kindgerechter Fremdsprachenförderung klar sind und diesbezüglich Überzeugungsarbeit leisten können. Der Kurs ist zwar nicht ganz billig, aber für unsere Kinder sollte uns schließlich nichts zu teuer sein.

Zur Erinnerung und für alle, die gestern bei unserem Karnevalsausschusstreffen nicht dabei waren: Nach langer Diskussion haben wir uns nun entschieden, die Euter aus rosa Haushaltshandschuhen bei unseren Milchkuhkostümen wegzulassen. Einigen von uns erschienen sie einfach zu obszön. Also bitte entfernen, sofern noch nicht geschehen.

Wie weit seid ihr denn mit der Sponsorensuche für das Wurfmaterial gekommen? Die Zeit wird langsam knapp. Und was ist mit dem Banner für

den Festwagen, Gitti? Ich konnte dich telefonisch wieder mal nicht erreichen.
Frauke

26. Februar

Das mit dem Telefon tut mir leid, aber mein Vati musste heute in einer Rechtssache viel telefonieren. Der Terror durch die Katze unseres Nachbarn will einfach nicht abreißen. Wir fürchten, dass sie nun auch noch Junge bekommt!
Sei nicht so traurig wegen dem Kindergartenplatz, Mami Frauke. Marlon ist doch gerade erst drei geworden, und im Sommer wird er ohnehin in den Kindergarten kommen. Der Oboe-Unterricht, Englisch und Kinderkarate werden ihn bis dahin sicher genug fordern. Vielleicht kannst du ihn auch in meinem Seidenmalkurs anmelden, den ich im Mai für Kleinkinder und ihre Mütter im Familienbildungswerk anbiete. Bis jetzt hat sich leider noch niemand eingetragen.
Das Banner für den Karnevalsumzug hat sehr viel Arbeit gemacht, ich bin gestern Nacht erst damit fertig geworden. »Mamipower macht Kinder schlauer!« – mit über zweitausend bunten Kreuzstichen auf weißem Untergrund gestickt.
Zum Wurfmaterial: Meine Mutti hat vierzehn Bleche mit Müslimuffins gebacken, Marie-Antoinettes Lieblingsmuffins. Die Kinder an der Straße werden begeistert sein.
Und noch eine gute Nachricht: Esther Müller-Schmerbeck würde ihre Melisande gerne in der

Englisch-Spielgruppe anmelden, leider aber geht Melisande dienstags schon in die Zirkusgruppe von Dr. Hammers. Könnten wir die Englisch-Spielgruppe nicht auf Mittwochnachmittag verlegen, allerdings möglichst früh, weil Marie-Antoinette um siebzehn Uhr ja zum Klavierunterricht muss? Esther wäre jedenfalls auch interessiert an einem Eintritt in die Mütter-Society.
Mami Gitti

26. Februar

Mittwoch ist ausgeschlossen, weil unsere Mäuse an diesem Tag zur musikalischen Frühförderung bzw. zum Ballettunterricht gehen, unser einziger freier Nachmittag ist der Freitag, und das soll er auch bleiben, da wir alle wissen, dass Überforderung genauso schlecht für unsere Kinder ist wie Unterforderung. Ich kann euch hierzu aber gerne noch einmal den Artikel von Prof. Dr. Ellermann zum Thema Terminplanung für Kleinkinder kopieren. Im Übrigen bin ich mir nicht so sicher, ob Frau Müller-Schmerbeck wirklich so gut zu uns passt. Sie ist, soviel ich weiß, zum dritten Mal verheiratet (wobei man sich fragt, wie sie mit diesem fetten Hintern immer wieder Männer abkriegt). Wenn sie wirklich Interesse an unserem Englisch-Kurs hat, warum meldet sie Melisande nicht einfach bei der Zirkusgruppe ab? Ich verstehe nicht, warum diese abgehalfterte, arbeitslose Kunsthistorikerin Hammers überhaupt noch Zulauf bei ihren pädagogisch fragwürdigen Zirkuskursen hat, nachdem wir doch in der Kindergartengazette aufgedeckt haben, dass sie ihren Doktor weder in Medizin noch in Pädagogik erworben hat. Wir sollten abstimmen, ob wir Frau M.-S. unter diesen Umständen überhaupt zu einem Probenachmittag einladen.

Es heißt übrigens »wegen des Kindergartenplatzes«, Gitti, wegen steht immer mit dem Genitiv.

Wegen des Kindergartenplatzes von Marlon tut es mir leid, Frauke, ich finde die Entscheidung von Frau Siebeck ebenfalls fragwürdig und werde dich beim nächsten Elternabend diesbezüglich unterstützen. Es kann einfach nicht angehen, dass allein Erziehende in unserer Gesellschaft immer bevorzugt behandelt werden. Das ist so, als ob man sie dafür belohnen würde, dass sie in der Ehe versagt haben. (Das geht nicht gegen dich, Gitti, du warst schließlich nie verheiratet, das ist etwas anderes. Du kannst ja nichts dafür, dass Marie-Antoinettes Erzeuger sich aus dem Staub gemacht hat.)

Noch einmal zu unserem Karnevalsumzug am Sonntag: Ich habe über Geschäftsbeziehungen meines Mannes vierhundertfünfzig Buttermilchtrinkpäckchen gratis von der Molkerei erhalten. Ich denke, dass dieses Wurfmaterial unseren Statuten und Prinzipien eher gerecht wird als das Verteilen von Süßigkeiten oder altbackenen Muffins. Außerdem passt es zu unseren Milchkuhkostümen. Insektensiedlung Alaaf!

Für alle, die was für ihre Figur und ihre Fitness

tun wollen: Frauke und ich joggen jetzt immer morgens um halb sechs. Wer mitmachen will: Wir treffen uns bei Frauke vor der Tür – nicht klingeln, Kinder und Mann schlafen noch. Unbedingt an Reflektoren denken.
Sabine

26. Februar

Ich bin definitiv gegen eine Aufnahme von Müller-Schmerbeck in die Mütter-Society, obwohl unsere Sophie leider eine Schwäche für Melisande hat. Wir wollen ja unsere Kinder so viel wie möglich mit Kindern zusammenbringen, von denen sie noch etwas lernen können, und Melisande hängt für ihre vier Jahre in ihrer Entwicklung sehr hinterher. Sie bewegt sich im Gegensatz zu Sophie noch sehr unsicher im Zahlenraum zwischen 1 und 100. Als ich die beiden neulich mit Gummibären (Tipp: zuckerfrei, ohne Gelatine und Trennmittel, aus der Apotheke, Stiftung Ökotest »sehr gut«) üben ließ, vergaß sie die 14 und musste bei »elfundzwanzig« aufhören. Außerdem scheint sie wegen des unruhigen Ehelebens ihrer Mutter psychische Probleme zu haben: Sie pieselte ganz dreist auf Sophies Rutsche und den Teppichboden in ihrem Zimmer. Wer weiß einen Trick, mit dem der Uringeruch wieder aus dem Teppich verschwindet? Parfüm hat nichts geholfen.
Und jetzt an alle, die sich gewundert haben, dass ich am letzten Clubabend keinen Alkohol getrunken habe: Jaaaa, ihr hattet Recht! Sophie wird

Ende Oktober ein Geschwisterchen bekommen. Nicht geplant, aber erwünscht. Nur ärgerlich, dass ich Sophies Babybett schon bei »E-Bay« versteigert habe.
Sonja

26. Februar

Sonja, Süße, willkommen im Club der Kugelbäuche! Ich bin echt supi-begeistert! In der wievielten Woche bist du denn? Ist dir auch so übel? Ich und mein Wurzelchen, wir sind jedenfalls supi-happy, dass wir jetzt alles zusammen machen können: Schwangerschaftsgymnastik, Schwimmen, Geburtsvorbereitung, Babyzimmer herrichten, PEKiP, Stillgruppe – Supi! Supi! Supi! Wir müssen unbedingt ein Brechfrühstück abhalten: Zuerst zusammen frühstücken, dann zusammen brechen! Hihi.
Mami Ellen

P. S. Was Frau Siebeck angeht: Ich war von Anfang an der Meinung, dass eine Frau, die selber keine Kinder hat, nicht wirklich qualifiziert ist, als Erzieherin zu arbeiten.

27. Februar

Herzlichen Glückwunsch, Sonja. Besser spät als nie! Wir hatten wohl schon alle heimlich befürchtet, dass die arme Sophie ein Einzelkind bleiben muss. Hoffentlich wird es diesmal ein Junge! Mädchen sind so schwierig! Vor allem, wenn sie

in die Pubertät kommen. Weiß jemand eine gute Kosmetikerin für meine arme Laura-Kristin? Ich habe bei »E-Bay« einen Vergrößerungsspiegel und ein Gesichtsdampfbad für sie ersteigert, aber sie benutzt es leider nicht.
Frauke

2. Kapitel

»Los! Aufwachen! Mein Handy hat immer noch keinen Empfang! Das ist eine Katastrophe!«

Jemand rüttelte grob an meinem Arm.

»Katastrophe?«, fragte ich, mich alarmiert aufsetzend. Ich glotzte direkt auf eine riesige, mahagonifarbene Kleiderschrankfront, die von einer dreiarmigen Fünfzigerjahrelampe an der Decke in äußerst unvorteilhaftes Licht getaucht wurde. Das war allerdings eine Katastrophe. »Wo bin ich?«

»In deinem schlimmsten Albtraum«, sagte Nelly schrill. Sie war es gewesen, die mich wachgerüttelt hatte. »In Omi Wilmas Haus.«

Ach ja, jetzt wusste ich es wieder. Heute war der erste Tag meines neuen Lebens. Mein erster Tag als allein erziehende Mutter und Hausbesitzerin. Er fing nicht gut an.

»Jetzt ist es nicht mehr Omi Wilmas Haus«, sagte ich. »Jetzt ist es unser Haus.« Ich warf einen Blick auf Omi Wilmas Wecker, der schon seit zwanzig Jahren auf Omi Wilmas Nachtschränkchen stand und ein Gehäuse aus Mahagoni hatte. Das Nachtschränkchen war ebenfalls aus Mahagoni und hatte eine Glasplatte obenauf. Es war kurz nach sechs. »Schätzchen, heute ist Rosenmontag, wir können ausschlafen.«

»Aber mein Handy tut es nicht!« Nelly jaulte auf. »Ich kann hier nicht schlafen. Es ist grauenhaft. Es ist furchtbar. Es ist noch viel, viel schlimmer, als ich dachte.«

Sie hatte leider Recht. Als Lorenz sagte, das Haus sei bezugsfertig, hatte ich angenommen, er habe die Sachen seiner Mutter hinaus- und unsere Sachen hineingeräumt, wie man das eben so macht, üblicherweise. Tatsächlich aber hatte Lorenz lediglich unsere Sachen zu den bereits vorhandenen Sachen dazugestellt. Das Ergebnis war verheerend, wie wir bei unserem ersten Rundgang durch unser neues Heim festgestellt hatten. Nelly hatte in jedem Raum Schreikrämpfe bekommen, und Julius musste sich prompt in das Klo übergeben. Lorenz hatte schon gewusst, warum er uns nur vor der Haustür abgesetzt hatte und sofort wieder abgedampft war.

»Das ist jetzt euer Zuhause«, hatte er gesagt und allen außer mir ein herzhaftes Abschiedsküsschen gegeben. Dann war er zurückgefahren, in sein eigenes, geschmackvolles Zuhause, das jetzt ganz ihm allein gehörte.

Hier hingegen sah alles noch genauso aus wie zu Omi Wilmas Lebzeiten, als wäre die Zeit einfach stehen geblieben. Fehlte nur, dass sie uns aus der Küche entgegenkam, mit blau getöntem Haar, einer Küchenschürze über ihrem Sonntagskostüm und einer dezenten Himbeergeistfahne.

Omi Wilmas Geschmack war – nun, er war Mahagoni. Mahagoni massiv und Mahagoni furniert und poliert. Auf jeden Fall sehr ausladend Mahagoni. Manche Möbelstücke waren so ausladend, dass sie durch keine Tür passten. Das Haus war vermutlich um sie herum gebaut worden, eine andere Erklärung gab es nicht. Vom mahagonigetäfelten Flur mit Mahagoni-Garderobe und Mahagoni-Telefontischchen ging man rechter Hand in ein großes Wohnzimmer, wo man von einer deckenhohen Mahagoni-Schrankwand und zwei Mahagoni-Büfetts förmlich erschlagen wurde. Der Mahagoni-Couchtisch harmonierte wunderbar mit den altenglischen braunen Ledercouches auf einem überwiegend braun und blau gemusterten Perserteppich, passend zu den braunen Samtvorhängen. Die Büfetts waren so wuchtig, dass sie bequem als Kleintierställe hätten umfunktioniert werden können, wenn man die Schranktüren durch Karnickeldraht ersetzt hätte. Für Hasen oder eine Rotte Meerschweinchen oder auch kleine Ziegen wäre genug Platz darin gewesen. Selbst die Heizkörperverkleidungen waren mahagonifarben gestrichen.

Die Küche, linker Hand vom Flur, war ein winziger Schlauch, deckenhoch mit Mahagoni-Schränken versehen, dort gab es eine Durchreiche mit Mahagoni-Rollläden, hinüber zum Esszimmer, wo Lorenz neben den obligatorischen Mahagoni-Büfett-Kaninchenstall unser altes Weichholzküchenbüfett gequetscht hatte. Es gab einen großen Esstisch aus poliertem Mahagoni mit dazu passenden Mahagoni-Stühlen, braun-beige hellblau gepolstert, mit dem gleichen psychedelischen Muster wie die Vorhänge an den Fenstern. Die Besonderheit in diesem Raum: Auch die Deckenlampe war aus Mahagoni. Vom Esszimmer ging es hinaus in den Wintergarten, der jetzt eine Art Pflanzenfriedhof darstellte, weil niemand mehr Omi Wilmas Pflanzen gegossen hatte, seit sie tot war.

Immerhin war die Sitzgruppe hier aus Rattan, nicht aus Mahagoni. Dafür aber das Klavier.

Die Kacheln des geräumigen Gästebades waren ebenso kackbraun wie die darin befindlichen Sanitärobjekte, und die Krönung des Ganzen war ein dazu passendes gehäkeltes Klorollenhütchen, das Julius sich aufsetzte, als er fertig gebrochen hatte.

»Ich glaube, ich muss mich auch übergeben«, sagte Nelly.

Ich auch.

»Ich dachte, Papa hätte das Haus leer geräumt«, sagte ich und drehte die Klopapierrolle in meinen Händen. Sie hatte einen Aufdruck mit gelben Blümchen, Omi Wilma musste sie seit den Siebzigerjahren unter dem Hütchen verwahrt haben.

»Hat er auch«, sagte Nelly und heulte fast. »Er hat ein paar Kartons bei uns ins Gästezimmer gestellt. Ich dachte, die grässlichen Möbel hätte er dem Roten Kreuz gespendet oder so.«

»Tja, das ging wohl nicht so einfach. Die meisten davon können wahrscheinlich nur mit einem Kran aus dem Haus geschafft werden«, sagte ich nachdenklich. »Man müsste vermutlich eine Außenwand dafür einreißen. Und was sollte das Rote Kreuz auch damit anfangen?«

»Verbrennen«, heulte Nelly. »Irgendwo frieren doch wohl ein paar arme Menschen und brauchen dringend Feuerholz!«

Das Obergeschoss hatten wir zu Omi Wilmas Lebzeiten nie betreten, aber die Hoffnung, dass es dort oben vielleicht besser aussehen könnte, mussten wir schnell begraben. In Omi Wilmas so genanntem Nähzimmer hatte Lorenz Julius' Möbel untergebracht, sein Hochbett, seine Kommode, seinen Leuchtturmkleiderschrank, den Spielteppich und elf Ikea-Spielzeugkisten mit rotem Deckel. Alles das passte spielend zwischen Omi Wilmas Nähtisch und die deckenhohe Schrankwand, beides aus Mahagoni. Statt der vorhandenen, meiner Erinnerung nach olivfarbenen Samtvorhänge, hatte Lorenz die himmelblauen Wölkchenvorhänge aus Julius' altem Kinderzimmer aufgehängt, die zwar viel zu lang waren, aber dem olivfarbenen Teppichboden und dem gleichfarbigen Wandanstrich eine heitere Note verliehen.

»Eine Monsterhöhle«, murmelte Nelly.

Julius aber freute sich. Er hatte immer noch das Klorollenhütchen auf dem Kopf und strahlte, als er seine Spielsachen sah. Seine gute Laune war so schnell durch nichts zu erschüttern.

In Nellys neuem Zimmer, Omi Wilmas ehemaligem Gästezimmer, lag neutralgraue Auslegware, und der Kleiderschrank war ausnahmsweise mal nicht aus Mahagoni, sondern aus Sperrholz mit vergilbtem Kiefernfurnier, ebenso wie die Kommode und das schmale Bett. Es handelte sich hier um die Überreste von Lorenz' Jugendzimmer, und es pappten sogar noch Achtzigerjahreaufkleber darauf. An der Wand hing ein Abba-Poster.

Nelly warf ihren Krempel auf das Bett und bekam einen Kreischanfall: »Hier bleibe ich nicht! Das ist eine Zumutung! Das kann doch kein Mensch von mir verlangen! Ich will zurück zu Papi!«

Ich auch, dachte ich, sagte es aber nicht. Und eigentlich wollte ich auch nicht zurück zu Papi, Papi war doch überhaupt an allem schuld. Papi war ein Schweinehund. Dieses Haus war eine Zumutung. So eine Umgebung wünschte man nicht mal seinem ärgsten Feind.

Als ich das Schlafzimmer sah, in welches Lorenz mein Bettzeug geworfen hatte, wusste ich, dass ich vermutlich kein Auge zutun würde. Im Dämmerlicht der Deckenlampe schien mir Omi Wilma aus dem dreigeteilten Mahagoni-Spiegel schadenfroh zuzublinzeln.

»Guck mal, Mami, hier kannst du auch gegen die Wand kotzen«, sagte Nelly, wohl um mich aufzumuntern. »Würde jedenfalls gar nicht auffallen.«

Das gab mir den Rest.

»Dieses Haus hat kein gutes Karma«, murmelte ich vor mich hin, während ich Trudis Nummer wählte. Für heute Nacht würde ich gerne ihr Angebot annehmen und ein Lager in ihrem Wohnzimmer beziehen. Und morgen konnte sie sich dann das Haus vornehmen und alle Hausgeister vertreiben, einschließlich Omi Wilma höchstpersönlich.

Aber Trudi war nicht da. Ihr Anrufbeantworter verkündete, dass sie über Karneval auf einem bewusstseinserweiternden Seminar am Gardasee sei. Für ihre bescheuerten Kurse suchte sie sich wenigstens immer schöne Gegenden aus.

Sonst kannte ich niemanden, den ich hätte anrufen können. Fürs Hotel hatte ich definitiv kein Geld.

»Hat noch jemand Hunger?«, fragte ich.

»Nein danke, mir ist schon schlecht«, sagte Nelly und rannte zurück in ihr Zimmer, wo sie sich laut heulend auf das Bett warf.

Julius und ich streichelten sie abwechselnd.

»Jetzt gehen wir erst mal schlafen«, sagte ich. Positiv denken hieß die Devise. Das hätte mir jedenfalls Trudi geraten. »Und morgen besprechen wir das alles mit Papa. Ich bin sicher, hier lässt sich was Tolles draus machen.« Bei dieser Lüge wurde ich ein bisschen rot. »Papa muss uns nur ein bisschen Geld geben, dann machen wir hier einen Palast draus. Richtig hip!«

Nelly schniefte ungläubig.

Julius hatte eine Klappe im Sperrholz gefunden und geöffnet. »Guck doch mal, Nelly, hier hast du sogar deinen eigenen Fernseher«, sagte er begeistert.

»Der ist schwarz-weiß«, heulte Nelly und setzte wütend hinzu: »Ich finde das so gemein von euch, dass ihr euch scheiden lasst und ich in so einem Loch wohnen muss.«

»Ein Funkloch«, sagte ich. »Das ist im Grunde sogar gut. Kein Elektrosmog und so. Trudi wird entzückt sein über so viel positive Energie. Ich erzähle euch jetzt eine Gute-Nacht-Geschichte. Von Goldlöckchen und dem neuen Haus. Ihr werdet sehen: Bei Tageslicht sieht alles schon ganz anders aus.«

Aber das war gelogen. Bei Tageslicht sah es genauso scheußlich aus, wenn nicht sogar noch scheußlicher. Das Badezimmer im Obergeschoss war in Gelb und Braun gehalten und so eigenartig geblümt, dass sich schon beim Zähneputzen eine Migräne ankündigte.

»Ich rufe jetzt bei Papi an und sage, dass er mich abholen soll!«, schrie Nelly, zum zehnten Mal seit sechs Uhr. Sie hatte bereits versucht, allen ihren Freundinnen eine SMS zu schicken, aber nicht mal im Garten hatte ihr Handy einen Empfang, was zu schier unerträglichen Tobsuchtsanfällen geführt hatte. In den Pausen hörte sie in ihrem Zimmer ohrenbetäubend »Sportfreunde Stiller«.

Ich hatte versucht, uns in der Küche ein Frühstück zu bereiten, aber Lorenz hatte den Kühlschank zwar abgetaut, jedoch nicht mit frischen Lebensmitteln bestückt. Nicht mal Kaffee gab es. Ich fand nur eine Schachtel mit Pfefferminztee und brühte eine gewaltige Kanne davon auf. Zumindest für Julius war Fasten nicht das Schlechteste.

»Sobald die Geschäfte aufmachen, kaufen wir ein, was das Zeug hält«, versprach ich.

»Ich verhungere mich aber«, sagte Julius, wieder ganz auf dem Damm.

»Ich verhungere bis dahin auch«, meckerte Nelly. »Warum hast du nicht vorher daran gedacht, uns was zu essen zu besorgen, du Rabenmutter?«

Weil ich Rabenmutter bis gestern Abend noch nicht gewusst hatte, dass ich heute Früh in einem Mahagoni-Albtraum mit einem leeren Kühlschrank aufwachen würde.

Endlich wurde es hell. Das Tageslicht machte die Einrichtung auch nicht besser.

»Okay«, sagte ich, als ich Nellys Gemecker einfach nicht mehr ertragen konnte. »Jetzt kannst du deinen Vater anrufen.« Ich ärgerte mich, dass ich Nelly nicht schon um sechs Uhr erlaubt hatte, ihn aus dem Bett zu klingeln. Aber diese Art der Rücksichtnahme war noch zu tief in mir verankert: Sonn- und feiertags durfte Papi eben ausschlafen.

Lorenz schien sich zu weigern, Nelly abzuholen, denn sie knallte ziemlich bald Omi Wilmas brokatüberzogenen Hörer auf das Telefontischchen und schrie: »Doch, du willst mit Mami sprechen! Mami! Der Papi will mit dir sprechen!« Wütend rannte sie die Mahagoni-Treppe hinauf in ihr Zimmer, wo sie die Tür derart fest hinter sich zuknallte, dass das ganze Haus bebte.

Ich hatte den Verdacht, dass Lorenz gar nicht mit mir sprechen wollte.

»Du störst!«, bellte er mich an. »Was soll denn das. Ihr seid noch keine zwölf Stunden ausgezogen, da will Nelly schon wieder zu mir ziehen!«

»Jawohl«, sagte ich. »Sie muss wohl deinen sensiblen Geschmack geerbt haben, denn sie reagiert allergisch auf Omi Wilmas Einrichtung. Und deine Aufkleber findet sie auch nicht toll. Ich wusste übrigens gar nicht, dass du mal so vehement gegen Atomkraftwerke warst.«

»Es ist jetzt dein Haus, du kannst verändern, was dir nicht gefällt«, sagte Lorenz. »Das schließt auch meine Aufkleber ein. Ooooooh ja!«

»Oh nein!«, sagte ich. »Was zur Hölle hast du denn all die Wochen hier getan, Lorenz? Das Mahagoni poliert? Nicht mal der Kühlschrank war gefüllt! Dafür aber Omi Wilmas Kleiderschrank. Und der Plattenschrank. Opernarien für Tenor und Bariton aus den Siebzigerjahren. Ganz toll.«

Lorenz schwieg.

»Lorenz, bist du noch dran?«

»Aber nicht mehr lange!« Es hörte sich an, als ob er mit vollem Mund sprach. »Da du es ja vorgezogen hast, dich bei deinen Eltern zu verkriechen, kannst du dich jetzt wohl kaum bei mir über die Einrichtung beschweren.«

Haha, und ob ich das konnte! »Lorenz, du hast mir versprochen, das Haus für uns herzurichten. Herrichten heißt, bewohnbar machen. Aber du hast lediglich unseren Krempel plus allem, was du in unserer alten Wohnung nicht mehr haben wolltest, zu dem Krempel deiner Mutter dazugestellt.«

Lorenz schmatzte heftig.

»Was machst du da? Lorenz?«

»Was denn noch?«

»Warum hast du das Haus nicht leer geräumt, wie versprochen?«

»Ich habe zahllose Kisten aus dem Haus geschleppt, da kannst du Nelly fragen!«, sagte Lorenz. Er klang jetzt etwas zischend.

»Oh ja, da bin ich mir sicher«, zischte ich zurück. »Die Kisten mit dem Bargeld, dem Schmuck, dem Meissener Porzellan und den ledergebundenen Erstausgaben! Den ganzen anderen Mist hast du einfach hiergelassen.«

»Weil ich dachte, dass du vielleicht was von den Sachen gebrauchen könntest«, sagte Lorenz. »Entschuldige bitte, dass ich dir einen Gefallen tun wollte.«

»Ja, toll, danke, ich freue mich! Wo doch Stützstrümpfe und Nerzkappen heutzutage so teuer geworden sind!«

Lorenz keuchte nur.

»Lorenz? Was machst du da eigentlich?«

»Ich sitze auf dem Trainingsfahrrad, wenn du nichts dagegen hast, und ich will das Gespräch jetzt auch gerne beenden. Weiter! Weiter!«

»Was denn nun? Beenden oder weiter?«, fragte ich verwirrt.

»Meine Güte, Conny, während du auf Pellworm Urlaub gemacht hast, bin ich hier rotiert, habe die Installateure überwacht, den Haushalt aufgelöst, mich um deine Tochter gekümmert und – last but not least – achtzig Stunden in der Woche gearbeitet. Meinst du nicht, dass es dir jetzt zuzumuten wäre, dir einen Rotkreuzsack zu schnappen und die Klamotten meiner Mutter hineinzustopfen? Werd endlich erwachsen!«

Ich versuchte, tief durchzuatmen und innerlich bis zehn zu zählen, während Lorenz auf dem Ergometer offenbar zu Höchstleistungen auffuhr.

»Denk doch mal bitte an deine Kinder. Fürchtest du nicht, dass ihr Geschmackssinn fehlgeleitet werden könnte, wenn sie in dieser Umgebung leben müssen? Das Haus ist so vollgestellt, dass es praktisch nicht bewohnbar ist. Ich brauche dringend Geld für die Renovierung, mein Konto ist nämlich gähnend leer, wie du wahrscheinlich weißt. Ich habe natürlich keine Ahnung von den Preisen, aber mit fünfzigtausend Euro kämen wir sicher ein paar Schritte weiter. Die Bäder müssen neu gefliest werden, und wir brauchen neue Sanitärobjekte.«

Ich hörte Lorenz heftig atmen.

»Lorenz? Warum sagst du nichts? Hat dich auf dem Fahrrad der Herzinfarkt ereilt?«

»Jetzt mach aber mal einen Punkt, Conny. Du bekommst nicht einen Cent von mir! Das Haus ist in einwandfreiem Zustand, meine Mutter hat es erst vor fünf Jahren komplett renovieren lassen, ja, ja, einschließlich eines neuen Außenputzes. Oh ja! Und jetzt auch noch die brandneue Heizung! Du hast eine funktionierende Waschmaschine, einen Trockner, eine Küche mit allem Pipapo, ja, genau, ja, einen offenen Kamin und hundertfünfzig vollständig eingerichtete Quadratmeter.« Lorenz klang jetzt sehr eigenartig, irgendwie wütend und freudig zugleich. Er hörte sich völlig fremd an. Die vielen Jas und Ohs waren auch neu für mich, vermutlich ein staatsanwaltlicher, rhetorischer Trick, um seinen Gesprächspartner zu irritieren. Nur eins war wie sonst: Lorenz hatte immer schon die Fähigkeit besessen, den Spieß einfach umzudrehen und einen in Grund und Boden zu reden. »Es ist vielleicht nicht alles dein Geschmack – wobei ich es mir jetzt verkneife, darauf hinzuweisen, dass du davon nicht gerade viel besitzt, oooooh ja –, aber wenn dir die Einrichtung nicht gefällt, steht es dir ja völlig frei, etwas daran zu ändern. Ja! Ja!«

»Ha! Wie denn?« Ich war weder ein Gabelstapler noch eine Abrissbirne, ich war eine sechzig Kilo schwere Frau, und hier gab es nicht ein einziges Möbelstück, das weniger als eine Tonne wog! »Lorenz, so geht das nicht! Das Haus muss renoviert werden, ich brauche Geld und das schnell, denn sonst kann ich nicht mal den Kühlschrank auffüllen.«

Lorenz' Antwort war ein einziges Keuchen. »Und warum denkst du bitte, dass ich dafür zuständig bin, dein Konto und deinen Kühlschrank aufzufüllen?«

Ja, wer denn sonst?

»Ich-ich-ich ...«, sagte ich wenig eloquent.

»Meine liebe Conny«, sagte Lorenz. Er schien gerade auf der allerhöchsten Stufe zu radeln, steil bergauf. »Bitte sieh doch noch mal in deinen Unterlagen nach, ob da irgendwo steht, jaaaaa, dass ich dich bis an dein Lebensende mit Geld zuzuscheißen habe, denn in meinen Unterlagen steht das nicht. Oh! Oh! Du hast ein ganzes Haus bekommen, ich muss dir nicht sagen, wie viel das – huuuh – wert ist in dieser Wohnlage, ja!, und mit dem großen Grundstück, und du bekommst Unterhalt für die Kinder, und das nicht zu knapp, und was du sonst noch so brauchst« – hier wurde seine Stimme deutlich lauter –, »das verdien dir gefälligst selber!«

»A-a-a«, stotterte ich. Ich wusste nicht so recht, ob ich den Satz mit »Aber« oder »Arschloch« beginnen sollte. Wieso nur hatte ich das ganze Zeug unterschrieben, das Ulfi mir vorgelegt hatte? Im Grunde hatte ich doch kein Wort davon verstanden. Begriffe wie »Zugewinn« und »Versorgungsausgleich« sagten mir rein gar nichts, da konnte ich nur raten. Aber soweit ich mich erinnerte, hatte ich nichts unterschrieben, auf dem das Wort »Unterhaltsverzicht« stand. »Wie-wie-wie ...?« Da waren einfach zu viele Fragen mit »Wie?«. Wie sollte ich jetzt weitermachen? Wie an Geld kommen? Wie diese Mahagoni-Monsterhöhle in ein kinderfreundliches Heim verwandeln?

»Lorenz?« Ich wusste, dass meine Stimme so jämmerlich klang, wie mir zu Mute war, aber vielleicht erweichte das ja Lorenz' Herz.

Nein, tat es nicht.

»Conny, ich habe keine Lust und keine Zeit mehr für solche Gespräche. Wenn dir was nicht passt, klär das mit deinem Anwalt. Ja! Ja! Der kann das dann mit meinem Anwalt klären. Oh ja. Bitte ruf mich nur noch an, wenn es sich um die Kinder handelt, ansonsten belasten wir nur unnötig unser Verhältnis mit derartigen Diskussionen.«

Nee, klar, unser Verhältnis war ja so gut, das wollte ich auf keinen Fall belasten.

»Meinen Anwalt? Lorenz, was soll das nun wieder heißen? Du-du-du weißt genau, dass ich keinen Anwalt habe!« Wie immer, wenn ich nicht mehr weiterwusste, fing ich an zu stottern. »A-a-aber du hast doch gesagt, Ulfi regelt das alles für uns.« Ulfi war nach eigener Aussage der beste Scheidungsanwalt der Stadt. Er und seine Frau Frederike hatten zu unserem engsten Freundeskreis gehört. »Lorenz? Bist du noch dran?«

»Das ist wieder typisch für dich«, bellte Lorenz in den Hörer. »Selbst bei unserer Scheidung soll ich alles für dich regeln. Such dir einen eigenen Anwalt, und lass mich in Ruhe. Ja!«

»Du bist ja so ein ...«, sagte ich.

»Ja, gut«, keuchte Lorenz. »Gut so!«

»Wenigstens gibst du es zu.« Ich versuchte, nicht zu heulen. Was sollte ich jetzt machen? »Sag mir doch, was ich jetzt machen soll.«

Keine Antwort. Nicht mal mehr ein Keuchen. Lorenz hatte aufgelegt.

Fassungslos starrte ich auf den Brokathörer.

Monatelang hatte er mir etwas von friedlicher Trennung, harmonischer Scheidung, gemeinsamem Sorgerecht und problemlosem Familienleben erzählt, und jetzt wollte er plötzlich, dass ich mir einen eigenen Anwalt nahm! Warum denn jetzt erst? Mir dämmerte, dass er mich vermutlich reingelegt hatte. Ich hätte niemals, niemals diese verdammten Papiere unterschreiben dürfen, die er und sein feiner Freund Ulfi mir als die fairste und einfachste Lösung verkauft hatten! Aber zu wissen, was man nicht hätte tun sollen, ist in den wenigsten Situationen hilfreich.

Mir war sehr danach, eine Flasche von Omi Wilmas Abflussreiniger zu trinken. Damit wären meine Probleme auf einen Schlag gelöst gewesen.

»Ich verhunger mich immer mehr, Mami!« Zwei kleine Ärmchen schlangen sich um meine Taille.

Ich wischte mir die Tränen von der Wange und umarmte Julius so fest ich konnte. Das ist das Gute an Kindern: Sie halten einen ständig davon ab, Selbstmord zu begehen.

Nur mit einiger Mühe war es uns gelungen, einen Supermarkt zu finden, der an Rosenmontag nicht geschlossen hatte. In unserer Straße gab es zwar einen Kiosk, der rund um die Uhr geöffnet hatte, aber ich wollte meine Kinder nicht ausschließlich mit Schokolade, Gummitieren und Limonade verpflegen. Ich hatte Geld am Bankautomaten gezogen, nach meinem Telefonat mit Lorenz war mir dabei jedoch mulmig zu Mute. Zu Recht: Der Kontostand betrug 114 Euro und zwölf Cent. Ich hob 120 Euro ab. Heute war der erste Tag meines neuen Lebens als allein stehende Frau, und schon war mein Konto im Minus – kein sehr guter Anfang. Außerdem hatte ich wirklich Migräne bekommen und kein Aspirin oder Ähnliches in Omi Wilmas Medikamentenschrank gefunden, nur Hämorrhoidensalbe, eine Nasendusche und Rheumatabletten. Wahrscheinlich hatte Lorenz das auch nicht wegschmeißen wollen, denn vielleicht konnte ich es ja noch gebrauchen.

Ich ließ die Kinder alle Lebensmittel einladen, die sie haben wollten, wenigstens diesbezüglich sollten sie nicht darben. Nur bei den Getränken mussten sie sich auf jeweils eine Flasche Saft beschränken, denn der Rückweg war weit. Ich nahm seufzend eine

Flasche »Volvic« aus dem Regal. Üblicherweise trank ich drei bis vier Flaschen Mineralwasser am Tag, das waren zwei Kästen in der Woche. Die heranzuschaffen würde in Zukunft wohl problematisch werden.

»Das Leitungswasser soll ja hier einwandfrei sein«, sagte ich nachdenklich. Ich würde Unmengen von Tee kochen. Das war gesund. Und preiswert. Ab jetzt musste schließlich an allen Enden gespart werden.

»Wir brauchen ein Auto«, sagte Nelly. »Am besten ein Cabrio!«

Ein Auto! Haha! Am besten ein Cabrio! Nelly wusste noch nichts von meiner prekären finanziellen Lage. Ein Auto würden wir uns nicht leisten können. Außerdem war ich seit fünfzehn Jahren nicht mehr Auto gefahren, warum sollte ich jetzt damit anfangen?

»Wir werden uns einen Bollerwagen anschaffen«, sagte ich. »Ein Bollerwagen-Cabrio.«

Nelly warf mir einen vernichtenden Blick zu.

Hoch beladen mit Tüten wankten wir zurück zu Omi Wilmas Haus. Julius trug keine Tüten, dafür aber einen Zwölferpack Toilettenpapier, und zwar so vor die Brust gedrückt, dass er ihm die Sicht versperrte.

»Das ist mein Airbag«, sagte er und rammte mit voller Absicht eine Straßenlaterne.

Als Nächstes rammte er einen Mann.

»Hoppla«, sagte der Mann. In seiner Glatze spiegelte sich eine Leuchtreklame von der anderen Straßenseite.

»Entschuldigung«, sagte ich und sah Julius strafend an. Aber der machte nur brummende Autogeräusche und scharrte mit seinen Füßen. »Das war keine Absicht, nicht wahr, Julius?«

»Doch«, sagte Julius. Er war so ein ehrliches Kind.

Aber der Mann schenkte Julius gar keine Beachtung. »Na so was«, sagte er. »Du bist doch die Constanze!«

»Ja.« Die war ich. Doch wer war er? Ich hatte den Typ noch nie gesehen.

»Mann, du hast dich ja ganz schön rausgemacht.«

»Tja, wir werden alle nicht jünger«, sagte ich und kramte in meiner Erinnerung fieberhaft nach einem Mann mit spiegelnder Glatze. Ich fand aber niemanden. Nelly neben mir begann ebenfalls unruhig mit den Füßen zu scharren. Die Plastiktüten wurden ihr zu schwer.

Der Glatzkopf lachte. »Was hast du denn so gemacht seit der Uni?«

»Geheiratet, Kinder gekriegt ...«, sagte ich vage. »Und du?«

»Dasselbe«, sagte der Glatzkopf und lachte wieder. »Und nebenbei Karriere gemacht. Ich bin Seniorberater in einer Werbeagentur. Viel Stress, viel Geld. Im letzten Jahr hätte man mit meiner Einkommensteuer die Staatsverschuldung beheben können.«

Als er wieder lachte, wusste ich plötzlich, wen ich da vor mir hatte: Jan Kröllmann, meinen ersten Freund. Der mich nur im Dunkeln nackt »gesehen« hatte. Und der mich im Hellen mit einer anderen betrogen hatte. Er war schon damals ein furchtbarer Angeber gewesen. Allerdings hatte er keine Glatze gehabt. Und auch keinen Bierbauch. Überhaupt: Wenn ich ihn mir heute so ansah, kam ich zu dem Schluss, dass das einzig Attraktive an ihm seine Haare gewesen sein mussten. Hätte ich mir nicht einen Besseren für mein erstes Mal aussuchen können? Ich war fast ein bisschen sauer auf mich. Am Ende hatte Lorenz Recht, und ich hatte wirklich keinen Geschmack. Zumindest nicht, was Männer anging.

»Mami!«, sagte Nelly genervt.

»Ich komme, Schätzchen«, sagte ich. Und zu Jan sagte ich: »War nett, dich mal wieder zu sehen. Wir müssen weiter.«

Aber Jan hatte noch keine Lust, sich zu verabschieden. »Und was macht dein Mann beruflich?«, fragte er.

»Mami!«, sagte Nelly, diesmal lauter. Julius machte immer noch fröhliche Brummgeräusche.

»Er ist Staatsanwalt«, sagte ich zu Jan. »Und er ist bald mein Exmann.« Im gleichen Moment ärgerte ich mich. Was gingen Jan denn meine Familienverhältnisse an? »Entschuldige bitte, Jan, aber wir haben es eilig. Wir haben noch nicht gefrühstückt.«

»Tatsächlich?« Jan musterte die finster dreinschauende Nelly und den brummenden Julius abschätzend. »Ich bin auch unterwegs, um Brötchen für die ganze Familie zu holen. Ich habe es bis jetzt auf drei Kinder gebracht, da muss man sich als emanzipierter Mann selbstverständlich auch an der Hausarbeit beteiligen! Sag mal, wohnst du denn hier in der Insektensiedlung?«

»Ja, seit gestern. Im Hornissenweg.« Ist Brötchenholen »Hausarbeit«? Ich meine, nein.

»Maaamiiii!«

»Ist das die Möglichkeit!«, rief Jan aus. »Da wohnen wir auch! Welche Hausnummer?«

»Vierzehn«, sagte ich.

»Das alte Haus von der alten Frau Wischnewski«,

sagte Jan und pfiff durch seine Zähne. Ich wusste nicht, ob er anerkennend oder abwertend pfiff.

»Maaaaaamiiiiii!«

»Ja, das war meine Schwiegermutter. Jan, wir müssen wirklich los ...«

»Tja, dann sieht man sich ja demnächst öfter. Wir wohnen in Nummer 28, in dem Kubus mit dem vielen Glas. Der Architekt hat einen Preis dafür bekommen. War allerdings auch nicht billig, das Ganze. Ich meine, Design hat seinen Preis. Zweihundertvierzig Quadratmeter Wohnfläche, alles Granitböden, Sauna, Whirlpool, Einbauschränke ...«

Nelly sah aus, als ob sie gleich platzen würde.

»Ja, dann auf gute Nachbarschaft«, sagte ich zu Jan und ließ ihn einfach stehen, obwohl er noch mitten in der Beschreibung seines Eigenheims steckte.

»Wer war denn der Angeber?«, fragte Nelly verächtlich.

»Wir haben mal zusammen in einer WG gewohnt«, sagte ich. Mehr wollte ich dem empfindlichen Kind nicht zumuten. Sie hielt im Augenblick sowieso nicht viel von mir. »Stell dir mal vor: Dem gehört der hässliche Betonklotz im Hornissenweg, du weißt schon, der, der aussieht wie ein Aquarium. Angeblich hat der Architekt da einen Preis für bekommen. Dass ich nicht lache!«

Kaum zu fassen: Fünfzehn Jahre lang hatte ich Jan Kröllmann nicht gesehen, und ausgerechnet an meinem ersten Tag als allein stehende Frau musste ich ihn wieder treffen. Frisch getrennt, pleite, ohne Make-up und mit ungewaschenen Haaren. So ein schlechtes Timing! Im nächsten Schaufenster betrachtete ich mich verstohlen von der Seite. Na ja, so schlimm war es gar nicht. Jan war schließlich derjenige von uns, der seine Haare verloren und mindestens zwanzig Kilo zugelegt hatte. Ich trug zwar kein Make-up, aber selbst in ungewaschenem Zustand war meine Frisur der von damals haushoch überlegen. Überhaupt: Verglichen mit damals hatte ich mich zumindest optisch deutlich verbessert. Im Gegensatz zu Jan.

Dafür verdiente er mehr als ich. Allerdings war das nicht besonders schwer: Jeder Friseurlehrling verdiente mehr als ich, denn ich hatte ja überhaupt keinen Job. Ich hatte nicht mal einen Beruf. Es gab überhaupt eine Menge Dinge, die ich nicht hatte.

✿

Zu Hause versuchte ich sofort noch einmal, Trudi zu erreichen, die einzige Person, die mir in dieser Situation seelischen Beistand leisten konnte. Aber Trudis Stimme auf dem Anrufbeantworter verkündete unverändert, dass Trudi am Gardasee weilte. Eine sehr frohe Botschaft für etwaige Einbrecher, aber nicht für mich.

Ich fühlte mich sehr allein. Aber dann atmete ich tief durch und versuchte mir vorzustellen, was Trudi mir raten würde, wenn sie hier wäre. Als Erstes würde sie mein Gejammer unterbrechen. »Denk nicht ständig über das nach, was du nicht hast, sondern freu dich lieber an dem, was du hast«, würde sie sagen. Das sagte sie immer, wenn ich über irgendetwas jammerte.

Also gut. Was hatte ich, über das ich mich freuen konnte?

Zuerst einmal: Ich hatte zwei gesunde Kinder. So gesund, dass sie sich gerade hungrig über unsere Lebensmittelvorräte hermachten, so hungrig, dass wir morgen schon wieder würden einkaufen müssen. Und von welchem Geld bitte??? Aber die imaginäre Trudi ließ solche negativen Gedanken nicht zu. Zwei gesunde Kinder, wiederholte sie. Das ist doch schon mal sehr gut. Und weiter?

Ein Dach über dem Kopf. Ich holte Luft, um das Dach über dem Kopf näher zu beschreiben, aber die imaginäre Trudi unterbrach mich: Nein! Kein Wort über das Mahagoni! Hauptsache, ihr wohnt sicher und warm. Weiter! Wofür darfst du sonst noch dankbar sein?

Ich habe zwei gesunde Hände, die zupacken können, wenn es sein muss, sagte ich kläglich.

Sonst fiel mir nichts mehr ein. Aber das war ja auch mehr als genug, worüber ich dankbar und froh sein konnte. Ich ließ mich in Omi Wilmas braune Couch sinken und fing an zu heulen, so dankbar und froh war ich.

Gerade als ich darüber nachdachte, mir mit Omi Wilmas Himbeergeist – ich wusste von unseren diversen Sonntagsbesuchen hier, dass sie hinter den Büchern der Schrankwand geheime Himbeergeistnester angelegt hatte, die Gute – einen kleinen Rausch anzutrinken, klingelte es an der Haustür. Omi Wilmas Klingel hatte diesen Namen eigentlich gar nicht verdient. Sie gab nur ein unangenehmes schnarrendes Geräusch von sich, ein unwirsches, unmelodisches »Krrrrrrrk«, das einem eine Gänsehaut über den Rücken jagte.

Die Kinder erschienen in der Esszimmertür.

»Was war das?«, fragte Julius, den Mund voller Nutellabrot.

»Die Klingel, du Dummer«, sagte Nelly, ebenfalls voller Nutella.

»So klingelt nur der Gerichtsvollzieher«, murmelte ich und wischte mir die Tränen von der Wange.

»Vielleicht ist es ja Papi«, sagte Nelly und lief in den Flur hinaus.

»Warum weinst du, Mami?«, fragte Julius.

»Weil ich Omi Wilmas Schrankwand so hässlich finde«, sagte ich.

»Ach so«, sagte Julius.

»Mamiii! Es sind unsere neuen Nachbarn«, rief Nelly vom Flur.

Ah, wie nett. Ich erhob mich mit neuem Elan. Das war eben der gewisse Unterschied, wenn man in die Vorstadt zog: Die Nachbarn hier interessierten sich für einen.

Ich lächelte so breit ich konnte, als ich neben Nelly an die Tür trat. »Genau genommen sind wir ja die neuen Nachbarn«, sagte ich. Aber dann blieb mir das Lächeln im Hals stecken. Vor der Haustür standen nämlich alte Bekannte: die dicke Giesela und der dicke Heinrich vom Hauptbahnhof, nur ohne Hütchen und Lamettaperücke. Mein Gott, wie hatten die mich so schnell gefunden?

»Wir haben gesehen, dass Sie endlich eingezogen sind, und wollten Sie ganz herzlich willkommen heißen«, schnarrte Heinrich unfreundlich. »Wir sind Herr und Frau Hempel von Nummer 16.«

»Freut mich«, stotterte ich automatisch. Ein dummer Zufall, sonst nichts. So etwas gab's. Jetzt nur nicht die Nerven verlieren. Ich streckte den Hempels die

Hand entgegen und hoffte, dass sie beide schlecht sahen und außerdem ein schlechtes Gedächtnis hatten. »Constanze Wischnewski. Und das ist meine Tochter Nelly.« Wir haben auch noch einen kleinen Kotzer im Haus, aber der bleibt hoffentlich im Wohnzimmer und lässt sich hier nicht blicken, setzte ich in Gedanken hinzu.

»Nelly ist doch kein Name«, sagte Frau Hempel. Sie hatte eine unnatürlich hohe, schrille Stimme. »Finden Sie das etwa schön?«

»Ja, doch«, sagte ich verwirrt, aber auch ein bisschen erleichtert. Es schien nicht so, als würde ich den Hempels bekannt vorkommen. Da bog Julius um die Ecke, hängte sich an meinen Arm und starrte die Hempels mit großen Augen an.

»Und das ist unser kleiner Julius«, sagte ich etwas zittrig. Ich hoffte, das viele Nutella in seinem Gesicht würde es Herrn und Frau Hempel erschweren, in ihm den Mantelbeschmutzer von gestern Abend wiederzuerkennen.

Frau Hempel musterte uns argwöhnisch mit ihren kleinen Äuglein.

»Heinrich«, zischte sie und rempelte ihrem Mann den Ellenbogen in die Seite. Selbst wenn sie zischte, klang ihre Stimme wie eine Tür, die man lange nicht geölt hatte. Ob sie uns nun doch erkannt hatte?

»Ich mach das schon«, sagte Herr Hempel und stellte sich auf Omi Wilmas Fußabtreter in Positur. Auf dem Fußabtreter stand: »Wenn du denkst, es geht nicht mehr, kommt von irgendwo ein Lichtlein her.« Ich las es mit gemischten Gefühlen. Das mochte vielleicht auf andere zutreffen, aber wenn ich am Ende war, so wie heute, dann kam kein Lichtlein her, sondern das Ehepaar Hempel. Das war doch wieder mal typisch.

»Damit wir ein gutes nachbarschaftliches Verhältnis pflegen können, wollten wir auch direkt mal ein paar Dinge klarstellen«, sagte Herr Hempel sonor. »Kein Rasenmähen und kein Kinderlärm zwischen zwölf und fünfzehn und nach achtzehn Uhr, grundsätzlich nicht bei Südwind grillen, und Besucher parken gefälligst auf Ihrem Grundstück und nicht am Straßenrand. Haben wir uns so weit verstanden?«

»Ja«, krächzte ich überrumpelt. Nelly kicherte völlig unpassend, und Julius drückte sein Nutellagesicht unter Frau Hempels durchdringenden Blicken an meine beigefarbene Hose und schwieg.

»Heinrich«, zischte Frau Hempel wieder.

»Keine Sorge, Giesela«, sagte Herr Hempel und drückte sein Doppelkinn energisch in den Hemdkragen. »Ich habe das Kroppzeuch nicht vergessen. Um das mal klarzustellen: Wir haben das Kroppzeuch nur geduldet, weil die alte Dame so krank war, aber jetzt ist Schluss damit: Wenn Sie nicht vor Gericht enden wollen, dann sorgen Sie dafür, dass das Kroppzeuch wegkommt, und zwar dalli! Sie wären nicht die Ersten, die wir verklagen.«

Kroppzeuch? Das Wort war mir nicht geläufig. Aber darüber konnten wir doch sicher reden.

»Auf gute Nachbarschaft also«, schloss Herr Hempel.

»Jawohl«, sagte ich. »Und, äh, was genau ...?«

Weiter kam ich nicht. Weil Herr Hempel nun offenbar mit seinem herzlichen Willkommensvortrag am Ende angekommen war, meldete sich jetzt seine Frau zu Wort.

»Siehst du denn nicht, wer das ist?«, quietschte sie und rammte mir dabei beinahe ihren fetten Zeigefinger in den Bauch.

Mist! Mist! Mist!

Herr Hempel glotzte mich durchdringend an, aber der Groschen schien nicht zu fallen. Frau Hempel beeilte sich, ihm auf die Sprünge zu helfen.

»Das ist die Frau, die deinen Mantel beschmutzt hat!«

»Aber nein!« Das war schließlich nicht ich gewesen, sondern Julius. »Das war ein dummes Missgeschick ... Die Bahn kam, und wir mussten uns beeilen ... Sie wissen doch, wie Kinder sind ... Ich kann mich nur nochmals entschuldigen ...«

»Sie sind dieses impertinente Fraumensch?«, rief Herr Hempel und kniff seine Augen zusammen. »Das ist doch wohl die Höhe!«

»Es war wirklich keine Absicht«, sagte ich matt.

»Mit Ihnen werden wir wohl noch viel Freude haben«, quiekte Frau Hempel, und merkwürdigerweise sah sie nun wirklich erfreut aus. »Komm, Heinrich! Es macht sich doch immer wieder bezahlt, dass wir im Rechtsschutz sind.«

»Die Rechnung für die Reinigung bringe ich Ihnen dann dieser Tage vorbei«, sagte Herr Hempel noch, und dann watschelten sie Arm in Arm über die Einfahrt davon.

»Was war das denn?«, fragte Nelly, noch bevor die Tür wieder ins Schloss gefallen war.

»Die Apokalypse«, sagte ich matt.

»Die Apokalypse mit Wischmoppfrisur und Stützstrümpfen«, sagte Nelly und quietschte wie Frau Hempel: »Finden Sie das etwa schön?«

»Was ist Akopalypse?«, fragte Julius.

»Das Ende der Welt«, sagte ich. »Und was ist Kroppzeuch?«

Meine Kinder wussten es auch nicht.

»Irgendwas, was Familie Godzilla stört«, sagte Nelly. »Und dann dürfen wir nicht bei Südwind grillen – die haben ja wohl eine Vollmeise!«

»Ja«, sagte ich. Die hatten eine kolossale Vollmeise. Aber sie waren rechtsschutzversichert und ich nicht.

»Gut, dass Papi Anwalt ist«, sagte Nelly.

Da war ich mir allerdings nicht so sicher.

»Und was machen wir jetzt?«, fragte Julius.

Ich hätte mich am liebsten wieder auf das hässliche Sofa gelegt, die Schrankwand angeschaut und mein trauriges Los beweint, aber ich sah ein, dass uns das kein bisschen weiterhelfen würde.

»Jetzt krempeln wir die Ärmel hoch und machen aus diesem Gruselkabinett ein richtiges Zuhause«, sagte ich.

»Wie denn?«, fragte Nelly maulig.

»Zuerst einmal werfen wir einfach alles raus, was uns nicht gefällt«, schlug ich vor.

»Wie denn?«, fragte Nelly wieder. »Die Möbel kriegt man doch keinen Zentimeter verrückt.«

»Wir fangen klein an«, sagte ich. »Erst mal kümmern wir uns um die Sachen, die in Müllsäcke passen.«

»Ohne mich«, sagte Nelly. »Ich gehe raus in den Garten und suche nach einer Stelle ohne Funkloch.«

»Schon gut«, sagte ich. »Wenn du auf das ominöse Kroppzeuch stoßen solltest, gib uns Bescheid.«

Nelly verschwand durch den Wintergarten nach draußen, und Julius und ich wanderten, jeder mit einem Müllsack bewaffnet, durchs Haus. Nachdem wir das Klorollenhütchen, Omi Wilmas Hämorrhoidensalbe und ein Arrangement aus blauen und gelben Kunststoffblumen samt einer monströsen Blumenvase entsorgt hatten, fühlte ich mich etwas besser.

Dann schnarrte die Türklingel erneut.

»Am besten machen wir gar nicht auf«, sagte ich.

Aber Julius war schon auf dem Weg zur Tür. »Das ist bestimmt Papi!«, rief er. Ich seufzte. Meine Kinder hatten einfach noch nicht verstanden, dass Papi nur noch höchst selten vor der Tür stehen würde.

Auf der originellen Fußmatte stand diesmal eine junge Frau, die zur Hälfte von einer riesigen, leuchtend blauen Hortensie verdeckt wurde.

»Herzlich willkommen im Hornissenweg«, sagte sie.

»Vielen Dank«, erwiderte ich misstrauisch. Wenn sie gekommen war, um uns zu sagen, dass wir gefälligst niemals auf der Straße parken, bei Südwind grillen oder die Klospülung bei Regenwetter betätigen durften – das wussten wir bereits.

»Ich bin Mimi Pfaff aus Nummer 18«, sagte die Frau. Mimi Pfaff war eine sehr hübsche Erscheinung, soweit ich das hinter der Pflanze erkennen konnte, zierlich, dunkelhaarig und mädchenhaft. Ich schätzte sie auf Ende zwanzig. »Ich wollte eigentlich nicht so bald auf der Matte stehen, aber als ich sah, dass Sie schon Besuch von den Hempels hatten, dachte ich, ich sollte nicht so viel Zeit dazwischen verstreichen lassen. Hempels sind nämlich wirklich Furcht einflößend.« Sie lachte und reichte mir die Hortensie hinüber. »Die ist für Sie. Und lassen Sie sich von Hempels nicht einschüchtern. Die sind zwar in einer Rechtsschutzversicherung, aber wir haben den besseren Anwalt.«

»Weshalb haben die Sie denn verklagt?«, fragte ich.

»Och, wegen eigentlich allem. Wegen des Brennholzstapels, wegen unserer Angewohnheit, im Sommer auf der Terrasse zu grillen, wegen unseres Besuches, der ab und an am Straßenrand parkt, wegen unserer Katze, die in ihr Gemüsebeet gekackt hat, wegen der Kletterrosen an unserer Schuppenwand, wegen unseres Rasenmähers ... – ich hab bestimmt noch die Hälfte vergessen. Aber wie gesagt, unser Anwalt ist spitze – bisher haben wir noch jedes Mal gewonnen. Wenn Sie möchten, rufe ich gleich morgen bei ihm an.«

Ich fühlte mich auf einen Schlag besser. Diese Mimi war mir so sympathisch, dass ich nicht wollte, dass sie gleich wieder ging.

»Haben Sie vielleicht Zeit für einen Kaffee?«, fragte ich.

Glücklicherweise hatte Mimi Zeit. Ich wusste, kaum dass sie über die Schwelle getreten war, dass dies der Beginn einer wunderbaren Freundschaft sein würde.

Und es sollte auch den Anfang vom Ende für Omi Wilmas grausame Inneneinrichtung bedeuten.

»Wir revonieren gerade«, erklärte Julius und zeigte auf die Müllsäcke.

»Wir versuchen es jedenfalls«, ergänzte ich. »Sie sind nicht zufällig Innenarchitektin von Beruf?«

Mimi schüttelte den Kopf. »Aber ich habe Homes and Gardens abonniert.« Sie sah sich neugierig im Wohnzimmer um.

Eine Weile lang sagte sie gar nichts.

»Ja«, sagte ich verständnisvoll. »Das kann einem schon mal die Sprache verschlagen.«

»Ich glaube, die Möbel sind gar nicht mal so hässlich«, meinte Mimi. »Es ist das viele Braun, das einen erdrückt. Sicher könnte man hier so manches Stück mit ein wenig Farbe therapieren.«

»Und wann ist hier Sperrmüll?«, fragte ich.

»Sperrmüll!«, rief Mimi schockiert aus. »Doch kein Sperrmüll! Sperrmüll ist out. ›E-Bay‹ ist in. Ich habe die ganzen Bleikristallvasen, die meine Mutter zu ihrer Hochzeit bekommen hat, bei ›E-Bay‹ verkauft, ein Sammler in Niederbayern hat Höchstpreise dafür geboten, so viel, dass wir im Januar für drei Wochen nach Thailand geflogen sind! Und mein Keller ist endlich wieder leer.«

Für einen Augenblick sah ich rosige Zeiten für uns anbrechen, doch dann kam ich zurück auf den Boden der Tatsachen. »Das wird aber ein bisschen schwierig werden, diese Schrankwand auf die Post zu tragen und nach Niederbayern zu verschicken«, sagte ich.

Die Zukunft sah nun nicht mehr ganz so schwarz aus. Hier war endlich jemand, der Licht in mein Chaos brachte.

Mimi besaß im Gegensatz zu mir die Fähigkeit, sich Tapeten, Möbel und Vorhänge, eben alles Scheußliche, einfach wegzudenken und nur das Positive zu sehen.

»Gute Proportionen«, sagte sie zum Esszimmer und: »Was für ein herrlicher Raum!«, zu dem trostlosen Wintergarten-Pflanzenfriedhof.

»Und was für eine miese, abgestandene Luft«, sagte ich und öffnete die Fensterflügel hinaus zum

Garten. Frische, kalte Luft strömte in den Raum. Von den Bäumen hörte man Vogelgezwitscher. Der Frühling war nicht mehr weit.

»Ich hab Empfang!«, hörten wir jemanden enthusiastisch brüllen. »Ich hab Empfaaaaaaaaaang!«

Mit diesen Worten stürzte Nelly vom Baum.

Ich bin mir ziemlich sicher, dass »Ich hab Empfang« in die lange Riege berühmter letzter Worte eingereiht wird, gleich nach »Ist das etwa ein Zug?« und »Bist du sicher, dass das Champignons waren?«.

Aber zum Glück waren es nicht Nellys letzte Worte. Sie brach sich nur den Arm und fluchte wie ein Bierkutscher. Natürlich gab sie mir die Schuld dafür, dass sie vom Baum gefallen war.

»Wenn du dich nicht mit Papi gestritten hättest, dann wären wir nicht in dieses verdammte Funkloch gezogen, und ich hätte nicht auf einen Baum klettern müssen!«, schniefte sie und rieb sich mit ihrem gesunden Arm den Hintern. Dann heulte sie los wie eine Vierjährige. Julius heulte aus lauter Sympathie gleich mit ihr. Ich rannte ebenfalls heulend ins Haus zurück, um den Notarzt anzurufen. Mimi hielt mich am Ärmel fest.

»Ich fahr euch in die Klinik«, sagte sie. »Das geht schneller.«

Mimi fuhr ein smaragdgrünes Cabrio, das Nelly sofort für sie einnahm. Sie unterbrach ihr Weinen, um mir zu sagen, dass ich mir auch unbedingt so ein Cabrio zulegen müsse. Ich kühlte ihren Arm mit Omi Wilmas Kopfschmerzkompressen und nickte.

»Alles, was du willst, mein Schatz«, sagte ich. Wenn es meinen Kindern schlecht ging, konnten sie alles von mir bekommen. Später würde es mir leidtun. Ich beschloss, mich damit herauszureden, dass ich gar keinen Führerschein hätte. Ich wusste sowieso nicht, wo sich der alte, nie gebrauchte Lappen herumtrieb.

In der Klinik war Nelly dann plötzlich ganz zivilisiert und tapfer, was an dem gut aussehenden, jungen Assistenzarzt liegen konnte, der uns versicherte, dass Nellys Arm in sechs Wochen wieder ganz der alte sein würde. Sie murrte nur, weil sie ihr Handy, das nun endlich einwandfreien Empfang hatte, im Krankenhaus nicht benutzen durfte. Ich rief Lorenz von der Notaufnahme an, um ihm zu sagen, dass Nelly gerade eingegipst wurde und nach seiner Person verlangte.

Lorenz klang verschlafen und mürrisch, wie immer nach einem langen Arbeitstag. »Du bist noch keine vierundzwanzig Stunden ausgezogen, und schon bringst du es fertig, die Kinder ins Krankenhaus einzuliefern. Aber der Trick funktioniert nicht. Du musst endlich einsehen, dass unsere Trennung endgültig ist, Conny. Es gibt kein Zurück. Du musst jetzt lernen, auf eigenen Füßen zu stehen.«

»Es ist kein Trick«, beteuerte ich, aber Lorenz glaubte mir nicht.

»Ich sehe auch nicht, wie ich Nelly in diesem Fall noch helfen kann. Sie ist ja bereits vom Baum gefallen! Sag ihr, ich komme dieser Tage mal vorbei, um meinen Namen auf ihren Gips zu schreiben.«

Ich war zu erschöpft, um ihn zu beschimpfen. Die letzten vierundzwanzig Stunden waren nicht eben die besten in meinem Leben gewesen. Ich war gnadenlos pleite, hatte meinen ersten und einzigen Ex-Lover wiedergetroffen, die unsympathischsten Leute, die mir seit langem über den Weg gelaufen waren, hatten sich als meine nächsten Nachbarn entpuppt, und meine Tochter war von einem Baum gefallen.

»Also gut, du hast gewonnen«, sagte ich. »Morgen gehe ich zu einem Anwalt, damit du mir endlich glaubst, dass ich dich nicht zurückhaben will.« Das war die Wahrheit. Ich wollte ihn wirklich nicht mehr zurückhaben.

»Wie bitte? Was tust du?«, rief Lorenz aus, plötzlich hellwach. »Aber wir haben doch einen Anwalt! Ulfi regelt das doch alles. Was soll denn das jetzt schon wieder!«

»Du hast doch heute Morgen selber gesagt, dass ich mir gefälligst einen eigenen Anwalt suchen soll«, sagte ich einigermaßen verwirrt.

»Wann soll ich das gesagt haben?«

»Heute Morgen, als du auf dem Ergometer herumgekeucht hast«, erinnerte ich ihn.

»Als ich was?«

»Lorenz, bist du sicher, dass du nicht doch einen Gehirntumor hast? Ich finde nach wie vor, dass alle Anzeichen dafür sprechen!«

»Also, wenn ich das gesagt habe, dann habe ich das doch nicht so gemeint«, sagte Lorenz. »Das ist doch die reinste Geldverschwendung, wenn du dir jetzt auch noch einen Anwalt nimmst. Ich wüsste wirklich Besseres für mein Geld.«

Ja was denn nun? Hü oder hott? »Lorenz, mein Konto ist im Minus, und du hast gesagt, dass du nicht mehr dafür zuständig bist. Ich brauche aber Geld, damit wir, deine Kinder und ich, nicht verhungern! Also nehme ich mir jetzt einen Anwalt, damit ich das Geld von dir bekomme, und damit basta. Ich bin mir ziemlich sicher, dass mir das zusteht, ganz egal, was ich auch unterschrieben haben mag. Da stand ich unter Schock und war nicht zurechnungsfähig.«

»Ach, Dummerchen«, sagte Lorenz. »Natürlich bekommst du Geld von mir. Einen vorläufigen Unterhalt, bis zur Scheidung. Ab dem nächsten Monatsersten. Guck doch mal in deine Unterlagen, da ist das alles genau festgelegt.«

Der nächste Erste war morgen. So lange würde ich wohl mit dem Minus auf dem Konto leben können.

»Ach so«, sagte ich einigermaßen erleichtert.

»Dummerchen«, sagte Lorenz wieder, und es klang fast zärtlich. »Gib den Kindern einen Kuss von mir.«

Ich fühlte mich sehr, sehr einsam in diesem Augenblick. Aber als mein Blick auf Mimi fiel, die zusammen mit Julius auf den Flurfliesen Hüpfekästchen spielte, konnte ich nicht finden, dass mir heute nur schlechte Dinge widerfahren waren. Omi Wilmas Türmatte hatte doch Recht: Wenn du denkst, es geht nicht mehr, kommt von irgendwo eine Mimi her.

Willkommen auf der Homepage der

Mütter-Society,

dem Netzwerk für Frauen mit Kindern.

Ob Karrierefrau oder »nur«-Hausfrau,

hier tauschen wir uns über Schwangerschaft

und Geburt, Erziehung, Ehe, Job, Haushalt

und Hobbys aus und unterstützen uns

gegenseitig liebevoll.

Zutritt zum Forum nur für Mitglieder

1. März

Jetzt ist es also beschlossene Sache, dass wir Frauen von der Mütter-Society in diesem Jahr die Organisation des Mai-Nachbarschaftsfestes in der Insektensiedlung übernehmen. Wir haben uns lange genug über die Mängel dieser Veranstaltung beschwert, nun haben wir die Möglichkeit, es besser zu machen, Mamis! Mir persönlich liegt vor allem eine wesentliche Verbesserung am Herzen: Es mag ja immer noch als Kavaliersdelikt gelten, wenn ein Mann zu vorgerückter Stunde und mit ein paar Bier zu viel intus an den nächstgelegenen Gartenzaun pinkelt, aber ich empfinde das als äußerst un-

appetitlich und ganz und gar nicht vorbildhaft für unsere Söhne. Hier geht es nicht um die leidige Diskussion darüber, ob Männer im Stehen pinkeln dürfen oder nicht, denn das ist ja grundlegend geklärt und auch wissenschaftlich belegt. (Kopien des Artikels von Prof. Dr. Dunstmann zum Thema »Mannsein beginnt auf der Toilette – mütterlicher Putzwahn blockiert die gesunde psychosexuelle Entwicklung des männlichen Nachwuchses« können bei mir eingefordert werden.) Wir von der Mütter-Society gehören ja beileibe nicht zu den keifenden Weibern, die von Männern verlangen, sich beim Pinkeln zu setzen! Aber das schamlose Pinkeln in aller Öffentlichkeit findet meine Billigung nicht! Im letzten Jahr hat man unsere Thuja-Hecke förmlich zu Tode gepinkelt. Deshalb plädiere ich dieses Jahr für die Anmietung eines oder sogar mehrerer Dixieklos. Damit wäre das Problem elegant gelöst.
Frauke

1. März

Außerdem müsste man die Auswahl der Kuchen ein wenig besser koordinieren.
Im letzten Jahr gab es vierzehn Rhabarberkuchen und vier Erdbeerböden. Wenn wir uns die Mühe machen würden, vorher mit einer Liste herumzugehen, könnten wir ein solch unattraktives Überangebot vermeiden. Wäre das nicht eine schöne Aufgabe für unsere Gitti? Von Kuchen und Torten versteht doch keiner so viel wie du und deine Mutti.

Muss Schluss machen, habe morgen und übermorgen Tagung in Palma und weder Koffer gepackt noch vorgekocht. Auf Mallorca sind es im Augenblick 22 Grad im Schatten, und die Mandelbäume blühen noch!
Sabine

1. März

Ich bin entzückt von der Dixieklo-Idee, wo ich doch ständig aufs Klo rennen muss, seit ich mit unserem Wurzel schwanger bin. Supi! Supi! Supi!
Ich backe übrigens gern eine Schwarzwälder Kirschtorte. Ohne Alkohol natürlich, für alle Kiddies und werdenden Mamis.
Suche für Wurzel dringend!! einen gut erhaltenen Tummy-Tub und Glückskäfer-Tragesack. Bevor ich bei »E-Bay« nachschaue, wollte ich erst mal euch fragen.
Ich muss leider immer noch viel brechen, aber es macht wie immer supi Spaß, schwanger zu sein. Wie viel Kilo hast du denn bisher schon abgenommen, Sonja? Was ist jetzt eigentlich aus eurer Reise in die Dom. Rep. geworden? Du wirst doch wohl nicht schwanger fliegen, oder?
Mami Kugelbauch Ellen

1. März

Natürlich fliegen wir in den Urlaub, Ellen, mein Frauenarzt hat da auch überhaupt keine Bedenken, zumal dort keine akute Malaria-

Gefahr besteht. Wenn das Baby erst mal da ist, kann man Fernreisen für eine gute Weile vergessen, also müssen wir die Gelegenheit nutzen und uns noch einmal richtig erholen, fünf Sterne all inclusive direkt an der Lagune, Palmen bis zum Meer, schneeweißer Strand, Hummer bis zum Abwinken – ich wäre doch schön blöd, wenn ich mir das in meinem Zustand versagen würde, oder?
Sonja

3. Kapitel

Zwei Tage später machten wir uns mit dem Fahrrad auf zu Julius' neuem Kindergarten. Schon vor der Tür konnte man merken, dass die »Villa Kunterbunt« sich von Julius' erstem Kindergarten deutlich unterschied. Statt des Clübchens türkisch schwatzender Frauen vor der Tür stand dort nur ein eleganter Zinnkübel mit Efeu, Winterheide und einer bunten Windmühle, nirgendwo waren Risse an der Außenfassade des Gebäudes zu erkennen oder auch nur ein Graffiti zu sehen, und auf dem Parkplatz standen statt des unordentlichen Haufens Fahrräder, uralter Fiat Pandas und Ford Transits ein halbes Dutzend gepflegter Familienvans sowie ein schwarzer Jaguar. Neben dem Jaguar parkten fünf Fahrräder ordentlich in einem Fahrradständer. Da sie keine Kindersitze auf dem Gepäckträger hatten, nahm ich an, dass sie den Erzieherinnen gehörten. Die verdienten nicht genug für Jaguars oder Vans.

Ich hob Julius aus seinem Sitz und stellte mein Fahrrad ordentlich neben die anderen. Unsere Helme klemmte ich an den Lenker. Gerade wollte ich den Nutzen eines Fahrradständers loben, als mein Fahrrad sich ohne erkennbaren Grund seitwärts neigte und gegen das Nachbarfahrrad rutschte. Gelähmt vor Entsetzen sah ich zu, wie ein Fahrrad nach dem anderen zur Seite kippte wie bei Domino-Day, bis das fünfte und letzte Fahrrad mit unsanftem Knirschen von der Kühlerhaube des Jaguars gestoppt wurde.

»Boah«, sagte Julius.

»So was Blödes«, sagte ich und war schon wieder den Tränen nahe.

»Ist das Ihr Fahrrad?«, fragte eine Stimme hinter uns. Sie gehörte einem Mann im schwarzen Anzug, in dem ich unschwer den Besitzer des Jaguars erahnte. Bei seinem Anblick wurde mein Mund ganz trocken. Hatte ich eine Haftpflichtversicherung? Ich konnte mich nicht erinnern, jemals eine abgeschlossen zu haben.

Der Jaguarmann hatte dunkle Augen, mit denen er mich einer genauen Musterung unterzog. Ich spürte, wie ich rot anlief. Wenn ich eine Haftpflichtversicherung hatte, dann hatte Lorenz sie für mich abgeschlossen. Und wenn Lorenz eine Versicherung für mich abgeschlossen hatte, dann hatte er sie in der Zwischenzeit auch ganz sicher wieder gekündigt. Dieser Mann zahlte doch keinen Cent mehr für mich. Und ich hatte keinen Cent für einen Kratzer im Lack anderer Leute übrig. Nicht mal, wenn es ein Panda gewesen wäre.

Der Jaguarmann sah mich immer noch aufmerksam an. Mir war klar, dass er auf eine Antwort wartete.

Ich versuchte es mit einem unbedarften Lächeln. »Welches Fahrrad?«, fragte ich.

»Das, das meinen Lack zerkratzt hat«, sagte der Mann.

»Nein«, sagte ich erleichtert, wenn auch immer noch schamrot im Gesicht. »Das ist nicht meins.« Es war ja wirklich nicht meins. Meins war das, das die Kettenreaktion ausgelöst hatte. Aber das konnte und wollte ich dem Jaguarmann nicht sagen. Ich war pleite, und der drohende Ausspruch: »Mein Mann ist Staatsanwalt« entsprach ja nun auch nicht mehr der Wahrheit. So leid mir das mit der Beule tat – bezahlen wollte ich sie auf keinen Fall.

Der Mann versuchte, den Fahrradsalat beiseitezuschieben, und Julius und ich halfen ihm dabei, alle Fahrräder wieder ordentlich aufzustellen. Dann wollte ich mich aus dem Staub machen.

»Vielen Dank«, sagte der Mann und lächelte. »Tut mir leid wegen vorhin: Sie sehen ja nun wirklich nicht aus wie jemand, der mit dem Fahrrad gekommen ist.«

»Ja, stimmt ja«, sagte ich entzückt. Ich hatte mich für Julius' ersten Kindergartentag nämlich schwer in Schale geschmissen. Seine Mutter sollte um keinen Preis pleite, allein erziehend und arbeitslos aussehen, das machte einen schlechten Eindruck. Also trug ich meinen schwarz-rot karierten Minirock zu schwarzen Strumpfhosen und schwarzem Rollkragenpullover, einen Kettengürtel von »Moschino«, darüber einen dünnen Wollmantel, dem man auch ohne ins Etikett zu schauen den hohen Kaschmiranteil durchaus ansah. Dazu trug ich rote Stiefel mit irrsinnig hohen Absätzen. Es war ein kalter Morgen, und schon auf der Fahrt hierhin hatte ich gefroren wie ein Schneider, aber jetzt stellte sich heraus, dass die Quälerei durchaus für etwas gut gewesen war. Der Mann hatte Recht: Ich sah definitiv nicht aus wie jemand, der mit dem Fahrrad hergekommen war. Halleluja!

»Haben Sie denn gesehen, wie das passiert ist?«,

fragte der Jaguarmann und fuhr mit der Hand über die Schramme im Kotflügel.

»Nein, äh ja«, stotterte ich. Mit Julius an der Hand hatte ich bereits ein paar Schritte rückwärts in Richtung Eingang gemacht. »Einfach umgekippt, ohne Grund, die Dinger. Wahrscheinlich war es der Wind.«

Die Situation war ein bisschen verfahren. Der Mann streichelte seinen Jaguar, und ich entfernte mich schrittchenweise und rückwärts aus seiner Nähe, anstatt mich souverän zu geben und wie ein normaler, unschuldiger Mensch davonzueilen.

Meine halbherzige Flucht wurde zusätzlich durch einen Gullideckel vereitelt.

»Verdammt!«, entfuhr es mir. Der Absatz meiner Stiefel hatte sich zwischen zwei Eisenstangen verkeilt. Bei dem Versuch, mich mit einem kräftigen Ruck zu befreien, brach der Absatz ab.

»Das kostet mindestens zweitausend Euro«, sagte der Mann.

»Ach, was«, sagte ich. »Beim Schuster kostet das höchstens zwanzig Euro.«

»Ich meinte die Reparatur des Autos«, sagte er.

»Ach so.« Ich spürte selbst, dass mein Lächeln irgendwie schief ausfiel. Egal. Meine Kinder sollten auf keinen Fall wegen dieses Kratzers Hunger leiden müssen. Wenn sich jemand einen Jaguar leisten konnte, dann konnte er sich auch einen Kratzer darauf leisten, sagte ich mir. »Na, dann hoffe ich, dass sich derjenige meldet, dem das Fahrrad gehört.«

»Ja, das hoffe ich auch«, sagte der Mann und lächelte zurück. »Vielen Dank für Ihre moralische Unterstützung.«

»Gern geschehen«, sagte ich mit letzter Kraft. Ich hoffte nur, dass ich diesem Menschen niemals mehr gegenüberstehen musste.

Als wir die »Villa Kunterbunt« betraten, war mir, wie üblich, mulmiger zu Mute als Julius. In allen Spiel- und Krabbelgruppen und seinem letzten Kindergarten war es mir ähnlich ergangen. Julius war kein besonders draufgängerisches Kind, und seine eher schweigsame, beobachtende Art, wenn er irgendwo fremd war, konnte man leicht fehlinterpretieren. Ich war selbstverständlich von meinem Kind begeistert, kannte seine (wenigen) Schwächen und seine (immensen) Stärken und wusste, was für ein friedfertiger, fantasievoller und witziger kleiner Kerl er war, aber ich war seine Mutter, und die bange Frage, die ich mir in solchen Situationen immer stellte, war: Sehen die anderen, speziell die Erzieherinnen, mein Kind auch so, wie es ist? Oder halten sie seine Zurückhaltung für phlegmatisch, seine Gewitztheit für altklug und seine Nachdenklichkeit für melancholisch? Und dann war da immer die Angst, auf eine Erzieherin zu treffen, die meinen Sohn einfach nicht mögen könnte. Es mag vielleicht ein Tabuthema sein, aber auch gegenüber kleinen Kindern kann man als Erwachsener Antipathie empfinden. Ich glaube nicht, dass Rousseau Recht hat mit seiner Theorie, dass der Mensch bei der Geburt rein und unschuldig ist und erst durch uns Erwachsene und unseren Einfluss verdorben wird. Ich bekenne mich zu dem Glauben, dass es Menschen gibt, die schon als kleine Widerlinge geboren werden. Manche Kinder, und mögen sie noch so klein sein, sind mir einfach von Grund auf unsympathisch, da kann ich gar nichts gegen machen. Warum sollte es Erzieherinnen anders gehen? Sie sind schließlich auch nur Menschen.

Die Leiterin der Villa Kunterbunt, eine Frau Siebeck, leitete auch die »Herr-Nilsson-Gruppe«, in der Julius bereits einen mit seinem Namen beschrifteten Haken besaß. Über den Haken war ein Marienkäfer gemalt.

»Marienkäfer sind meine Lieblingstiere«, sagte Julius erfreut. »Marienkäfer und Tiger.«

Frau Siebeck lachte und streichelte Julius durch die hellblonden Schafslöckchen. »Siehst du, das habe ich mir schon gedacht!«

Ich war einigermaßen erleichtert. Falls sie Julius unsympathisch fand, dann war sie professionell genug, sich das nicht anmerken zu lassen. Genauso wenig wie ein mögliches Befremden über meinen abgebrochenen Absatz. Nette Frau.

Julius hatte keine Probleme, sich von mir zu verabschieden. Er streichelte mich freundlich. »Du kannst wieder nach Hause zum Revonieren gehen, Mami.«

Das hätte ich getan, aber Frau Siebeck wies mich an, im Garderobenraum auf sie zu warten, bis sie Julius drinnen alles gezeigt habe. Ich müsse noch diverse Unterlagen unterschreiben, Waldspaziergänge, Zahnhygiene und mögliche Notfälle betreffend.

Also setzte ich mich brav auf die Bank unter Julius' Marienkäferhaken und studierte die Anschläge am Schwarzen Brett.

Seit dem letzten Mitbringtag ist Melisandes »California

Girl Barbie« spurlos verschwunden. Wir bitten alle Mamis, noch einmal gründlich in den Kinderzimmern nachzuschauen. Absolute Diskretion bei Rückgabe ist selbstverständlich.

Es sind noch Plätze frei für den Mutter-Kind-Workshop »Serviettentechnik auf Baumwolltaschen«. Wir fertigen unseren individuellen Einkaufsbeutel. Verbindliche Anmeldungen bitte in Marie-Antoinettes Fach legen.

Ein Junge, jünger als Julius, stürmte in den Garderobenraum. Er schleuderte eine himmelblaue Kindergartentasche auf den Boden und schrie: »Iss bin dä Äässte! Iss bin dä Äässte!«

Hinter ihm kamen ein etwa sechsjähriges Mädchen und eine hoch gewachsene Frau durch die Tür. Die Frau erinnerte mich fatal an meine Mutter, dieselbe knochige Statur, das kräftige Pferdegebiss, die vollen Lippen, die weit auseinanderstehenden hellen Augen – genau wie meine Mutter in jungen Jahren. Ich kam ganz und gar auf meinen Vater, habe ich das schon mal erwähnt?

»Mama! Marlon hat meine Tasche auf den Boden geschmissen«, beschwerte sich das Mädchen. »Du hast erlaubt, dass er sie tragen darf, und jetzt ...«

»Das hat er sicher nicht mit Absicht gemacht, Flavia«, sagte die Frau, die aussah wie meine Mutter, und studierte die Anschläge am schwarzen Brett. *Wer hat eine grüne Turnhose, Gr. 104, gefunden oder aus Versehen mit nach Hause genommen?* »Aus Versehen« war dreimal unterstrichen.

»Hat er wohl mit Absicht gemacht«, sagte Flavia. Ihr fehlten die beiden Schneidezähne, was ihr ein lustiges Aussehen verlieh.

»Hab iß niß«, schrie Marlon und versetzte der himmelblauen Kindergartentasche einen Tritt.

»Mamaaa!«, rief Flavia. »Jetzt hat er die Tasche getreten!«

Die Mutter seufzte nur. Ohne sich vom schwarzen Brett abzuwenden, sagte sie: »Flavia! Du sollst aufhören, Marlon immer zu provozieren! Zieh deine Pantoffeln an, wir haben nicht ewig Zeit!«

Als Flavia sich bückte, um ihre Tasche aufzuheben, spuckte Marlon ihr geräuschvoll auf den Rücken.

»Du fiese Ratte!« Flavia revanchierte sich mit einem Schubs.

Obwohl es nur ein kleiner Schubs war, torkelte Marlon durch die halbe Garderobe und landete auf meinen Füßen, um dort in manisches Gebrüll auszubrechen. So ohrenbetäubend, dass mein »Aua«-Aufschrei ungehört verhallte.

»Die Flavia hat miss umdessubßt!«, brüllte er.

Flavia wurde von den Blicken der Mutter sozusagen erdolcht, während sie Marlon tröstend in ihren Armen wiegte. »Flavia, damit ist Fernsehen auch für morgen gestrichen.«

»Aber Mama! Er hat mich vollgespuckt. Der ganze Anorak ist voll!«

»Daa niß wah! Daa niß wah!«

»Wohol! Wohol!«

»Planßtuh! Planßtuh!«

»Flitschbirne! Flitschbirne!«

»Iß bin teine Flitßbööne! Mama, die Flavia hat miss Flitßbööne denennt!«

»Ja, weil du Planschkuh gesagt hast!«

»Hab iß daa niß.«

»Keine Diskussion mehr!« Der Tonfall der Mutter ließ einem das Blut in den Adern gefrieren. Für einen Augenblick herrschte Ruhe. Der Dolchblick wanderte durch den Raum und blieb an mir hängen. Ich drehte peinlich berührt meinen Absatz in meinen Händen hin und her. Aber der Frau war meine Anwesenheit kein bisschen peinlich. Sie lächelte mich an. »Geschwisterrivalität wie aus dem Lehrbuch, nicht wahr?«

»Äh«, sagte ich.

»Du musst die neue Mutter sein, die allein Erziehende!« Die Dolchfrau streckte mir die Hand entgegen. Obwohl sie jetzt lächelte, hatte sich an der Schärfe ihres Blicks nichts geändert. Er war einmal an mir hinabgewandert bis zu dem ramponierten Stiefel und wieder hinauf. Ich hatte das dringende Bedürfnis, das mit dem Absatz zu erklären. »Ich bin Frauke Werner-Kröllmann, Mama von Laura-Kristin, Flavia und Marlon, Vorsitzende im Elternrat, Chefredakteurin der Kindergartengazette, Herausgeberin unseres Kochbuchs für Kiddies und zurzeit amtierende Obermami der Mütter-Society.«

Boah!

»Constanze Wischnewski«, sagte ich. »Ich bin die Mami von Julius und habe mir gerade den Stiefel an einem Gullideckel ruiniert.« Aaaargh! Hatte ich das wirklich gesagt? Es musste die Verwirrung sein, die mich so sprechen ließ. Und ich war gleich doppelt verwirrt von Frauke Doppelnamen-Vorstandsvorsitzende-Herausgeberin-Obermami. Hatte sie nicht irgendwo zwischen den vielen Titeln, die sie mir um die Ohren gehauen hatte, den Namen »Kröllmann« genannt? Allem Anschein nach hatte ich Jan Kröllmanns Ehefrau vor mir. Na so was.

Das bedeutete wohl, dass der sprachgestörte Panz auf ihrem Schoß Jan Kröllmanns Sohn war. Er hatte das Gebrüll eingestellt, um seiner Schwester die Zunge rauszustrecken. Die tat so, als ob sie es nicht sähe.

»Du hast wirklich Glück gehabt«, sagte die amtierende Obermami zu mir. Jetzt guckte sie richtig freundlich. Ich revidierte sogleich bereitwillig meinen ersten Eindruck. Ohne den Dolchblick sah sie eigentlich ganz nett aus. Wenn auch immer noch wie meine Mutter. »Eigentlich war der Platz nämlich für Marlon vorgesehen. Weil er so unheimlich weit in seiner motorischen und sprachlichen Entwicklung ist, habe ich darauf gedrängt, ihn noch mitten im Jahr aufzunehmen, obwohl er erst im letzten Monat drei geworden ist. Aber zu Hause ist er schlichtweg unterfordert, und Unterforderung ist das Schlimmste für hochbegabte Kinder.« Liebevoll betrachtete sie den hochbegabten Marlon, dem das Zungerausstrecken zu langweilig geworden war und der sich nun von Garderobenhaken zu Garderobenhaken hangelte.

»Aber neu Zugezogene und allein Erziehende haben natürlich Vorrang«, sagte sie aufseufzend. »Wir fördern Marlon jetzt mit Fremdsprachenunterricht und schwanken noch zwischen Violine und Oboe.«

»Lass miss loß, du Aßloß«, brüllte Marlon seine große Schwester an, die ihn an der Kapuze festhielt. Ich wusste ja jetzt, dass er nicht sprachgestört war, sondern hochbegabt. Da sah man so ein Kind doch gleich mit anderen Augen an. Wahrscheinlich hatte es vor lauter Unterforderung mit dem Lispeln angefangen.

»Mama! Marlon hat Arschloch gesagt.«

»Iß hab daa niß Aßloß desagt, du Aßloß!«

»Das klingt polnisch«, sagte Frauke zu mir.

»Aßloß?«, fragte ich. »Eher dänisch, würde ich sagen. Aber ich kann weder polnisch noch dänisch, um ehrlich zu sein. Ich bin leider kein bisschen hochbegabt.«

»Wischnewski«, sagte Frauke ein bisschen ungeduldig. »Wischnewski klingt polnisch.«

»Ach so.«

»Hast du polnische Vorfahren?«

Ich zuckte mit den Achseln. »Keine Ahnung. Es ist der Name von meinem Mann.«

»Ich dachte, du bist geschieden?«

»Ja, demnächst«, sagte ich.

»Und danach wirst du den Namen behalten?«

Tja. Jetzt hatte sie mich erwischt. Darüber hatte ich mir noch gar keine Gedanken gemacht. Es wäre wohl irgendwie unpassend, weiterhin Lorenz' Namen zu tragen, wenn wir gar nicht mehr zusammen waren. Mit Mädchennamen hieß ich Bauer. Früher war mir das immer peinlich gewesen. »Milch von Bauer Bauer« – das klang doch saublöd. Andererseits war ich kein Bauer, und gegen »Constanze Bauer, allein erziehende, bankrotte und arbeitslose Mutter« war rein namenstechnisch nichts einzuwenden. Aber dann hätte ich einen anderen Nachnamen als meine Kinder, und das wäre vielleicht befremdlich.

»Deshalb macht es Sinn, einen Doppelnamen zu tragen«, sagte Frauke und lächelte mich aufmunternd an. »Dazu ist es aber leider jetzt zu spät. Trotzdem, ich würde für den Mädchennamen plädieren. Wischnewski klingt zu sehr nach Autoschieberei.«

»Ich finde, es klingt zu sehr nach meinem Exmann«, sagte ich und lächelte zurück. Vielleicht war sie ja doch ganz nett, die Obermami. Auf jeden Fall lohnte es sich, sich mit ihr gutzustellen. Ich war fest entschlossen, mir dieses Mal Julius zuliebe mehr Mühe zu geben, mehr Kontakte zu knüpfen und mich in der Elternarbeit zu engagieren. Die Kontakte zu den Müttern in Julius' erstem Kindergarten waren sehr oberflächlich geblieben. Das lag daran, dass die eine Hälfte der Mütter dort allein erziehend, berufstätig und ständig im Stress gewesen war und die andere Hälfte kein Deutsch gesprochen hatte und/oder nicht mit Frauen ohne Kopftuch sprechen durfte. Der Kindergarten war ganz allein den Kindern vorbehalten gewesen, das Wort »Elternarbeit« war dort gänzlich unbekannt. Es hatte auch keinen Elternrat gegeben und schon gar keine Kindergartengazette. Hier war das offensichtlich anders. Hier war Engagement erwünscht, wenn nicht sogar Pflicht.

Vielleicht sollte ich auch in dieser Obermami-Society mitmischen und Artikel für die Kindergartengazette schreiben. Ich hatte sicher auch eine Menge Rezepte zu dem Kochbuch beizusteuern.

»Was macht man denn eigentlich in einer Mütter-Society?«, fragte ich.

»Wir sind ein Netzwerk von Müttern, die sich gegenseitig unterstützen«, sagte Frauke. »Kinderbetreuung, Karriereplanung, Erziehung, Frühförderung, Eheberatung, Haushalt – es ist die Summe unserer unterschiedlichen Erfahrungen, die wir zum Wohle aller Mitglieder zur Verfügung stellen. Du kannst mal auf unsere Homepage gehen, die Seiten mit den Rezepten und den Erziehungstipps und den Fachartikeln sind auch für Nicht-Mitglieder zugänglich. Wir haben wahnsinnig viele Anfragen.«

Das hörte sich ja toll an. »Wie kann man denn bei euch Mitglied werden?«, fragte ich.

Frauke runzelte die Stirn. »Du, wir haben eine ziemlich lange Warteliste. Wir haben sehr strenge Auswahlkriterien, um das Gleichgewicht zwischen Geben und Nehmen zu erhalten. Eigentlich kann man überhaupt nur über Beziehungen Mitglied werden.«

»Nee, klar«, sagte ich verständnisvoll. Dann fiel mir ein, dass ich ja eigentlich Beziehungen hatte. Ich hatte doch mal mit dem Mann der Obermami geschlafen. Das musste doch für etwas gut gewesen sein. Ich wollte Frauke gerade erzählen, dass ich ihren Mann gut kannte, da sagte sie: »Ich kann dich aber gerne auf die Warteliste setzen. Dann kannst du mal zu einem Probenachmittag kommen, um die anderen kennen zu lernen.«

»Das wäre toll.« Ich lächelte sie an. Frauke lächelte zurück.

Frau Siebeck kam aus dem Gruppenraum und lächelte ebenfalls. »Ihr Julius scheint ein sehr unkompliziertes Kind zu sein. Er hat bereits einen Freund und frühstückt mit ihm, als ob er schon ewig hier wäre. Sie können also beruhigt mit in mein Büro kommen. Ah, guten Tag, Frau Werner-Kröllmann.«

Wir strahlten um die Wette, nur Frauke setzte kurzzeitig wieder ihren Dolchblick auf.

»Guten Tag!«, sagte sie eisig zu Frau Siebeck und dann, verblüffend freundlich, zu mir: »Wir sprechen uns dann wegen eines Termins, ja?«

»Ja, gerne«, sagte ich. Ich fühlte mich schon richtig heimisch in der »Villa Kunterbunt«.

Früher hatte ich immer viel Zeit gehabt, wenn Nelly in der Schule war und Julius im Kindergarten. Die Hausarbeit erledigte ja überwiegend Frau Klapko, die Zugehfrau, die viermal in der Woche kam und alles blitzblank wienerte. Unter Frau Klapkos unermüdlichem Einsatz herrschte auch noch in der allerletzten Schublade im hintersten Winkel der Wohnung Sauberkeit und Ordnung. Julius' Playmobil war streng nach Themen sortiert, und wehe ein Indianerpferd verirrte sich mal in die Piratenbox – da verstand Frau Klapko überhaupt keinen Spaß. Auch nicht, wenn ich mich ausnahmsweise mal an der Wäsche vergriffen hatte: Keiner konnte die T-Shirts so falten wie Frau Klapko, und deshalb durfte es auch kein anderer tun. Die einzige Tätigkeit im Haushalt, die Frau Klapko mir zubilligte, war das Kochen, und darin entwickelte ich im Laufe der Jahre auch einiges Können. Aber trotz der Zubereitung aufwändigster Menüs war mir immer noch mehr als genug Zeit für ausgiebige Einkaufsbummel geblieben, in deren Verlauf ich mich gerne mit Trudi auf einen Cappuccino getroffen hatte. Ich hatte außerdem aus lauter Zeitüberfluss ausgefallene Kleider für Nellys Barbiepuppen genäht, und spätestens dabei hätte jede normale Frau angefangen, sich nach einem Job und der damit verbundenen Selbstbestätigung zu sehnen. Aber mir gefiel es, so viel Zeit zu haben. Ich hatte einen Haufen Romane gelesen, zwei oder drei pro Woche. Meine Vorliebe galt dicken Büchern, die unter dem Begriff »Familiensaga« geführt wurden und die gerne im Australischen Outback spielten. Die schöne Heldin lernt schon in frühester Jugend, wie man eine Farm führt, Schnaps brennt, Schafe schert und Buschbrände bekämpft. In der Regel wird sie von ihrem ständig besoffenen Stiefvater oder dem gewalttätigen Verwalter oder dem reichen, gemeinen Großgrundbesitzer von nebenan schwanger, gebiert das Kind in einer Gewitternacht, verblutet beinahe, schert weiter Schafe, rettet die Farm, heiratet den Großgrundbesitzer, obwohl sie dessen Neffen liebt, der aber mit einer anderen verheiratet ist und/ oder im Krieg fällt. Der Großgrundbesitzer kommt bei einem Buschbrand um, oder aber er wird von dem besoffenen Stiefvater mit einer Axt erschlagen. Einige Jahre, Kriege und Buschbrände später findet die Witwe Briefe, aus denen hervorgeht, dass der Großgrundbesitzer ihr leiblicher Vater war. Kurz vor der Menopause und immer noch bildschön trifft sie dann endlich die ganz große Liebe und wird noch einmal schwanger. Leider ist das Buch hier in der Regel noch nicht zu Ende, denn dummerweise stellt sich der junge Mann als das eigene Kind heraus, das damals in der Gewitternacht geboren wurde. Das Ende ist klar: Einer von beiden erhängt sich, der andere geht ins Kloster. Und das Kind der beiden erbt die Farm und das Anwesen des Großgrundbesitzers, lernt Schafe zu scheren, Schnaps zu brennen und Buschbrände zu bekämpfen. Und findet hoffentlich niemals heraus, wer seine Eltern sind, denn dort im Outback sind Psychologen rar.

Nach solcher Lektüre kommt einem das eigene Leben vor wie das reinste Paradies, und man weiß wieder, dass es keine Zufälle gibt, nur Schicksal. Ich hatte Schicksale dieser Art hundertfach verschlungen, während Frau Klapko die Socken sortierte, die Bilderrahmen abstaubte oder die Türklinken polierte.

Hier im Hornissenweg gab es keine Frau Klapko, und mit Schrubber und Staubsauger war dem Chaos hier ohnehin nicht beizukommen. Kaum war ich wieder über die Schwelle getreten, überfiel mich ein lähmendes Gefühl, diese Art Gefühl, das einen befällt, wenn eine Sache eigentlich schon verloren ist. Ich hatte kein Geld, und ohne Geld war an dieser Mahagoni-Einöde sowieso nichts zu retten. Der »vorläufige Unterhalt«, den Lorenz mir monatlich überwies, reichte gerade mal für Lebensmittel, Strom, Wasser und Gas. Und deshalb war auch nicht der Zustand der Wohnung mein vordringliches Problem, sondern die Frage, wie genau es jetzt weitergehen sollte. Schon die Vorstellung, loszuziehen und mir eine Zeitung mit Stellenannoncen zu kaufen, was naheliegend war, machte mir Angst. Etwas ziellos irrte ich in meinen ungleich hohen Stiefeln durch das Haus. Ob ich doch Omi Wilmas Himbeergeistverstecke ausfindig machen und im Rausch auf eine geniale Idee hoffen sollte?

Zu meinem Glück gab es Mimi Pfaff von nebenan. Sie stand pünktlich um neun in einem orangefarbenen Overall voller Farbkleckse vor der Tür und erläuterte mir grußlos ihren Drei-Stufen-Plan zur Hausrenovierung.

»Erstens: Bestandsaufnahme. Zweitens: Entrümpelung. Drittens: Streichen. Hier habe ich schon einmal eine Liste zur Bestandsaufnahme vorbereitet.« – Sie hielt ein Klemmbrett mit Notizblock hoch. – »Wir gehen Raum für Raum vor. Alle Sachen, die wir über ›E-Bay‹ verticken werden, können wir ja in deiner Garage lagern. Das ist das Gute daran, dass du kein Auto hast. Ich werde alles mit der Digitalkamera fotografieren und bei ›E-Bay‹ reinstellen, aber natürlich unter deinem Namen. Dann können Ronnie und ich unauffällig mitbieten, um die Preise anzuheben. Was nicht verkauft werden kann, fährt Ronnie auf die Deponie.«

»Wer ist Ronnie?«, fragte ich überrumpelt.

»Das ist mein Mann. Der besorgt auch Farbe und Zubehör. Er ist nämlich Filialleiter beim Baumarkt und bekommt alles zum Einkaufspreis«, sagte Mimi. »Hast du Baupläne von dem Haus? Heute Nacht kam mir nämlich der Gedanke, dass eine Menge Probleme gelöst wären, wenn man die Wand zwischen Küche und Esszimmer einreißen könnte. Komm, lass uns sofort loslegen, die Zeit rennt.«

Ich folgte Mimi mit gemischten Gefühlen ins Wohnzimmer. So herrlich es war, dass sich jemand meiner Probleme annahm – irgendwie war es aber auch nicht ganz geheuer. Es sei denn, Mimi würde sich gleich als meine lange verschollene Halbschwester herausstellen, die einst in einer Gewitternacht geboren wurde und die sich nun aus verständlichen Gründen zu mir hingezogen und verpflichtet fühlte, mein Haus zu renovieren. Nur meinetwegen hatte sie sich einen Ehemann ausgesucht, der Filialleiter eines Baumarktes war – Schicksal oder Zufall?

»Mimi?«

»Hm? Ich denke, die Sofas werden ihre Liebhaber finden«, sagte Mimi. »Das Leder ist noch wie neu. Natürlich nur an Selbstabholer.«

»Mimi? Warum tust du das für mich?«

Mimi sah mich erstaunt an. »Was meinst du?«

Ich spürte, wie ich vor Verlegenheit rot anlief, aber ich musste einfach darüber reden. »Ich meine, ich kann Hilfe wirklich gebrauchen, und ich weiß auch gar nicht, wie ich es alleine schaffen sollte. Aber ich finde es ehrlich gesagt zu schön, um wahr zu sein, dass du einfach bei mir vor der Tür stehst und die Ärmel hochkrempelst. Schließlich kennen wir uns doch erst seit einem Tag, und ...« Ich verstummte, als ich Mimis bestürztes Gesicht sah.

»Oh, das tut mir so leid«, sagte sie. »Ich weiß, ich bin furchtbar. Ronnie hat mich gleich gewarnt, er hat gesagt, ich soll es nicht übertreiben, aber ich war so begeistert, dass ich endlich was zu tun habe, dass ich gar nicht daran gedacht habe, dass es dir unangenehm sein könnte.«

»Oh nein!«, rief ich aus. »Es ist mir nicht unangenehm, im Gegenteil, ich bin schrecklich, schrecklich dankbar, dass du mir deine Hilfe angeboten hast und die Sache sofort in die Hand genommen hast, aber ... doch, es ist mir unangenehm, weil ich doch keine Hilfe von jemandem annehmen kann, den ich gar nicht kenne, und weil das alles hier unheimlich viel Zeit und Mühe kosten wird und ich gar nicht weiß, wie ich mich jemals revanchieren soll, und weil ich nicht verstehe, warum du das für mich tun willst, außer du wärst meine längst verschollene Halbschwester ...« Wieder verstummte ich.

Mimi sah todunglücklich aus. »Oh Gott, du denkst, ich bin eine Psychopathin! Jemand, der bei fremden Leuten klingelt und ihnen einen Drei-Stufen-Plan aufzwingt. Das ist ja furchtbar. Ich schwöre, dass ich so was normalerweise nicht tue. Aber du warst mir gleich so sympathisch, und ich habe sofort gemerkt, dass ich hier gebraucht werde, und das tat so gut, dass ich gar nicht darüber nachgedacht habe, wie du dich dabei fühlst ... – ich bin einfach zu weit gegangen, tut mir leid. Seit ich nicht mehr arbeiten gehe, stürze ich mich auf jede Beschäftigung wie ein Geier auf Aas, ich sollte auf Ronnie hören und mit dem Golfen anfangen. Und Antidepressiva schlucken.« Sie ließ sich auf das Ledersofa fallen. »Herrje, ich sollte dir nicht die Ohren volljammern, dir geht es vermutlich viel schlechter wegen deiner verschollenen Halbschwester.«

»Das habe ich mir doch nur ...« Ich fühlte mich schrecklich, weil ich nur an mich gedacht hatte. Vorsichtig setzte ich mich neben Mimi. »Seit wann bist du denn arbeitslos?«

»Nicht wirklich arbeitslos. Beurlaubt«, sagte Mimi. »Offiziell nennen wir es ein Sabbatical, aber es ist mehr als das. Im November hatte ich einen Hörsturz. Seitdem höre ich auf dem einen Ohr schlecht, aber ich habe Glück gehabt. So ein Hörsturz ist mehr als ein Warnschuss. Ich musste mich entscheiden. Ich habe nach dem Studium siebeneinhalb Jahre hart gearbeitet und doppelt so viel Kohle verdient wie Ronnie. Und der verdient wirklich nicht schlecht. Ich bin bei einer Unternehmensberatung, und da muss man hundert Prozent geben, oder man fliegt. Ich bin nicht geflogen, weil ich gut war, sehr gut sogar, bei aller Bescheidenheit. Personalscouts aus ganz Europa rennen mir auch jetzt noch die Türen ein, so gut war ich, aber irgendwie ist dabei der Rest meines Lebens auf der Strecke geblieben. Ich meine, ich bin fünfunddreißig, und allmählich wird die Zeit knapp, wenn ich noch etwas anderes im Leben machen will als Karriere. Ich dachte, ich hätte alles fest im Griff. Aber letzten Sommer hatte ich eine Fehlgeburt und danach diesen Hörsturz, der Arzt sagt, der Stress mache mich kaputt. Offiziell ist das ein Sabbatical, aber inoffiziell ist es meine letzte Chance. Ich möchte endlich Kinder haben, weißt du. Kinder geben dem Leben doch erst einen Sinn, oder?«

»Kommt wohl auf die Kinder an«, sagte ich und streichelte unbeholfen über Mimis Arm. Ob es sie trösten würde zu erfahren, dass ich sie auf höchstens Ende zwanzig geschätzt hatte?

»Es klappt aber nicht«, seufzte Mimi. »Obwohl ich jetzt keinen Stress mehr habe, klappt es einfach nicht. Ich bin das nicht gewohnt: Normalerweise funktionieren meine Pläne immer brillant. Ich bin berühmt dafür, dass meine Pläne immer funktionieren. Aber das hier, das funktioniert nicht. Irgendwann werde ich die letzte Frau auf diesem Planeten sein, die kein Kind hat. Überall sehe ich schwangere Frauen, Frauen mit Kinderwagen, in jeder Talkshow sitzen fünf Frauen herum, die vier Kinder von sieben verschiedenen Männern haben, und das trotz Verhütung. Jede rauchende, saufende, Pille schluckende Sozialhilfeempfängerin kann schwanger werden, nur ich nicht!«

»Manchmal dauert es einfach ein bisschen«, sagte ich. Ich fühlte mich schuldig, weil ich mit meinen Kindern völlig ungeplant und trotz Verhütung schwanger geworden war wie eine rauchende, saufende und Pille schluckende Sozialhilfeempfängerin, bei Nelly trotz Pille, bei Julius trotz Spirale. Lorenz hatte kein zweites Kind gewollt, aber als ich schwanger war, meinte er nur, dass man damit bei mir wohl hätte rechnen müssen.

»So ist meine Conny«, pflegte er zu sagen, auch gerne bei Tisch, wenn wir Gäste hatten. »Du kannst sie in jeder beliebigen Stadt der Welt über einen Platz schicken, und du kannst davon ausgehen, dass sie in den einzigen Hundehaufen tritt, der dort liegt.«

Ich hatte es immer einigermaßen beleidigend gefunden, diesen Vergleich auf Julius anzuwenden, aber was die Hundehaufen anging, hatte Lorenz Recht: Ob Siena, Rom, London, Dublin oder Barcelona – überall hatte ich mir ein Paar Schuhe in der Hinterlassenschaft eines Köters ruiniert. Lorenz sagte, das sei meine Art, mit der einheimischen Bevölkerung in Kontakt zu treten.

Während ich Mimis Hand streichelte, fiel mir aus irgendeinem Grund ein, dass ich dringend zum Frauenarzt musste. Was sollte ich noch mit der Spirale, wenn es gar nichts mehr zu verhüten gab? Ich ging überhaupt viel zu selten dorthin. Das letzte Mal hatte ich einiges Befremden ausgelöst, weil ich erst geschlagene zweidreiviertel Jahre nach Julius' Geburt wegen eines Termins angerufen hatte. Die Sprechstundenhilfe hatte offenbar im Computer gesehen, dass ich bei meinem letzten Arztbesuch kurz vor der Entbindung gestanden hatte, aber sie hatte nicht auf die Jahreszahl geachtet. Streng hatte sie gesagt: »Ja, Frau Wischnewski, endlich machen Sie mal einen Termin zur Nachsorge! Und herzlichen Glückwunsch noch. Uns fehlen hier die Angaben zu Geschlecht, Größe und Gewicht. Wie schwer ist das Baby denn?«

»Dreizehneinhalb Kilo«, hatte ich stolz erwidert. »Aber er ist sehr groß für sein Alter.«

Die Sprechstundenhilfe war am anderen Ende der Leitung in Ohnmacht gefallen. Na ja, vielleicht hatte Lorenz Recht, und ich war wirklich das am schlechtesten organisierte und lebensuntüchtigste Weibsstück weit und breit. Trotzdem (oder gerade deswegen?) hatte ich zwei Kinder bekommen, und wenn ich Mimi so zuhörte, wurde mir klar, was für ein Glück ich gehabt hatte. Meine Pläne, so ich denn welche machte, funktionierten nämlich nie.

»Ich habe Idealgewicht, ich nehme Vitamine, ich treibe Sport«, sagte Mimi. »Ich mache autogenes Training, Beckenbodengymnastik und Visualisierungsübungen. Ich habe jedes verfügbare Buch zu diesem Thema gelesen. Die Kinder von Heidi Klum, Steffi Graf und Jennifer Aniston werden trotzdem längst mit der Schule fertig sein, wenn es bei mir endlich klappt. Falls es überhaupt jemals klappt. Jetzt ist sogar unsere Katze trächtig. Und die ist erst ein dreiviertel Jahr alt.«

»Vielleicht liegt es ja nicht an dir, sondern an deinem Mann«, sagte ich.

»Nein.« Mimi schüttelte den Kopf. »Das haben wir doch längst alles geklärt. Wir sind beide völlig in Ordnung. Bei zwanzig Prozent aller ungewollt kinderlosen Paare gibt es einfach keine wissenschaftliche Erklärung. Unser Gynäkologe sagt, dass man dem Kinderkriegen als solches mit sehr viel Demut gegenüberstehen müsse. Kinder seien Geschenke. Aber glaub mir, keiner ist so demütig wie ich. Ich weiß, dass ich das nicht beeinflussen kann und dass es lächerlich ist, sich ungerecht behandelt zu fühlen, aber ich finde es nun mal ungerecht, dass andere mit Geschenken überschüttet werden und ich leer ausgehe.«

»Ja, das finde ich auch ungerecht«, sagte ich. Es

gab bestimmt eine Menge Kinder, die ihre eigene Mutter liebend gern gegen Mimi eingetauscht hätten. Nelly zum Beispiel.

»Ich weiß, dass ich allen Grund habe, dankbar zu sein, ich habe so vieles, was andere nicht haben«, fuhr Mimi fort. »Ich meine, ich bin gesund und habe einen wunderbaren Mann und allen Komfort, den man sich wünschen kann, meine Eltern und meine Geschwister erfreuen sich bester Gesundheit, niemand ist bei uns verschollen oder so. Aber das, was ich mir am meisten auf der Welt wünsche, das bekommen nur die anderen.«

Ja, das war wirklich ungerecht.

»Jetzt weißt du also, warum ich Psychopathin mit meinem Anstreicheroverall bei dir auftauche, obwohl wir uns kaum kennen«, sagte Mimi abschließend. »Ich habe einfach eine neue Aufgabe gewittert. Ich bin es nicht gewohnt, zu Hause herumzusitzen und nichts zu tun. Ich habe unseren Keller entrümpelt, die Küche gestrichen, das zukünftige Kinderzimmer eingerichtet, ich habe die Konserven alphabetisch sortiert, ich habe begonnen, ein Drehbuch zu schreiben, bin ›E-Bay‹-Expertin geworden und habe einen Thailändisch-Sprachkurs an der Volkshochschule angefangen. Vor drei Tagen bin ich dann an meinem absoluten Tiefpunkt angekommen: Ich habe meine Zeit damit totgeschlagen, beim Tele-Shopping-Kanal einen unsichtbaren BH zu bestellen.«

Ich konnte nicht anders, ich musste einfach auf ihren Busen gucken. Wirklich, nichts zu sehen!

»Ich würde dir so gerne helfen, dieses Haus herzurichten!«, sagte Mimi. »Bevor ich anfange, auch noch Uschi-Glas-Kosmetik zu ordern. Das hier würde mir auch sehr viel mehr Spaß machen als Golf zu spielen.«

»Na ja, und ich hätte auch mehr davon«, sagte ich. »Tut mir leid, wenn ich dich gekränkt habe. Dass es jemanden wie dich gibt, kam mir nur einfach vor wie aus einem Märchen. Da kam die gute Fee herein, Fee herein, Fee herein ...«

»Danke«, sagte Mimi und lächelte mich an. »Können wir dann jetzt loslegen? Als Erstes brauchst du anständige Arbeitskleidung. In diesem Kaschmirpullover lässt es sich schlecht renovieren. Und während wir Kisten packen, kannst du mir von deiner verschollenen Halbschwester erzählen. Möchtest du vielleicht ein Kätzchen haben, wenn sie da sind?«

Die Zeit vergeht unglaublich schnell, wenn man Schränke leer räumt, Möbel rückt, Kartons packt und sich dabei Episoden aus seinem Leben erzählt. Mimi fragte mich nach meinem Beruf, und als sie hörte, dass ich keinen hatte, wickelte sie eine ganze Weile lang schweigend Omi Wilmas gläsernen Nippes in Zeitungspapier.

Schließlich fragte sie: »Und was willst du machen, wenn deine Kinder groß sind?«

»Dann setze ich mich aufs Sofa und bestelle unsichtbare Büstenhalter beim Teleshopping«, sagte ich.

Mimi runzelte die Stirn. Sie fand sicher, dass jemand ohne Beruf keine wirkliche Daseinsberechtigung hatte.

»Was ist denn das?«, fragte ich, um sie vom Thema abzubringen. Hinter den Türen der Schrankwand hatte Omi Wilma alle Ausgaben der »Hörzu« gelagert, seit 1978. Mimi war sofort abgelenkt. Sie witterte ein enormes Interesse für »Hörzu« bei »E-Bay«. Ich fragte mich allmählich, was das für Irre waren, die dort mitsteigerten.

Mimi war so mit dem Fernsehprogramm von Mai 1979 beschäftigt, dass sie vergaß, worüber wir gesprochen hatten. Ich wusste, dass ich gar nicht erst versuchen musste, ihr zu erklären, dass es keinen Job gab, für den ich mich geeignet fand. Es gab nämlich nichts, was ich wirklich konnte. Ich hatte meinen Job als repräsentative Hausfrau und Mutter nur mit Hilfe einer Putzfrau bewältigt, und das offenbar auch noch schlecht, denn mein Ehemann hatte mir gekündigt.

Aber wir konnten ja nicht alle so patent sein wie Mimi. Sonst wäre sie schließlich nichts Besonderes mehr gewesen.

Wir fanden vier Flaschen Himbeergeist hinter einem Satz Aktenordnern, und weil sie noch versiegelt waren, schlug Mimi vor, sie auch bei »E-Bay« zu versteigern. Das war eine gute Idee, denn zu diesem Zeitpunkt war ich noch fest davon überzeugt, niemals auch nur einen Tropfen von dem Zeug herunterschlucken zu können – ein bedauerlicher Irrtum, wie sich später herausstellen sollte.

Beinahe hätte ich es versäumt, Julius rechtzeitig vom Kindergarten abzuholen. Gerade an seinem ersten Tag wollte ich ihn auf keinen Fall warten lassen. Also schwang ich mich um fünf vor zwölf im orangeroten Overall aufs Fahrrad und stellte einen neuen Streckenrekord auf. An der letzten Abbiegung wäre mir meine Eile dann beinahe zum Verhängnis geworden. Ein silbergrauer Mercedes nahm mir dort nicht nur die Vorfahrt, sondern streifte um Haaresbreite meinen Vorderreifen. Nur durch eine Vollbremsung konnte ich eine Kollision verhindern. Die Frau in dem Mercedes fuhr kopfschüttelnd weiter, während ich zu Tode erschrocken auf der Kreuzung stand und nach Luft japste. Was für eine Unverschämtheit: Hier galt ganz klar rechts vor links, und ich war von rechts gekommen! Wegen dieser Frau hätte mir weiß Gott was passieren können.

Meine Eltern sagten immer, dass ich viel zu viel Wirbel um Nichtigkeiten veranstaltete. Ständig würde ich mir Dinge ausmalen, die hätten passieren können. Aber so war ich nun mal: Dass mein Bruder mich im Alter von neun Jahren *beinahe* mit einem Pfeil getroffen hätte, hatte meine Eltern völlig kaltgelassen, aber ich konnte darüber heute noch stinksauer werden. Wenn der Pfeil mich getroffen hätte, dann hätte ich heute nur ein Auge, wenn ich überhaupt noch leben würde. Und mein Bruder hatte sich noch nicht mal dafür entschuldigen müssen, dass er beinahe mein ganzes Leben ruiniert hätte.

Jetzt fühlte ich mich ganz ähnlich wie damals. Wenn der Mercedes mich erwischt hätte, hätte Julius an seinem ersten Kindergartentag vergeblich auf seine Mama gewartet – diese Vorstellung brach mir beinahe das Herz. Und da besaß diese Schrulle, die beinahe einen vierjährigen Jungen zum Halbwaisen gemacht hatte, auch noch die Frechheit, den Kopf zu schütteln!

Beim Weiterfahren fühlten sich meine Beine ein bisschen wie Pudding an, so sehr hatte mich dieser

Beinahe-Zusammenstoß erschreckt. Es waren nur noch wenige Meter bis zum Kindergarten, und siehe da: Der silbergraue Mercedes parkte direkt vor dem Eingang. Die alte Schrulle war gerade ausgestiegen.

Ich bremste direkt neben ihr. »Ja, haben Sie mich vorhin denn nicht gesehen?«, rief ich. »Ich hätte tot sein können!«

Die Frau musterte mich mit hochgezogenen Augenbrauen. Sie war Mitte, Ende fünfzig, wer wusste das schon so genau, möglicherweise war sie auch über sechzig und nur gut geliftet. Die Ohrläppchen schienen mir jedenfalls allzu straff am Halsansatz zu sitzen. Davon abgesehen war sie eine ausgesprochen gepflegte, vornehme Erscheinung. Sie trug ein altroséfarbenes Wollkostüm mit passenden Schuhen, Perlenohrringe und diese eigenartige Kombination aus »Chanel«-Handtasche und »Hermès«-Tuch, die man in bestimmten Kreisen des Öfteren antrifft. Die hellen Haare waren ziemlich kurz geschnitten und offenbar gerade von einem Friseur in Form gebracht worden.

Mein orangeroter Overall schien sie zu befremden, denn sie zwinkerte mit ihren Augen, als ob das viele Orange sie blenden würde.

»Was wollen Sie von mir?«, fragte sie, in einem Tonfall, den man Hausierern gegenüber anschlägt, bevor man ihnen die Tür vor der Nase zumacht: »Wir kaufen nichts!«

Ja, was wollte ich eigentlich? Ich war immer noch zu aufgebracht, um klar denken zu können. »Dass Sie einsehen, dass Sie mir vorhin die Vorfahrt genommen und damit mein Leben gefährdet haben. Und dass Sie es allein meiner Reaktionsschnelligkeit zu verdanken haben, dass nichts Schlimmes passiert ist«, sagte ich.

»Ach so, Sie sind die Radfahrerin, die vorhin aus der Seitenstraße geschossen ist«, sagte die Frau. »Jetzt erinnere ich mich.«

»Das ist ja auch erst zwei Minuten her!« Prima Kurzzeitgedächtnis.

»Da haben Sie aber ganz schön Glück gehabt, dass ich immer so vorsichtig fahre«, sagte die Frau. »Wenn ich einen Tick schneller gewesen wäre, wären Sie auf meiner Motorhaube gelandet.«

»Ja, weil Sie mir die Vorfahrt genommen haben. Rechts vor links!«

Die Frau drehte ihre Augen gen Himmel. »Ist das denn nötig, dass Sie hier auf offener Straße so eine Szene machen?«

Meine Eltern hätten der Frau Recht gegeben. Ich sah sie förmlich vor mir, wie sie heftig nickten. Immer, immer hielten sie zu den anderen! Das war ja so was von ungerecht.

»Rechts vor links ist eine einfache Verkehrsregel, und sie gilt auch, wenn man einen Mercedes fährt«, sagte ich.

Die Frau kniff pikiert die Lippen zusammen. »Ah, *darum* geht es also. Diese ungerechte Wut auf die besitzende Klasse ist mir durchaus bekannt. Dieser Mercedes und alles andere, auf das Sie und Ihre Sozialhilfe kassierenden Standesgenossen neidisch sind, sind uns nicht in den Schoß gefallen. Wir mussten hart für unseren Lebensstandard arbeiten. Und wir haben es dabei niemals versäumt, uns charitätisch zu betätigen. Aber Arbeit und Wohltätigkeit sind für Leute Ihres Schlages doch Fremdwörter.«

»Wie bitte?« Natürlich stotterte ich wieder mal, wie immer, wenn ich nicht weiterwusste. »G-G-G-Glauben Sie allen Ernstes, wenn Sie mir die Vorfahrt mit einem rostigen Fiat Panda genommen hätten, wäre ich jetzt weniger wütend? Und woraus schließen Sie bitte, dass ich Sozialhilfe bekomme? Sie kennen mich doch gar nicht.«

»Gott sei Dank kenne ich Sie nicht«, sagte die Frau. »Und dabei möchte ich es auch belassen.«

Sprachlos schaute ich ihr hinterher. So viel Arroganz gepaart mit Dreistigkeit war mir noch nie untergekommen! Ich stellte mein Fahrrad ab und folgte meiner Beinahe-Mörderin in den Kindergarten. Das konnte ich mir einfach nicht gefallen lassen!

Aber als ich die Frau im Garderobenraum der »Herr-Nilsson-Gruppe« wiedersah, half sie gerade einem niedlichen Mädchen in die »Oilily«-Jacke. Ich war für einen Moment aus dem Konzept gebracht. Das kleine Mädchen war ganz offensichtlich asiatischer Herkunft und schien so überhaupt nicht zu der blonden Ziege zu passen. Aber dann hatte ich sofort eine mögliche Erklärung parat: Wahrscheinlich hatte Frau Perlenohrring-Wohltätigkeit in den Siebzigern vor lauter Wohltätigkeit ein vietnamesisches Flüchtlingskind adoptiert, das ihr nun wiederum ein Enkelkind geschenkt hatte. Das passte doch: So ein ausländisches Adoptivkind machte natürlich mehr her als eine bescheidene rote Schleife am Revers oder ein Aufkleber am Auto. *Ich bremse auch für Taube(n). Ich halte Diät aus Solidarität mit den hungernden Kindern in Bangladesch. Mein Mann spendet mehr Geld für*

»Unicef« als für den Golfclub. Mein Herz blutet sogar für die herrenlosen Hunde auf den Kanaren.

Julius war zufrieden mit seinem ersten Kindergartentag. Während ich ihm die Schuhe zuband, kraulte er meinen Kopf. »Ich habe einen neuen Freund, Mami, der heißt Japser, und der isst immer im Kindergarten zu Mittag, weil seine Mama Kochen doof findet und nie Zeit hat! Und im Stuhlkreis musste ich sagen, wie ich heiße und wie alt ich bin, und ich habe alles richtig gewusst.«

»Wirklich? Das klingt, als hättest du einen schönen Vormittag gehabt.«

»Ja«, sagte Julius und bohrte seinen Kopf in meinen Bauch. »Aber ich freue mich, dass du wieder da bist.«

»Da kannst du aber auch froh sein«, sagte ich laut und warf einen viel sagenden Blick hinüber zu der Mercedesschrulle. »Denn eben hätte mich beinahe eine alte Frau mit dem Auto überfahren.«

Vermutlich war es das Attribut »alt«, das meine Kontrahentin aus ihrer vornehmen Reserviertheit lockte. Ich hätte wahrscheinlich alles sagen dürfen, nur nicht das. Als sie ihre Enkelin zur Tür zog, sagte sie im Vorbeigehen zu dem Kind: »Dieser Kindergarten ist auch nicht mehr, was er einmal war. Offensichtlich nimmt Frau Siebeck jetzt auch die Kinder der ungebildeten Unterschicht.«

So, jetzt reichte es aber!

»Ungebildet ist für mich jemand, der nicht mal Fremdworte richtig gebrauchen kann«, sagte ich laut. »Das Wort charitätisch gibt es nämlich gar nicht, karitativ wäre richtig gewesen. Vielleicht schlagen Sie das zu Hause mal nach, ebenso wie die Rechts-vor-links-Regel!«

Zwar ließ sich die Frau davon nicht beirren und ging einfach weiter, aber falls man ihre Ohren bei dem Lifting nicht komplett zugenäht hatte, hatte sie mich sehr gut verstanden.

Es war noch eine andere Mutter im Garderobenraum, und die sah mich mit großen Augen an. Aber das war mir in diesem Augenblick egal. Ich betete nur, dass das Wort »charitätisch« tatsächlich in keinem Duden zu finden war.

Mimi empfing uns an der Haustür.

»Ich habe eine gute und eine schlechte Nachricht«, sagte sie.

»Wohnst du jetzt auch hier?«, fragte Julius.

»Nein, Süßer«, beruhigte ihn Mimi. »Zum Schlafen gehe ich zu mir nach Hause. Also, was zuerst? Die gute oder die schlechte Nachricht?«

»Zuerst die schlechte, bitte.«

»Hinter der Schrankwand ist alles voller Schimmel. Aber die gute Nachricht ist, dass Ronnie gleich mit einem Kollegen vorbeikommt, um den Plunder in die Garage zu räumen. Und bei der Gelegenheit bringt er auch ›Schimmel-Ex‹ mit. Meinst du, die beiden können hier was essen? Mittags fällt Ronnies Blutzuckerspiegel immer rapide ab.«

»Natürlich.« Ich hatte weder die Nerven noch die Inspiration für ein besonders aufwändiges Mittagessen, also machte ich zwei Bleche Pizza, auf der ich alle Reste unterbringen konnte.

Mimi fand das ungeheuer patent.

»Wenn ich nicht aufwändig koche, werfe ich eine

Packung aus der Tiefkühltruhe in die Mikrowelle«, sagte sie zu Julius. »Oder ich bestelle beim Chinesen. Du hast vielleicht ein Glück mit deiner Mama. Mein Ronnie stirbt für selbst gemachte Pizza.«

Julius witterte einen neuen Freund zum Spielen. »Wie alt ist denn dein Ronnie?«

»Dreiundvierzig«, sagte Mimi, und Julius sah ein, dass das wohl zu alt für ihn war.

Aber wie Mimi sah auch Ronnie deutlich jünger aus, als er war. Er hatte auch dieselbe ansteckende Power, die ich insgeheim »Hyperaktivität« genannt hatte. Kein normaler Mensch konnte so viel in so kurzer Zeit schaffen. Ronnies Mittagspause dauerte nur eine dreiviertel Stunde, aber in dieser Zeit futterten er und sein Arbeitskollege ein Blech Pizza kahl, schraubten die Schrankwand auseinander und räumten das Wohnzimmer leer. Alles, was durch die Tür passte, kam in die Garage, auch die schweren Vorhänge und der rot-blau gemusterte Perserteppich. Übrig blieb nur das Büfett mit Messingbeschlägen sowie jede Menge Dreck auf dem Fußboden und der Schimmel an der Wand.

In dem leeren Raum sah der monströse Schrank Furcht einflößender aus denn je.

»Man könnte ihn mit der Kettensäge auseinanderschneiden«, schlug der Arbeitskollege mordlüstern vor.

»Au ja«, sagte ich.

»Viel zu schade«, sagte Mimi. »Es ist massive Wertarbeit. Und es passt eine Menge hinein. Wir werden es anstreichen, dann wird man es nicht mehr wiedererkennen. Die Fenster werden wir gleich mitstreichen.«

»Und den Boden«, sagte ich, die düsteren Eichendielen missmutig musternd.

»Nein!«, rief Mimi wieder aus. »Bist du wahnsinnig?«

»Aber das ist Eiche rustikal«, sagte ich.

»Eiche ja, rustikal nein«, sagte Mimi, und Ronnie setzte hinzu: »Eiche ist wieder total in. Wenn ich den Boden abgeschliffen und neu versiegelt habe, werden dich alle darum beneiden. Das mache ich am Wochenende. Nachdem ich die Decken gestrichen habe.«

Ich würde wohl vor lauter Dankbarkeit jeden Tag blecheweise Pizza backen müssen, wie es aussah.

Den schweren Großbildfernseher (Omi Wilma hatte in den letzten Jahren schlecht gesehen) trugen Ronnie und der Arbeitskollege nach oben ins Schlafzimmer, wo er auf der Frisierkommode Platz fand. Leider konnte man hier oben mangels Antennenanschluss nur das erste und ein drittes Programm empfangen sowie einen sehr verschneiten Privatsender, aber Ronnie versprach, das bis zum Wochenende zu beheben. Es würde sicher sehr gemütlich sein, vorerst mit der ganzen Familie auf Omi Wilmas Bett zu liegen und Fernsehen zu gucken.

Als die Männer wieder weg waren, entkorkte Mimi eine Flasche Sekt. Für Julius gab es Apfelschorle.

»Auf den ersten erfolgreichen Arbeitstag. Auf das leere Wohnzimmer«, sagte Mimi mit erhobenem Glas.

»Auf dich«, sagte ich.

»Bist du jetzt unsere neue Frau Klapp-Klo?«, fragte Julius.

»Nein, Mimi ist viel besser als Frau Klapko«, sagte ich. »Sie macht das alles umsonst.«

Mimi wollte wissen, wer Frau Klapko sei. Ich sagte es ihr aber lieber nicht.

»Hier sieht's ja furchtbar aus«, sagte Nelly, als sie aus der Schule kam und ihren Rucksack wie immer mit Schwung in eine Ecke gepfeffert hatte.

»Das stimmt«, sagte Mimi. »Aber weniger schlimm als vorher, das musst du zugeben.«

Ja, das musste auch Nelly zugeben. »Aber so dreckig war es vorher nicht«, sagte sie. Da hatte sie Recht. Hinter den Schrankmonstern war der Staub von Jahrzehnten zum Vorschein gekommen, so viel, dass Mimi fragte, ob es sich vielleicht um die Überreste des verstorbenen Großvaters handeln könnte.

»Widerlich«, sagte Nelly. »Bei Frau Klapko hätte es so was nicht gegeben.«

»Gut, dass dich das stört«, sagte Mimi. »Während wir oben den Kleiderschrank ausmisten, könntest du dann hier schon mal Staub saugen. Ich habe hinter diesen Schränken Plätzchenkrümel von Weihnachten 1966 gefunden.«

Staub saugen? Nelly? Ich hätte beinahe laut aufgelacht. Nelly hatte in ihrem ganzen Leben noch keinen Staubsauger in der Hand gehabt. Wahrscheinlich wusste sie nicht mal, wo bei dem Ding hinten und vorne war.

Nelly fand den Vorschlag wohl auch ziemlich anmaßend. »Mein Arm ist gebrochen«, sagte sie und hielt ihren Gips hoch. »Schon vergessen?«

»Natürlich nicht«, sagte ich.

»Natürlich nicht«, sagte auch Mimi. »Aber es ist der linke Arm. Mit rechts kannst du immer noch gut Staub saugen. Hier muss jetzt jeder mithelfen, weißt du, sonst wird das nie fertig.«

Nelly war es nicht gewohnt, dass man ihr widersprach. Deshalb glotzte sie Mimi erstaunt an. Mimi schüttelte ungerührt ihre »Schimmel-Ex«-Flasche.

»Ich habe Hunger«, sagte Nelly schließlich.

»Es gibt Pizza«, sagte ich.

Während ich meiner rappeldünnen, baumlangen Nelly dabei zusah, wie sie ein halbes Blech Pizza wegspachtelte und sich hinterher gleich die letzten drei Joghurts aus unserem Vorrat reinzog, kam ich ins Grübeln. Mimi hatte Recht: Hier musste jetzt wirklich jeder helfen, und warum sollte ein vierzehnjähriges Mädchen nicht auch mal Staub saugen?

Der üble Geruch der Schimmellösung zog zu uns herüber. Nelly zog die Nase kraus. »Igitt. Ich fahr gleich zu Lara, bei der hat man wenigstens seine Ruhe.«

»Nein, Nelly, du kannst jetzt nicht einfach gehen«, sagte ich, obwohl Verbote aller Arten hysterische Kreischanfälle zur Folge hatten und ich definitiv keine Lust auf einen Kreischanfall hatte.

»Kann wohl niemand von mir verlangen, dass ich in diesem Saustall Hausaufgaben mache«, sagte Nelly, und ihre Unterlippe zitterte, wie immer, wenn sie kurz vor einem Kreischanfall stand.

»Du kannst zu Lara gehen, wenn du gestaubsaugt hast«, sagte ich trotzdem. »Bitte, Schätzchen.«

Nelly holte tief Luft. Gleich würde sie loskreischen. Dass sie gezwungen sei, in diesem stinkenden Funkloch zu hausen und unter einem Abba-Poster zu nächtigen, und dass ihr Leben auch ohne Staubsauger ein einziger Albtraum sei und dass ich schuld war an dem ganzen Desaster, ich gemeine Rabenmutter ganz allein.

»Na gut«, sagte Nelly. »Aber nur das Wohnzimmer, dann bin ich weg.«

»Einverstanden«, sagte ich und versuchte, mir meine Verblüffung nicht anmerken zu lassen. Sicherheitshalber setzte ich ein knurriges »Ausnahmsweise« hinzu.

Während Nelly saugte, nahmen Mimi und ich uns Omi Wilmas Kleiderschrank vor. Es war unglaublich, wie viel sich dort im Laufe der Jahrzehnte angesammelt hatte. Mimi machte zwei Haufen: Einen für die Altkleidersammlung, den anderen für »E-Bay«. Ich glaubte es zwar nicht, aber Mimi versicherte mir, dass Omi Wilmas Pelzkappen, die Halbstiefel aus Kaninchenfell, sämtliche Schuhe und die uralten Handtaschen sensationelle Preise erzielen würden. Je weiter wir in die Tiefen des Kleiderschrankes vordrangen, umso enthusiastischer wurde Mimi.

»Jetzt kommen wir tatsächlich noch zu den Siebzigern«, rief sie aus und hielt eine grausam gestreifte Bluse in die Höhe. Je älter die Kleidungsstücke waren, desto kleiner waren sie auch. In den Siebzigerjahren hatte Omi Wilma Größe 38 getragen. Die Bluse war so schmal geschnitten, dass sie vermutlich wie eine Wurstpelle an Omi Wilma geklebt hatte. »Ist die nicht großartig? Bei der werde ich nicht nur pro forma mitsteigern.«

»Willst du sie nicht jetzt schon haben?« Ich hatte dem Siebzigerjahre-Revival nie viel abgewinnen können, vielleicht weil ich von meiner Mutter gezwungen wurde, in den Achtzigern die Siebzigerjahresachen meiner Cousine aufzutragen. Da musste ich nicht unbedingt noch ein Revival mitfeiern.

Mimi freute sich geradezu unnatürlich.

»Mama!«, schrie Nelly von unten. »Dieser verdammte Staubsauger ist kaputt! Ich sauge jetzt schon zum dritten Mal über dieselbe tote Fliege, aber sie klebt immer noch am Boden fest.«

»Vielleicht ist der Staubsaugerbeutel voll?«, schlug ich vor. Unten herrschte Schweigen. Nelly hörte das Wort Staubsaugerbeutel wohl zum ersten Mal. Sie brauchte meine Hilfe, um den Staubsauger zu öffnen. Ich hatte Recht gehabt: Der Beutel war so voll, dass er fast platzte, als wir ihn aus dem Staubsauger hoben.

»Das ist also ein Staubsaugerbeutel«, sagte Nelly beinahe feierlich.

»So einen habe ich noch nie gesehen«, sagte Mimi.

»Vielleicht sehen sie so aus, wenn sie an Altersschwäche sterben«, sagte ich. Ein Ersatzbeutel war nirgendwo zu finden, obwohl wir Omi Wilmas Putzkammer auf den Kopf stellten. Wir fanden nur einen leeren, vergilbten Karton mit der Aufschrift: »SM 12. Für mehr Hygiene im Haushalt.«

»Sadomaso-Staubsaugerbeutel«, sagte Mimi. »Aber immerhin hygienisch.«

»Tja, dann müssen wir wohl neue kaufen«, sagte ich.

»Tja, dann sauge ich wohl morgen weiter«, sagte Nelly.

»Nein«, sagte ich. Jetzt war ich einmal die harte Linie gefahren und wollte nicht sofort wieder aufgeben. »Du kannst jetzt schnell gehen und welche kaufen. Ohne Staubsauger sind wir völlig aufgeschmissen. Und bring bitte auch neue Joghurts mit.«

Ich wusste nicht, ob es an Mimis Anwesenheit lag oder an den giftigen Dämpfen des »Schimmel-Ex«, auf jeden Fall bekam Nelly auch dieses Mal keinen

Kreischanfall. Etwas mürrisch dreinblickend machte sie sich mit meinem letzten Geld auf den Weg in den Supermarkt.

Vor lauter Verblüffung trank ich noch ein Glas Sekt. Was war nur mit dem Kind los?

»Trink nur, das entspannt«, meinte Mimi. »Ich habe noch eine zweite Flasche in deinen Kühlschrank gestellt. Und dann haben wir ja auch noch den Himbeergeist.«

»So tief werde ich nicht sinken«, versicherte ich und nippte an meinem Sekt. Der Alkohol entspannte mich wirklich. Ganz entspannt weichte ich ein lila-orange-beige-braun gekringeltes bodenlanges Polyesterwurstkleid mit Kapuze im Waschbecken in einer Lauge ein, denn »wenn es gewaschen und gebügelt ist, wird es ein Vermögen erzielen«, hatte Mimi gesagt.

Das Kleid war offensichtlich noch nie gewaschen worden, diese Art Kleidungsstück wusch man nicht, man hängte es lediglich zum Lüften nach draußen, damals in den Siebzigern. Es war klug von Mimi gewesen, auf Handwäsche zu bestehen, denn das Waschwasser färbte sich im Nu lila-braun. Ebenso meine Fingernägel. Ich hoffte sehr, dass das nicht von Dauer war.

Als ich das Kleid zum Trocknen über der Badewanne aufgehängt hatte, klingelte es. Vor der Tür stand eines der braun gelockten, rehäugigen Hobbitkinder aus »Der Herr der Ringe«.

»Wohnt hier der Julius?«, schrie es.

Herrje, das hatte ich jetzt davon, dass ich so früh am Tag schon Sekt getrunken hatte. Ich kniff die Augen zusammen und öffnete sie wieder. Das Hobbitkind stand immer noch da. Es trug allerdings einen grünen Anorak und Gummistiefel, das machte es ein bisschen weniger mystisch.

»Wohnt hier der Julius?«, schrie es wieder.

»Ja, der wohnt hier. Wer bist du denn?«, schrie ich zurück.

»Warum schreist du denn so?«, schrie das Kind. »Bist du der Kobold Schreck?«

»Nein, ich dachte, du hörst vielleicht schlecht«, sagte ich. Wer war der Kobold Schreck?

»Ich bin der Japser«, schrie der Junge. »Und ich möchte gerne mit dem Julius spielen.«

»Ach, du bist der Japser«, sagte ich und sah mich suchend nach seiner Mutter um. Vielleicht traute sie sich nicht näher und wartete auf dem Bürgersteig. Aber weit und breit war niemand zu entdecken. Nur ein kleines Fahrrad lehnte am Zaun. Das konnte aber unmöglich dem kleinen Japser hier gehören. Der konnte doch allenfalls Dreirad fahren, so klein, wie der aussah. Und was war Japser überhaupt für ein Name? »Wo ist denn deine Mutter?«

»Die ist arbeiten«, schrie Japser. »Und mein Papa ist auch arbeiten. Kann ich reinkommen?«

»Ja ...« Den Blick immer noch über den Bordstein schweifen lassend, trat ich beiseite. »Sag mal, woher wusstest du denn, wo Julius wohnt?«

»Der Julius hat mir das gesagt, dass der in einem Haus wohnt«, schrie Japser. »Mit einem Zaun davor und einer Treppe. Und einer Garage. Ich habe einfach überall mit einem Zaun davor und einer Treppe und einer Garage geklingelt. Ein Hund hat mich beinahe gebissen. Und eine Frau hat mir Gummibärchen gegeben.«

»Und wo wohnst du?«

»Im Ameisenweg«, schrie Japser und stellte seine Stiefel ordentlich nebeneinander. »Da vorne um die Ecke. Es ist ein Haus mit einer Laterne.«

»Ach so. Und du bist ganz allein unterwegs?«

»Ja.«

»Mit dem Fahrrad?«

»Ja.«

»Wie alt bist du nochmal?«

»So alt«, schrie Japser und hielt vier Finger hoch. »Und bald werde ich so alt.« Er nahm noch den Daumen dazu. »Kann ich jetzt endlich mit dem Julius spielen?«

Julius kam schon die Treppe heruntergehopst, angelockt von Japsers Gebrüll. Er strahlte seinen neuen Freund begeistert an. »Ich hatte schon Angst, dass du unser Haus nicht findest.«

»Ich finde alles, was ich will«, schrie Japser. »Willst du Gummibärchen?«

»Also, ich brauch noch einen Sekt«, sagte ich zu Mimi. »Hier in der Vorstadt werden die Kinder viel zu früh erwachsen.«

Willkommen auf der Homepage der

Mütter-Society,

dem Netzwerk für Frauen mit Kindern.

Ob Karrierefrau oder »nur«-Hausfrau,

hier tauschen wir uns über Schwangerschaft und Geburt, Erziehung, Ehe, Job, Haushalt und Hobbys aus und unterstützen uns gegenseitig liebevoll.

Zutritt zum Forum nur für Mitglieder

8. März

An alle: Mein Wurzel ist höchstwahrscheinlich eine Wurzeline, obwohl man das ja jetzt eigentlich noch gar nicht sagen kann, aber die Ärztin ist sich zu fünfzig Prozent sicher, und ich bin supisupi-happy, dass ich endlich nicht mehr das einzig weibliche Wesen in diesem Männerhaushalt (Mann, Sohn, Hund, Kater, Kanarienvogel) bin. Ich habe meinem Männe sofort nach der Ultraschalluntersuchung ein T-Shirt gekauft, auf dem »Zickenbändiger« steht. Ist das nicht supiwitzig?

Timmi will übrigens ein Instrument lernen. Was könnt ihr für einen Dreijährigen empfehlen?

Mami Ellen

P. S. Weißt du schon, was es bei dir wird, Sonja? Es wäre einfach supi-toll, wenn du auch ein Mädchen bekämst. Ich will ein rosa Prinzessinnenzimmer einrichten, so mit Himmelbett und Feentapete. Und wir könnten uns gemeinsam Mädchennamen ausdenken. Wie gefällt euch »Lola«? Ich find's irgendwie supi-süß, und es würde auch gut zu Timm passen, aber mein lieber Männe findet, es klingt nach Bordell.

8. März

»Lolita« klingt nach Bordell, »Lola« klingt einfach nur billig. Aber bei Namen gehen die Geschmäcker eben sehr weit auseinander, und letztendlich muss doch jeder für sich entscheiden, mit welchem Namen er das Kind herumlaufen lassen will. Ich meine mich erinnern zu können, dass du bei der Geburt von Karsta eine ziemlich gemeine Bemerkung über unsere Namenswahl gemacht hast, liebe Ellen. Aber Schwamm drüber.

Schick Timmi doch erst mal zur musikalischen Früherziehung, da ist Karsta auch, und es macht ihr viel Spaß. Wibeke nimmt seit einem halben Jahr Klavierunterricht, und den Lehrer, Jeremias Ludwig, kann ich nur bedingungslos weiterempfehlen. Er ist Konzertpianist und Musikpädagoge, und er ist wirklich eine Koryphäe. Aber er ist nicht ganz billig und nimmt erst Kinder ab fünf.

Noch ein paar Vorschläge zum Nachbarschaftsfest. Bisher war das Angebot für unsere Kinder

an diesem Tag doch immer ziemlich armselig. Spiele wie Eierlaufen, Sackhüpfen und das Schubkarrenrennen sind ja wohl mehr als antiquiert, das Verletzungsrisiko ist unnötig hoch und der Lernfaktor gleich null. Alternativvorschläge erbeten! Leider kann ich nicht persönlich zum nächsten Gruppentreffen kommen, eine Tagung am Genfer See, schön, aber stressig, zumal ich Wibekes Ballettaufführung verpasse, seufz, manchmal beneide ich euch babyrosa »Nur«-Hausfrauen doch ganz schön um euren gemütlichen Alltag.
Sabine

P. S. Rosa ist übrigens total out. Falls du für deine Lolalita im Trend liegen willst: Hellgrün ist das neue Rosa.

8. März

Ja, Jeremias Ludwig ist wirklich fantastisch, Flavia und Laura-Kristin haben beide das Privileg, bei ihm Unterricht zu nehmen, und sie schwärmen für ihn, weil er mit seiner blonden Lockenmähne so unglaublich männlich aussieht und trotzdem so wahnsinnig sensibel ist. Allein seine Hände – einfach göttlich. Und er ist auch noch so sozial eingestellt. Gittis Marie-Antoinette bekommt aufgrund ihrer prekären Finanzlage gratis Unterricht. Ich glaube wirklich, er ist der bestaussehende Mann, der mir jemals über den Weg gelaufen ist, und das, obwohl ich eigentlich überhaupt keine langhaarigen Männer mag

und natürlich absolut glücklich verheiratet bin. Ich hoffe, er wird Laura-Kristin dazu animieren, weniger zu essen. Jetzt mit vierzehn ist ihr Babyspeck so gar nicht mehr niedlich. Leider gerät sie nach der Familie meines Mannes, dort haben alle ein kleines Stoffwechselproblem. Was den »gemütlichen« Alltag angeht: Drei Kinder sind deutlich schwieriger zu managen als zwei, meine liebe Sabine, und warte erst mal ab, wie es wird, wenn deine Mädchen in die Pubertät kommen!
Hat übrigens noch jemand Interesse an dem Kurs von Franziska Jakob? »Mit ›E-Bay‹ das Haushaltsgeld aufbessern – richtig kaufen und verkaufen speziell für Frauen«. Es ist noch ein Platz frei. Franziska Jakob ist wirklich eine Koryphäe auf ihrem Gebiet, dank ihr spare ich im Jahr sicher einige hundert Euro.
Frauke

4. Kapitel

Nelly kam und kam nicht zurück. Ich hatte sie in Verdacht, die Gelegenheit genutzt und sich doch auf den Weg zu ihrer Freundin Lara gemacht zu haben. Das kleine faule Biest hatte mich reingelegt. Statt Nelly stand irgendwann Brigitta Hempel an der Tür. Sie war eine kleine, dicke Person, die ihrer Mutter so ähnlich sah, dass ich sie auch erkannt hätte, wenn sie sich nicht vorgestellt hätte.

»Guten Tag, mein Name ist *Frau* Brigitta Hempel, und ich komme im Auftrag der Mütter-Society Insektensiedlung«, sagte sie und zeigte auf den Schreibblock in ihrer Hand. »Ich glaube, meine Eltern sind schon bei Ihnen vorstellig geworden.«

»Ja, allerdings«, sagte ich und kämpfte gegen den Drang, die Tür einfach vor der Nase von *Frau* Birgitta Hempel zuzuschlagen. Sie sah zwar genauso aus wie ihre Mutter, hatte aber die sonore, autoritäre Stimme ihres Vaters geerbt, was sie noch Furcht einflößender machte. Außerdem hatte sie einen Oberlippenbart.

»Es geht um das Straßenfest«, sagte sie. »Dieses Jahr haben wir von der Mütter-Society die Organisation in die Hand genommen. Ich koordiniere die kulinarischen Angebote.« An dieser Stelle zückte sie einen Kugelschreiber.

»Aha«, sagte ich.

Frau Hempel junior sah mich abwartend an, ich sah abwartend zurück. Sie hatte komische Zöpfe, die wie kleine Pinsel hinter ihren Ohren abstanden.

»Ja, und weiter?«, fragte ich, als mir das Schweigen zu lang wurde. Ich wollte hier nicht rumstehen, ich wollte Mimi helfen, den eingeweichten Schimmel von der Wohnzimmerwand zu kratzen.

»Ja, was möchten Sie denn bitte zum kulinarischen Angebot beisteuern?«, fragte Frau Hempel junior zurück.

»Ach so«, sagte ich. »Wann ist denn dieses Straßenfest überhaupt?«

»Immer am ersten Mai«, sagte Frau Hempel. »Es gibt ein Kuchenbüfett und Würstchen und Reibekuchen und pädagogisch sinnvolle Spiele für die Kinder.«

»Das klingt ja nach viel Spaß«, sagte ich.

»Sie könnten einen Apfelkuchen backen, allerdings keinen gedeckten, den haben wir schon. Es wären noch frei: Rhabarber-Baiser, Käsesahnetorte und was mit Johannisbeeren. Oder wie wär's mit einer Waldmeister-Frischkäse-Torte? Die mag ich besonders gern. Meine Mutti hat da ein ganz tolles Rezept, das gibt sie Ihnen sicher gern, wenn Sie sie freundlich darum bitten.«

»Ich könnte einen Kirschstreusel backen«, sagte ich zögernd.

»Haben wir schon.«

»Dann nehme ich eben den Rhabarberkuchen«, sagte ich.

»Aber bitte einen mit Baiser«, sagte Frau Hempel junior. »Einen Rhabarber-Rührkuchen haben wir schon.«

»Gut, dann einen Rhabarber-Baiser«, sagte ich.

»Meine Mutti hat ein tolles Rezept für einen Rhabarber-Baiser-Kuchen«, sagte Frau Hempel junior. »Wenn Sie nett fragen, verrät sie es Ihnen sicher.«

»Ich habe ein eigenes Rezept, danke.«

Frau Hempel junior machte eine entsprechende Notiz. Dann hielt sie mir ihren Schreibblock unter die Nase und sagte: »Wenn Sie das jetzt bitte unterschreiben würden.«

Da es offensichtlich nicht anders ging, verpflichtete ich mich per Unterschrift, einen Rhabarberbaiserkuchen zum Straßenfest beizusteuern. Andernfalls würde ich vermutlich von Hempels Anwalt hören.

»Tja dann«, sagte ich. »Auf Wiedersehen.«

Aber Frau Hempel junior wollte noch nicht gehen. Sie ließ ihre Augen suchend durch den Flur schweifen. »Haben Sie eine Toilette?«

»Natürlich«, sagte ich. Was dachte die denn? Dass wir in den Garten kackten?

»Die müsste ich dann bitte mal aufsuchen«, sagte sie mit einer Stimme, die keinen Widerspruch duldete. Sie drückte mir ihren Schreibblock und den Kuli in die Hand und schob sich an mir vorbei.

»Die zweite Tür links«, sagte ich.

Aber so eilig hatte sie es dann doch nicht. Sie guckte erst neugierig ins Wohnzimmer. »Ach, da ist ja auch die Frau Pfaff«, sagte sie, als sie Mimi entdeckte. »Sie können sich auch gleich auf meiner Liste eintragen. Wo sind denn die ganzen Möbel von der alten Frau Wischnewski hin?«

»In der Garage«, sagte ich.

»Ich kann ja gleich mal gucken, ob ich davon was

gebrauchen kann«, sagte Frau Hempel junior. »Aber jetzt muss ich erst mal Tütü machen, ich bin ja schon seit Stunden unterwegs. Die Ameisenstraße und den Hirschkäferweg habe ich schon abgeklappert. Zweiundzwanzig Kuchen und Torten organisiert. Während ich Tütü mache, können Sie sich ja schon mal überlegen, was Sie backen wollen, Frau Pfaff. Was mit Johannisbeeren wäre gut.«

»Warum geht die denn nicht zu Hause aufs Klo?«, fragte Mimi, als Frau Hempel junior sich zum »Tütü machen« zurückgezogen hatte. »Die wohnt doch direkt nebenan.«

»Die wohnt noch bei ihren Eltern?«, fragte ich. »Aber die ist doch mindestens so alt wie ich.«

»Ja, aber sie ist arbeitslos und allein erziehend, und keiner will der Vater ihrer Tochter sein.«

Ja, das konnte ich verstehen. Das wollte sicher keiner zugeben. Aber mit einem Vaterschaftstest ließe sich das doch bestimmt nachweisen. Schließlich standen dem armen Kind wenigstens Unterhaltszahlungen zu.

Mimi schüttelte den Kopf. »Sie macht ein wahnsinniges Geheimnis um den Vater, sie hat schon mal angedeutet, dass es sich um eine bekannte Persönlichkeit handelt«, flüsterte sie. »Eine *sehr* bekannte Persönlichkeit.«

»Na ja, warum nicht?«, sagte ich nach kurzem Zögern. »Wahrscheinlich sah sie mal ganz passabel aus mit dreißig Kilo weniger und ohne den Schnurrbart.«

Wieder schüttelte Mimi den Kopf. »Nee, die sah immer so aus wie heute.«

Ich grübelte, um welche bekannte Persönlichkeit

es sich in diesem Fall handeln könnte. Vielleicht jemand sehr Altes, Blindes.

Frau Hempel junior kam vom »Tütü machen« zurück. »Na? Haben Sie sich einen Kuchen überlegt, Frau Pfaff?«

»Ich werde Donauwellen backen«, sagte Mimi.

»Aber wir haben schon was mit Kirschen«, sagte Frau Hempel junior. »Außerdem vertrage ich keine Buttercreme. Ich krieg da immer Sodbrennen von.«

»Dann müssen Sie vielleicht versuchen, *irgendwie* von den vierunddreißig anderen Kuchen satt zu werden«, sagte Mimi ein wenig trotzig. »Ich mache jedenfalls Donauwellen.«

»Na gut«, gab Frau Hempel junior nach. Aber nachdem Mimi ihre eidesstattliche Erklärung die Donauwellen betreffend unterschrieben hatte, wollte sie offenbar nicht wieder gehen.

»Haben Sie ein Telefon?«

»Ja«, sagte ich. Ich ahnte schon, was jetzt kommen würde.

»Das müsste ich dann bitte mal benutzen«, sagte sie.

Endlich kam Nelly nach Hause.

»Wo warst du denn so lange? Ich habe mir solche Sorgen gemacht«, rief ich, kaum dass sie zur Tür hereingekommen war. »Du kannst unmöglich zwei Stunden wegen der paar Joghurts und Staubsaugerbeutel unterwegs gewesen sein.«

»Oh doch«, sagte Nelly. »Im Supermarkt hatten sie nämlich keine SM 12 Staubsaugerbeutel.

Deshalb bin ich in ein Haushaltswarengeschäft gegangen, aber rate mal, was sie dort auch nicht hatten? Richtig, SM 12 Staubsaugerbeutel. Sie hatten dort noch nie was von dieser Art Beutel gehört. Aber ich wollte so schnell nicht aufgeben. Also bin ich in ein Elektrofachgeschäft gegangen, und da haben alle um den Karton herumgestanden und sich totgelacht, weil ein uralter Verkäufer wusste, dass die SM-Serie für Staubsauger in den Jahren neunundsechzig bis vierundsiebzig entwickelt wurde. Weder die Staubsauger noch die Beutel wurden seither mehr gefertigt. Omi Wilma muss mit diesem Beutel entweder dreißig Jahre lang gesaugt oder sich rechtzeitig mit einem Vorrat eingedeckt haben.«

»Ich tippe auf Ersteres«, sagte ich. Der Beutel war wirklich sehr voll gewesen. »Aber wo bist du danach gewesen?«

»Ich bin zu Papi gefahren«, sagte Nelly.

»Ach, Nelly! Das sollst du doch nicht.«

»Wieso denn nicht? Er hat gesagt, dass ich dort jederzeit willkommen bin. Dass es immer noch mein Zuhause ist.«

»Ja, ja«, sagte ich.

»Als ich kam, musste Papi aber gerade gehen. Und er wollte mich nicht in die Wohnung lassen. Wie findest du das?«

»Ich find's komisch, dass er um diese Zeit überhaupt zu Hause war«, sagte ich.

»Ja, nämlich, weil er einen Kammerjäger da hatte«, sagte Nelly. »Stell dir vor, bei uns in der Wohnung hat es Kakerlaken gegeben.«

»Was? Ausgeschlossen. Diese Wohnung ist dank Frau Klapko absolut keimfrei. Eine Kakerlake würde sofort rückwärts wieder durch den Abfluss verschwinden.«

»Nein, es waren aber Kakerlaken«, sagte Nelly. »Viele, sagt Papi. Der Kammerjäger hat die ganze Wohnung mit Gift verseucht. Papi muss heute Nacht bei Onkel Ulfi schlafen. Der Ärmste.«

»Ja, ja«, sagte ich wieder. Kakerlaken! Wer's glaubte, wurde selig. Lorenz hatte nur nicht gewollt, dass Nelly seinen gemütlichen Junggesellenalltag störte.

»Ich hab ihm also auf der Straße sagen müssen, dass unser Staubsauger kaputt ist«, sagte Nelly. »Und dass du kein Geld für einen neuen hast.«

Ich seufzte. Wahrscheinlich dachte Lorenz jetzt, der volle Staubsaugerbeutel sei ein weiterer Trick von mir, um ihn zurückzugewinnen.

»Papi sagt, das könne gar nicht sein, dass der Staubsauger kaputt ist. Er sagt, dass Omi Wilma nur die allerteuersten Markengeräte hat, das Beste vom Besten«, fuhr Nelly fort. »Opa Jakob habe stets ein Vermögen für die Sachen ausgegeben. Jedes Jahr zu Weihnachten und zum Geburtstag hat er Omi Wilma ein Super-Haushaltsgerät geschenkt, und Omi Wilma hat jedes Mal vor Freude geweint, weil keine ihrer Freundinnen so teure Geräte hatte. Papi sagt, daran hat sich bis heute nichts geändert.«

»Opa Jakob ist 1984 gestorben«, sagte ich. »Soviel ich weiß.«

»Papi sagt, die Geräte sind unkaputtbar, echte deutsche Wertarbeit«, sagte Nelly. »Sozusagen unsterblich.«

»Ja, aber die Kaffeemaschine hat definitiv ein schlimmes Lungenleiden. Hast du die mal gurgeln gehört?« Ich war süchtig nach Kaffee, ich brauchte morgens zwei Tassen, um überhaupt gerade stehen zu können, und noch einmal mindestens drei, um den Rest des Tages zu überleben. Zu Hause bei Lorenz hatten wir eine wunderbare, sündhaft teure Cappuccino-Maschine besessen, die die Bohnen für jede Tasse einzeln gemahlen und mit fünfzehn Bar in die Tasse gedrückt hatte, dazu aufgeschäumte Milch und einen Hauch von Zimt, hm ... göttlich. Die alte Gurgelmaschine von Omi Wilma hingegen konnte nur mit Pulverkaffee arbeiten. Ohne Druck. Und mit lauwarmem Wasser. Ich hatte schon überlegt, auf Tee umzusteigen.

»Jedenfalls sagt Papi, wir sollten dankbar sein über Omi Wilmas Marken-Hinterlassenschaften«, sagte Nelly. »Er sagt, er wäre jedenfalls froh, wenn er solch tolle Haushaltsgeräte hätte. Jeder wäre das.«

»Tja«, sagte ich. »Sag ihm, er kann sie demnächst bei ›E-Bay‹ ersteigern. Das ist überhaupt die Idee. Mimi? Meinst du, wir könnten diese Staubsaugerbeutel vielleicht noch bei ›E-Bay‹ bekommen?«

Mimi meinte das nicht. Sie wollte uns aber ihren Zweitstaubsauger leihen, bis wir einen neuen hätten.

»Ich habe eine bessere Idee«, sagte Nelly. »Wenn Papi doch so froh wäre, wenn er einen so tollen Staubsauger hätte, dann kann er ihn auch bekommen. Im Tausch gegen seinen alten. Könnte ich sofort erledigen. Ich brauch sowieso noch ein paar von meinen Sachen.«

Mimi lachte laut auf. »Das ist eine wunderbare Idee.«

»Das Ding wiegt eine Tonne«, sagte ich und hickste unauffällig. Für meine Verhältnisse war ich ziemlich beschickert. »Du kannst damit unmöglich durch die halbe Stadt fahren. Außerdem wird es schon dunkel, und Papi ist gar nicht da, und die Wohnung ist vergiftet. Und du hast noch keine Hausaufgaben gemacht.«

Nelly wollte gerade widersprechen, als es klingelte. Ich fürchtete, es könne nochmal Frau Hempel junior sein, die fragen wollte, ob wir einen Kühlschrank besäßen. »Den müsste ich dann bitte mal leer essen«, würde sie sagen, und ich wäre natürlich zu feige, um sie daran zu hindern. Am Telefon hatte Frau Hempel junior eine Viertelstunde auf meine Kosten mit jemandem über Johannisbeerkuchen und Handarbeitskurse gesprochen, und nach dem Gespräch hatte sie die Sektgläser und die Flasche entdeckt und sich selbst zu einem Glas eingeladen.

»Haben Sie noch eine Flasche davon?«, hatte sie anschließend gefragt. Die müsste ich dann bitte mal leer trinken, haha.

Mimi und ich verneinten. Das war die letzte gewesen.

»Ein Bier tut es auch«, hatte Frau Hempel junior gesagt, sich dann aber freundlicherweise auch mit Omi Wilmas Himbeergeist zufriedengegeben. Nach dem zweiten Glas hatte sie uns das Du angeboten. Wir waren beide zu feige gewesen, es abzulehnen.

»Also, Mimi und Constanze, hehe, also, meine Freundinnen nennen mich Gitti«, hatte sie gesagt und dabei sonor gekichert. »Also, wenn meine Eltern wüssten, dass ich mich mit dem Feind duze, die würden mich glatt enterben. Wo wir doch mit euch nur per Anwalt kommunizieren.«

»Sie sind schon ein bisschen Furcht einflößend«,

sagte ich, und Mimi murmelte: »Der Apfel fällt nicht weit vom Stamm.«

»In Wirklichkeit sind sie herzensgute Menschen, das würdet ihr auch sagen, wenn ihr sie besser kennen würdet«, behauptete Gitti. »Wenn ich meine Eltern nicht hätte, dann würden ich und Marie-Antoinette auf der Straße stehen, also, das würden wir dann.«

Ich fragte, ob Marie-Antoinettes Vater Franzose sei. Oder adelig. Oder beides.

Gitti machte ein geheimnisvolles Gesicht. »Also, das kann ich leider nicht verraten«, sagte sie. »Ich rede niemals über Marie-Antoinettes Vater.« Dafür redete sie aber umso mehr über Handarbeiten im Allgemeinen und Besonderen. Gitti war nämlich Lehrerin für textiles Gestalten, nur leider war sie arbeitslos, weil es in ihrem Jahrgang sozusagen eine Handarbeitslehrerinnenschwemme gegeben hatte. Aber sie gab Kurse am Familienbildungswerk und im Kindergarten, um sich und Marie-Antoinette zu ernähren. Nur kamen die meisten Kurse nicht zu Stande, weil die Leute in dieser Gegend noch nicht begriffen hatten, wie wichtig Handarbeiten für die Seele sein konnten. Und wenn die Kurse nicht zu Stande kamen, dann gab es auch kein Geld für Gitti, was wiederum bedeutete, dass sie weiterhin bei ihren Eltern wohnen bleiben musste, in ihrem alten Kinderzimmer. Ihre Eltern, obwohl herzensgut, fielen Gitti manchmal ganz schön auf den Geist, weil sie sich so sehr in Marie-Antoinettes Erziehung einmischten. Außerdem kochte ihre Mutter lecker, aber fettig, weshalb Gitti nie eine Diät durchhielt und immer dicker wurde.

Das alles nahm uns so mit, dass wir uns ebenfalls an Omi Wilmas Himbeergeist vergreifen mussten.

Das Zeug schmeckte widerlich, aber wenn man es in einem Zug hinunterkippte, breitete sich ein wohligwarmes Gefühl in der Magengrube aus.

Gitti legte uns ganz dringend ans Herz, ihren Workshop »Wir filzen uns einen eigenen Schutzengel« zu besuchen. Es sei ganz irre, was für eine Beziehung man zu so einem Filzengel aufbauen könne, und vor allem für Kinder sei das eine wunderschöne Erfahrung. Wir mussten versprechen, uns diesen Termin auf jeden Fall freizuhalten.

Ich nutzte eine Trink- und Atempause von Gitti, um sie zu fragen, was ihre Eltern unter »Kroppzeuch« verstünden, schließlich war das die Gelegenheit, aber sie verstand leider »Knüpfzeug« und hielt mir einen Vortrag über das Knüpfen von künstlerisch wertvollen Wäschesäcken, Blumenampeln und Hosenträgern und wie viel diese Tätigkeiten zur seelischen Balance des Knüpfers beitrügen.

Sie war erst gegangen, als Mimi auf die geniale Idee gekommen war, ihr die angebrochene Flasche Himbeergeist mitzugeben. Das war vor zehn Minuten gewesen. Vor lauter Freude über ihren Weggang hatten wir eine zweite Flasche Himbeergeist geöffnet und auf die himmlische Ruhe im Wohnzimmer angestoßen.

Und jetzt: Schon wieder die Türklingel. Aber wir hatten Glück: Es war nicht Gitti, die zurückgekommen war. Vor der Tür stand Frodo Beutlin höchstpersönlich. Dieselben braunen Wuschellocken, dieselben großen blauen Augen, umrahmt von unwahrscheinlich langen, gebogenen Wimpern. Er war nur ein bisschen größer als ein Hobbit. Und er trug eine blaue Sportjacke.

Ich hickste.

»Ist mein Bruder hier?«, fragte Frodo.

»Der Japs- hicks- ser? Ups.« Mir war das Hicksen äußerst peinlich. So besoffen konnte ich doch noch gar nicht sein.

»Er heißt Jas-per«, sagte der Junge. Er war ungefähr so alt wie Nelly, schätzte ich. Noch kein bisschen Bartflaum, aber schon im Stimmbruch. Es klang lustig, mal niedlicher Knabensopran, mal rauer Männerbass. »Er kann's nur selber nicht aussprechen. Ich habe meine Eltern damals gleich gewarnt vor dem blöden Namen.«

»Wie heißt du denn?«

»Max«, sagte der Junge. »Ist Jasper denn hier?«

»Ja, ist er. Komm rein, Max, Jap- äh Jasper ist oben in Julius' Zimmer. Er ist ganz allein hergekommen. Mit dem Fahrrad. Ist er dafür nicht noch ein bisschen klein?«

»Nein, das macht er immer so. Wir können ihn dann abends irgendwo in der Nachbarschaft aufgreifen«, sagte Max. »Aber diesmal hatte ich es noch ziemlich einfach: Sein Fahrrad steht ja vorm Gartenzaun.«

»Aber ... – also, da könnte ja weiß Gott was passieren«, sagte ich. »Es gibt doch so viele unvorsichtige Autofahrer, nicht angeleinte Kampfhunde, ungesicherte Gartenteiche, frei laufende Triebtäter ...«

Ich merkte, dass Max mir nicht richtig zuhörte. Er stand wie angewachsen auf der Türschwelle und starrte Nelly an, die ihrerseits wie angewachsen im Flur stand, den Staubsauger in der Hand, und Max anstarrte.

»Nelly, das ist Max, Max, das ist meine Tochter

Nelly. Julius! Jap-Jasper! Kommt mal bitte runter! Jasper wird abgeholt.«

Max und Nelly starrten einander immer noch an. Keiner von beiden sagte etwas. Ich hatte den Eindruck, Nelly würde ein wenig erröten.

»Kennt ihr euch?«, fragte ich.

»Nö«, sagte Nelly.

»Sie geht in meine Parallelklasse«, sagte Max.

»Tatsächlich?«

»Kann sein«, sagte Nelly. Aber mich konnte sie nicht täuschen. Ich war schließlich auch mal vierzehn Jahre alt gewesen. Nie im Leben nahm ich ihr ab, dass sie einen Jungen mit solchen Wimpern bis jetzt übersehen hatte.

»Ganz bestimmt«, sagte Max und sah sich um. »Ich wusste gar nicht, dass du hier wohnst.«

»Tu ich ja auch gar nicht«, sagte Nelly und wurde noch ein bisschen röter. »Nicht so richtig, jedenfalls. Das Haus gehörte meiner Oma. Und ich wohne eigentlich noch bei meinem Vater. In der Innenstadt.«

»Aber auch nur eigentlich«, murmelte ich ziemlich erbost.

»Und wie ist das passiert?«, fragte Max und zeigte auf Nellys Gipsarm.

»Ach, nur so«, sagte Nelly.

»Sie ist beim Telefonieren vom Baum gefallen«, sagte ich. »Hier hat man nämlich keinen Empfang fürs Handy. Und Nelly ist handysüchtig.«

»Mami!«

»Ich weiß«, seufzte Max. »Sie wollten hier eine Verstärker-Antenne errichten, aber diese Frauen von der Mütter-Society haben Unterschriften dagegen gesammelt. Weil der Elektrosmog und die

Funkwellen angeblich Hyperaktivität und Migräne und Heißhungerattacken und was weiß ich nicht noch alles verursachen können. Ich kann deshalb auch nur von meinem Baumhaus aus telefonieren und smsen.«

»Mein Baum war leider morsch«, sagte Nelly.

»Aber ihr habt doch wahnsinnig viele Bäume im Garten«, sagte Max. »Da wird doch einer dabei sein, auf dem man ein Baumhaus bauen könnte.«

»Mein Papi ist aber handwerklich nicht gerade begabt«, sagte Nelly. »Und ich bleibe ja wahrscheinlich sowieso nicht lange hier wohnen. Weil ich ja eigentlich sowieso nicht richtig hier wohne.«

Ich verdrehte auffällig die Augen.

»Schade«, sagte Max.

Die beiden schwiegen wieder. Ich warf einen Blick hinüber zu Mimi ins Wohnzimmer. Die grinste und winkte mit der Himbeergeistflasche. Sehr verlockend.

Julius und Jasper kamen Hand in Hand die Treppe herunter.

»Hallo, Max«, schrie Jasper.

»Schrei nicht so«, sagte Max.

»Gibt es schon Abendessen?«, schrie Jasper.

»Nee, Mama ist noch nicht da«, sagte Max. Zu Nelly sagte er: »So ein Baumhaus zu bauen geht ganz schnell. Ich hab's auch ohne Hilfe geschafft. Mein Vater weiß noch nicht mal, wo bei einem Nagel oben und unten ist, außerdem ist er nie zu Hause. Also, wenn du willst, dann kann ich mir deine Bäume ja mal angucken. Auch wenn du nicht richtig hier wohnst.«

»Meinetwegen«, sagte Nelly gnädig, aber die unnatürliche Röte ihrer Wangen verriet mir, dass sie sich nur halb so lässig fühlte, wie sie sich gab.

»Ich will auch Bäume angucken«, schrie Jasper und schlüpfte in seine Gummistiefel. Julius wollte natürlich auch mit raus.

»Aber nur zehn Minuten«, sagte ich streng. »Und keiner klettert auf irgendwelche Bäume. Dass das klar ist. Ich mache in der Zwischenzeit Sandwichs für alle.«

»Ich passe schon auf«, sagte Max und sah mich so treuherzig mit seinen blauen Frodo-Augen an, dass ich ihm in diesem Augenblick alles anvertraut hätte.

»Ei'n'tlich is so'n Himbeergeis' ja echt eklig«, sagte Mimi.

Ich musste ihr beipflichten. »Wenn er wen'ssens nach Himbeer'n schmecken würde«, sagte ich. »Tut er aber ga nich. Nur nach Schnaps. Igitt.«

»Ich trink sonst so was nie«, sagte Mimi und kippte sich noch ein Schnapsgläschen die Kehle hinunter. »Brrrr.«

»Ich auch nich'«, versicherte ich. »Ich trink ei'n'tlich überhaupt nie was. Nur mal 'n Glas Wein zum Essen oder so.«

»Ich auch«, sagte Mimi. »Allohol is nämlich nich' gut für die Fruchtbarkeit. Angeblich.«

»Und überhaupt«, sagte ich und sah auf Omi Wilmas Küchenuhr. »Is ja noch nich mal das Sandmännchen gekommen. Pfui über mich.«

»Ja, pfui«, stimmte Mimi zu. »Aber immerhin war's ein erfolgreicher Tag: Dein Wohnzimmer ist leer und entschimmelt. Und dein Kleiderschrank is' auch leer.«

»Und die Garage und ich, wir sind voll«, sagte ich und kicherte über meinen Witz. »Wo sind ei'n'tlich die Kinder?«

»Im Garten«, sagte Mimi. »Seit zehn Minuten. Mit dem Ringträger und seinem kleinen Bruder. Du hast gerade dreißig Butterbrote für alle geschmiert.«

»Ach ja, stimmt ja«, sagte ich erleichtert. Die letzten beiden Schnapsgläschen schienen es auf mein Kurzzeitgedächtnis abgesehen zu haben.

Die Türklingel schnarrte.

»Gut, gut«, sagte Mimi. »Die vielen Butterbrote schaffen wir doch niemals alleine.«

»Verdammt! Der Frodo hatte mir doch versprochen aufzupassen!«, sagte ich und eierte zur Tür. »Wenn jetzt jemand vom Baum gefallen ist, dann werf ich ihn den Orks zum Fressen vor.« Das spärliche Licht aus dem Flur ließ mich eine weibliche Person im rosafarbenen Kittel erkennen. Der Kittel war über und über mit rotbraunen Flecken getränkt. Ich bekam sofort weiche Knie.

»Ich hoffe, dass das Ketchup is'«, sagte ich trotzdem.

»Nein, das ist Blut«, sagte die Frau. »Guten Abend. Ist mein Sohn vielleicht bei Ihnen?«

Weil ich nicht antwortete, sondern nur auf die Blutflecken starrte, fuhr sie fort: »Klein, frech, schreit immer. Sein Fahrrad steht da vorne.«

»Ja, der ist hier«, sagte ich, erleichtert darüber, dass offenbar kein medizinischer Notfall vorlag. Ich bekam immer sofort weiche Knie, wenn ich Blut sah. »Und sein Bruder auch. Sie sind hinten im Garten und klettern *nicht* auf Bäume. Kommen Sie doch durch.«

Im Flurlicht sah ich, dass die Frau Max' riesige blaue Augen und dasselbe braune Wuschelhaar wie ihre Kinder hatte. Sie reichte mir gerade mal bis an die Schulter. Eine niedliche kleine mollige Hobbitfrau mit ihren Hobbitkindern. Ob sie wohl alle so behaarte Füße hatten?

»Es ist heute später geworden«, sagte die Hobbitfrau. »Ein Notfall. Aber ich bin so schnell ich konnte nach Hause gekommen. Ich hab mich nicht mal umgezogen, tut mir leid.« Sie zeigte auf ihren beschmutzten Kittel.

»Sind Sie Ärztin?« Oder arbeiten Sie auf einem Schlachthof?

»Ich bin Hebamme«, sagte die Frau und guckte auf meine lilabraunen Fingerkuppen. »Und Sie?«

»Hausfrau«, sagte ich. Hebamme wäre definitiv kein Job für mich. Ständig hätte ich nur wackelige Knie und würde nach Luft japsen. So wie jetzt. Herrje, war mir schwindelig! Wie viel Alkohol vertrug ein Mensch eigentlich? Und warum roch es hier eigentlich so durchdringend nach Chemie?

Ich öffnete das nächstbeste Fenster und machte einen tiefen Atemzug. Aaaaaaah, das tat gut. Weil ich die befremdeten Blicke der Hobbithebamme in meinem Rücken spürte, rief ich so laut ich konnte: »Nelly, Julius, Frodo, Japser! Essen ist fertig!«

Niemand antwortete mir. »Haaaaaallloooo, Kinder!«, schrie ich. Das Echo warf meine Stimme vielfach zurück.

»Keine Kinder nach achtzehn Uhr!«, schrie das Echo außerdem.

Ich erkannte beinahe sofort die Stimme von Herrn Hempel. Schnell warf ich das Fenster wieder zu. Es war sowieso das falsche gewesen, ein Seitenfenster, das zu Hempels hinüberzeigte und zu Omi Wilmas verwaistem Komposthaufen.

»Sie sind hinten«, sagte ich zu der Hebamme, die mich etwas verwundert anschaute. Verständlicherweise. Dabei wollte ich bei der Mutter von Julius' Freund unbedingt einen guten Eindruck hinterlassen. »Kommen Sie.« In Schlangenlinien schritt ich vor ihr her ins Esszimmer. Dort saß Mimi vor dem Berg Sandwichs und grinste einfältig vor sich hin. Die Flaschen mit dem Himbeergeist waren leider nicht zu übersehen, ebenso wenig wie das viele Mahagoni und die psychedelischen Muster der Vorhänge. Mir war klar, dass die arme Hebamme das Gefühl haben musste, in Sodom und Gomorrha gelandet zu sein. Wahrscheinlich würde ich ihre netten Kinder niemals wiedersehen. Schade.

»Tach auch«, sagte Mimi.

»Mimi, das ist die Mutter von Japser und Fro – äh Max und Mo ... äh dem kleinen Jasper«, sagte ich, in einem vergeblichen Versuch, die Konventionen zu wahren und die beiden Frauen einander vorzustellen, wie es sich gehörte. Diese Hebamme sollte mich nicht für die allerletzte Schlampe halten. »Und das ist meine Freundin Mimi. Den Nachnamen habe ich leider vergessen.« Mist. Das machte nun wirklich keinen guten Eindruck.

»Ist Mimi eigentlich dein richtiger Name?«, fragte ich trotzdem.

Mimi kicherte und streckte der Hebamme die Hand entgegen.

»Eigentlich heiße ich Melanie«, sagte sie. »Aber Mimi gefällt mir besser.«

Die Hebamme schüttelte die Hand kräftig. »Ich bin Anne«, sagte sie.

»Na, und Anne, möchtest du was trinken?«, fragte Mimi.

»Wasser zum Beispiel«, beeilte ich mich einzuwerfen.

»Ja gerne«, sagte Anne und ließ sich auf einen Stuhl plumpsen.

»Ich habe leider nur welches ohne Kohlensäure«, sagte ich.

»Das macht nichts«, sagte Anne. Sie schien mir eine unkomplizierte Zeitgenossin zu sein.

Ich schaffte es, in die Küche zurückzuwanken, um dort festzustellen, dass mein ohnehin sparsamer Vorrat an »Volvic« längst leer getrunken war. Egal. Ich füllte eine von Omi Wilmas Kristallkaraffen mit kaltem Leitungswasser, nahm ein paar Gläser aus dem Schrank und wankte zurück ins Esszimmer. Wasser aus der Karaffe, das hatte Stil. Mimi und Anne waren bereits in ein Gespräch vertieft.

»Ach, man muss die Kinder laufen lassen«, sagte Anne. »Wenn man sie nur in Watte packt, lernen sie nie, sich in der Welt zurechtzufinden.«

»Aber der Verkehr hier ist nicht ohne«, sagte Mimi. »Man hat uns schon zweimal eine Katze überfahren. Das kann mit Kindern doch genauso passieren, wenn man sie frei laufen lässt.«

»Ja, aber, ob sie nun mit vier Jahren überfahren werden oder mit sieben, das macht doch auch keinen Unterschied«, sagte Anne. Als Mimi und ich nichts erwiderten, fuhr sie fort: »Und gerade diesen überbehüteten Kindern passiert immer das Schlimmste, oder nicht? Ich kenne ein Kind, das nie auch nur eine Sekunde aus den Augen gelassen wurde. Das hat sich einen Schädelbasisbruch zugezogen, als es im Kinderzimmer auf einen Stuhl geklettert ist.«

Mir wurde auf einmal klar, dass sie sich ebenso unwohl in ihrer Haut fühlte wie ich. Wahrscheinlich fürchtete sie, genau wie ich, wir könnten sie für eine Schlampe halten, in ihrem Fall, weil sie ihre Kinder unbeaufsichtigt in dieser Siedlung herumstreifen ließ.

»Stimmt auch wieder«, sagte Mimi und goss Anne ungefragt Himbeergeist ein. Ins Wasserglas. »Wie man's macht, macht man's verkehrt.«

»Ich habe permanent ein schlechtes Gewissen, weil ich so viel arbeite und meine Kinder ständig sich selbst überlasse«, sagte Anne nach einem großen Schluck aus dem Wasserglas. »Mein Mann ist noch viel weniger zu Hause als ich, eine liebe Oma haben wir auch nicht in der Nähe wohnen, und für eine Tagesmutter oder Kinderfrau reicht das Geld dann auch wieder nicht. Dafür kann Max mit seinen vierzehn Jahren schon eine fantastische Lasagne kochen und sich selber Entschuldigungszettel schreiben. Und wenn er mir nicht gerade Vorwürfe macht, wie wenig ich mich um ihn und seinen Bruder kümmere, findet er es ganz toll, so viele Freiheiten zu haben. Und dass wir Geld für die teuersten Markenklamotten haben, gefällt ihm natürlich auch. Wir leisten uns drei Urlaube im Jahr, in denen wir versuchen, alle Versäumnisse nachzuholen. Was meistens in einer Katastrophe endet. Dieses Jahr will Max mit der Jugendgruppe wegfahren.« Sie zündete sich eine Zigarette an. »Ich darf doch, oder ist hier gerade jemand schwanger?«

Mimi seufzte. »Nee, leider nicht.«

»Ich auch nicht«, sagte ich. »Wovon auch?«

»Ich rauche sonst nie.« Anne nahm einen tiefen Zug.

»Und wir trinken sonst nie«, sagte ich.

»Höchstens alle paar Tage mal eine Zigarette«, sagte Anne. »Aber dieser Tag war unglaublich mies. Der schreit nach einer Zigarette. Wenn Max reinkommt, mache ich sie aus. Er regt sich immer furchtbar darüber auf, wenn ich was Ungesundes mache. Gute Mütter rauchen nicht. Weil sie damit die Gesundheit ihrer Kinder gefährden und außerdem ein schlechtes Vorbild sind. Ich bin eine schlechte Mutter. Eine gute Hebamme, aber eine schlechte Mutter.«

»Ich auch«, sagte ich. »Keine Hebamme, aber eine schlechte Mutter. Draußen ist es minus dreißig Grad, und mein Sohn ist ohne Mütze draußen.« Julius hatte so empfindliche Ohren, wie hatte ich ihn nur einfach hinauslassen können? Die letzte Mittelohrentzündung war mir noch gut im Gedächtnis. Ich wankte durch den Wintergarten nach draußen und suchte nach den Kindern.

Sie standen alle um einen dicken Baum herum und diskutierten über Größe und Aussehen des künftigen Baumhauses. Es war entgegen meiner Annahme keineswegs frostig, eher lauwarm, irgendwo draußen in der Dunkelheit lauerte der Frühling.

»Ich will ein Piratenschiff«, sagte Julius.

»Und ich eine Ritterburg«, schrie Japser.

»Und ich will gar keine Kinder in meinem Baumhaus«, sagte Nelly.

»Hier gibt es so viele Bäume, dass jeder von euch ein eigenes Baumhaus bekommen kann«, sagte Max.

»Übernimm dich nicht, Junge«, sagte ich.

»Keine Kinder nach achtzehn Uhr!«, rief jemand mit schriller Stimme von nebenan.

»Das sagen sie jetzt schon zum zehnten Mal«, sagte Nelly. »Immer abwechselnd. Sie müssen dort irgendwo am offenen Fenster hocken und uns mit einem Nachtsichtgerät beobachten.«

»Schon gut«, rief ich in Richtung Hempels. »Wir gehen ja schon rein.«

»Und wann kümmern Sie sich endlich um das Kroppzeuch?«, rief Frau Hempel zurück.

»Bald«, rief ich. Sobald ich wusste, was das Kroppzeuch war. Zu den Kindern sagte ich: »Es gibt Sandwichs mit Putenbrust, Salat, Tomate und Ei.«

»Ist es schon Nacht?«, fragte Julius.

Ich wusste es nicht. »Kann sein«, sagte ich.

»Erzählst du mir heute, wie Goldlöckchen und sein neuer Freund ein Piratenschiff gebaut haben und damit in echt segeln konnten?«

»Ja«, sagte ich. Das würde ich noch irgendwie zusammenlallen können.

»Darf Max mitessen?«, fragte Nelly. »Er will mir das Toten-Hosen-Album brennen.«

War das nicht seltsam, dass unsere Kinder heute die gleiche Musik gut fanden wie wir in ihrem Alter? Das war sicher nicht normal.

Eigentlich glaubte ich nicht an Geister, jedenfalls nicht, wenn ich nüchtern war. Aber an diesem Abend wurden wir definitiv von einem Geist heimgesucht. Selbst Nelly gab später zu, dass das alles nicht mit rechten Dingen zugegangen war.

Wenn es schon in diesem Haus spukte, dann hätte ich Omi Wilma höchstpersönlich erwartet oder einen düsteren Mahagoni-Geist, der um Mitternacht aus seinem Versteck kam und uns mit hohlem Gelächter aus dem Haus zu vertreiben suchte. Aber es war der »Himbeergeist«, der uns an diesem Abend heimsuchte, und der hatte es wirklich in sich.

Allerdings schien er es gar nicht schlecht mit uns zu meinen. Er hatte nur einen etwas skurrilen Sinn für Humor und unmögliche Situationen. An diesem Abend hatte er es geschafft, wildfremde Menschen um den Tisch im Esszimmer zu vereinen, Nelly, Julius, Jasper, Max, Anne, Mimi und mich, unter Omi Wilmas Mahagoni-Lampe. Und das Unheimliche war, dass ich das Gefühl hatte, wir hätten schon hundertmal so zusammengesessen, Anne, die mit Appetit in die Sandwichs biss, Mimi, die von Anne Zigaretten schnorrte, Nelly und Max, die spröde Bemerkungen über einstürzende Neubauten, Mathelehrer und Mitschüler tauschten, und Jasper und Julius, die sich einen Spaß daraus machten, die Tomatenscheiben von ihren Sandwichs zu pulen und auf meinen Teller zu schmuggeln. Wir redeten alle durcheinander, Jasper und Julius vom Kindergarten, ich von der Mercedesschrulle, Anne von einer Zwillingsgeburt mit Zange und Glocke und Mimi von der letzten Gerichtsverhandlung mit Hempels. Wir redeten und lachten und aßen und tranken, als würden wir uns schon ewig kennen. Wäre Trudi hier gewesen, hätte sie mir sicher erklärt, dass wir uns wahrscheinlich tatsächlich schon ewig kannten, nämlich aus einem früheren Leben, und dass es daher nicht weiter mystisch war, dass sofort so eine große Vertrautheit zwischen uns herrschte. Aber mir, beduselt vom Himbeergeist, erschien es mehr als mystisch. Da lebte ich erst wenige Tage von Lorenz getrennt, und schon hatte ich das Haus voller Besuch, fremde Menschen waren meine besten Freunde, und alle Prinzipien, mein bisheriges geregeltes Leben betreffend, hatte ich völlig über den Haufen geworfen. Aber meine Kinder schienen mir den chaotischen Haushalt und die ungeregelten Essens- und Schlafzeiten gar nicht übel zu nehmen. Beide hatten rote Bäckchen und sahen glücklich aus. Vor allem für Nelly war das höchst ungewöhnlich.

Als Julius zwei Stunden später auf meinem Schoß einschlief und Jasper den Kopf auf ein halb gegessenes Sandwich bettete, klingelte es an der Haustür. Es war Ronnie, der Mimi abholen wollte.

»Das is' gut«, sagte Mimi. »Allein hätte ich es nämlich nich' bis nach Hause geschafft.«

»Hast du etwa was getrunken?«, fragte Ronnie streng, »und geraucht?«

»Nur ein bisschen.« Mimi erhob sich schwankend.

»Sie kann nichts dafür«, sagte ich. »Hier spukt ein Himbeergeist herum. Unheimlicher Kerl, der. Aber irgendwie auch lieb.«

»Aha«, sagte Ronnie. »Aber das weiß doch jedes Kind, dass man so einen Flaschengeist niemals aus der Flasche lassen sollte.«

»Ich merk's mir für nächstes Mal«, sagte ich. Zwei von Omi Wilmas Flaschen waren ja immerhin noch da.

Anne stand ebenfalls auf. »Jetzt ist es aber wirklich höchste Zeit. Wir Rabenmütter müssen unsere Kinder ins Bett bringen.«

Nelly und Max protestierten schwach.

»Es war doch gerade so gemütlich«, sagte Nelly.

Anne warf sich den schlaffen Jasper über die Schulter.

»Ach, ich wäre so gern auch eine Rabenmutter«, seufzte Mimi und torkelte. Ronnie fing sie mit beiden Armen auf.

»Du weißt ja gar nicht, wie gut du es hast«, sagte Anne und streichelte Jasper über die Locken. »Du kannst morgen deinen Rausch ausschlafen, dann eine Aspirin nehmen und zum Friseur gehen. Ich muss morgen Früh raus, für alle Frühstück machen, Pausenbrote schmieren und die armen Kinder anschnauzen, dass sie sich gefälligst beeilen sollen. Dann habe ich den ganzen Tag ein schlechtes Gewissen, weil ich mich um hysterische Schwangere kümmere, anstatt um meine Kinder, und wenn ich nach Hause komme, wartet im Keller eine Tonne Schmutzwäsche auf mich.«

»Kann das denn nicht auch mal dein Mann erledigen?«, fragte Mimi. »Bei uns kümmert sich Ronnie immer um die Wäsche, nicht wahr, Ronnie?«

»Ja, weil du jedes Mal irgendwelche roten Sachen mit meinen weißen Hemden zusammen wäschst«, sagte Ronnie und küsste Mimi zärtlich auf den Scheitel. Ich sah den beiden neiderfüllt zu. So liebevoll waren Lorenz und ich niemals miteinander umgegangen, jedenfalls nicht, wenn es um die Wäsche ging.

»Mein Mann weiß nicht mal, wie die Waschmaschine angeht«, sagte Anne. »Wie gesagt, du weißt gar nicht, wie gut du es hast.« Sie klopfte sich mit ihrer freien Hand auf den Bauch. »Seht euch mal diese Wampe an! Sogar die Zwillingsmutter von heute hatte weniger! Ich habe wieder mal viel zu viel gegessen und gesoffen. Hat jemand von euch Lust, mit mir zu joggen?«

»Jetzt?«, fragte ich entsetzt. Ich fürchtete ja schon, mich nicht mal mehr bis ins Schlafzimmer schleppen zu können.

»Morgen Abend«, sagte Anne. »Um acht, wenn die Kinder im Bett sind und mein Mann vor der Tagesschau sitzt.«

»Au ja«, sagte Mimi.

»Au wei«, sagte ich.

Überflüssig zu sagen, dass es mir am nächsten Morgen gar nicht gut ging. Von meinen eigenen Kopfschmerzen geweckt, schaffte ich es immerhin, Nelly pünktlich zu wecken und mir ein paar Liter eiskaltes Wasser ins Gesicht zu schaufeln. Dabei wagte ich es nicht, mir mein Spiegelbild genauer zu betrachten, denn ich fürchtete, in blutunterlaufene Augen zu sehen.

Ich erinnerte mich an Annes Worte gestern Abend und dankte Gott dafür, dass ich nicht auch noch einem Job nachgehen musste. Ich bewunderte die Frauen, die es schafften, Kinder und Karriere zu managen, die jede Minute des Tages verplant und organisiert hatten und dabei auch noch gut aussahen und Spaß hatten. Frauen, die es fertig brachten, um sechs Uhr früh zu joggen, eine Wechseldusche zu nehmen, für die ganze Familie Frühstück zu machen und frischen Orangensaft auszupressen, auf dem Weg zum Kindergarten noch bei der Bank vorbeizufahren, den Einkauf zu erledigen und das Altglas wegzubringen, um dann pünktlich um neun in der Vorstandsetage ihres Firmenkonzerns aufzukreuzen und einen ganzen Tag lang mit Millionen zu jonglieren. Aber ich wusste auch, dass ich niemals zu dieser Sorte Frau gehören würde. Ich war anfangs ja schon hoffnungslos damit überfordert gewesen, den Müll wegzubringen, wenn ich das Haus verließ, um mit Nelly zur Krabbelgruppe zu fahren. Spätestens, als ich einmal die Mülltüte auf dem Kindersitz festschnallte, wusste ich, dass ich dieser Ganz-oder-gar-nicht-Typ war: entweder Müll wegbringen oder Kind anschnallen. Da war definitiv nicht auch noch Platz für einen ganzen Job.

Eine kalte Dusche und vier Tassen Kaffee später wagte ich mich mit Julius auf den Weg in die Villa Kunterbunt. Diesmal fuhr ich ausgesprochen vorsichtig und langsam, damit mir bloß niemand die Vorfahrt nehmen konnte. Das Fahrrad band ich vor dem Kindergarten an einer Straßenlaterne fest, sicher war sicher.

»Wer zuerst an der Tür ist«, sagte Julius.

Natürlich ließ ich ihn gewinnen, das heißt, heute gewann er ganz ohne Pfuschen, denn mir tat jeder Schritt im Kopf weh. An der Tür stieß ich beinahe mit einem Mann zusammen, in dem ich unschwer den Besitzer des Jaguars von gestern wiedererkannte.

Bei seinem Anblick wurde ich feuerrot. Ich hatte doch gehofft, ihm nie wieder über den Weg laufen zu müssen. Aber wahrscheinlich ging sein Kind auch hier zum Kindergarten, und wir würden uns zwangsläufig jeden Tag sehen. Jeden Tag würde sein Anblick mich daran erinnern, dass ich sein Auto kaputtgemacht hatte und nicht dazu stehen wollte.

Leider erkannte er mich ebenfalls wieder.

»Hallo!«, sagte er. Er lächelte zwar, aber seine dunklen Augen unterzogen mich dabei einer genauen Musterung.

»Ach, hallo«, sagte ich und ging im Geist schnell mein Outfit durch. Kaschmirmantel über cognacfarbener Marlenehose und gleichfarbigen Stiefeln mit Absatz. Nicht ganz so elegant wie gestern, zumal mit blutunterlaufenen Augen, aber immer noch definitiv kein Radfahreroutfit. Gott sei Dank!

»Und, hat der Radfahrer sich gemeldet?«, wagte ich es deshalb zu fragen.

»Leider nein«, sagte der Mann. Er war unbestreitbar gut aussehend, wenn auch die Sorte Mann, die man sich nur im Anzug vorstellen kann und niemals zum Beispiel im Blaumann oder in einer Latzhose mit nichts drunter oder überhaupt ohne Kleidung. Er war groß und schlank, hatte kurz geschorenes, dunkles Haar, braune Augen, eine aristokratisch gebogene Hakennase, schmale Lippen und ein energisches Kinn. Und wenn er lächelte, so wie jetzt, sah man seine überaus gepflegten Zähne. Falls es nicht seine eigenen waren, musste er ein Vermögen dafür hingeblättert haben.

»Das tut mir leid«, sagte ich. »Auf der anderen Seite: Wenn Sie keinen Zettel an das Fahrrad geklemmt haben, wie sollte der arme Besitzer dann wissen, dass er Ihr Auto kaputtgemacht hat?«

»So wichtig ist es ja nun auch wieder nicht«, sagte der Mann.

»Ja, das stimmt«, sagte ich erleichtert. »Ist ja schließlich nur ein Auto.«

»Constanze! Hallo!« Das war Jan Kröllmann, der offenbar gerade seine Tochter abgeliefert hatte.

»Hallo, Jan«, sagte ich wenig erfreut.

»Wiedersehen«, sagte der Jaguarmann. »Bis morgen.«

»Wiedersehen«, sagte ich. Der Mann war wirklich nett. Ich sah ihm entzückt hinterher.

»Dieser alte Angeber«, sagte Jan verächtlich.

»Wer? Der Jaguarmann?«, fragte ich.

»Genau der«, sagte Jan. »Schwimmt in Geld, der Typ.«

Ich fand ja, dass es Schlimmeres gab.

»Ich kann mir die Pantoffel selber anziehen, Mami«, sagte Julius und gab mir einen Kuss.

»Bis heute Mittag«, sagte ich.

»Nicht, dass ich neidisch wäre«, sagte Jan. »Meinereiner verdient sich schließlich auch dumm und dämlich. Aber deshalb muss ich ja noch lange keinen Angeberschlitten fahren, oder du etwa?«

»Nee, ich auch nicht«, sagte ich.

»Bist du etwa mit dem Fahrrad gekommen? Bei dem Wetter?«

»Nö, wieso?«, fragte ich zurück, obwohl der Jaguarmann ja längst außer Hörweite war.

»Na, wegen des Helms«, sagte Jan und zeigte auf meinen Kopf.

»Oh nein!«, stöhnte ich. So etwas Blödes! Ich trommelte wütend mit den Fäusten auf den Helm. Wie hatte ich das Ding nur übersehen können? Der Jaguarmann würde wohl kaum annehmen, dass ich den Helm zum Autofahren trug, und eins und eins zusammenzählen. Helm plus Fahrrad gleich Kratzer an Jaguar. Mist!

Außerdem sah es dämlich aus. Zeigen Sie mir mal einen Menschen, dem so ein Fahrradhelm gut steht.

»Na ja, da muss man sich doch nicht wegen schämen«, sagte Jan. »Ich fahr am Wochenende durchaus auch mal mit dem Fahrrad. Um was gegen die Rettungsringe zu unternehmen.« Er lachte und kniff sich in die Seiten.

»Ja, früher hattest du die nicht«, sagte ich, und plötzlich tat er mir leid.

»Nee«, sagte er bedauernd. »Das hält mir meine Frau auch andauernd vor.«

»Ach, deine Frau habe ich übrigens schon kennen gelernt«, sagte ich. »Sehr nett.«

Jan stellte sein Lächeln abrupt ein. »Hast du ihr gesagt, dass wir uns von früher, äh, kennen?«

Ich schüttelte den Kopf. »Dazu bin ich nicht gekommen. Wieso?«

»Ach, nur so«, sagte Jan. »Frauke ist schrecklich eifersüchtig.«

»Aber das mit uns ist doch Lichtjahre her!« Gott sei Dank.

»Trotzdem«, sagte Jan. »Du bist einfach zu blond und zu langbeinig, wenn du verstehst, was ich meine! Frauke würde mir die Hölle heiß machen, wenn sie wüsste, dass zwischen uns mal was war.«

Ich war wider Willen geschmeichelt. »Ich könnte ja sagen, dass wir uns vom Studium kennen«, schlug ich vor. »Flüchtig.«

»Genau«, sagte Jan erleichtert. »Sehr flüchtig. Hehehe! Sag mal, warst du damals eigentlich schon genauso hübsch wie heute?«

Zumindest war ich genauso blond und langbeinig gewesen wie heute. Zugegeben, nach meiner natürlichen Schönheit hatte man damals ein bisschen suchen müssen. Aber wenn ich mich allzu sehr verändert hätte, dann hätte Jan mich ja wohl auch kaum wiedererkannt. Und zu jener Zeit hatte ich weder Schwangerschaftsstreifen noch diese Falte zwischen den Augenbrauen gehabt.

»Ich war zwanzig«, sagte ich mit Nachdruck. »Was denkst denn du?«

Jan seufzte wehmütig. »Kein Wunder, dass du Schluss gemacht hast.«

»Du hast Schluss gemacht«, sagte ich. »Du hattest eine andere. Vera Sowieso. Schon vergessen?«

»Ach, tatsächlich?« Jan schien in seinem Gedächtnis zu kramen. »Vera, Vera ...«

»Brünett, große Oberweite, stöhnte wahnsinnig laut und schrie beim Orgasmus immer: Oh! Mein! Gott!« Ich erinnerte mich noch genau. Ich hatte mir dabei immer die Ohren zugehalten. Völlig vergeblich. Ich nahm Jan nicht ab, dass er das vergessen hatte.

»Ja, stimmt. Verena hieß die, glaube ich.« Jan tat so, als würde seine Erinnerung langsam zurückkehren. »Aber sag das bloß nicht Frauke.«

»Du warst ein ganz schön schlimmer Finger«, sagte ich. An seiner Stelle hätte ich nichts dagegen gehabt, Frauke gelegentlich daran zu erinnern, dass er nicht immer schon so ein unattraktiver langweiliger Antityp gewesen war wie heute. Wahrschcinlich hatte sie es längst vergessen.

»Jaja«, sagte Jan und warf sich ein bisschen in die Brust. »Früher hab ich nichts anbrennen lassen, wie man so schön sagt. Aber heute, als Familienvater, da ist das was ganz anderes. Außerdem kann ich mir in meiner Position keine Frauengeschichten erlauben. Nee, nee, ich bin ein ganz treuer Schluffen geworden.«

»Das glaube ich dir«, sagte ich freundlich. Wer wollte ihn denn heute schon noch haben?

In der darauf folgenden Woche bekam ich zum ersten Mal ein Einschreiben zugestellt. Es kam von der Anwaltskanzlei Suffkens, Brüderli und Becker. Herr Süffkens und Herr Brüderli hatten offenbar schon das Zeitliche gesegnet, denn hinter ihren Namen war ein schwarzes Kreuz gedruckt, was dem Briefkopf einen makaberen Charakter verlieh.

»Was ist das?«, fragte Mimi. Wir waren gerade dabei gewesen, die Esszimmerfenster abzuschleifen, als der Postbote geklingelt hatte. »Ah, Post von Hempels! Diese Briefe kenne ich, wir bekommen davon zwei Stück im Monat.«

Und richtig: Der Überlebende der Anwaltskanzlei, Herr Heribert D. Becker, schrieb, dass er die Interessen der Familie Hempel vertrete und dass gegen mich gerichtliche Schritte eingeleitet würden, wenn ich weiterhin gegen mündlich bereits getroffene Vereinbarungen verstieße. Punkt eins: Die Lärmbelästigung durch meine Kinder solle mit sofortiger Wirkung eingestellt werden. Punkt zwei: Die insgesamt elf Laubbäume im Grenzbereich, die längst die zulässige Größe überschritten hätten und das Grundstück seiner Klienten in unzumutbarer Weise beschatteten und verschmutzten, müssten umgehend beseitigt werden, zumal die Bäume auch ein erhebliches Sicherheitsrisiko darstellten. Punkt drei: Schadensersatz und Schmerzensgeld in Höhe von 350 Euro, den mutwillig beschädigten

Mantel des Herrn Heinrich Hempel betreffend, seien umgehend auf folgendes Konto zu überweisen. Zum Schluss tat Herr Becker noch seine Hoffnung kund, ich würde mich in allen Punkten einsichtig und kooperativ zeigen, denn seinen Klienten sei sehr an einem gutnachbarlichen Verhältnis gelegen. Hochachtungsvoll.

Ich wünschte Herrn Becker, dass sich möglichst bald auch hinter seinem Namen ein schwarzes Kreuz befinden möge.

Mimi, die mir beim Lesen über die Schulter geschaut hatte, lachte laut auf. »Ja, klar«, sagte sie. »An einem gutnachbarlichen Verhältnis liegt denen wirklich unglaublich viel.«

Ich stöhnte. »Jetzt weiß ich aber wenigstens, was die mit Kroppzeuch meinen: Es sind die Bäume! Elf Stück allein im Grenzbereich!« Ich schaute aus dem Fenster. Draußen regnete es in Strömen. »Da steht ja wirklich ein ganzer Wald.«

»Der steht wahrscheinlich unter Naturschutz«, sagte Mimi. »Deine Schwiegereltern mochten es gerne schattig. Komm, das sehen wir uns mal genau an.«

Wir zogen uns Mäntel über, quetschten uns unter Omi Wilmas Regenschirm und wanderten durch den Garten. Es gab wirklich eine Vielzahl Bäume, die alle ein biblisches Alter erreicht hatten. Einige davon waren so hoch, dass ihre Wipfel vermutlich auch an weniger verhangenen Tagen die Wolkendecke durchbrachen. Nahe an Hempels Zaun standen aber nur zwei ramponierte, halb vertrocknete Nadelbäume, die ich für Fichten hielt, Mimi für Tannen.

»Auf jeden Fall können die weg«, sagte ich großzügig. »Mit dem Holz kann ich dann den Kamin bis zum Jahr 2020 befeuern. Wie weit reicht denn der Grenzbereich überhaupt?«

»Im Allgemeinen drei Meter, wenn es um Bebauung geht«, sagte Mimi. »Aber bei Pflanzen handelt es sich um Abstandsflächen von fünfzig Zentimetern bei Hecken und bis zu vier Metern für starkwüchsige Bäume.«

»Dann steht der hier auch zu nah«, sagte ich und zeigte auf den Baum, von dem Nelly gefallen war.

»Nein«, sagte Mimi. »Das ist ein Birnbaum, und mit dem musst du nur zwei Meter Abstand halten.«

»Woher weißt du das denn alles?«, fragte ich.

»Weil Hempels uns auch wegen jedem Kroppzeuch verklagen, das bei uns wächst«, sagte Mimi. »Und ich sage dir: Der Birnbaum darf stehen bleiben.«

»Der kann aber trotzdem weg«, sagte ich. »Er ist ja so was von morsch. Das meinten die bestimmt mit Sicherheitsrisiko. Wahrscheinlich haben sie fotografiert, wie Nelly runtergefallen ist.« Ich lehnte mich an den Maschendrahtzaun, der unser Grundstück vom Grundstück der Hempels trennte. »Aber das wären dann trotzdem nur drei Bäume. Der Anwalt schreibt was von elf! Meinst du, die Birken dort stören die auch?«

»Mit Sicherheit«, sagte Mimi. »Und dieser herrliche Walnussbaum dort. Und die Eberesche. Die Blutbuche. Die zwei Apfelbäume. Die Felsenbirne. Der Flieder.« Über ihre botanischen Kenntnisse konnte ich nur staunen. Für mich sah das im unbelaubten Zustand alles gleich aus. »Und ganz besonders der Pflaumenbaum.«

»Ganz genau!«, quietschte uns jemand von der Seite an, so nah und so laut, dass Mimi vor Schreck beinahe den Schirm fallen ließ und ich Halt am Maschendraht suchen musste. Es war aber nur Frau Hempel, die sich so weit aus einem Fenster gelehnt hatte, dass ihre struppige, dauergewellte Haartracht ganz platt geregnet wurde. »Wegen der Wespen. Das ist nicht zulässig! Das muss alles weg, das Kroppzeuch. Auch die ganzen Sträucher hier, die uns die Sicht versperren. Jetzt im Winter kann man ja durchgucken, aber im Sommer, da sieht man gar nichts mehr.«

»Und das ist auch gut so«, sagte Mimi.

»Aber Frau Hempel ...« So alte Bäume hatten doch auch Vorteile, das musste doch auch Frau Hempel einsehen.

»Nichts aber«, quiekte Frau Hempel. »Wir haben Sie gewarnt! Wir sind in der Rechtsschutzversicherung. Und wenn ich mich hier Ihretwegen verkühle oder eine Gehirnhaut-Meningitis bekomme, dann haben Sie das auch zu verantworten!« Und damit knallte sie das Fenster wieder zu.

»Oh, jetzt musst du aber Angst haben«, sagte Mimi grinsend. »Eine Gehirnhaut-Meningitis ist nämlich doppelt so schlimm wie eine normale Meningitis. Vor allem bei einem so kleinen Gehirn.«

»Aber ich kann doch unmöglich alle Bäume fällen lassen«, sagte ich. »Und was das kosten wird!«

»Du musst keinen einzigen Baum fällen«, sagte Mimi. »Das Einzige, was du tun musst, ist dir einen Anwalt zu nehmen. Unserer ist sehr gut, sagte ich das schon? Er heißt Anton und ist ein alter Freund von uns. Deshalb hat er uns auch gegen Hempels vertreten, aus reiner Freundschaft. Sonst macht er nämlich so einen Nachbarschaftskikifuz nicht. Der Streitwert ist einfach zu niedrig, und Anton ist viel zu gut. Er sieht übrigens auch toll aus und ist zufällig gerade wieder zu haben. Alles Gründe, ihn so bald wie möglich aufzusuchen.«

»Aber ich bin leider in keiner Rechtsschutzversicherung«, sagte ich. »So ein Anwalt kostet doch richtig Geld, vor allem, wenn er so gut ist, oder?«

»Nein. Wenn du gewinnst, kriegst du das Geld doch von Hempels wieder. Das heißt, von Hempels Rechtsschutzversicherung. Die meldet demnächst bestimmt Konkurs an.«

»Ja, aber wenn es gar nicht vor Gericht geht, was ich doch mal sehr hoffe, dann muss ich den Anwalt selber bezahlen, und ich habe wirklich überhaupt kein Geld.«

»Tsss, das kannst du mit dem bezahlen, was du bei ›E-Bay‹ für die fiesen Sofas bekommst«, sagte Mimi. In der Tat stand das Gebot für die braunen Ledermonster zurzeit bei eintausendfünfhundert Euro – wahrscheinlich wegen der verlockenden Superlative, in denen Mimi die Objekte beschrieben hatte. Aber auch wenn ich das Geld wirklich bekommen sollte, konnte ich es nicht gleich wieder zum Fenster rausschmeißen.

»Das brauche ich, um meinen Kindern Essen zu kaufen«, sagte ich.

»Dafür ist ja wohl dein Mann zuständig«, sagte Mimi.

»Haha«, sagte ich. »Der sagt doch nur, dass ich mir lieber einen Job suchen soll, anstatt mit den Nachbarn zu zanken. Und dass ich das sowieso alles nur erfinde, um ihn zurückzugewinnen.« Ich seufzte abgrundtief. »Ich sollte mir wahrscheinlich wirklich einen Job suchen. Das Dumme ist nur, dass ich überhaupt nichts kann.« Ich erwartete nicht, dass Mimi dafür Verständnis hatte.

»Du musst ja auch nicht arbeiten«, sagte sie wider Erwarten. »Bis dein Kleiner in der Schule ist, kann man dir das nicht zumuten. Und wenn er in der Schule ist, müsstest du auch nur halbtags gehen. Die Zeiten sind nicht die besten für jemanden ohne abgeschlossene Ausbildung und Berufserfahrung, also gehe ich mal stark davon aus, dass du nichts Zumutbares finden wirst. Und deshalb muss dein reicher Staatsanwalt dir wahrscheinlich lebenslang Unterhalt zahlen. Das weiß ich von einer Freundin, die sich von einem Arzt hat scheiden lassen. Der zahlt, und sie lässt es sich gut gehen. Geschieht ihm auch ganz recht. Der alte Sack hat sich eine Jüngere genommen.«

»Lorenz hat mir ja schon das Haus hier überlassen«, sagte ich.

»Ja, und? Das eine hat doch mit dem anderen nichts zu tun. Wie hoch ist denn dein Unterhalt?«

Ich sagte es ihr.

Mimi zog die Augenbrauen hoch. »In der Woche?«

»Im Monat.«

Mimi regte sich furchtbar auf. »Wie naiv bist du eigentlich, Constanze! Du brauchst Anton wirklich – nicht wegen dieser dämlichen Hempels, sondern wegen deiner Scheidung. Familienrecht ist eins von Antons Fachgebieten. Du wirst sehen, er wird deinen Lorenz gnadenlos abzocken! Ich rufe ihn gleich heute an und mache einen Termin mit ihm aus.«

»Danke, Mimi.« Ich gewöhnte mich allmählich daran, dass Mimi und Ronnie mir die Lösung sämtlicher Probleme aus der Hand nahmen. Es hatte auch gar keinen Zweck zu widersprechen, die beiden hatten immer die besseren Argumente, einen nahezu unerschöpflichen Tatendrang und ein Schwindel erregendes Tempo. Ronnie hatte am Wochenende nicht nur die düstere Wohnzimmerdecke weiß gestrichen, er hatte auch sämtliche Fenster im Wohnzimmer abgeschliffen und weiß lackiert, ebenso die hölzerne Verkleidung der Heizkörper. Es war unglaublich, wie hell der Raum nun wirkte. Nach und nach ließ ich mich von Mimis Begeisterung anstecken, die hartnäckig behauptete, das Haus sei ein architektonisches Juwel. Der offene Kamin, bisher ein Bollwerk aus senfgelben Klinkersteinen, war mit einer Spezialfarbe ebenfalls weiß gestrichen worden. Omi Wilmas gusseisernes, verschnörkeltes Funkenschutzgitter wirkte davor jetzt ganz edel. Bei den Wänden hatte ich mich für einen sanften Cremeton entschieden, obwohl sowohl Mimi als auch Nelly für ein helles, aber kräftiges Rosa plädiert hatten, in eben jenem Rosa, in dem zurzeit fünfundneunzig Prozent von Nellys Garderobe war. Ich ließ mich immerhin erweichen, die Wand mit dem Monsterbüfettschrank in dieser Farbe zu streichen, weil Mimi mir glaubhaft versichert hatte, dass Rosa nicht nur der letzte Schrei sei, sondern außerdem eine extrem positive Wirkung auf den Betrachter ausübe. Rosa, so sagte Mimi, senke das Herzinfarktrisiko, wirke gegen Pickel und Mitesser und verhindere Depressionen. Es war gewagt, aber der Monsterschrank wurde daraufhin ebenfalls rosa gestrichen, weil er so optisch mit der Wand verschmelzen und viel kleiner wirken würde, wie Mimi behauptete, und weil ich seinetwegen auf keinen Fall Depressionen bekommen wollte.

Und Mimi hatte Recht behalten: Der Schrank sah wirklich ausgesprochen stimmungsaufhellend aus, so ganz in Rosa. Und obwohl er nun viel kleiner aussah, als er war, passten alle meine fünf Millionen Bücher in seine Fächer, in Dreierreihen sortiert. So völlig entschrankt wirkte das Wohnzimmer riesig, es war jede Menge Stellfläche übrig, und deshalb hatten wir das Klavier aus dem Wintergarten hierher geschoben. Ein bisschen Mahagoni tat dem Raum ganz gut, und das Klavier verlieh dem Rosa etwas mehr Würde. Nur schade, dass keiner von uns Klavier spielte.

Zurzeit versuchte Mimi mich zu einem lindgrünen Sofa zu überreden, aber ich hatte zu lange mit Lorenz Ton in Ton gelebt, sodass ich es vorerst lieber mit einem cremefarbenen Modell versuchen wollte. Die Kinder durften in Zukunft aber auf keinen Fall Nutellabrote im Wohnzimmer essen, das war jetzt schon klar. Wenn das Sofa übernächste Woche geliefert werden würde, konnte auch der Fernseher wieder umsiedeln, für den Ronnie einen einfachen, aber wirkungsvollen Tisch geschreinert hatte, irgendwann zwischen Fenster streichen und Fußboden abschleifen. Ich stand wirklich unterirdisch tief in der Schuld dieses Paares. Mit Pizzabacken allein konnte ich das niemals zurückzahlen.

»Ich wünschte nur, ich könnte dir auch helfen«, sagte ich leidenschaftlich.

»Mir kann niemand helfen«, sagte Mimi mit Grabesstimme.

»Ach, Mimi«, sagte ich. »Wenn ich ein Mann wäre, ich würde dich sofort schwängern.«

Mimi grinste. »Sehr lieb gemeint, aber zu spät:

Heute Morgen habe ich Besuch von meiner Tante bekommen.«

»Oh! Ist es so eine schreckliche Tante? Und ist sie jetzt allein bei dir zu Hause? Warum hast du nichts gesagt? Du kannst sie doch gerne zum Mittagessen rüberholen.«

Mimi sah mich an, als hätte ich den Verstand verloren. »Constanze! Ich hab Besuch bekommen! Von meiner Tante! Von meiner *roten* Tante!«

»Heißt das, sie ist Kommunistin?«, fragte ich. »Das macht mir nichts. Ich bin absolut unpolitisch.«

Mimi schlug sich vor die Stirn. »Du weißt wirklich nicht, wovon ich rede, oder? Ich habe meine Periode bekommen.«

»Und was hat das mit deiner Tante zu tun?«

»Ach Constanze! Das sagt man doch so. Ich habe Besuch bekommen ist eine dezente Umschreibung für ich habe meine Periode bekommen. Hast du das noch nie gehört?«

»Nein, ich sage immer, dass ich meine Tage habe, ist das denn unfein? Selbst meine Mutter hat dafür keine schamhaftere Umschreibung. Und die ist die verklemmteste Person zwischen hier und den Osterinseln. Wenn jemand in ihrer Gegenwart das Wort Gebärmutter benutzt, wird sie feuerrot. Es gibt Worte, die sie niemals, niemals in den Mund nehmen würde. Ich dachte deshalb ewig lange, Vagina sei ein Mädchenname, und mein armer kleiner Bruder sagt heute noch kleines Pillermännchen zu seinem Penis. Was, nebenbei bemerkt, wahrscheinlich der Grund dafür ist, dass seine Beziehungen immer nur von äußerst kurzer Dauer sind. Als mein Vater Prostataprobleme bekam und sich operieren lassen musste, sagte meine Mutter allen, er habe ein Unterleibsleiden, konkreter wollte sie einfach nicht werden. Deshalb kursieren auf Pellworm die merkwürdigsten Gerüchte über den Unterleib meines Vaters. Manche behaupten, er habe drei Eier.«

Mimi legte mir den Arm um die Schultern. »Komm, lass uns reingehen, du Nuss, damit ich mit deinem neuen Anwalt telefonieren kann. Und dann gucken wir mal bei ›E-Bay‹ rein, ob jemand was für die Siebzigerjahreklamotten geboten hat.«

Willkommen auf der Homepage der

Mütter-Society,

dem Netzwerk für Frauen mit Kindern.

Ob Karrierefrau oder »nur«-Hausfrau, hier tauschen wir uns über Schwangerschaft und Geburt, Erziehung, Ehe, Job, Haushalt und Hobbys aus und unterstützen uns gegenseitig liebevoll.

Zutritt zum Forum nur für Mitglieder

12. März

Die Kuchenliste für das Maifest ist vollständig. Wir werden dreiundachtzig verschiedene Kuchen und Torten haben, vier davon für Diabetiker, zwei für Veganer und eine für Makrobioten. Es war eine Heidenarbeit, alle Haushalte abzuklappern, aber auf diese Weise habe ich so manches Haus endlich mal von innen gesehen. Ich kann euch sagen: Wenn man überraschend vor der Tür steht, sieht es drinnen manchmal ganz schön chaotisch aus, auch bei Leuten, von denen man das niemals gedacht hätte.

Wenn man so von Tür zu Tür geht, lernt man die Nachbarn mal von einer ganz anderen

Seite kennen. Ich überlege, ob ich mich nicht als Thermofix-Repräsentantin oder Avon-Beraterin selbstständig machen sollte. Ich glaube, ich habe Talent dafür.
Wusstest du übrigens, dass deine Kinderfrau mit den Kindern »Fliege« guckt, wenn du arbeiten bist, Mami Sabine? Ansonsten war sie ja sehr nett, sie hat mir einen Kaffee und Plätzchen angeboten, und ich durfte mitgucken und die Beine eine Weile hochlegen.
Mami Gitti

P. S. Mir liegen erst zwei verbindliche Anmeldungen für den Schutzengel-Filz-Kursus vor. Ihr habt noch bis nächsten Dienstag Zeit, euch zu entscheiden, dann muss das Familienbildungswerk die Absagen rausschicken.

12. März
Danke für den Hinweis, Gitti, aber Frau Porschke hatte meine ausdrückliche Genehmigung, an diesem Nachmittag »Fliege« zu gucken, weil eine Nachbarin von ihr dort zu Gast war. Vielleicht ist die Idee, dich als Hausiererin zu verdingen, gar nicht mal schlecht, denn deine Handarbeitskurse kommen ja leider doch nie zu Stande. Wer hat sich eigentlich zu dem Filzkurs angemeldet???
Habe soeben bei »E-Bay« wunderschönen Mahagoni-Schrank für meinen Mann zum Geburtstag ersteigert, er sammelt Fünfzigerjahre-Antiquitäten, wie ihr wisst, und dieser Schrank ist ein absolutes Schnäppchen gewe-

sen, mit verspiegeltem Barfach und anderem Schnickschnack. Frage mich, wie dumm die Leute sein müssen, die so etwas weggeben. Mein Bruder wird das noble Teil morgen mit seinem Transporter abholen und bis zu Peters Geburtstag bei sich im Keller verstecken.
Sabine

12. März

Ich fass es nicht, dass Sonja in die Dom.Rep. geflogen ist, trotz Schwangerschaft! Wir haben extra unsere Katze ins Tierheim gebracht, um unser Wurzelchen nicht durch Toxoplasmose zu gefährden, und sogar unseren Belgienurlaub abgesagt wegen des Hühnerei-Skandals und der Entfernung zum nächsten Krankenhaus, und Sonja setzt ihren Fötus ohne weiteres einer Langzeitröntgenbestrahlung aus, vom Tromboserisiko mal ganz zu schweigen. Wer so leichtsinnig mit dem Leben seines Ungeborenen spielt, sollte besser gar keine Kinder bekommen, das ist meine ehrliche Meinung! Aber Sonja hat Sophie ja auch in den Kindergarten geschickt, obwohl dort sowohl Windpocken als auch Scharlach grassieren. Ich habe ihr mindestens zehnmal gesagt, dass beide eine ernsthafte Gefährdung für das Ungeborene darstellen – völlig umsonst! Sie sagt, das könne man sich auch in jedem Supermarkt holen. Außerdem ist sie stolz darauf, immer noch Sport zu treiben – wenn ihr beim Tennis ein Ball gegen den Bauch fliegt, dann braucht sie sich bei mir aber nicht trösten zu lassen, weil ihr Kind mit

einem Hirnschaden geboren wird. Fehlt nur noch, dass sie Rohmilchkäse isst oder in der Dominikanischen Republik Cocktails schlürft – echt, ich und mein Männe sind supi-empört.
Mami Kugelbauch Ellen

P. S. Hatte unser Katzenklo und den Kratzbaum bei »E-Bay« reingestellt, ebenso diverses Katzenspielzeug. Bitte bietet pro forma mit, das Gebot liegt immer noch bei je einem Euro, und ich habe keine Lust, die Sachen einfach so zu verschenken, die waren schließlich teuer.

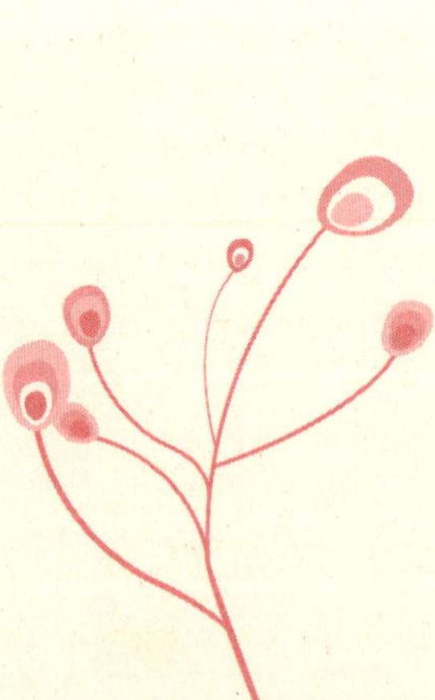

5. Kapitel

Endlich kam meine Freundin Trudi vom Gardasee zurück, wieder mal kolossal pleite, aber überglücklich und mit immens erweitertem Bewusstsein. Ich hatte ihr unsere neue Telefonnummer auf dem Anrufbeantworter hinterlassen, aber Trudi hielt sich wie üblich nicht mit Telefonieren auf, sie stand unangekündigt auf unserer Türmatte und drückte mich enthusiastisch an ihre ausladende Brust.

»Oh, schlechte Aura, schlechte Aura«, sagte sie aber gleich darauf und wedelte angewidert im Flur herum. »Voller übler Energien. Ganze Nester von Geistern in deinem neuen Zuhause.«

»Da hättest du aber mal am Anfang hier sein müssen«, sagte ich mit leisem Vorwurf in der Stimme. Seit Mimi und Ronnie sich des Hauses angenommen hatten, hatten sich schließlich schon haufenweise Geister verkrümelt, vor allem die, die in den Möbeln und hinter der Schrankwand gehockt hatten. Die Schrankwand war übrigens heute Morgen mit einem Mercedestransporter von einem Mann aus Zülpich-Ülpenich abgeholt worden. Er hatte dafür bei »E-Bay« nicht weniger als vierhundert Euro geboten, und er hielt das Ganze auch noch für ein Schnäppchen. Ich hatte ein schlechtes Gewissen, aber weil der Mann aus Zülpich-Ülpenich kam und mich mit diesem Ort immer noch unangenehme Erinnerungen verbanden, hatte ich das Geld genommen und ihn mit der Schrankwand ziehen lassen.

Trudi meinte, mit Farbe allein könne man den Geistwesen aber nicht beikommen.

»Was du brauchst, ist ein Clearing«, sagte sie. »Wie gut, dass ich gerade zehn Tage lang nichts anderes gemacht habe, als verlorene Seelen ins Licht zu schicken.«

»Ich dachte, du hättest dein Bewusstsein erweitert«, sagte ich.

»Auch«, sagte Trudi. »Und zwar insofern, dass ich künftig kein schlechtes Gewissen mehr habe, für meine Dienste am Mitmenschen Geld zu nehmen. Ich habe vor, meine Brötchen damit zu verdienen, bei anderen Leuten die bösen Geister zu vertreiben.«

»Kann man damit reich werden?«, fragte ich misstrauisch.

»Klar«, sagte Trudi. »Aber bei dir mache ich es selbstverständlich umsonst.«

»Du kannst machen, was du willst«, sagte ich. »Aber bitte nicht, wenn die Kinder da sind. Julius fällt jetzt schon immer unangenehm auf, weil er laut nach K 17 ruft, wenn er etwas nicht findet.«

»Was gibt es denn da unangenehm aufzufallen? K 17 ist nun mal für alle verlegten Gegenstände zuständig«, sagte Trudi. »Es ist doch immer wieder erschreckend, wie wenigen Leuten dieser gute Geist bekannt ist.«

»Weiß ich ja«, sagte ich. Es war auch meine Schuld, dass Julius K 17 überhaupt kannte, nicht die von Trudi. Eigentlich glaubte ich nämlich nicht an

Trudis Geister, aber ich neigte nun mal dazu, wichtige Papiere, Hausschlüssel und mein Portemonnaie an den unmöglichsten Stellen vor mir selber zu verstecken. Als ich einmal die ganze Wohnung auf der Suche nach dem Portemonnaie auf den Kopf gestellt hatte, war mir Trudis K 17 eingefallen. Und siehe da, kaum hatte ich ihn nur halb im Ernst um Mithilfe gebeten, hatte ich mein Portemonnaie gefunden: im Kinderzimmer auf der Fensterbank hinter dem Vorhang. Das war so mysteriös gewesen, dass ich es beim nächsten Mal gleich wieder versucht hatte. Und zack: Der Schlüssel war sofort aufgetaucht, in der Kapuze von Julius' Anorak, der an der Garderobe hing. Das hatte mich endgültig überzeugt. Jedes Mal, wenn ich nun morgens meinen Schlüssel suchte, rief ich automatisch »K 17! Wo ist denn nun wieder der Schlüssel hin?«, und ich konnte davon ausgehen, dass K 17 mich zu der richtigen Stelle führte, egal wie ausgefallen sie auch sein mochte. Kein Wunder also, dass Julius auch immer sofort nach K 17 krähte, wenn er ein bestimmtes Playmobilmännlein nicht finden konnte. Und genau wie ich bedankte er sich jedes Mal artig, wenn das gesuchte Teil wieder auftauchte. Das konnte auf einen neutralen Beobachter durchaus etwas merkwürdig wirken.

»Das ist das magische Alter«, hatte seine letzte Kindergärtnerin mir erklärt. »Da können Sie gar nichts gegen machen. In diesem Alter dürfen Kinder sich solche versponnenen Geschichten ruhig ausdenken und sogar daran glauben.«

Ich hatte ihr nicht verraten, dass nicht Julius sich diese Geschichte ausgedacht hatte, sondern seine Patentante Trudi. Trudi fand es auch nicht schlimm, als ich ihr mitteilte, dass wir uns laut Kindergärtnerin immer noch im »magischen« Alter befänden.

»Das will ich doch stark hoffen«, hatte sie nur gesagt.

Nachdem Trudi das ganze Haus einer kritischen Begehung unterzogen hatte, war ich an der Reihe. Sie schaute mir tief in die Augen.

»Du siehst besser aus«, sagte sie dann. »Nicht mehr ganz so – bekümmert und hoffnungslos. Da ist jetzt sehr viel freundliches Rosa in deiner Aura.«

»Das macht sicher der Wohnzimmerschrank. Der wirkt sogar gegen Pickel!«

»Ich hoffe, du hast dir Lorenz für immer aus dem Herzen gerissen.«

»Noch nicht ganz, aber so gut wie«, sagte ich. »Auch wenn er es noch nicht glauben will, aber er fehlt mir viel weniger, als ich gedacht hatte. Es ist überhaupt alles besser hier, als ich gedacht hatte. Es ist genau, wie du gesagt hast: Wenn eine Tür zufällt, geht woanders eine auf. Ich habe sogar mit dem Joggen angefangen.«

Bei einer Tasse Kaffee erklärte ich Trudi, warum das Vorstadtleben gar nicht so übel war wie erwartet. Das Haus sei ständig voller Menschen, der Alkohol flösse in Strömen, und die Kinder und ich hätten jede Menge neue Freunde frei Haus bekommen.

»Ehrlich, Trudi«, sagte ich. »Es ist magisch: Jedes Mal, wenn es klingelt, steht ein neuer Freund oder eine neue Freundin vor der Tür, entweder für mich oder für Julius oder für Nelly oder für uns alle zusammen. So etwas würde dir in der Innenstadt niemals passieren. Ich habe schon überlegt, ob Omi Wilmas Türmatte vielleicht verzaubert ist.« Aber dann fiel mir die Familie Hempel ein, und ich setzte hinzu: »Ausnahmen bestätigen die Regel.«

Trudi nickte. »Das liegt am Feng-Shui. In deiner alten Wohnung hattet ihr euer Badezimmer in der Hilfreiche-Freunde-Ecke, das war doch klar, dass die ständig förmlich das Klo runtergespült wurden. Aber hier wird diese Ecke durch den kleinen Erker im Wohnzimmer auch noch betont – etwas Besseres kann dir gar nicht passieren.«

»Dafür«, setzte sie ernüchternd hinzu, »befindet sich das Gästeklo genau in deinem Wissen-Bereich.«

»Ach, das macht nichts«, versicherte ich. »Bei meiner Halbbildung ist das nicht weiter schlimm. Hauptsache, meine Reichtumsecke ist nicht völlig verbaut.«

»Und der Partnerschaftsbereich«, sagte Trudi.

»Ach, daran denke ich jetzt noch nicht«, sagte ich. »Außer manchmal, abends im Bett.«

»Ist dir denn hier noch kein gut aussehender Mann über den Weg gelaufen?«

»Nur einer«, sagte ich und dachte an den Jaguarmann. »Und der ist vermutlich verheiratet.«

»Das heißt gar nichts«, sagte Trudi.

Es gab noch ein schwarzes Brett im Kindergarten, das ich bis jetzt immer übersehen hatte. Es hing direkt neben der Eingangstür und war mit Zetteln voller erschreckender Botschaften gepflastert.

»Zurzeit gibt es im Kindergarten einen/mehrere Fälle von« stand mit schwarzer Computerschrift auf allen Zetteln, und mit Kugelschreiber dahinter wahlweise »Kopfläuse«, »Scharlach« und »Salmonellen«. Mir begann sofort die Kopfhaut zu jucken.

»Wir bitten die Eltern, alle Kinder mit Krankheitssymptomen vorerst zu Hause zu lassen, damit diese sich dort in Ruhe auskurieren können!«, stand auf einem weiteren Zettel in signalroter Schrift. Ja, darum wollte ich auch bitten!

Noch während ich mit Julius vor diesem schwarzen Horrorbrett stand, kam eine Mutter mit einem weinenden Kind durch die Eingangstür. Das Kind nieste im Vorbeigehen eine schleimige Substanz auf meinen Mantel.

»Aua Hals«, jammerte es, aber seine Mutter zog es wortlos weiter.

Vermutlich Scharlach, dachte ich. Und vermutlich muss die Mutter arbeiten und kann darauf keine Rücksicht nehmen.

Frauke Werner-Kröllmann, mit Flavia und Marlon an der Hand, stellte sich neben uns.

»Kopfläuse«, seufzte sie. »Es sind immer dieselben, die so was einschleppen.«

Ich erwog, Julius wieder mit nach Hause zu nehmen, bis die anderen Kinder sich auskuriert hatten. Aber Julius wollte unbedingt bleiben.

»Na gut«, seufzte ich. »Aber mit Scharlach ist nicht zu spaßen.«

»Das stimmt«, sagte Frauke. »Vor allem nicht bei Jungs. Die können davon unfruchtbar werden. Als Flavia Scharlach hatte, habe ich sie zu den Großeltern ausquartiert, damit sie Marlon nicht anstecken konnte. Aber wenn du beim ersten Anzeichen direkt zum Kinderarzt gehst und Antibiotika verschrieben bekommst, kriegst du es in den Griff.«

»Vafitteß Aßloß«, sagte Marlon zu Julius.

»Was'n das?«, fragte Julius.

»Er meint verficktes Arschloch«, dolmetschte Flavia.

»Flavia!«, fauchte Frauke.

»Aber ich hab doch nur gesagt, was Marlon gesagt hat. Und der hat verficktes Arschloch gesagt.«

»So, das war's dann wieder mal mit Fernsehen für den Rest der Woche, Fräulein«, sagte Frauke. Zu mir sagte sie: »Sie ist wirklich unglaublich renitent. Du kannst von Glück sagen, dass du einen Jungen hast.«

»Ich habe auch noch eine Tochter«, sagte ich.

»Wirklich? Wie alt?«

»Sie wird nächste Woche vierzehn«, sagte ich.

»Meine Laura-Kristin ist auch vierzehn«, sagte Frauke. »Ein schreckliches Alter, oder?«

»Hm«, machte ich. Heute Morgen hatten Nelly und ich eine schreckliche Auseinandersetzung gehabt, weil ich sie nicht mit einem bauchfreien T-Shirt und nichts darüber aus dem Haus hatte gehen lassen.

»Mensch, Mamiiii«, hatte Nelly gekreischt. »Alle in unserer Klasse haben bauchfreie Sachen an, *alle*!«

»Aber doch nicht bei gerade mal acht Grad plus«, hatte ich erwidert. »Zieh deine Strickjacke drüber.«

Aber Nelly hatte sich geweigert. Sie hatte einen Kreischanfall bekommen, in dessen Verlauf sie mich als altmodisch, hinterm Mond, peinlich und vor allem unheimlich ungerecht bezeichnet hatte. Zum Schluss war sie in ihr Zimmer gerannt, hatte das T-Shirt aus- und ein Sweatshirt mit Pferdeapplikation angezogen. Das Sweatshirt boykottierte sie eigentlich seit ihrem dreizehnten Geburtstag, weil es ihr zu kleinmädchenhaft war. Mit den Worten »Ich hasse dich, weil du mich zwingst, so was anzuziehen« war sie dann aus der Tür gerauscht.

Ich verstand dieses Kind nicht. Warum hatte sie es nicht einfach gemacht wie ich früher? Stillschweigend die Strickjacke drübergezogen und in der Schule wieder ausgezogen? Ich hatte es allerdings nicht mit Strickjacken gemacht (als ich vierzehn war, trug man keine aufreizenden Klamotten, sondern Blusen mit Schulterpolstern), sondern mit meiner Brille. Ich fand mich einfach schöner ohne Brille, und diese verschwommene Art und Weise, die Umwelt zu betrachten, hatte durchaus etwas für sich gehabt.

»Pubertierende Mädchen sind eine echte Prüfung«, sagte Frauke. »Isst deine Tochter auch so viel?«

Ich nickte. Von dem, was Nelly an einem Abend verputzte, lebten andere Frauen ein ganzes Jahr.

»Ich koche im Augenblick Brigitte-Diät für Laura-Kristin«, sagte Frauke. »Aber wenn sie ihr ganzes Taschengeld für Schokoriegel ausgibt, hilft das leider auch nicht viel.«

Da hatte ich noch Glück. Nellys Stoffwechsel verbrauchte offenbar die ganzen Kalorien, denn das Kind war rappeldürr.

In der Garderobe trafen wir auf den Jaguarmann. An seinem Hals hing ein Kind und klammerte sich ganz fest an seine Krawatte. Es war das kleine asiatische Mädchen, das neulich von der Mercedes-Tucke abgeholt worden war.

»Du sollst noch nicht gehen, Papa«, jammerte es.

»Papa muss doch zur Arbeit, Spätzchen«, sagte der Jaguarmann. »Aber heute Abend spielen wir beide was zusammen, ja? Du darfst dir ein Spiel aussuchen.«

»Auch Barbie?«, fragte das Mädchen.

»Ja. Wenn ich die Schneewittchenbarbie haben darf.« Über den Kinderkopf hinweg lächelte der Jaguarmann mir zu. Ich beeilte mich, meinen Mund zuzuklappen und so zu tun, als fände ich das alles nicht weiter bemerkenswert.

Das kleine Mädchen hatte die Krawatte losgelassen und sich auf den Boden absetzen lassen. »Okay, du bekommst die Schneewittchenbarbie und ich die Nussknackerbarbie«, sagte es und hüpfte fröhlich in den Gruppenraum.

»Vafitteß Aßloß«, sagte Marlon.

»Selber verficktes Arschloch«, sagte Flavia.

»Fräuleinchen!«, sagte Frauke. »Überspann den Bogen nicht. Sonst kannst du in den nächsten drei Tagen zu Oma und Opa gehen.«

»Bei denen gibt es nämlich keinen Fernseher«, setzte sie zu mir gewandt hinzu.

Ich hörte nicht richtig hin, weil ich damit beschäftigt war, den Jaguarmann anzulächeln. Er hatte mich schließlich zuerst angelächelt.

Leider wandte er sich zum Gehen. »Wiedersehen«, sagte er immerhin. Ich hatte den Eindruck, als ob er es ausschließlich zu mir sagen würde.

»Wiedersehen«, sagte ich. Aus irgendeinem Grund platzte ich beinahe vor Neugierde. Wie kam dieser Mann zu einem asiatischen Kind? Und was hatte er mit der Mercedes-Schrulle zu tun? Am liebsten wäre ich ihm hinterhergelaufen, um ihn das zu fragen. Während ich Julius aus den Schuhen half und Marlon sich wieder von Garderobenhaken zu Garderobenhaken hangelte, kam eine weitere Mutter in die Garderobe. Frauke und sie begrüßten einander mit Wangenküsschen, rechts, links, rechts. Die Neue hatte ein Mädchen im Schlepptau, das die gleichen Zahnlücken aufwies wie Flavia.

Die beiden Frauen zogen sich in die hinterste Ecke der Garderobe zurück, wo sie mit gedämpfter Stimme über einen gewissen Jeremias sprachen und dessen göttliche Hände. Ein Masseur? Oder der Ehemann der anderen Mutter? Ich hätte gern mehr gehört, aber die Kinder waren zu laut. Die beiden Mädchen präsentierten einander verschwörerisch kichernd einen Gegenstand aus ihrer Kindergartentasche, der wie ein Barbiepuppenbein aussah. Instinktiv spürte ich, dass es sich hier um die Gliedmaßen der California Girl Barbie handelte, die am schwarzen Brett von einer gewissen Melisande vermisst wurde.

»Dass ßade iß der Mama«, sagte Marlon.

»Lern erst mal richtig sprechen«, sagte das andere Mädchen.

»Vafitteß Aßloß«, sagte Marlon.

»Marlon, lass das«, sagte Flavia. »Wibeke ist meine Freundin.«

»Dein Bruder spricht wie ein Affe«, sagte Wibeke. Was, um Himmels willen, war das für ein Name? »Bist du behindert, Marlon? Ja? Dein Bruder ist behindert, Flavia.«

Aber das wollte Flavia nicht auf ihrem Bruder sitzen lassen. »Ist er nicht. Sag mal ssssss und kkkk und chchchch«, sagte sie zu Marlon. »Versuch's mal ganz langsam: Ver – fick – tes Arsch – loch!«

»Vafickteß Aßloch«, sagte Marlon.

»Schon viel besser«, lobte Flavia. »Noch einmal: Ver – fick – tes A ...«

»Flavia!«, schrie Frauke.

»Aber Mama, ich wollte doch nur ...«

»Ab mit dir in den Gruppenraum. Wir beide sprechen uns heute Mittag wieder!«

»Ich will aber nicht wieder zu Oma und Opa!« Flavia hatte Tränen in den Augen, als ihre Freundin Wibeke sie mit sich in den Gruppenraum zog. Die beiden Barbiebeine ragten makabererweise rechts und links aus ihrer Hosentasche.

»Mädchen!«, sagte Frauke und verdrehte die Augen.

Julius zupfte mich am Ärmel.

»Ja, Schatz?« Hoffentlich fragte er jetzt nicht, was ein verficktes Arschloch eigentlich war.

»Wenn ich ein Mädchen wäre, hättest du mich dann auch lieb?«, flüsterte er.

»Natürlich, mein Schatz«, flüsterte ich zurück. Jedenfalls bis er anfangen würde, bauchfreie T-Shirts zu tragen. Julius trollte sich erleichtert in den Gruppenraum, wo Jasper schon ungeduldig auf ihn wartete.

Auf dem Weg nach draußen stellte Frauke mich Wibekes Mutter vor. »Das ist übrigens die allein Erziehende«, sagte sie. »Constanze Wischnewski. Constanze, das ist Sabine Ziegenweidt-Sülzermann, Mami von Karsta und Wibeke, stellvertretende Obermami der Mütter-Society, Chefredakteurin der Kindergartengazette und außerdem eine richtige Vollzeit-Karrierefrau.«

»Eine Vollzeit-Karrierefrau, die pünktlich zum Meeting kommen muss«, sagte Sabine und schaute auf ihre Armbanduhr. »Hoffentlich bleibe ich nicht im Stau stecken!«

»Constanze ist an einer Mitgliedschaft in der Mütter-Society interessiert«, sagte Frauke.

»Das sind viele«, sagte Sabine. »Hat Frauke dir gesagt, dass unsere Warteliste ellenlang ist?«

»Ja, das hat sie«, sagte ich. Ich zerbrach mir den Kopf darüber, was ich sagen könnte, um mich als unentbehrliches Mitglied anzupreisen. *Bei uns zu Hause ist das Playmobil nach Farben sortiert. Keiner kann so gut Barbiekleider nähen wie ich. Ich kenne Rezepte für Brokkoli, die das Gemüse sogar für Kinder attraktiv machen. Dafür habe ich unglaublich geschlampt, als es darum ging, meine Kinder ein Instrument lernen zu lassen oder eine Fremdsprache oder eine ausgefallene Sportart. Nicht mal einen Schutzengel habe ich bisher mit den beiden gefilzt. Bitte nehmt mich auf: Ich muss einfach eine Chance bekommen, meine Versäumnisse aufzuholen.*

Der Jaguar war längst vom Parkplatz verschwunden, als wir herauskamen.

»Wer ist das eigentlich?«, fragte ich.

»Wen meinst du?«, fragte Frauke zurück.

»Der Mann vorhin. Der mit dem kleinen asiatischen Mädchen und dem Jaguar.«

»Ach der«, sagte Frauke. »Das stinkreiche Muttersöhnchen mit Angeberschlitten und Profilneurose! Er ist der Sohn von Sabines Chef, schwimmt in Geld, hält sich mindestens für George Clooney. Spendet ein Heidengeld für den Kindergarten, engagiert sich aber null bei Gemeinschaftsaktionen.«

»Solche Typen glauben, dass sie sich alles für Geld kaufen können«, sagte Sabine. »Der hat sich eine Thailänderin aus dem Urlaub mitgebracht. Die sollte ihm hier Erben schenken.«

»Aber weil es immer nur Mädchen geworden sind,

hat er sie zurück in das Loch geschickt, aus dem sie gekrochen ist«, sagte Frauke. »Und die andere Tochter gleich mit.«

»Die Kleine hat er behalten«, sagte Sabine. »Wer weiß, was er mit der noch vorhat.«

Ich war entsetzt. »Aber er sieht gar nicht so aus, als ob er es nötig hätte, sich eine Frau in Fernost zu kaufen«, sagte ich. »Wenn er auch noch so reich ist, rennen ihm die Frauen hier doch sicher die Bude ein.«

»Klar. Aber manche Männer sind einfach mit einer deutschen Frau überfordert. Die brauchen ein williges, biegsames Weibchen, das sie herumkommandieren können«, sagte Frauke und sah so unwillig, unbiegsam und deutsch aus, wie man nur aussehen konnte.

»Ekelhaft«, sagte Sabine. »Mir tut das Kind unheimlich leid. So, jetzt ist es aber wirklich höchste Zeit.« Sie küsste Frauke noch einmal links und rechts auf die Wangen und stieg in einen anthrazitfarbenen »Ford Galaxy«.

Frauke bestieg ein baugleiches Modell in silbermetallic mit einem »Mamas Taxi«-Aufkleber. »Du, ich sag dir dann Bescheid wegen des Probenachmittags«.

»Das ist nett«, sagte ich abwesend. Die Enthüllungen über meinen Jaguarmann hatten mich zutiefst schockiert. So konnte man sich in einem Menschen täuschen.

An diesem Tag kam Nelly nicht von der Schule nach Hause. Ich wartete über eine Stunde mit dem Essen auf sie, dann rief ich sie auf dem Handy an.

»Ich bin bei Lara«, sagte sie. »Ich komme nicht mehr nach Hause.«

»Weil du mitten im Winter kein bauchfreies T-Shirt anziehen durftest?«

»Weil es einfach schrecklich ist, in Omi Wilmas Haus zu wohnen«, sagte Nelly. »Du hast uns das eingebrockt, aber ich muss das auslöffeln. Mache ich aber nicht. Ich habe nächste Woche Geburtstag. Denkst du, ich könnte auf dieser Horror-Baustelle eine Fete feiern?«

Im Augenblick sah es besonders wüst aus, weil Ronnie mit einem Arbeitskollegen die Wand zwischen Küche und Esszimmer eingerissen hatte und Teile der Einbauküche im Flur standen.

»Wir könnten ja was anderes machen«, bot ich an. »Wir gehen mit deinen Freundinnen ins Kino und anschließend zu McDonald's.«

»Wir sind keine Babys mehr«, fauchte Nelly und legte einfach auf.

Ich biss mir auf die Lippen. Ich musste der Wahrheit ins Auge sehen: Ohne dass ich es richtig gemerkt hatte, war Nelly vom »Ich-finde-Pferde-gut-und-Jungs-doof«-Alter ins »Ich-trage-bauchfrei-und-meine-Hormone-spielen-verrückt«-Alter gerutscht. Ein idealer Geburtstag sah für sie jetzt wahrscheinlich so aus: schwach beleuchteter Raum, ohrenbetäubende Musik und verbotene Spiele, die was mit Küssen zu tun haben. Ich würde wahrscheinlich wieder schlaflose Nächte erleben, schlimmer als damals, als Nelly noch ein Säugling gewesen war. Genau das war auch das Thema des heutigen Elternabends in Nellys Schule. Die Pubertät und wie Eltern und Lehrer damit umgehen können. Prima, da konnte ich ja gleich mal fragen, was man denn machen musste, wenn das Kind beschlossen hatte, nicht mehr nach Hause zu kommen.

Ich rief noch einmal bei Nelly an. »Bitte komm nach Hause, Schätzchen. Dann reden wir über deine Geburtstagsfete und darüber, wie und wo wir sie am besten feiern können.«

»Ich komme nicht nach Hause. Nie mehr.«

»Bitte, Nelly.«

Aber Nelly ließ sich nicht erweichen. »Ich gehe zurück zu Papi.«

Da half nur noch eins. »Es gibt Cannelloni«, sagte ich.

Nelly schwieg eine Weile. »Und zum Nachtisch?«, fragte sie dann.

Quasi über Nacht wurde ich eine reiche Frau. Auf meinem Konto war plötzlich jede Menge Geld.

Zweihundertvierundfünfzig Euro für einen Bowletopf mit der Inschrift »Liebe, Lied und Wein lindern Sorg' und Pein« und die dazugehörigen Becher.

Zweihundertneun Euro für die gesammelten Ausgaben von »Hörzu« seit 1978.

Insgesamt eintausendvierhundertzehn Euro und fünfzig für Klamotten, davon zweihundertdreizehn für das Kapuzenkleid.

Vierzig Euro fünfzig für eine Kiste Hardcover von »Reader's Digest«.

Vierhundertfünfundzwanzig Euro für Omi Wilmas Brautschuhe.

Zweihundert Euro für Omi Wilmas Brauthut samt Hutschachtel.

Vierhundertzweiundsiebzig Euro für sechs verbeulte Handtaschen.

Elf Euro für eine gebrauchte Nasendusche.

Sechshundertvierzehn Euro fünfzig für die versenkbare Nähmaschine und die Schneiderpuppe.

Vierundsiebzig Euro für die Aschenbechersammlung mit den schönsten Grüßen aus Bad Wildbad, Bad Mergentheim, Bad Essen und vierzehn anderen Kurorten in Deutschland, die meine Schwiegermutter im Laufe der Jahre wegen ihrer Arthrose aufgesucht hatte.

Zweitausendfünfzehn Euro für die Ledersofas.

Zweiundfünfzig Euro fünfzig für ein Abba-Poster mit Reißzwecklöchern.

Siebzehn Euro für einen Klorollenhut mit original Siebzigerjahre-Klopapierrolle.

Siebenhundertzweiunddreißig Euro für den fiesen Mahagoni-Schrank mit Barfach und Magnetschnapp-Verschlüssen aus dem Esszimmer.

Ein Euro für eine Messing-Stehlampe, für die der glückliche Schnäppchenjäger vierundzwanzig Euro Porto hinblättern musste.

Und so weiter und so fort.

»Ist ›E-Bay‹ nicht fantastisch?«, sagte Mimi.

»Und die wollen das bestimmt nicht alle wieder umtauschen?«, fragte ich ängstlich.

Mimi schüttelte den Kopf. »Die sind alle unheimlich glücklich mit dem Krempel. Deine ›E-Bay‹-Bewertungen sind großartig.«

Okay, dann war Deutschland eben verrückt geworden. Zu meinem Glück. Im Rausch des ungewohnten

Reichtums kaufte ich für Nelly zum Geburtstag die rosafarbenen Kangaroo-Schuhe, die sie sich wünschte, eine überzogen teure rosafarbene Cargohose, ein bauchfreies T-Shirt mit Rosendruck (damit uns der Stoff für Zoff nicht ausging), einen Jahresvorrat Scoubidou-Bänder (überwiegend rosa), ein mit rosa Röschen besticktes Moskitonetz als Betthimmel (nach dem Esszimmer und der Küche würde Nellys Zimmer mit der Renovierung an der Reihe sein) und eine CD von Rosenstolz. Außerdem einen Abenteuerroman von Isabel Allende und ein Buch mit dem Titel: »Reine Mädchensache«. Ich verpackte alles in rosa Geschenkpapier und band an jedes Päckchen eine selbst gefilzte Rose, die ich Gitti Hempel für einen Euro das Stück abgekauft hatte. Gitti Hempel kam nämlich öfters mal uneingeladen auf eine Tasse Kaffee vorbei, weil wir ja jetzt, trotz der Unstimmigkeiten mit ihren Eltern, Freundinnen waren. Als Freundin hatte ich mich gefälligst für ihre selbst gefertigten Stücke zu interessieren, meinte Gitti. Dafür revanchierte sie sich mit guten Ratschlägen. Von Frauke hatte sie nämlich gehört, dass ich an einer Mitgliedschaft in der Mütter-Society interessiert war, und nun wollte sie mir täglich neue Tipps geben, die mir die Aufnahme zu der Gesellschaft leichter machen würden. Das war sicher lieb gemeint, aber insgeheim dachte ich, wenn Gitti es geschafft hatte, in die Mütter-Society aufgenommen zu werden, dürfte es für mich wohl erst recht kein Problem werden.

Wenn ich Gitti nach der Tasse Kaffee wieder loswerden wollte, musste ich jedes Mal etwas von ihrem Krempel kaufen, und so war ich nicht nur an die hübschen Rosen gelangt, sondern auch in den Besitz eines geknüpften Wäschenetzes, eines Männchens aus verschieden großen Tontöpfen sowie eines Schildes aus Salzteig gekommen, auf dem *Bad* stand. Mimi schimpfte deswegen mit mir, sie sagte, ich sei doch gerade erst dabei, das Haus von überflüssigem Krempel zu befreien, da sollte ich mein Geld nicht für noch schlimmeren Kram ausgeben.

»Das Wäschenetz ist gar nicht so schlecht«, sagte ich. »Julius kann es als Hängematte benutzen oder als Strickleiter. Und das Salzteigschild schenke ich Trudi, denn in ihrer Wohnung rennen immer alle ins Schlafzimmer, wenn sie aufs Klo müssen. Tja, und das Männlein – äh, also, das kann ich ja aus Versehen mal fallen lassen.«

»Dann dreht sie dir garantiert ein neues an«, sagte Mimi und tunkte energisch ihre Farbrolle in einen Eimer mit hellblauer Farbe. Ich hatte entschieden, das Esszimmer und die Küche in einem pudrigen Himmelblau zu gestalten, kombiniert mit frischem Weiß. Auch die Fronten von Omi Wilmas Einbauküche sollten himmelblau gestrichen werden, ebenso wie der kaffeesatzbraune Fliesenspiegel unter den Hängeschränken. Das Einzige, das man nicht überstreichen konnte, war die moosgrüne Arbeitsplatte. Aber dank meines durch »E-Bay« erworbenen Reichtums konnte ich mir nun eine täuschend echt wirkende Arbeitsplatte aus Ahornlaminat leisten. Ronnie wollte sie am nächsten Wochenende schon einpassen. Wir mussten uns ranhalten, wenn wir bis dahin fertig werden wollten. Glücklicherweise musste Julius in diesen Tagen so gut wie gar nicht beschäftigt werden. Jeden Nachmittag kam sein Freund Jasper zum Spielen, und ich hörte und sah von den beiden Kindern fast nichts mehr, bis Anne kam, um Jasper abzuholen. Außer zum gelegentlichen Popo-Abputzen, Saftpfützenwegwischen und Äpfelchenschälen musste ich die Arbeit nie unterbrechen. Nur einmal, als Julius und Jasper draußen im Garten von Hempels angepöbelt wurden, weil sie zu laute Brummgeräusche von sich gaben, dauerte es etwas länger.

»Es ist aber noch nicht nach achtzehn Uhr«, sagte ich zu Hempels.

»Unsere Marie-Antoinette sitzt doch an so einem Tag auch drinnen und macht ein Puzzle«, sagte Herr Hempel. Das stimmte nicht. Marie Antoinette guckte zwischen ihren Großeltern aus dem Fenster, an dem sie offenbar einen Dauerbeobachtungsposten bezogen hatten. Sie hatte einen Kopf so rund wie eine Erbse und zwei Zöpfe, die wie kleine Pinsel hinter ihren Ohren abstanden. Fehlte noch der Schnurrbart, und sie wäre nur noch durch die Körpergröße von ihrer Mutter zu unterscheiden gewesen.

»Dieser Junge da hat mich eine böse alte Frau genannt«, quietschte Frau Hempel.

»Du bist ja auch eine böse alte Frau«, schrie Jasper. »Die ganze Zeit hast du uns angemeckert. Obwohl wir gar nichts getan haben.«

»Nur Busfahrer gespielt«, sagte Julius. »Ich war der böse Busfahrer, und Japser war der gute Busfahrer.«

»Da hören Sie es«, sagte Herr Hempel. »Das müssen wir uns doch nicht gefallen lassen.«

»Warum machen Sie denn nicht einfach das Fenster zu, wenn die Kinder Sie stören?«, fragte ich.

»Also, jetzt schlägt's aber dreizehn«, rief Herr Hempel aus. »Jetzt wollen Sie uns auch noch vorschreiben, wann und wie oft wir unser Fenster öffnen dürfen. Bei Ihnen piept's es wohl!«

»Verficktes Arschloch«, sagte Julius.

Hempels schnappten kollektiv nach Luft und sagten, ich würde von ihrem Anwalt hören. Gleich morgen. Ich sagte, das wäre mir sehr recht, da ich nächste Woche einen Termin bei meinem Anwalt hätte und der dann alles in einem Aufwasch erledigen könne.

Hempels knallten das Fenster zu.

Ich sagte zu Julius, dass ich nie, nie wieder so schlimme Worte aus seinem Mund hören wollte.

Julius wollte wissen, was denn an »Busfahrer« so schlimm sei.

»Du bist viel zu gutmütig«, sagte Mimi, als ich wieder hereinkam. Sie ritt immer noch auf dem Erwerb von Gittis Handarbeiten herum. Klugerweise hatte ich ihr nicht verraten, wie viel ich dafür hatte hinblättern müssen. Mimi war heute nämlich besonders schlecht gelaunt, weil ihr Schwangerschaftstest wieder einmal negativ ausgefallen war. »Du musst lernen, Nein zu sagen.«

»Das traue ich mich bei Gitti aber nicht«, sagte ich.

»Benimm dich doch mal wie eine erwachsene Frau«, sagte Mimi.

Aber als ich eine Stunde später vom Einkaufen zurückkam, war Mimi im Besitz eines Baumwollbeutels mit Entchenmotiv aus Kreuzstich.

Ich lachte schadenfroh. Ich konnte gar nicht mehr aufhören zu lachen.

»Ihre Unterlippe fängt an zu zittern, wenn man vorhat zu sagen, dass einem der Kram eigentlich überhaupt nicht gefällt«, sagte Mimi kleinlaut. »Ist dir das auch schon mal aufgefallen?«

»Oh ja«, sagte ich, während ich wieder in meinen Anstreicheroverall schlüpfte. (Zum Einkaufen hatte ich mich umgezogen, man konnte ja nie wissen, wem man dabei über den Weg lief.) »Mal ehrlich, was hast du dafür bezahlt?«

»Es ist echte Handarbeit«, sagte Mimi. »Made in Germany. Von einer studierten Fachkraft. Das ist schon seinen Preis wert.«

Ich machte mir vor Lachen beinahe in die Hosen. Wahrscheinlich hatte Mimi für ihren blöden Beutel mehr ausgegeben als ich für all meinen Krempel zusammen.

Am Nachmittag kam Gitti wieder. Aber diesmal konnte ich mich vor einem Fehlkauf drücken, indem ich ihr den riesigen Beutel mit Wollresten in die Hand drückte, der in Julius' Zimmer zum Vorschein gekommen war, nachdem die Nähmaschine abgeholt worden war. Gitti war restlos entzückt von der Wolle, und ich war entzückt von dieser bequemen Art der Müllentsorgung.

Frauke hatte mich mittags überraschend zum nächsten Treffen der Mütter-Society eingeladen. Ich war vor Freude geradezu überwältigt gewesen.

»Toll, danke!«, sagte ich mehrmals.

»Es ist morgen Nachmittag bei mir zu Hause, mit Kindern. Ein Arbeitskaffeeklatsch, sozusagen. Du kannst auch deine große Tochter mitbringen. Sie und Laura-Kristin können sich dann miteinander beschäftigen«, sagte Frauke.

»Ja, ich frag sie«, sagte ich, aber mit wenig Hoffnung

auf Erfolg. Nelly würde dankend ablehnen. Die Zeiten, in denen ich sie mit anderen Kindern hatte verkuppeln können, waren längst vorbei.

»Und keine Angst«, sagte Frauke.

Wovor sollte ich Angst haben? Ein Kaffeekränzchen mit Kindern konnte zwar ziemlich anstrengend sein, aber Angst einflößend war die Vorstellung ja nun auch wieder nicht. Oder etwa doch?

»Wir beißen nicht«, sagte Frauke. »Du musst dich auch gar nicht besonders vorbereiten, einfach nur du selbst sein.«

Jetzt verstand ich, warum ich Angst haben sollte. Herrje, das war kein Kaffeekränzchen, das war eine Prüfung! Ich war kein Prüfungsmensch, ich bekam weiche Knie, wenn ich mich nur an meine Abiturprüfungen erinnerte. Ich hatte so schlimm gestottert, dass meine Lehrerin mir auf den Rücken geklopft hatte, weil sie dachte, ich hätte etwas verschluckt. Vor der Führerscheinprüfung hatte ich eine halbe Packung Baldrianpillen nehmen müssen. Völlig ohne Wirkung, außer dass ich davon Durchfall bekommen und mich mit dem rückwärts Einparken extrem hatte beeilen müssen.

Was, wenn diese Mütter mich durchschauten und sofort erkannten, wie unfähig ich doch war? Ich war auf ihrer Homepage gewesen und hatte mich durch jede Menge Artikel gelesen, in denen es um das Bildungspotenzial Vierjähriger ging. Demnach hätte Julius nicht nur längst mit Englischunterricht anfangen müssen, wir hätten die Fremdsprache auch in unseren Alltag integrieren müssen. *Hurry up, please, we are late, boy!* Für die arme Nelly kam jede Hilfe zu spät, aber Julius konnte ich noch retten. Ich musste einfach Mitglied bei diesen Frauen werden.

Vielleicht sollte ich ein paar Englischvokabeln lernen, falls die Mütter meine eigenen Fremdsprachenkenntnisse überprüfen würden. Relevante Vokabeln. *Education is my hobby. And to knüpf a Schutzangel. We have a Klavier, but nobody can drauf spielen.*

Oh mein Gott, ich würde versagen!

Das kleine asiatische Mädchen wurde wieder von seiner Großmutter abgeholt, der Frau mit den angetackerten Ohren, die mich beinahe mit ihrem Mercedes überfahren hatte. Obwohl ich sie böse von der Seite anfunkelte, beachtete sie mich nicht. Später erst begriff ich, dass sie mich schlicht nicht wiedererkannte ohne meinen orangeroten Maleroverall.

»Trödel nicht so, Emily, du musst doch heute zum Violinenunterricht, und ich habe einen Termin bei der Maniküre«, sagte sie. »Und dann kaufen wir einen neuen Mantel für dich.«

»Ich will aber Barbie spielen«, sagte das kleine Mädchen.

»Morgen kannst du Barbie spielen«, sagte die Getackerte. »Morgen ist dein Spielnachmittag.«

Ach du liebe Güte! Kein Wunder, dass der arme Jaguarmann ein bisschen pervers geworden war, bei der Mutter! Wahrscheinlich hatte sie ihn viel zu früh auf den Topf gesetzt. »Beeil dich ein bisschen, Jaguarjunge, ich habe einen Termin bei der Maniküre.« Vielleicht hatte es auch ein thailändisches Kindermädchen gegeben ...

Aber was zerbrach ich mir darüber den Kopf? Ich hatte genug eigene Sorgen. Den ganzen Nachmittag zerbrach ich mir den Kopf darüber, wie ich morgen bei Frauke punkten konnte.

Als Anne abends kam, um Jasper bei uns abzuholen, hatte ich eine geniale Idee: Ich würde mir einfach Verstärkung mitbringen zu diesem Probenachmittag. Mit Anne an meiner Seite würde ich mich viel sicherer fühlen. Ich musste es nur geschickt anstellen, um sie davon zu überzeugen, mit mir dort hinzugehen.

Die beiden Jungs saßen am Esstisch und malten. In all dem strahlenden Weiß und Himmelblau wirkte das Mahagoni des Tisches gar nicht mehr so hässlich, ja, in dieser Umgebung wirkte es sogar ziemlich edel. Deshalb hatten Mimi und ich beschlossen, die Essgruppe so zu lassen, wie sie war, und nur die hässlichen Stuhlpolster zu ersetzen. Um das Mahagoni konkurrenzlos im blau-weißen Raum wirken zu lassen, hatte ich den Weichholz-Küchenschrank, den ich Lorenz zur Hochzeit geschenkt hatte, weiß lasiert. So hatte er einen völlig neuen Charakter bekommen und erinnerte mich nicht mehr an Lorenz und unsere gemeinsame Zeit.

»Scheiße, ich bin wieder spät dran«, sagte Anne. »Es wird heute auch nur Pizza geben und zum Nachtisch eine Vitamintablette. Ich weiß nicht, wann ich das letzte Mal eine gesunde Mahlzeit zubereitet habe. Oh, Jasper, Süßer, das ist ja eine tolle Raupe.«

»Das ist keine Raupe, das ist ein Bus«, schrie Jasper.

»Die beiden sind im Augenblick busfixiert«, sagte ich.

Anne seufzte. »Ich krieg wieder mal gar nichts mit. Ich Rabenmutter. Max ist sauer, weil ich nicht auf dem Elternabend war. Da ging's um pubertäre Probleme, und Max meinte, da könnte ich vielleicht lernen, wie ich mit seinen Macken umgehen sollte. Haha. Welche Macken denn? Ich habe ihm gesagt, dass meine eigene Pubertät noch gar nicht so lange zurückliegt und dass ich – im Gegensatz zu ihm – meinen Eltern wirklich Probleme gemacht habe. Ehrlich gesagt war ich noch mit dreißig ziemlich pubertär. Max sagt, ich sei eine unsensible Mutter, wenn ich seine Probleme nicht mal erkennen würde. Nur weil er keine schlechten Noten hätte und keine Drogen nähme, solle ich mich nicht in Sicherheit wiegen. Was meint er wohl damit? Ob er demnächst eine Vierzehnjährige schwängert, um mir zu beweisen, wie schwierig er ist? Ich wäre ja zu diesem verdammten Elternabend gegangen, aber eine Patientin hatte einen Blasensprung, genau in dem Augenblick, in dem ich das Haus verlassen wollte. Mein Mäxchen hat seitdem nicht mehr mit mir gesprochen. Ist er auch hier?«

»Nein. Aber Nelly hat heute auch länger Schule.«

»Ich hab nicht mal Max' Stundenplan im Kopf«, sagte Anne. »Früher hing das Ding immer am Kühlschrank, jetzt hängt da ein Artikel, den Max aus einer Zeitschrift ausgeschnitten hat. Überschrift: Kinder brauchen geregelte Mahlzeiten.«

Das war ein gutes Stichwort.

»Möchtest du es Max nicht beweisen und in den Olymp der guten Mütter aufsteigen?«, fragte ich.

»Doch«, sagte Anne.

»Na, dann komm doch einfach mit in die Mütter-Society«, sagte ich.

»Ist das eine Sekte?«, fragte Anne.

»Aber nein«, sagte ich. »Das ist eine Vereinigung von Müttern, die sich regelmäßig treffen.«

»Ach, so ein Hausfrauenclub«, sagte Anne. »Also, mit diesen Tupper-Partys kannst du mich jagen. Ich verstehe nicht, warum ich ein Vermögen für diesen Plastik-Scheiß ausgeben muss. Was ist gegen das gute alte Porzellan einzuwenden, kannst du mir das mal verraten? Gut, es geht kaputt, wenn man es fallen lässt, aber bringen Scherben denn nicht Glück? Und diese Zeitverschwendung: Haben diese Frauen nichts Besseres zu tun, als sich von so einer Plastikschüssel-Domina von einer netten Unterhaltung abhalten zu lassen?«

»Die Mütter-Society ist kein Hausfrauenclub. Im Gegenteil: Es sind auch jede Menge Karrierefrauen dabei. Außerdem geht es den Mitgliedern vor allem darum, sich gegenseitig zu unterstützen.«

»Ich weiß nicht«, sagte Anne. »Ich habe den ganzen Tag mit werdenden und frisch gebackenen Müttern zu tun, und ich wüsste nicht, wie diese hormonverwirrten Kreaturen mir irgendwie helfen könnten. Um es mal freundlich auszudrücken.«

»Diese hier sind ja nicht frisch gebacken«, sagte ich. »Die sind bereits sehr erfahren. Und sie haben ein Netzwerk gebildet, in dem jeder jeden auffängt. Im Mittelpunkt stehen natürlich die Kinder. Hast du mit Jasper schon mal einen Kurs gemacht? Außer PEKiP, meine ich.«

»Ich hab nicht mal PEKiP gemacht«, sagte Anne. »Ich bin Hebamme! Die Mütter kommen zu mir, um etwas über Windelschorf, Dreimonatskoliken und entzündete Brustwarzen zu erfahren. Man nennt mich auch die Königin des Beckenbodens.«

Ich sah schon, ich musste schärfere Geschütze auffahren.

»Na schön, aber kann Jasper ein Instrument spielen?«, fragte ich.

»Nein«, sagte Anne. »Aber ...«

Ich unterbrach sie. »Spricht er eine Fremdsprache?«

»Nein«, sagte Anne wieder. »Er ist doch erst vier!«

»*Schon* vier, meinst du wohl«, sagte ich unerbittlich. »Warst du mit ihm je beim Kinderschwimmen? Kinderchor? Kinder-Rhythmik-Workshop? Bei der Kindertheatergruppe?«

Anne schüttelte den Kopf. »Ich war beim Babyschwimmen mit ihm. Aber ich bin höchstens dreimal da gewesen, immer war irgendwas ...«

»Kann er mit Stäbchen essen?«

»Nee, aber das kann ich auch nicht.«

Ich fuhr fort, ihr alle Kurse an den Kopf zu werfen, die auf der Homepage der Mütter-Society unter der Rubrik »Bildungsangebote der Stadt im Preis- und Qualitätsvergleich« aufgelistet waren. »Schutzengel filzen? Blockflöte? Kinderzirkus?«

Anne musste alles verneinen. »Letztes Mal habe ich sogar das Laternenbasteln im Kindergarten geschwänzt. Jasper war das einzige Kind mit einer gekauften Laterne.«

»Siehst du«, sagte ich. »Bei Nelly habe ich so viel falsch gemacht. Wenn ich sie zum Beispiel gefragt habe, ob sie zum Ballettunterricht angemeldet werden wolle und sie Nein sagte, dann musste sie eben nicht gehen. Und genau das wirft sie mir heute vor. Sie sagt außerdem, es sei kein Wunder, dass sie in Französisch so schlecht sei, alle anderen in ihrer Klasse hätten französische Au-pairs gehabt. Noch sind unsere Jüngsten zu klein, aber irgendwann werden sie es uns auch aufs Butterbrot schmieren.«

»Jasper kann ohne Stützräder fahren, seit er drei ist«, sagte Anne. »Ist das nichts?«

»Das zählt nicht mehr, wenn es darauf ankommt. Wir brauchen diese Mütter-Society, Anne. Früher war es völlig in Ordnung, die Kinder in Ruhe zu lassen, aber wenn man das heute genauso macht, dann hinken sie schrecklich hinterher – spätestens, wenn sie in die Schule kommen. Stell dir vor: Julius und Jasper können dann gerade mal ihre Namen schreiben, und die anderen Kinder sprechen schon fließend Englisch und Blockflötisch und haben schon alle Harry-Potter-Bücher gelesen, von anderen Sachen ganz zu schweigen. Willst du das?«

»Nein«, sagte Anne.

»Noch ist es nicht zu spät. Komm mit mir in diese Mütter-Society. Dich nehmen sie ganz sicher. Du bist schließlich Hebamme.«

»Kostet das was?« Anne war noch nicht ganz überzeugt.

»Nein, die Mitgliedschaft ist umsonst«, sagte ich. »Ich frage gleich nach, ob du morgen zu diesem Probenachmittag mitkommen kannst.«

»Also gut«, sagte Anne. »Angucken kann ich mir das ja mal.«

Ich umarmte sie freudig. »Zusammen wird das sicher wahnsinnig viel Spaß machen.«

Frauke war von dieser Idee nicht ganz so begeistert, wie ich es mir gewünscht hatte. »Hör mal, das ist keine offene Veranstaltung, Constanze, zu der man einfach mal so eine Freundin mitbringen kann, die wir nicht kennen. Das muss ich erst mit den anderen absprechen.«

»Anne ist die Mutter von Jasper aus der Herr-Nilsson-Gruppe«, sagte ich. »Du kennst sie bestimmt.«

»Ist Jasper nicht das Kind, das immer so schreit?«, fragte Frauke.

»Er spricht ein bisschen lauter als andere Kinder«, sagte ich. »Aber er ist sehr weit in seiner Entwicklung. Er konnte schon mit drei Jahren ohne Stützräder fahren.«

»Also, wenn da mal nicht ein schwerwiegendes Aufmerksamkeits-Defizit-Syndrom vorliegt«, sagte Frauke. »Wie gesagt, ich muss das erst mit den anderen absprechen. Wir nehmen nicht wahllos jeden in unsere Gesellschaft auf, auch nicht zum Probenachmittag.«

»Jasper hat auf keinen Fall ADS«, sagte ich. »Ich bin Psychologin, ich würde das sofort merken. Anne ist übrigens Hebamme.« Ein bisschen Klappern gehörte zum Handwerk. Ich musste mich und Anne schließlich maximal verkaufen. Wenn sie nach meinem Diplomzeugnis verlangten, würde ich sagen, dass ich es verlegt hatte. Ich verlegte doch sonst auch immer alles.

»Na gut, ich denke, ich kann es vor den anderen verantworten, einen Gast mehr einzuladen«, sagte Frauke. »Schließlich findet der Gruppennachmittag auch bei mir zu Hause statt, nicht wahr?«

»Vielen Dank«, sagte ich glücklich. »Soll ich irgendwas mitbringen? Ich könnte einen Kuchen backen.«

»Nein, das ist nicht nötig«, sagte Frauke. »Wir sind alle auf Diät.«

Damit wir es bis zum Wochenende schafften, alles himmelblau und weiß zu streichen, hatte ich auch Trudi an die Farbrollen abkommandiert. Sie hatte ihre Hilfe angeboten, und ich konnte jede helfende Hand gebrauchen. Außerdem hatte Trudi jede Menge Zeit. Sie wurde von Mimi in einen orangeroten Overall gesteckt und war mit Begeisterung bei der Sache. Durch die hellen Fronten wirkte die Küche plötzlich viel größer. Mit der neuen Arbeitsplatte und neuen Edelstahlgriffen würde man sie nicht mehr wiedererkennen können.

Mimi und Trudi kamen gut miteinander aus, obwohl jeder vom anderen dachte, dass er einen an der Waffel habe.

»Diese Mimi ist extrem hyperaktiv, nicht wahr?«, raunte mir Trudi zu, als Mimi einmal außer Hörweite war. »Total verkrampft und leistungsfixiert.«

»Aber nett«, sagte ich.

»Diese Trudi ist völlig durch den Wind, was?«, sagte Mimi fünf Minuten später, als Trudi auf dem Klo war. »Keinerlei Realitätsbewusstsein und Wahnvorstellungen.«

»Aber nett«, sagte ich.

Nelly hatte an diesem Tag lange Schule, und als sie am späten Nachmittag nach Hause kam, merkte ich gleich an der Art, wie sie die Haustür hinter sich zuknallte, dass etwas nicht in Ordnung war.

Ohne uns eines Blickes zu würdigen, stapfte sie die Treppe hoch. Ich ging ihr hinterher.

»Nelly-Schatz, ist etwas passiert?«

Nelly schaute mich giftig an. »Ja allerdings! Vielen Dank, dass du mein Leben ruiniert hast. Ich werde jetzt packen und bei Papi einziehen. Und ich werde niemals wiederkommen, damit das klar ist.«

»Und womit genau habe ich dein Leben diesmal ruiniert?«, fragte ich.

»Das weißt du doch ganz genau«, sagte Nelly. »Warum bist du überhaupt auf diesen blöden Elternabend gegangen? Papi hätte hingehen können, der hätte mich wenigstens nicht blamiert.«

»Haha«, sagte ich. Lorenz war im Laufe seiner Vaterkarriere nur ein einziges Mal zu so einem Elternabend mitgekommen, und das auch nur, weil ich mit Julius schwanger gewesen war und jeden Augenblick mit einem Blasensprung gerechnet hatte. Lorenz war kaum fünf Minuten nach Beginn eingeschlafen, und sein einziger Beitrag an diesem Abend war sein Schnarchen gewesen. *Das* fand ich blamabel, und nicht, was ich getan hatte – was immer das gewesen sein mochte. »Was genau habe ich denn auf dem Elternabend verbrochen, Nelly?«

»Du hast mich zu Tode blamiert«, sagte Nelly. »Alle haben sich krankgelacht.«

»Worüber? Habe ich was Falsches angehabt?« Ich hatte mich früher immer geschämt, wenn meine Mutter mich mit ihrem komischen rosa Trainingsanzug bei einer Freundin abgeholt hatte. Aber genau deshalb würde ich so etwas niemals tun. (Der Anstreicheroverall neulich war eine Ausnahme gewesen.)

»Du hast denen verraten, dass ich noch Bibi-Blocksberg-Kassetten höre!«, schrie Nelly und riss ihre Sporttasche vom Schrank. »Warum hast du das gemacht?«

Ah, richtig, ja. Die Bibi-Blocksberg-Kassetten-Geschichte. »Also, Schätzchen, da ging es um das Missverhältnis zwischen dem, was ihr in eurem Alter wollt, Rockkonzerte, Piercings, Alkopops und so weiter, und dem, was ihr eigentlich noch seid, nämlich Kinder. Alle Eltern erzählten, wie kindlich ihre Sprösslinge doch noch seien, und da habe ich gesagt, dass du auch manchmal noch Bibi Blocksberg hörst ...«

Nelly hatte begonnen, den Inhalt ihres Kleiderschrankes in die Tasche zu stopfen. »Super, Mami, danke, dass du mich zum Gespött der ganzen Schule gemacht hast.«

»Aber Schätzchen, die anderen haben doch noch viel ...«

»Ich bin nicht dein Schätzchen!«, brüllte Nelly. »Ich will nichts mehr mit dir zu tun haben!« Und damit schulterte sie ihre Tasche und rauschte aus dem Zimmer. Hex, hex.

»Nelly! Jetzt warte doch bitte! Du weißt doch gar nicht, ob Papi überhaupt da ist. Und ob die Wohnung nicht noch vergiftet ist. Nelly!«

Aber Nelly rannte unbeirrbar die Treppe hinunter und knallte die Haustür mit dem gleichen Schwung hinter sich zu wie vorhin.

Ich blieb mit hängenden Armen im Flur stehen.

»Was hat denn Rosemary's Baby jetzt schon wieder?«, fragte Mimi.

»Sie will zu ihrem Vater ziehen«, sagte ich.

»Diese kleine, verwöhnte Kröte«, sagte Mimi.

»Lass sie gehen«, sagte Trudi. »Im Augenblick ist sowieso nicht mit ihr zu reden.«

»Und wann ist wieder mit ihr zu reden?«

»Möglicherweise, wenn sie Mitte dreißig ist und selber Kinder hat, die Türen knallen lassen«, sagte Mimi. »Sollen wir einen Sekt aufmachen?«

»Nee, danke«, sagte ich.

Willkommen auf der Homepage der
Mütter-Society,
dem Netzwerk für Frauen mit Kindern.
Ob Karrierefrau oder »nur«-Hausfrau,
hier tauschen wir uns über Schwangerschaft
und Geburt, Erziehung, Ehe, Job, Haushalt
und Hobbys aus und unterstützen uns
gegenseitig liebevoll.
Zutritt zum Forum nur für Mitglieder

15. März

Habe heute schweren Herzens unseren Kanarienvogel ins Tierheim gegeben. Wir hatten ihn sehr lieb, vor allem Timmi und ich, aber das Risiko, durch ihn mit der Vogelgrippe infiziert zu werden, ist mir in meinem derzeitigen Zustand einfach zu groß. Bin supi-traurig, habe dringend Aufmunterung nötig wegen Piepsi und überhaupt. Wollte Babytragesack bei »E-Bay« ersteigern, aber jemand anders hat mich in allerletzter Sekunde überboten. Werde auf jeden Fall an Seminar von Franziska Jakob teilnehmen, damit mir das nicht nochmal passiert. Bringe sicherheitshalber meinen Gymnastikball mit, das letz-

te Mal bin ich auf den unbequemen Stühlen fast umgekommen!
Mami (trauriger Kugelbauch) Ellen

16. März

Zum Clubnachmittag am nächsten Freitag habe ich Constanze Wischnewski eingeladen. Sie ist die allein erziehende Mutter des neuen Jungen in der Herr-Nilsson-Gruppe. Obwohl wir ja mit Gitti bereits unser Soll an allein Erziehenden erfüllt haben, sollten wir uns mal anhören, was sie der Mütter-Society zu bieten hat. Sie ist Akademikerin und auf jeden Fall gut betucht. Jan kennt sie noch aus Studienzeiten, und er meint sich erinnern zu können, dass ihre Eltern ein Hotel oder ein Ferienhaus auf einer Nordseeinsel besitzen. Ich denke, da sollten wir mal auf den Busch klopfen. So ein Haus auf Sylt wäre doch nicht zu verachten, oder?
Muss Schluss machen und mit den Rollerblades und Laura-Kristin noch eine Runde um den Block fahren. Wenn ich nicht mitkomme, fährt sie bloß zum nächsten Kiosk. Was soll ich mit diesem Kind nur anfangen? Jetzt möchte sie unbedingt auf ein Internat, ihr Kopf steckt voller »Hanni und Nanni«-Fantasien.
Frauke

6. Kapitel

Ich richtete mich auf eine lange, schlaflose Nacht ein, nachdem Mimi und Trudi nach Hause gegangen waren und ich Julius gebadet und ins Bett gebracht hatte. Ich hätte mich für diese Bibi-Blocksberg-Geschichte ohrfeigen können, aber ich hatte ja nicht damit rechnen können, dass mich jemand verpetzen würde.

Ich hatte mehrfach bei Lorenz angerufen, aber dort ging immer nur der Anrufbeantworter dran. Nellys Handy war ständig besetzt. Wahrscheinlich Dauer-SMS-Dialog zum Thema: Meine Mutter ist ein indiskretes Monster. Ich saß im Wohnzimmer auf dem Fußboden und guckte die Serie mit den drei aufgestylten Hexen, die Nelly immer gucken wollte, aber nicht gucken durfte. Bibi Blocksberg ja, diese tief dekolletierten Dämonenkillerschlampen – nein!

Um halb zehn klingelte es Sturm. Ich hechtete zur Tür und riss sie auf. Eine tränenverschmierte Nelly stürzte an mir vorbei die Treppe hinauf und schmetterte ihre Zimmertür zu. Im Flur rieselte Putz von der Decke.

»Das ist alles deine Schuld«, sagte Lorenz. Er war auf der Fußmatte stehen geblieben und sah mich böse an. Sein Volvo parkte auf dem Bürgersteig, der

Motor lief noch. »Weil du dich nicht an klare Absprachen hältst.«

»Ich wüsste nicht, seit wann Bibi Blocksberg Gegenstand unserer Absprachen wäre«, sagte ich.

»Ich sollte die Kinder am Wochenende nehmen«, sagte Lorenz. »Heute ist nicht Wochenende. So war das alles nicht geplant. Da komme ich nichts ahnend nach Hause und denke, die Wohnung ist leer. Du kannst dir nicht vorstellen, was für ein Schock das war, als Nelly plötzlich ins Wohnzimmer kam.«

»Na ja«, sagte ich. »Vor gar nicht allzu langer Zeit saß eine ganze Familie auf dem Sofa, wenn du nach Hause gekommen bist. So schockierend kann ich das nicht finden, wenn deine Tochter ins Wohnzimmer kommt.«

»Du warst ja nicht dabei«, sagte Lorenz. »Es war ein furchtbarer Schreck. Für alle Beteiligten. Peinlich und überflüssig. Und das nur, weil du dich nicht an klare Absprachen halten kannst. Ich hätte es Nelly und Julius am Wochenende gerne etwas schonender beigebracht. Und stilvoller.«

»Was hättest du ihnen gern schonender beigebracht?«

Nebenan bei Hempels waren die Rollläden nach oben gegangen.

»Unverschämtheit!«, hörte man Frau Hempel quietschen. »Das Parken auf dem Bürgersteig behindert die Fußgänger!«

»Ich komme gleich«, rief Lorenz. »Oh Gott, die alte Schachtel lebt immer noch!«

»Was hättest du ihnen gerne schonender beigebracht, Lorenz?«

»Machen Sie sofort den Motor aus, sonst rufe ich die

Polizei«, rief Herr Hempel. »Diese Kohlenmonoxidbelästigung müssen wir uns nicht gefallen lassen. Wir schlafen mit offenem Fenster!«

»Und der alte Schnarchsack hat auch noch nicht das Zeitliche gesegnet, unfassbar«, sagte Lorenz. »Und da heißt es immer, Übergewichtige sterben früher, haha!«

»Lorenz! Was willst du den Kindern schonend beibringen?«

»Mein Gott, jetzt stell dich nicht dümmer, als du bist«, sagte Lorenz. »Ich war nicht allein! Ich meine, wenn ich gewusst hätte, dass Nelly irgendwo in der Dunkelheit in der Wohnung lauert, dann ...«

»Oh mein Gott«, rief ich aus. »Du hattest eine Frau dabei!«

»Nicht irgendeine Frau«, sagte Lorenz.

»Unverschämtheit«, rief Frau Hempel. »Für diese Kohlenmonotox-Vergiftung werden wir Sie verklagen! Hier ist ein kleines Kind im Haus!«

»Dann lassen Sie das arme Ding doch endlich schlafen!«, rief ich zurück. »Was soll das heißen: Es war nicht irgendeine Frau, Lorenz?«

»Wie gesagt, ich hätte es den Kindern am Wochenende gern schonender beigebracht, aber ich konnte ja nicht wissen, dass Nelly einfach so reinplatzen würde, im unpassendsten Moment ...«

»Oh nein, Lorenz! Was hat sie denn gesehen?«

»Nicht viel«, sagte Lorenz. »Das Licht war ja gedämpft. Und außerdem – mein Gott, sie ist vierzehn, sie weiß, wie Menschen nackt aussehen.«

»Wir rufen jetzt die Polizei!«, rief Herr Hempel. »Ich zähle bis drei. Eins ...«

»Das darf doch wohl nicht wahr sein«, sagte ich.

Ich hätte Lorenz gern vors Schienbein getreten. Arme Nelly. Sich seine Eltern beim Sex auch nur vorzustellen ist ja schon schrecklich genug. Aber sie dabei in der Realität zu überraschen, musste traumatisch sein. Zumal dann, wenn es sich um eine völlig fremde Frau handelt.

»Sie hat eine ziemliche Szene gemacht«, sagte Lorenz. »Und somit einen großartigen ersten Eindruck. Wie sie mich beschimpft hat! Das hättest du hören müssen! Als Heuchler und Lügner und was weiß ich nicht noch alles. Das hast du wirklich toll hingekriegt.«

»Drei!«, rief Herr Hempel. »Na gut, dann rufen wir jetzt die Polizei. Sie haben Ihre Chance gehabt.«

»Lorenz, am besten verschwindest du jetzt, bevor ich handgreiflich werde!«, sagte ich. Ich konnte mich nicht erinnern, jemals so wütend gewesen zu sein. Dieser Mann hatte absolut keinerlei Unrechtsbewusstsein! Und so einer war Staatsanwalt.

»Herrgott, das Mädchen ist vierzehn Jahre alt, sie wird verstehen, dass ihr Vater sich nicht ins Kloster zurückzieht, nur weil wir getrennt sind«, sagte Lorenz.

»Ach, halt's Maul, du Heuchler und Lügner.« Ich knallte die Tür zu, so fest ich konnte, ohne Rücksicht darauf, Lorenz damit möglicherweise die Nase zu brechen. Lorenz stieß zwar keinen Schmerzensschrei aus, machte aber auch keinen Versuch mehr, das Gespräch weiterzuführen. Unter Hempels lautem Geschimpfe stieg er in seinen Wagen und fuhr davon. Klar, zu Hause hatte er schließlich etwas angefangen, was er zu Ende bringen wollte. Lorenz machte keine halben Sachen.

Zaghaft klopfte ich an Nellys Zimmertür.

»Lass mich in Ruhe«, sagte Nelly. Aber in dieser Situation hielt ich das nicht für angebracht. Ich kam trotzdem ins Zimmer.

Nelly lag auf dem Bett, den Kopf in ihren Schlafesel gedrückt, und schluchzte. Ich setzte mich auf die Bettkante.

»Hör mal Schätzchen, es tut mir leid, was du gesehen hast.«

»Es hat nie Kakerlaken gegeben«, brachte Nelly zwischen zwei Schluchzern heraus. »Er wollte nur nicht, dass ich diese Tussi zu Gesicht bekomme. Erbärmlicher Feigling.«

Es hatte nie Kakerlaken gegeben, und es hatte nie einen anderen Grund für unsere Trennung gegeben als »diese Tussi« – ich hatte mit meiner Vermutung von Anfang an richtiggelegen. Lorenz hatte es mir nur so lange ausgeredet, bis ich selber nicht mehr daran geglaubt hatte, und das war das eigentlich Gemeine an der ganzen Sache. Die Neue hatte er nicht erst seit gestern, da war ich mir ziemlich sicher.

Nelly hatte völlig Recht: Lorenz war ein erbärmlicher Feigling.

Ich streichelte ihr vorsichtig über die Haare. »Nelly-Schätzchen. Wegen der Bibi-Blocksberg-Geschichte tut es mir auch leid. Ich hätte das nicht erzählen sollen. Aber alle Eltern haben so peinliche Sachen von ihren Kindern preisgegeben. Was Teenager so alles tun, obwohl sie darauf pochen, erwachsen zu sein. Wusstest du, dass Nina Brand nie ins Bett geht, ohne ihren Barbies gute Nacht zu sagen? Lukas besteht darauf, vorm Zubettgehen mit seiner Mutter zu beten, derselbe Lukas, der sich neulich einen Bierrausch angetrunken hat. Lena guckt jeden Abend das Sandmännchen. Bei Sarah, derselben Sarah, die die Kiste mit Alkopops auf die Klassenfahrt geschmuggelt hat, muss die ganze Nacht eine Janoschlampe brennen. Elmo möchte, dass seine Mutter ihm mit Ketchup einen Smiley auf den Käse vom Pausenbrot malt. Und einer – ich glaube, Marc – braucht sein Schnüffeltuch, um einschlafen zu können.«

Nelly setzte sich auf. »Echt? Marc braucht ein Schnüffeltuch?« Sie wischte sich die Tränen aus dem Gesicht.

»Ja. Es sind Häschen draufgestickt«, sagte ich.

Nelly kicherte. »Und Marc tönt ganz groß, dass er sich demnächst tätowieren lässt! Ich frag ihn morgen mal, ob es ein Häschen werden soll!«

Sie schluchzte noch einmal trocken auf, wie als ganz kleines Mädchen, wenn sie sich die Knie aufgeschlagen hatte. Ich nahm sie in meine Arme. »Ich hab dich so lieb, Nelly«, sagte ich. »Und ich bin froh, dass du wieder bei mir bist. Auch wenn ich es lieber unter anderen Umständen gesehen hätte.«

»Ich hab dich auch lieb«, sagte Nelly. »Eigentlich.«

Eine Weile hielten wir uns aneinander fest und schwiegen.

»Papi ist doch ein richtiger Mistkerl«, sagte Nelly schließlich. »Hast du gewusst, dass er mit so ’ner blonden Tusse rummacht?«

»Nein«, sagte ich. Ich hätte Nelly nur zu gerne über Lorenz’ Neue ausgequetscht. Wie blond war sie genau? War sie jünger als ich? Was hat sie mit Lorenz gemacht oder er mit ihr? Aber das ging natürlich nicht. Das arme Kind stand unter Schock.

»Vielleicht ist sie ja ganz nett, weißt du«, sagte ich.

»Papi hat eigentlich einen guten Geschmack, was Frauen angeht.«

»Ich find's gemein, dass er uns angelogen hat«, sagte Nelly.

»Ja, das war nicht richtig«, sagte ich. »Aber sicher tut ihm das selber furchtbar leid. Ich weiß, dass du und Julius ihm sehr wichtig seid. Er will, dass ihr nur das Beste von ihm denkt.«

»Zu spät«, sagte Nelly. Dann kicherte sie wieder. »Lena guckt also wirklich immer das Sandmännchen, ja? Dabei hat die gar keine kleinen Geschwister. Und so eine steht jeden Tag mega-cool in der Raucherecke herum.«

»Ich habe noch vergessen, von Moritz zu erzählen«, sagte ich. »Der hat bei ›Ice Age‹ so geweint, dass seine Mutter sofort zum Happy End vorspulen musste.«

✿

Als Nelly endlich schlief, rief ich Lorenz' Freund und Anwalt Ulfi Kleinschmidt an. Ich war wütend und neugierig zugleich, und ich konnte einfach nicht warten bis morgen Früh, um ein paar grundlegende Dinge zu klären.

Ulfis Frau war am Apparat. Ich kannte sie gut von diversen Abendeinladungen. Sie war eine von diesen mageren Frauen, die ständig auf Diät sind, es aber nicht zugeben wollen. Wenn sie bei uns zu Besuch gewesen war, hatte sie den ganzen Abend das Essen auf ihrem Teller von links nach rechts geschoben, meine Kochkunst aber überschwänglich gelobt. Ein paar Tage später hatte ich immer eine Dankeskarte von ihr erhalten, mit Füllfederhalter auf Büttenpapier geschrieben, von wegen, dass sie lange nicht mehr so gut gegessen habe. Dabei hatte diese Frau seit 1989 nichts mehr gegessen, da war ich mir ganz sicher. Ihre eigenen Einladungen waren stets perfekt gewesen, sie hatte zu jedem noch so nichtigen Anlass Tisch- und Menükarten drucken lassen, und ihre Blumenarrangements waren überwältigend gewesen, alles aus dem eigenen Garten.

Nachdem Lorenz unsere Trennung publik gemacht hatte, hatte Frederike mich nicht mehr eingeladen. Aber ich hatte sie einmal beim Einkaufen getroffen, und sie hatte meine Hand gedrückt und gesagt, wie schrecklich leid ihr das alles für mich täte.

»Danke«, hatte ich gesagt und sie zum ersten Mal annähernd menschlich gefunden.

»Aber Lorenz muss nach all den Jahren auch mal an sich denken«, hatte Frederike hinzugefügt, und damit waren meine Sympathien für sie auch schon wieder verflogen gewesen.

Sie klang ein wenig gereizt, als ich jetzt anrief, aber keineswegs verschlafen. Frauen wie sie schrieben bis spät in die Nacht Dankeskarten auf Büttenpapier. *Vielen Dank für Ihre Dankeskarte anlässlich unserer Einladung vergangenen Samstag.*

»Hallo Frederike, hier ist Constanze Wischnewski. Ich hätte gern deinen Mann gesprochen.«

»Es ist Viertel nach elf«, sagte Frederike.

»Danke für die Zeitansage, meine Uhr war nämlich kaputt«, sagte ich mindestens genauso kühl. »Sei so gut und hol Ulfi vom Fernseher, ja?«

Frederike schnaubte, aber ein paar Sekunden später hatte ich Ulfi am Apparat.

»Ich wollte dir nur Bescheid geben, dass ich mich anwaltlich nicht mehr von dir vertreten lassen werde«, sagte ich.

»Constanze, das sollten wir wirklich nicht mitten in der Nacht besprechen«, sagte Ulfi, wie immer jovial. »Komm doch morgen in meine Kanzlei. Dann reden wir in aller Ruhe darüber.«

»Nein, es ist beschlossene Sache«, sagte ich. »Ich habe jetzt einen eigenen Anwalt.«

»Du musst selber wissen, wofür du Lorenz' sauer verdientes Geld zum Fenster rauswerfen willst«, sagte Ulfi.

»Eigentlich will ich am liebsten Lorenz zum Fenster rausschmeißen«, sagte ich. »Er hat eine Neue.«

»Ich verstehe, dass du sauer bist«, sagte Ulfi.

»Ich hatte es mir ja gleich gedacht«, sagte ich. »Aber er hat es die ganze Zeit bestritten, der Feigling.«

»Aber das ist doch kein Grund, sofort Rachepläne zu schmieden«, sagte Ulfi. »Ich werde deine Interessen genauso wahrnehmen wie die von Lorenz, da kannst du dir sicher sein. Keiner von uns will dich über den Tisch ziehen, wirklich nicht. Lorenz und ich, wir wollen beide nur das Beste für dich.«

»Ach ja? Und warum hast du mir nicht gesagt, dass Lorenz eine Affäre hat?«, fragte ich.

»Das ist keine Affäre«, sagte Ulfi. »Die Beziehung zwischen Paris und ihm ist durchaus ernst zu nehmen.«

Er sagte »Perris« mit gerolltem R.

»Paris? Wie Paris Hilton?«, fragte ich. »Ist sie etwa Amerikanerin?« Die Amerikaner durften ihre Kinder ja nennen, wie sie wollten, da krähte dort kein Standesbeamter nach. Geburtsort, Zeugungsort,

Wallfahrtsort – die machten mit ihren Brooklyns, Parises und Lourdes doch vor nichts Halt. Wenn wir das hier zu Lande genauso halten würden, hieße Nelly heute Köln-Sülz und der arme Julius Pellworm.

»Nicht Amerikanerin, aber Model«, sagte Ulfi. Es klang respektvoll. »Und die beiden lieben sich wirklich.«

»Ach ja? Wie willst du das denn nach so kurzer Zeit schon beurteilen?«, fragte ich. Es war eine Fangfrage, aber Ulfi fiel darauf rein.

»Sieben Monate sind keine so kurze Zeit«, sagte er. »Da kann man durchaus beurteilen, ob zwei Menschen zusammenpassen oder nicht.«

Ich rechnete. Jetzt war es Mitte März, das heißt, Lorenz hinterging mich mindestens schon seit vorigem September. Mit Paris. Das war sicher ein Künstlername. Wahrscheinlich hieß die in echt Elfriede. Neulich, als wir miteinander telefoniert hatten, da hatte Lorenz also nicht auf dem Ergometer gesessen, sondern auf Elfriede. Das erklärte auch die vielen »Jas« und »Ohs« und seine anschließenden Gedächtnislücken.

Ich war wirklich leicht zu verarschen.

»Dann ist diese Person also der Grund für unsere Trennung«, sagte ich.

»Aber das spielt überhaupt keine Rolle«, sagte Ulfi. »Deshalb steht dir ja nicht mehr Geld zu.«

»Wirklich nicht? Also, mein Anwalt sagt da was ganz anderes«, sagte ich.

»Wer ist dein Anwalt?«, wollte Ulfi wissen.

»Ein ganz scharfer Hund«, sagte ich. »Dafür bekannt, dass er seine Gegner in Grund und Boden prozessiert.«

»Wie heißt er denn?«

Ja, wie hieß er denn? Alfons, Ansgar, Anton ... ja, das war's. »Anton«, sagte ich.

»Anton, Anton«, wiederholte Ulfi, der Anton für den Nachnamen hielt. »Nie gehört. Zu welcher Sozietät gehört er denn?«

Woher sollte ich das denn wissen? »Das wirst du noch früh genug erfahren«, sagte ich und legte auf.

»Ich habe zwei Kilo abgenommen«, sagte Anne beim Joggen und klopfte sich auf den Bauch. Es wurde allmählich dunkel, zu Hause bei mir passten Max und Nelly auf Julius und Jasper auf, d. h. sie saßen alle zusammen auf dem Bett und sahen »Karlsson vom Dach«. »So allmählich gefalle ich mir wieder.«

»Ich finde ja sowieso, dass dir das Rundliche steht«, sagte Mimi. »Wir können doch nicht alle solche Hungerhaken sein.«

»Das sagst du nur, weil du selbst ein Hungerhaken bist«, sagte Anne und guckte gen Himmel. »Lieber Gott, wenn du mich schon nicht schlank machst, dann mach wenigstens die anderen fett.«

»Vielleicht werde ich ja fett, wenn ich schwanger bin«, sagte Mimi. Wir liefen gemächlich auf die kleine Grünanlage der Siedlung zu, in deren Mitte es einen Spielplatz gab, mit einem Sandkasten, in dem es mehr Hunde- und Katzenkot gab als Sand. »Ich träume von dicken Brüsten und einem runden Bauch, jede Nacht. Aber morgens, wenn ich aufwache, bin ich platt wie eh und je.«

»Ja, schwanger werden ist eine Wissenschaft für

sich«, sagte Anne. »Führst du eine Temperaturkurve?«

»Hab ich versucht«, sagte Mimi. »Aber Sex nach dem Kalender ist nichts für Ronnie.«

»So sind die Männer«, sagte Anne. »Kaum ist man ein paar Jahre mit ihnen verheiratet, sind sie sogar zum Sex zu faul.«

Mimi und ich schauten sie gleichermaßen perplex von der Seite an. Aber Anne bemerkte unsere Blicke gar nicht. »Wenn ich noch mal schwanger werden wollte, müsste ich vorher bei Beate Uhse einkaufen.«

»Unser Problem ist nicht, dass wir zu wenig Sex haben, sondern genau das Gegenteil«, sagte Mimi und legte einen Zahn zu. »Wir haben einfach zu viel Sex.«

»Wie bitte?« Anne und ich kamen kaum hinterher. »Sagtest du: zu viel Sex?«

»Ja, mehrmals in der Woche, am Wochenende auch gerne mehrmals am Tag«, schnaubte Mimi. »Dadurch ist die Samenkonzentration im Ejakulat nie dicht genug.«

Ach, so genau hatte ich das eigentlich gar nicht wissen wollen.

»Tatsächlich?« Anne klang ein bisschen neidisch. »Deine Probleme möchte ich mal haben!«

»Aber warum machst du es nicht wie jede normale andere Frau auch?«, fragte ich. »Du sagst einfach, dass du Kopfschmerzen hast. Oder Besuch von deiner dämlichen Tante. Oder du tust einfach so, als ob du schläfst.«

»Was für eine Tante?«, fragte Anne.

»Ich kann ihm eben nicht widerstehen«, sagte Mimi.

»Einer Praline kann man nicht widerstehen«, sagte Anne. »Aber bei einem Mann ist das doch ganz leicht.«

»Nicht bei Ronnie«, sagte Mimi.

Anne und ich seufzten neidisch.

»Da gibt es nur eins«, sagte ich schließlich. »Wir müssen euch einfach davon abhalten, übereinander herzufallen. Am besten ziehst du für eine Weile bei uns ein.«

»Das würde Ronnie das Herz brechen«, sagte Mimi. »Und mir auch.«

»Aber es wäre doch für eine gute Sache«, sagte Anne. »Und glaub mir, wenn das Baby erst mal da ist, habt ihr mit der Zeugung des zweiten Kinds dann kein Problem mehr. Das wird gleich beim ersten Mal klappen, so derartig hoch ist die Samenkonzentration bis dahin.«

»Und dann wirst du auch Mitglied in der Mütter-Society, und wir werden allesamt für ›Deutschland sucht die Super-Mami‹ nominiert«, freute ich mich.

Als wir die Grünanlage zum zweiten Mal umrundet hatten, kam uns eine andere Joggerin entgegen. Es war Fraukes Freundin Sabine Zungenbrecher-Sülzkopf oder wie immer der ansprechende Doppelname geheißen hatte, Mutter von Wie bitte und Dingsda, stellvertretende Obermami der Mütter-Society, erfolgreiche Karrierefrau und wahrscheinlich auch noch Siegerin im letztjährigen Stadtmarathon in der Kategorie Frauen über dreißig.

Ich lächelte sie so neidlos wie möglich an, aber ihr Blick schweifte gleichgültig über mich hinweg, um dann an Mimi hängen zu bleiben.

Sie blieb wie angewurzelt stehen und rief hocherfreut aus: »Na so was! Mimi Pfaff! Dich habe ich ja schon eine Ewigkeit nicht mehr gesehen!«

»Sabine Ziegenweidt!«, sagte Mimi.

»Ziegenweidt-Sülzermann«, verbesserte Sabine, während sie und Mimi einander mit Luftküsschen links und rechts liebkosten. »Jetzt sag aber doch mal, wie es dir geht! Stimmt das Gerücht, dass du dich aus der Arbeitswelt zurückgezogen hast?«

»Ja«, sagte Mimi. »Ein Sabbatical zwecks Neuorientierung.«

»Ja, ich hab das von deinem Hörsturz gehört, dramatisch, wirklich, und dann noch die Sache mit der Fehlgeburt, du Ärmste, und die biologische Uhr tickt, nicht wahr, tick, tack, tick, tack. Ich bin ja heilfroh, dass ich das Thema Nachwuchs für mich abgehakt habe, Karsta und Wibeke genügen mir völlig, nach dem Kaiserschnitt bei Karsta habe ich mich gleich sterilisieren lassen, alles in einem Aufwasch, damit mein Chef wieder ruhig schlafen kann. Jedes Mal, wenn ich im Erziehungsurlaub war, war er einem Herzinfarkt nahe, der Gute.«

»Ach, du hast deinen Job noch? Ich dachte, das hätte mal ganz schön auf der Kippe gestanden«, sagte Mimi.

»Ach nein, das waren nur üble Gerüchte. Wenn man seinen Beruf liebt und so viel Kohle scheffelt wie ich, dann kann man es sich einfach nicht leisten, allzu lange zu pausieren, auch nicht der Kinder wegen. Ich würde mich auch tödlich langweilen, nur zu Hause, du nicht? Oh, entschuldige, das wollte ich jetzt nicht so ausdrücken, das ist natürlich was ganz anderes, wenn man gesundheitlich dazu gezwungen ist, nicht wahr? Aber jetzt sag mir bitte, bitte, dass bei dir Nachwuchs unterwegs ist, damit ich gratulieren kann.«

»Nein, kein Nachwuchs unterwegs«, sagte Mimi. »Ich wiege immer noch die Vor- und Nachteile ab. Immer wenn ich andere Mütter sehe, denke ich, ach, lieber doch nicht, sonst wirst du am Ende noch genauso bescheuert!«

»Aber lange darfst du nicht mehr warten«, sagte Sabine. »Ab fünfunddreißig sinkt die Wahrscheinlichkeit, schwanger zu werden, rapide, wie du sicher weißt. Mich musste man ja nur mal scharf angucken, und schon war ich schwanger, aber ich habe viele Bekannte, bei denen das erst nach haufenweise In-vitro-Fertilisationen geklappt hat, da bist du keine Ausnahme. Und so was kann ganz schön belastend für die Ehe sein. Bist du eigentlich immer noch mit deinem Ronnie zusammen?«

»Ja, sicher«, sagte Mimi. »Wir waren gerade zusammen für vier Wochen in Thailand, eine Expedition quer durchs Land, hochinteressant.«

»Ja, aber so ein ausländisches Kind zu adoptieren ist natürlich nicht dasselbe, glaub mir das. Du, ich muss weiter, heute jogge ich ausnahmsweise mal abends, weil ich morgen ganz früh nach München fliege, Fortbildung, du kennst das ja, ich muss noch Koffer packen, mit meinen Töchtern spielen, meinen Mann versorgen, also Küsschen, Küsschen und toi, toi, toi, dass es ganz bald klappt mit der Befruchtung. Wenn es dann so weit ist, sprich mich mal auf eine Mitgliedschaft bei der Mütter-Society an, jemand mit deinen Beziehungen würden wir da natürlich gerne sehen.« Sie lachte. »Haha, aber natürlich erst, wenn du Mutter bist.«

Und mit einem letzten Küsschen setzte sie sich wieder in Bewegung und joggte davon.

»Was war das denn?«, fragte Anne, die dem Dialog genau wie ich mit zunehmender Fassungslosigkeit gefolgt war. »Man möchte sich bekreuzigen und sich einen Kranz Knoblauch um den Hals hängen.«

»Wir haben zusammen Abitur gemacht und später im selben Semester BWL studiert«, sagte Mimi. »Sabine war immer die Nummer zwei, das muss ich bei aller Bescheidenheit einfach so sagen. Sie war wahnsinnig ehrgeizig, aber ich war trotzdem immer die Bessere von uns beiden. Außerdem bekam ich die tolleren Jungs ab. Deshalb hasst sie mich schon seit Ewigkeiten.«

»Aber ihr habt euch geküsst«, sagte ich.

»Ja, das macht man so unter richtigen Zicken«, sagte Mimi. »Außerdem hasst sie mich ja jetzt nicht mehr, weil sie sich jetzt für die Siegerin unseres nie proklamierten Wettstreites hält: Schließlich hat sie jetzt beides, Kinder *und* Karriere. Und ich – ich bin unfruchtbar wie die Wüste Gobi.«

»Dafür hast du die bessere Figur«, sagte ich.

»Und deine Mundwinkel hängen nicht auf deinen Schultern«, sagte Anne.

»Noch nicht«, sagte Mimi.

»Außerdem kannst du ja jederzeit in deinen Job zurück«, sagte ich. »Falls das mit dem Kinderkriegen nicht klappt. Mann, war die eklig! Wie sie dir quasi unterstellt hat, dich künstlich befruchten zu lassen ...«

»Na ja«, sagte Mimi und seufzte. »Ich bin auch nicht gerade ein Engel. Heute sah es vielleicht so aus, als wäre sie die Giftigere von uns beiden, aber ich habe mir auch schon ganz schön was geleistet. Vor ein paar Jahren, als Sabine schwanger war, hat unsere Unternehmensberatung ihr Pharmaunternehmen unter die Lupe genommen. Sabine und einige andere Frauen wollten nach der Babypause wieder halbtags einsteigen. Ich habe dem Firmenchef empfohlen, sich nicht auf diese unrentable Lösung einzulassen. Entweder ganz oder gar nicht, die Zeiten sind hart, und Frauen wollen doch auf dem Arbeitsmarkt genauso behandelt werden wie Männer. Und deshalb musste Sabine zurück auf ihren Posten, kaum dass sie nach der Geburt wieder auf den Beinen stehen konnte. Sicher will Gott mich heute dafür bestrafen.«

»Oh, oh«, sagte Anne. »Da ist aber einer als Kind auch zu früh auf den Topf gesetzt worden, was?«

»Du brauchst ganz dringend ein Clearing«, sagte ich. »Red mal mit Trudi darüber. Die beseitigt deine aufgestauten Schuldgefühle auf schnellere Art und Weise als ein Psychiater.«

»An so einen Quark glaube ich nicht«, sagte Mimi.

Die Pläne, die Max für Nellys Baumhaus präsentierte, waren beeindruckend. Keine krumme Buntstiftzeichnung, sondern ein am Computer konstruierter Architektenplan mit Draufsicht, Vorderansicht und Seitenansicht. Es sollte eine Mischung aus Piratenschiff, Ritterburg und Telefonzelle werden und zwischen den zwei alten Rotbuchen errichtet werden, die im hinteren Gartendrittel so nahe beieinander standen, dass ihre Äste sich berührten. Die Bäume waren sicher stark genug, um ein Baumhaus samt Kindern darauf zu tragen, aber ich fand nicht, dass es nötig war, es in vier Metern Höhe zu errichten.

»Das muss aber sein«, sagte Max. »Erst da oben finden sich Äste, die exakt waagerecht und parallel zueinander verlaufen. Es ist eine selbsttragende Konstruktion. Die Baumstämme werden dabei nicht angebohrt, lediglich die Äste als Auflage benutzt. Der Stützpfosten in der Mitte kann zum Beispiel als Marterpfahl gestaltet werden oder als Messlatte oder als Rankgerüst für Efeu. Ich finde außerdem, dass hier der geeignete Platz für einen Sandkasten mit Matschanlage wäre. Wir werden die Plattform oben rundherum mit einem Geländer versehen, aus stabilen Ästen, damit es natürlich aussieht. So ein Geländer schützt die Kleinen vorm Herunterfallen und fungiert gleichzeitig als Reling vom Piratenschiff und Brüstung von der Ritterburg. Im überdachten Bereich wird genug Platz sein, um dort zu mehreren zu übernachten, außerdem gibt es Schießscharten, ein Bullaugenfenster, einen Flaggenmast, einen Lastenaufzug und noch ein paar andere Kleinigkeiten, die ich mir ausgedacht habe. Die Querstreben eignen sich wunderbar für das Aufhängen von Schaukeln und Hängematten.«

»Lass mich raten, du möchtest später mal Architekt werden«, sagte ich. »Oder Grundschullehrer oder Spielzeugmacher.«

»Nein, ich werde Programmierer«, sagte Max. »Da verdient man mehr Kohle.«

Ich gab Max grünes Licht für den Hausbau, und ich gab ihm Geld für die Materialien, mit der Auflage, alles bei Ronnie im Baumarkt zu besorgen und Ronnie bei allen schwierigen Fragen zu Rate zu ziehen.

»Außerdem gibt es ein Honorar«, sagte ich. »Wenn das Haus fertig ist.«

»Ich will kein Geld dafür«, sagte Max verlegen.

»Das ist aber nur fair«, sagte ich. »Und wenn es so schön wird wie auf der Zeichnung, melde ich dich für den internationalen Baumhausarchitektenwettbewerb an.«

Außerdem war ich ja jetzt reich, dank »E-Bay«, und wenn ich Mimi und Ronnie Glauben schenken wollte, dann würde ich noch reicher werden, wenn sich dieser Anwalt erst einmal meiner Sache angenommen hatte. Am nächsten Dienstag hatte ich einen Termin bei ihm.

Max wollte an diesem Wochenende mit dem Bauwerk beginnen, ausgerechnet dann, wenn Nelly und Julius bei Lorenz sein würden und dessen neue Freundin vorgestellt bekämen. Bis gestern hatte Nelly noch monoton wiederholt, dass sie ihren Vater niemals wieder sehen wolle, aber ganz plötzlich war sie aus ihrem Zimmer gekommen und hatte es sich anders überlegt. Ich hatte keine Ahnung, woher dieser plötzliche Sinneswandel gekommen war, war aber heilfroh, dass Julius nicht allein zu Lorenz und Paris-Elfriede musste. In solchen Situationen, in denen man etwas »schonend« beigebracht bekam, konnten große Schwestern ganz hilfreich sein. Solange Lorenz Julius seine Neue nicht als »die neue Mami« verkaufen wollte, machte ich mir aber nicht wirklich Sorgen um Julius' Reaktion. Im Gegensatz zu seiner Schwester war er psychisch ausgesprochen stabil.

Was Nellys Geburtstag am darauffolgenden Montag anging, waren wir zu folgender Lösung gekommen: Wir würden den Tag ganz gemütlich und unspektakulär mit einer Torte und einem Kinobesuch feiern, nur Nelly, Julius und ich und Nellys beste Freundin Lara. Und im Mai, wenn die Renovierung beendet war, durfte Nelly dann ihre erste richtige Fete feiern, im Garten, wobei man bei schlechtem Wetter den Wintergarten mit einbeziehen konnte, mit Grillzeug, Lichterketten, bunten Lampions in den Bäumen und ohrenbetäubender Musik. (Wir würden uns etwas einfallen lassen müssen, um Hempels an diesem Abend zu evakuieren – vielleicht würde ihnen ein Kurzurlaub auf Pellworm guttun. Ich musste unbedingt Gitti fragen, ob sie mir in dieser Angelegenheit helfen konnte.) Nelly war mit dieser Idee sehr zufrieden, zumal sich ohne Gipsarm besser tanzen ließ, und der würde bis dahin abgenommen sein.

Als ich mich am Freitag für den Probenachmittag bei der Mütter-Society fertig machen wollte, wusste ich nicht, was ich anziehen sollte. Trudi und Mimi standen in ihren orangeroten Overalls um mich herum und gaben mir Ratschläge. Nelly lag auf meinem Bett und guckte zu.

»Auf keinen Fall zu aufgekratzt«, sagte Trudi. »Du musst zupackend aussehen.«

»Aber auch nicht zu rustikal«, sagte Mimi. »Durchaus elegant, eine Frau von Welt, die trotz ihrer Kinder noch Modebewusstsein hat und sich nicht scheut, auch mal einen Fleck auf einem Designerstück zu riskieren.«

»Kein Schwarz«, sagte Trudi. »Sonst haben die anderen Kinder Angst vor dir.«

»Und nichts zu Helles, sonst sieht man gleich jeden Fleck«, sagte Mimi.

»Rosa wäre eine gute Farbe«, sagte Trudi. »Harmlos, kindgerecht, heiter ... – und es steht dir gut zu dem hellen Haar.«

»Man könnte denken, es geht um einen Job«, sagte Nelly.

»Das hier ist wichtiger als ein Job«, sagte ich. »Ich will endlich eine gute Mutter sein.«

»Dann geh besser zur Hypnose«, sagte Nelly.

Am Vormittag war ich zur Feier des Tages zum Friseur gegangen, der übliche, leicht gestufte Pagenschnitt, den ich schon seit Jahren trug, war wieder in Form gebracht worden. Und weil ich schon mal da war, hatte ich mir gleich eine Maniküre gegönnt und nun keine Farbflecken mehr unter den Fingernägeln. Ich sah gut aus.

Ich entschied mich schließlich für eine dunkelblaue Jeans, ein rosafarbenes T-Shirt – nicht bauchfrei, aber trotzdem von Nelly geliehen – und rosafarbene Ballerinas. Julius musste seine lochfreien »Oshkosh«-Jeans anziehen und die guten »Elefanten«-Schuhe. Nelly schmierte ihm Gel in die Haare, sie sagte, sonst sähe er wie ein Mädchen aus. Um auf alle Eventualitäten vorbereitet zu sein, legte ich eine Packung Feuchttücher und etwas Spielzeug in meinen rosafarbenen Rucksack und dachte in letzter Sekunde auch noch an Julius' Pantoffeln.

Trudi zupfte die Kapuze meiner Jacke zurecht und spuckte mir über die Schulter. »Toi, toi, toi.«

»Viel Glück«, sagte Mimi und drückte mir den Blumenstrauß in die Hand, den ich für Frauke besorgt hatte, ein Bukett aus weißen und rosafarbenen Narzissen.

»Blumen?«, rief Anne aus, als ich sie abholte. »Ich wusste nicht, dass man was mitbringen muss!«

»Reg dich nicht auf«, sagte ich. »Die Blumen sind von uns beiden. Eine kleine Aufmerksamkeit für die Gastgeberin.«

»Herrje!«, sagte Anne. Ich unterzog ihr Outfit einer kurzen kritischen Überprüfung. Schokoladenbrauner Strickpullover zu brauner Jeans. Nirgendwo Blutflecken. Die Wuschellocken zum Pferdeschwanz zusammengebunden. Kein Make-up. Nicht gerade trendy, aber es würde schon gehen.

»Halt dich gerade«, sagte ich. »Vergiss niemals: Du bist die Königin des Beckenbodens.«

»Du spinnst«, sagte Anne.

Jasper und Julius hielten auf dem Weg zu Frauke Händchen.

»Sind sie nicht zu süß?«, sagte ich in einem Anfall von Mutterstolz.

»Ja, ja«, sagte Anne. »Ich hoffe nur, Jasper benimmt sich. Seit neustem hat er so schlimme Tischsitten. Er schlürft und gurgelt und schmatzt. Und er rülpst laut.«

»Das machen doch alle Kinder«, sagte ich.

Frauke freute sich über die Blumen. »Wie hübsch«, sagte sie und: »Das wäre doch nicht nötig gewesen.«

Doch, doch, ich wusste schließlich, was sich gehörte. Selbstzufrieden hängte ich meine Jacke an die Garderobe.

»Oh, sind das etwa Osterglocken?«, rief Frauke da aus. »Oje, wo stelle ich die nur hin, damit die Kinder nicht drankommen? Vielleicht hier ganz oben auf den Schrank? Wusstest du nicht, dass Osterglocken giftig sind?«

»Nein«, sagte ich. Und wenn schon, welches Kind war so blöd und aß Blumen aus der Blumenvase?

»Ich kann dir die Liste mit Giftpflanzen kopieren,

damit du dich da mal kundig machen kannst«, sagte Frauke. »Oder du lädst sie dir aus dem Internet runter. Wartet, ich bringe die Blumen besser mal in den Keller.«

»Nächstes Mal bringst du Pralinen mit«, flüsterte Anne mir zu. »Aber ohne Alkohol. Sonst muss sie die im Garten vergraben.«

Ich sah mich um. Das hier war also Jans preisgekrönter Architektentraum. Schon diese Eingangshalle war beeindruckend. Viel Glas, Edelstahl und Granit. Sparsam eingesetzte Akzente aus Holz. Nirgendwo ein Krümelchen oder ein Staubkorn. Die riesigen Fensterflächen absolut streifenfrei. Als Gegengewicht gerahmte Kinderzeichnungen an den Wänden und drei Garderobenhaken mit bunt bemalten Holzablagen, auf denen »Laura-Kristin«, »Flavia« und »Marlon« stand.

»Na ihr Aßblödiß«, sagte Marlon. Er saß auf der Treppe und trug einen Fahrradhelm. Wahrscheinlich waren die Stufen rutschig vor lauter Sauberkeit. Auch die blank gewienerten Granitfliesen sahen geradezu einladend glatt aus, wie die unberührte Fläche eines frisch aufbereiteten Eishockeyfeldes. »Ihr ßtintetäßen.«

»Was soll denn das sein?«, fragte Julius.

»Selber Stintetäse«, schrie Jasper.

»ßtintida ßtintetäße! Etelhafta ßtintetäße«, sagte Marlon. Ich gab mir wirklich Mühe, aber ich kam nicht dahinter, was er uns damit sagen wollte. Vielleicht war es Finnisch oder Rätoromanisch oder eine selbst erfundene Sprache oder das Libretto zu einer selbst komponierten Oper. Bei diesen hochbegabten Kindern konnte man das nie wissen.

»Da bin ich wieder«, sagte Frauke etwas atemlos. Wahrscheinlich hatte sie meine Gift-Narzissen im Keller mal eben geschreddert und kompostiert, auf einem kindergesicherten Komposthaufen. »Kommt durch ins Wohnzimmer, ich stelle euch den anderen vor. Marlon, du kannst Jasper und Julian mit in dein Zimmer nehmen und ihnen mal deine Spielsachen zeigen.«

Jasper und Julius sahen nicht gerade begeistert aus.

»Julius hatte sich eigentlich auch darauf gefreut, mit Flavia zu spielen«, sagte ich.

Das war nicht ganz korrekt, Julius hatte sich erst darauf gefreut, als ich ihm versichert hatte, dass Flavia zu Hause bestimmt viel netter war als im Kindergarten.

»Ach, Julius heißt er – ein bisschen altmodisch, oder? Also, mir gefällt Julian besser. Auch wenn man es natürlich oft hört. Ich fand es wahnsinnig wichtig, meinen Kindern Namen zu geben und keine Sammelbegriffe. Außer bei der armen Laura-Kristin ist mir das auch geglückt. In ihrem Jahrgang gab es gleich drei Laura-Kristins. Da denkt man, man ist besonders originell, und dann merkt man, dass man nicht der Einzige war, der das gedacht hat.« Sie lachte. »Ich glaube aber nicht, dass Flavia mit euren Jungs spielen will. Meiner Ansicht nach klaffen Welten zwischen den Geschlechtern. Ich kann Flavia nur unter Zwang dazu bringen, mit Marlon mal Memory oder so etwas zu spielen! Zumal sie immer verliert.«

»Aba iß bin der Beßtimma in meim ßimma«, sagte Marlon, als er Julius und Jasper die Treppe hinaufführte.

»Seit neuestem spricht Marlon in Reimen«, sagte Frauke. »Jambisch völlig korrekt. Es ist faszinierend, ihm zuzuhören.«

Wir betraten einen riesigen Raum mit Fensterfronten in drei Himmelsrichtungen hoch über der Straße. Das Zimmer und die angrenzende offene Küche waren in Schwarz, Weiß, Rot und Nuancen von Grau gehalten und ausgesprochen sparsam möbliert. Nur das Kinderspielzeug, das überall herumflog, störte das Bild. Und natürlich die Kinder selbst.

Auf schwarzen Ledersofas saßen ein paar Frauen, die uns erwartungsvoll entgegensahen. Ich schenkte Sabine Ziegenleder-Sülzhuhn und Gitti ein erkennendes Lächeln. Gittis Marie-Antoinette, unschwer erkennbar an den Pinselzöpfchen, spielte mit Wibeke, Flavia und einem weiteren kleinen Mädchen mit einem Barbiehaus, das mitten auf dem Couchtisch stand. Auf Sabines Schoß saß ein etwa zweijähriges Kind mit Schnuller im Mund, und ein kleiner Junge, etwa so alt wie Julius, spielte mit den Tonkügelchen einer gewaltigen Hydrokulturpalme.

»Also, meine Damen«, sagte Frauke. »Das hier ist Constanze Wischnewski, von der ich euch erzählt habe, allein erziehende Mami von Julius aus der Herr-Nilsson-Gruppe und Diplompsychologin. Und das ist Anne, den Nachnamen habe ich leider vergessen. Anne ist Hebamme und die Mami von Jasper aus der Herr-Nilsson-Gruppe.«

»Hallo«, sagten Anne und ich.

»Etwa der Jasper, der immer so schreit?«, fragte eine Frau. Sie war die jüngste in der Runde und ganz offensichtlich schwanger, denn auf ihrem T-Shirt stand: »Achtung: Werdende Mami«.

»Ja«, sagte Anne. »Er schreit immer. Aber der Kinderarzt sagt, das sei nicht weiter Besorgnis erregend.«

»Vielleicht hat er Polypen«, sagte die werdende Mami. »Timmi hatte auch mal Polypen.«

»Aha«, sagte Anne und setzte sich. Ich setzte mich auf den freien Platz neben Sabine und das schnullernde Kind. Die vier Mädchen mit den Barbies sprachen alle durcheinander, sodass es schwierig war, der Unterhaltung der Mütter zu folgen.

»Hier vorne gibt es Kaffee, Apfelschorle und Mineralwasser«, sagte Frauke und zeigte auf die Theke, die die Küche räumlich vom Wohnzimmer trennte. »An unseren Clubnachmittagen herrscht immer Selbstbedienung. Könnt ihr mit einem Kaffeevollautomaten umgehen? Sie sind ja furchtbar teuer, aber ich wollte nicht mehr ohne einen leben.«

»Ich auch nicht«, sagte ich. Leider musste ich aber ohne einen leben, weil ich jetzt nur noch Omi Wilmas gurgelndes Ungetüm besaß.

»Achtung, an alle Barbies«, schrie Wibeke. »Ken-Alarm!«

Die drei anderen Mädchen kreischten, dass die vielen Fenster bebten. Ihre Barbies warfen sich rasend schnell in Abendgarderobe.

»Vielleicht geht ihr mal eine Weile in Flavias Zimmer spielen«, regte Frauke an. »Da habt ihr auch den Barbie-Pool und das Barbie-Wohnmobil.«

»Aber oben zankt uns immer der minderbemittelte Marlon«, sagte Wibeke.

Sabine lachte.

»Marlon ist nicht minderbemittelt«, sagte Frauke. »Er ist ein sehr kluger und sensibler Junge. Und jetzt geht bitte hoch, und nehmt auch Timmi mit. Er kann oben mit Marlon, Julius und Jasper spielen. Dann seid ihr vier Jungen und vier Mädchen.«

Der kleine Junge an der Hydrokultur verzog weinerlich das Gesicht.

»Schon gut, Timmi, du kannst hier unten bei uns bleiben«, sagte die werdende Mami und warf einen bedeutungsvollen Blick in die Runde. »Er klammert im Augenblick furchtbar wegen des Babys«, flüsterte sie. »Außerdem hat er noch nicht vergessen, dass Marlon ihn beim letzten Mal mit der Schaukelbanane zerquetschen wollte.«

Ein dickliches Mädchen in Nellys Alter kam ins Zimmer. »Guten Tag«, sagte es.

»Laura-Kristin, was machst du noch hier?«, rief Frauke aus. »Der Klavierunterricht beginnt in einer Viertelstunde. Ach Kind, hast du wieder an deinen Pickeln gequetscht? Wie oft soll ich dir sagen, dass das nur die Kosmetikerin machen darf!«

»Ich kann heute nicht zum Klavierunterricht gehen, ich habe Bauchschmerzen«, sagte Laura-Kristin.

»Ach Unsinn«, sagte Frauke. »Ich weiß genau, was du hast. Du schämst dich vor Herrn Ludwig wegen deiner aufgekratzten Pickel. Aber das ist dumm, Laura-Kristin. Herr Ludwig schaut nicht auf deine Pickel, sondern nur darauf, wie du Klavier spielst.«

»Aber ich habe wirklich Bauchschmerzen«, sagte Laura-Kristin.

»Laura-Kristin Kröllmann!«, sagte Frauke streng. »Weißt du eigentlich, wie viel dein Vater jeden Monat dafür bezahlt, dass du bei Herrn Ludwig Unterricht bekommen darfst? Und weißt du, wie viele Kinder sich nach so einer Möglichkeit verzehren würden?«

»Schon gut«, sagte Laura-Kristin. »Gibt es heute keinen Kuchen?«

»Du kannst dir ein Stück Obst nehmen«, sagte Frauke. »Alles außer Banane und Weintrauben. Und dann beeil dich bitte, Herr Ludwig soll nicht warten müssen!«

Laura-Kristin zog mit einem Apfel von dannen.

Frauke seufzte. »Ich finde ja, mit Abdeckstift sehen die Pickel noch viel schlimmer aus.«

Das Kind auf Sabines Schoß hustete rasselnd.

»Das hört sich aber gar nicht gut an«, sagte die werdende Mami. »Sie ist doch hoffentlich nicht ansteckend?«

»Sie ist pumperlgesund«, sagte Sabine.

»Entschuldige bitte, aber ich bin schwanger!«, sagte die werdende Mami.

»Keine Sorge, das hat hier noch niemand vergessen«, sagte Sabine.

Das Kind hustete noch einmal rasselnd. Aus seiner Nase kam gelblicher Schleim. Die Schwangere starrte angewidert darauf.

»Darsda auch hodehn«, sagte das Kind, ohne den Schnuller aus dem Gesicht zu nehmen.

»Nein, du musst bei Mama bleiben, Karsta«, sagte Wibeke, die routiniert das Barbiehaus zusammengeklappt und unter ihren Arm geklemmt hatte. Karsta und Wibeke – das waren sicher keine Sammelbegriffe. Ich hatte jedenfalls noch nie gehört, dass jemand seinen Kindern solche Namen zugemutet hätte.

»Ihr könnt Karsta mitnehmen und auf sie aufpassen«, sagte Sabine. »Ihr seid schließlich schon groß. Und pass auf, dass sie nichts verschluckt, Wibeke.«

Die Kinder zogen murrend von dannen.

»Das letzte Mal hat Karsta einen von Sophies Barbieschuhen gegessen«, sagte eine dunkelhaarige, braun gebrannte Frau im Hosenanzug. »Vielleicht hat sie ihn aber auch eingeatmet und hustet deshalb so fürchterlich.«

»Das hat Sophie sich doch nur ausgedacht, Sonja«, sagte Sabine. »So wie diese Sache mit der geschlachteten Barbie von Melisande. Schwarze Satansrituale bei einer gekidnappten Barbiepuppe – als ob Wibeke und Flavia so etwas tun würden! Ich glaube ja eher, dass Sophie mal heimlich eins eurer Horrorvideos gesehen hat.«

Die Braungebrannte zog die Augenbrauen nach oben. »Wir haben keine Horrorvideos«, sagte sie.

»Was für eine himmlische Ruhe«, sagte Frauke tief durchatmend. »Dann können wir ja jetzt mal beginnen.«

Ich setzte mich sofort gerader hin. Kam jetzt die Fremdsprachenprüfung?

»Gibt es keinen Kuchen?«, fragte Gitti.

»Nur einen Obstteller für die Kinder«, sagte Frauke. »Wir sind doch alle auf Diät.«

»Also ich nicht«, sagte Gitti. »Wenn ich nicht alle paar Stunden was esse, bin ich total unterzuckert. Das liegt an meiner Schilddrüse.«

»Warum sagen alle Dicken immer, dass sie was mit der Schilddrüse haben?«, sagte Sabine. »Hast du auch was an der Schilddrüse, Anja?«

Wer war Anja?

»Anja?«

Anne zuckte zusammen. »Nicht, dass ich wüsste«, sagte sie. »Und der Name war Anne.«

»Aber Anne ist doch nicht dick«, sagte ich, als ich begriffen hatte, dass es keine Anja gab.

»Ja, und die Erde ist nicht rund«, sagte Sabine.

»Ich mache mir einen Milchkaffee mit extra viel Zucker«, sagte Gitti und erhob sich. »Soll ich dir einen mitmachen, Constanze? Ich kenne mich mit Fraukes Höllenmaschine gut aus.«

»Ja gerne«, sagte ich.

»Ich weiß auch, wie die Kindersicherung von der Hausbar aufgeht«, raunte Gitti mir zu, als sie sich an mir vorbeischob. »Soll ich uns einen Schuss Baileys in den Kaffee gießen?«

»Ja gerne«, sagte ich wieder.

»Ich bin übrigens Ellen, Mami von Timmi und Wurzeline. Mein Mann ist Zahnarzt«, sagte die werdende Mami zu Anne. »In welchem Krankenhaus arbeitest du denn?«

»Sankt Ägidius«, sagte Anne.

»Aber das hat einen furchtbaren Ruf«, sagte Ellen.

»Gar nicht«, sagte ich.

»Doch. Die sollen einem da erst eine PDA geben, wenn man mit dem Anwalt droht«, sagte Sabine. »Eine Freundin von mir ist da beinahe verreckt. Die sagt, nie wieder Sankt Ägidius!«

»Also, ich hab das bei Timmi ganz ohne PDA geschafft«, sagte Ellen. »Nicht wahr, Timmi?«

Der kleine Junge an der Hydrokulturpalme nickte. Er war wahrscheinlich auch hochbegabt, ausgestattet mit einem phänomenalen Gedächtnis. Dafür war sein Spiel mit den Tonkügelchen umso stupider: Zwei Kügelchen rein, drei Kügelchen raus, zwei Kügelchen rein, drei Kügelchen raus. Aber was wusste ich schon von hochbegabten Kindern und ihren Spielen. Vielleicht tüftelte Timmi dort gerade den Antrieb für ein Raumschiff aus oder so.

»Machst du mir bitte auch einen Caffè Latte, Gitti?«, rief die Braungebrannte zu dem laut schäumenden Kaffeevollautomaten hinüber.

»Das ist schon der zweite. Du weißt ja, dass zu viel Koffein dem Ungeborenen schadet, Sonja?«, sagte Ellen.

»Ein bis zwei Tassen am Tag schaden kein bisschen«, erwiderte Sonja. »Genauso wenig, wie uns der Karibikurlaub geschadet hat.«

»Da habe ich aber ganz andere Untersuchungen gelesen«, sagte Ellen.

»Was sagst du denn als Hebamme dazu?«, wandte sich Sonja an Anne.

»Also ich habe während meiner Schwangerschaften auch Kaffee getrunken«, sagte Anne.

»Siehst du«, sagte Sonja zu Ellen.

»Sie arbeitet ja auch im Ägidius«, sagte Ellen.

»Deine Eltern wohnen auf Sylt, habe ich gehört«, sagte Sabine zu mir.

»Auf Pellworm«, sagte ich überrascht.

»Pellworm?«, wiederholte Sabine. »Ich glaube nicht, dass ich jemanden kenne, der auf Pellworm Urlaub macht.« Sie warf Frauke einen, wie mir schien, vorwurfsvollen Blick zu.

»Oh doch, mehr als genug«, sagte ich. »Deshalb haben meine Eltern eine Scheune zu Ferienwohnungen umgebaut.«

»Eine *Scheune*«, sagte Sabine und warf Frauke wieder einen Blick zu.

»Ja, sie haben dort einen Bauernhof«, sagte ich. »Überwiegend Milchkühe. Und ein bisschen Rüben.«

»Rüben«, sagte Sabine.

Es machte mich nervös, dass sie immer alles wiederholte. »Ja, Futterrüben«, sagte ich.

Gitti kam mit dem Kaffee zurück. »Hier«, sagte sie und stellte mir ein schaumiges Glas vor die Nase. Ich nahm einen tiefen Schluck. Kaffee konnte ich keinen herausschmecken, dafür aber jede Menge Baileys. Gitti zwinkerte mir zu.

»Und warum genau möchtet ihr bei uns Mitglied werden, Cornelia und Antje?«, fragte Sabine. »Cornelia war doch richtig, oder?«

»Constanze. Constanze und Anne«, sagte ich. »Also, weil mir eure Homepage gut gefallen hat. Die Vorstellung, dass alle Mütter zusammenhalten und sich gegenseitig unterstützen, fand ich einfach toll.«

»Ja, so ein Netzwerk ist einfach supi-wichtig«, sagte Ellen. »Ich wüsste gar nicht, was ich ohne die anderen Mamis machen würde, wenn es die Mütter-Society nicht geben würde! Sogar Gitti würde mir fehlen, echt, Gitti.«

»Danke«, brummte Gitti. Sie war schon wieder auf dem Weg zu Kaffeeautomat und Hausbar.

»Tja, es reizt natürlich viele, von unseren Beziehungen zu profitieren«, sagte Sabine. »Aber genau deshalb achten wir darauf, dass ein ausgewogenes Verhältnis zwischen Geben und Nehmen besteht. Alle Mitglieder müssen ihre Talente, ihre Beziehungen und natürlich ihr Engagement einbringen, damit diese Gesellschaft funktioniert. Gittis Talente beispielsweise bestehen darin, dass sie immer die lästigen Reste wegisst. Aber mehr als eine Gitti kann sich so ein Netzwerk nicht leisten. Wir sind zwar sozial eingestellt, wollen aber beileibe kein Wohlfahrtsverein sein. Frauke hat gesagt, dass du allein erziehend bist, Corinna. Wie ist es denn dazu gekommen?«

»Tja, also.« Ich nahm noch einen tiefen Zug aus

meinem Latte-Macchiato-Glas. Weil es so guttat, trank ich gleich alles aus. »Auf die übliche Art und Weise, glaube ich. Gitti, kannst du mir noch einmal dasselbe machen?«, rief ich. Diese Sabine löste ein extrem unbehagliches Gefühl bei mir aus.

»Klar doch«, sagte Gitti.

»Gitti kann nicht nur die Reste essen«, sagte Ellen. »Sie hat auch jede Menge andere Talente.«

»Jeder von uns bringt sich ein, so gut er kann«, sagte Frauke. »Wir alle greifen Gitti gerne unter die Arme, weil wir wissen, wie schwer sie es hat, ohne einen Vater für Marie-Antoinette und in ihrer prekären Finanzlage.«

»Jau«, sagte Gitti.

Anne fing an zu kichern.

»Sag ich ja auch nichts gegen«, sagte Sabine. »Ich finde nur, dass eine allein Erziehende reicht. Wir haben damit unser Soll an Sozialfällen erfüllt.«

Annes Kichern ging in Gelächter über. Ich sah sie streng an, aber sie lachte trotzdem weiter. Es war ja gut, dass sich hier wenigstens einer von uns amüsierte, aber ich wusste nicht, was es hier zu lachen gab. Eher im Gegenteil. Entweder, die litten hier alle unter einem besonders schlimmen Fall des prämenstruellen Syndroms, oder sie waren von Natur aus so.

»Constanze ist finanziell aber abgesichert, nehme ich an«, sagte Frauke. »Weil ihr Exmann Staatsanwalt ist. Oder Constanze?«

Ich nickte. Lorenz war sogar Oberstaatsanwalt. »Aber ich weiß gar nicht, warum das für euch so wichtig ist«, sagte ich. »Ich denke, es kostet nichts, bei euch Mitglied zu sein.«

»Gitti hat zum Beispiel das tolle Banner für unseren Karnevalsumzug gestickt«, sagte Ellen. »Ich glaube nicht, dass du das hingekriegt hättest, Sabine.«

»Nein, das glaube ich auch nicht«, sagte Sabine. »Ich hätte es im Copyshop aufdrucken lassen – fertig. Und jetzt, wo wir das geklärt haben, sagt uns doch bitte, wo liegen *eure* Talente, Anna und Corinna?«

»Also, wir können uns zum Beispiel unheimlich gut Namen merken«, sagte Anne und lachte so sehr, dass sie keine Luft mehr bekam.

Willkommen auf der Homepage der

Mütter-Society,

dem Netzwerk für Frauen mit Kindern.

Ob Karrierefrau oder »nur«-Hausfrau,

hier tauschen wir uns über Schwangerschaft und Geburt, Erziehung, Ehe, Job, Haushalt und Hobbys aus und unterstützen uns gegenseitig liebevoll.

Zutritt zum Forum nur für Mitglieder

22. März

Karibik war himmlisch, das einzig Störende waren die vielen Deutschen dort. Hatte auf dem Hinflug lange Unterhaltung mit Stewardess, die vor zwei Jahren mit Drillingen schwanger war und bis zum sechsten Monat geflogen ist – die Kinder sind kerngesund, so viel zum Thema Fliegen mit Babybauch, liebe Ellen. Sophie hat die Ferien sehr genossen, sie hat sich die ganze Zeit auf Englisch mit den Kellnern unterhalten, das war wirklich zu süß. Überhaupt haben wir uns wahnsinnig gut amüsiert. Am letzten Tag haben wir uns Rastazöpfe flechten lassen, Jürgi, Sophie und ich, alle im Partnerlook, und prompt ist Jürgi nach dem Rückflug beiseitegewinkt und gründlichst auf Drogen untersucht worden. Es ist jedes Mal dasselbe: Wenn ein Mann mal keine gepflegte Halbglatze oder militärische Bürstenschnitte trägt, wird er entweder für einen Terroristen oder eben für einen Drogenkurier gehalten. Glaube ja, das ist der Neid der schütter behaarten Mickerlinge auf echte Männer! Denn eins ist klar: Dieser Spruch, von wegen, je glatzköpfiger, desto potenter, ist ja wohl reines Wunschdenken.

Sonja

22. März

Es gibt leider die Vorurteile langhaarigen Männern gegenüber. Nimm zum Beispiel Jeremias Ludwig. Wegen seiner Löwenmähne wird er ständig als »Weichei« abgestempelt (Originalton Jan) – und das nur, weil er auch noch so fantastisch Klavier spielt und diese sanfte Stimme hat. Dabei finde ich, dass er Brad Pitt in »Troja« sehr ähnlich ist – und bei dem hat ja auch niemand wegen der langen Haare und Zöpfchen von einem Weichei gesprochen. Bin sicher, dass Jeremias L. so eine Rüstung großartig stehen würde.

Allerdings kann man deinen Jürgi ja weder mit Brad Pitt noch mit Jeremias Ludwig vergleichen, obwohl er natürlich auf seine Weise auch sehr gut aussieht und du wohl immer das »Problem« haben wirst, dass andere Frauen auf ihn abfahren. Es gibt leider genug, die diesen multibär-

tigen, unbekümmerten Ewiger-Student-Look mögen, neben dem man als Ehefrau und Mutter automatisch uralt und wie ein Spielverderber aussieht. Ich muss ehrlich sagen, ich bin ganz froh, dass mein Jan so seriös aussieht, wie er ist. Er sagt mir jeden Tag, wie froh und stolz er ist, so eine tolle Frau wie mich an seiner Seite zu haben – das ist doch auch etwas wert, oder?
Frauke

23. März

Ich möchte ja gern mal wissen, wer bei der Stewardess jetzt zu Hause auf die Drillinge aufpasst, Sonja. Ehrlich gesagt glaube ich, dass du die Geschichte frei erfunden hast, weil du deinem Baby gegenüber ein schlechtes Gewissen wegen des Langstreckenfluges hast. Zu Recht! Die Röntgenstrahlung in so großer Höhe schädigt den Fötus nachweislich! Was Jürgi angeht, also ich glaube ja, dass er mit einem vernünftigen Haarschnitt und einer guten Rasur noch viel besser aussehen würde. Ich finde ihn auch supi-schnuckelig, aber ich hätte ihn niemals geheiratet. Da bin ich genau wie du, Frauke. Mein Männe muss sich jeden Tag glücklich schätzen, dass er so eine tolle Frau wie mich an Land gezogen hat. Ich sehe nicht nur viel besser aus als seine Exfrau, ich bin auch noch zwölf Jahre jünger als sie und von Natur aus viel kuscheliger, sagt mein Männe.
Mami (Kugelbauch) Ellen

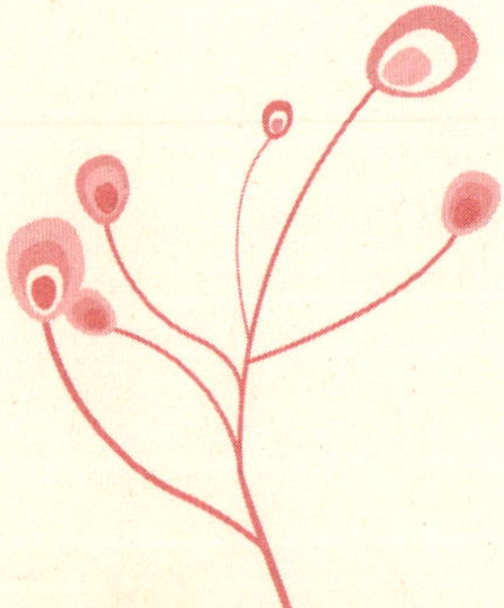

7. Kapitel

In diesem Augenblick hörten wir vielstimmiges Kindergeschrei, das die eine Häflte von uns aufspringen ließ, während die andere Hälfte sich ans Herz griff. Diese Art Geschrei bedeutete nie etwas Gutes. Es kam zügig näher und platzte, einer ohrenbetäubenden Explosion gleich, ins Wohnzimmer.

Sieben Kinder kamen hereingelaufen, drei heulten, der Rest schrie durcheinander, und die Mütter stimmten sofort in das Geschrei mit ein.

»Was ist denn passiert?«

»Jetzt beruhigt euch doch erst mal.«

»Mami ist ja da, Schatz!«

»Alle der Reihe nach. Man kann doch gar kein Wort verstehen!«

Einer der Heuler war Julius. Er stürzte sich in meine Arme. Ich untersuchte ihn auf äußere Verletzungen und Knochenbrüche. Nichts zu entdecken.

»Der Marlon wollte den Julius in den Schrank einschließen und zerquetschen!«, schrie Jasper. Er blutete an der Stirn, sah aber im Großen und Ganzen aus, als ob er sich gut amüsierte. »Aber da habe ich den Marlon zerquetscht.«

»Im Schrank war es ganz dunkel«, schluchzte Julius. »Und es hat so komisch geriecht.« Ich fand auch, dass Julius komisch roch, ein wenig säuerlich.

Marlon hatte ein krebsrotes Gesicht und brüllte wie am Spieß. »Vafickte ßpielvaderbaß! Aßkacka!«

»Das K kann er aber jetzt doch ganz gut«, sagte Sonja. Ihre Sophie heulte nicht und sah auch sonst völlig unverletzt aus. »Ich dachte schon, er lernt das nie.«

»Die Karsta hat meine Arielle-Barbie voll Schnupfen geschmiert«, schrie Marie-Antionette.

»Der da hat den Marlon gegen die Tür geschubst«, schrie Flavia und zeigte auf Jasper. »Wibeke, Sophie und ich wollten ihn festhalten, aber er hat der Wibeke den Kopf in den Bauch gerammt.«

Wibeke hielt sich den Bauch und wimmerte.

»Und mich hat er an den Haaren gezogen!«, schrie Sophie und heulte auch. »Meine Haarspange ist runtergefallen, und er ist voll draufgetreten.«

»Weil ihr mich gekratzt habt«, schrie Jasper. »Drei gegen einen ist unfair!«

»Lügner!«, schrie Flavia. »Der hat sich selber gekratzt. Der hat oben alles voller Blut gemacht, Mama!«

Anne kramte in ihrer Handtasche und holte Desinfektionsspray hervor. »Noch jemand?«, fragte sie, als sie Jasper verarztet hatte.

Aber niemand sonst hatte offene Wunden anzubieten.

»Mein Barbiebrautkleid ist auch blutig«, flüsterte Wibeke mit schwacher Stimme.

»Das geht schon wieder raus, wenn man viel kaltes Wasser nimmt«, sagte Frauke und stand auf, ohne Marlon loszulassen. »Ich gebe dir am besten mal einen Eimer und eine Scheuerbürste, Anne. Unser

Ziegenhaarvelour ist leider empfindlich, da muss man Blutflecken sofort rauswaschen.«

Sie musste es ja wissen. Wahrscheinlich richteten die Kinder hier jeden Freitag ein Blutbad an.

»Vafickte ßpielvaderba! Aßkacka! Müllßlucka!«, brüllte Marlon.

»Schon gut, Marlon«, sagte Frauke. »Jasper wird sich später sicher entschuldigen. Er ist nur zum ersten Mal hier und kennt die Regeln noch nicht.«

»Welche Regeln?«, fragte ich. Allmählich fühlte ich mich auch ein wenig prämenstruell aggressiv gestimmt.

»Jetzt gibt es erst mal Apfelschorle und Obst für alle aufgeheizten Kindergemüter«, sagte Frauke. »Jedes Kind nimmt sich einen Tupperbecher und merkt sich bitte die Farbe.«

»Die Schmetterlingshaarspange war ein Unikat«, sagte Sonja. »Holzintarsien – nicht zu ersetzen! Ich hoffe, ihr habt eine gute Haftpflichtversicherung.«

»Ich will nach Hause«, schluchzte Julius.

»Ich auch«, sagte ich.

»Er ist ganz blass«, sagte Ellen. »Vielleicht hat er innere Verletzungen. Marlon drückt immer supi-feste zu. Timmi hat er letzte Woche auch unheimlich attackiert. Mit der Schaukelbanane.«

»Ach was«, sagte Sabine. »Von einer Schaukelbanane kann man keine inneren Verletzungen bekommen. Dann schon eher von einem Kopf, der einem in den Magen gerammt wird. Unglaublich, wie brutal und gewaltbereit Jungs doch sind. Ich nehme an, das ist genetisch bedingt. Ein Überbleibsel aus der Steinzeit.«

»Timmi ist nicht gewaltbereit«, sagte Ellen.

»Ich schon«, sagte ich.

»Ich glaube, das ist reine Erziehungssache«, sagte Ellen. »Und ich erziehe meinen Jungen eben nicht zur Brutalität.«

»Timmi wird höchstwahrscheinlich auch schwul«, sagte Sabine.

»So ein supi-haarsträubender Unsinn«, empörte sich Ellen. »Genauso könnte ich sagen, dass deine Wibeke mal lesbisch wird.«

»Ich hab aber gar nichts getan«, flüsterte Wibeke. »Jasper hat mich zuerst angegriffen. Im Kindergarten macht er das auch immer.«

»Ich glaub dir ja, Mäuschen«, sagte Sabine. »Jungs müssen immer alles mit ihren Fäusten regeln, Mädchen benutzen ihren Verstand.«

»Und ihre niedlichen Klein-Mädchen-Krallen«, sagte ich. »Ich sehe hier eigentlich nur ein verletztes Kind. Und wie der arme Kerl blutet! Man könnte ja glauben, Jasper habe mit einem Tiger gekämpft.«

Das waren keine kleinen Mädchen, das waren wilde Bestien. Ganz die Mama.

»Typisch Jungsmutter«, sagte Sabine. »Bei Jungs ist Raufen ein Kavaliersdelikt, aber wenn Mädchen sich mal zur Wehr setzen, sind sie sofort Furien.«

»Ach, Sabine, du bist echt supi-ungerecht!«, sagte Ellen.

»Ja, geh und schaufel dir ein Loch«, sagte ich.

Immerhin hatten sich die Kinder mittlerweile beruhigt. Nur der kleine Timmi schluchzte haltlos neben der Hydrokulturpalme. Er hatte sich in die Hosen gepinkelt.

»Du musst nicht weinen, Muckelchen, Mami hat doch neue Sachen dabei«, sagte Ellen. »Das kann doch mal passieren.«

»Aber doch keinem Dreijährigen«, sagte Sabine. »Herrgott, Wibeke und Karsta waren schon mit anderthalb trocken, völlig ohne Zwang.«

»Dafür hat Karsta immer noch einen Schnuller«, giftete Ellen zurück. »Das ist supi-schlecht für die Zähne und sieht im Übrigen total bescheuert aus.«

»Meinst du in etwa so bescheuert wie dieses T-Shirt, das du da anhast?«, sagte Sabine.

»Wir haben nun mal nicht alle deinen beige-schwarz-grauen Business-Lady-Geschmack, Sabine.« Ellen streckte mir ihren »Achtung-werdende-Mami«-Bauch entgegen. »Findest du das T-Shirt auch bescheuert?«, fragte sie.

»Nein, ich find's supi-lustig«, sagte ich.

»Wir gehen dann am besten alle mal rauf zum Tatort«, sagte Frauke, einen Eimer mit Wasser in der einen, Marlon an der anderen Hand. »Um die Spuren zu beseitigen und nach Überlebenden zu suchen.« Sie lachte, offensichtlich ganz Herrin der Lage. »Bei der Gelegenheit kann ich Anne und Constanze gleich mal unser oberes Stockwerk zeigen. Wir haben einen Architektenpreis für das Haus bekommen. Da kann man sich so einige Anregungen für die eigene Wohnung holen.«

Danke nein, für heute hatte ich mir genug Anregungen geholt.

»Wo ist eigentlich Karsta?«, fragte Sonja.

Alle schauten sich um. Von Karsta keine Spur.

»Oh mein Gott«, rief Sabine aus. »Ihr habt doch gar keine Kindersicherung an der Treppe!«

Wie vom Affen gebissen rannten alle die Treppe hinauf. Ich folgte etwas langsamer, weil Julius seine Arme nicht von meinem Hals nehmen wollte. Außerdem verstand ich nichts von Erster Hilfe.

Aber Karsta war nichts geschehen. Sie hatte die Gelegenheit genutzt, alle Barbiepuppen ins Klo zu stopfen und mehrfach abzuziehen. Das Badezimmer stand unter Wasser, und die Barbies hätten bei einem Ken-Alarm echt alt ausgesehen. Glücklicherweise waren sie nicht hinuntergespült worden, sondern auf halbem Weg stecken geblieben.

Aber Karsta hatte ihren Spaß gehabt. Als Sabine sie vom Klo pflückte, brüllte sie so, dass ihr der Schnuller aus dem Mund fiel. Jetzt erst fiel auf, dass das Mädchen ein fliehendes Doppelkinn hatte, einen Mund, der aussah wie die Rettungsinsel einer Boeing 747 und eine Nase wie eine Kartoffel. Es war wirklich klug von Sabine, dem Kind dauerhaft einen Schnuller ins Gesicht zu stecken.

Eine Weile waren nun alle beschäftigt. Sabine wischte Karsta und das Bad trocken, Anne und Jasper schrubbten die Blutflecken aus Marlons Teppich, Gitti hängte mit Flavia und Marie-Antoinette die Barbiekleider zum Trocknen auf, Sonja, Sophie und Wibeke föhnten die Puppen wieder in Form, und Ellen sang dem weinenden Timmi ein lustiges Lied vor.

Marlon sagte: »Vafickte Weibßbilda.«

Julius klammerte sich weiterhin an meinen Hals.

Der Nachmittag war so ganz anders gelaufen, als ich es mir vorgestellt hatte. Überhaupt war alles anders, als ich es mir vorgestellt hatte. So wie damals in der Grundschule, als ich unbedingt zu Mieke Seidels Clique hatte gehören wollen, weil ich Mieke mit ihren roten Locken so unheimlich toll gefunden hatte.

Als ich es endlich geschafft hatte und in die Clique aufgenommen worden war, musste ich feststellen, dass Miekes liebste Freizeitbeschäftigung darin bestand, Katzen zu quälen. Mieke gefiel es nämlich, dass die Katzen ihren Namen riefen, wenn man ihnen wehtat. Meine Enttäuschung war bodenlos gewesen. Ich hatte Mieke die Plastiktüte mit der zappelnden, miekenden Nachbarskatze entrissen und gerufen, dass sie sich ihre dämliche Clique in ihre dämlichen Locken schmieren könne. Mieke hatte den anderen Mädchen den Befehl gegeben, mich aufzuhalten, aber ich hatte nicht umsonst schon im zarten Alter von acht Jahren den Spitznamen »Horror-Windmühle« weg. Ich war schätzungsweise doppelt so groß wie die anderen, meine Arme reichten ausgestreckt von einer Seite des Schulflures bis zur anderen, und wo ich mit meinen riesigen Turnschuhen hintrat, wuchs kein Gras mehr. Einmal hatte ich dem größten und stärksten Jungen der Schule das Nasenbein gebrochen, als ich mir meinen Regenmantel angezogen hatte. Es war aus Versehen geschehen, der arme Kerl war einfach zur falschen Zeit am falschen Ort gewesen, aber seitdem hieß ich eben Horror-Windmühle, und niemand von Miekes Vasallinnen wagte es, mich anzurühren. Ich konnte ungehindert davonrauschen. Ein wunderbarer Abgang. So einen wünschte ich mir jetzt auch, nur zivilisierter natürlich. Ich war ja heute eine erwachsene Frau mit Stil. Es gab also keinen Grund, ausfallend zu werden und Frauke zu sagen, dass sie sich ihren Verein dämlicher Mütterdominas in die dämlichen Strähnchen schmieren konnte. Schade eigentlich.

»Sehr schön habt ihr es hier oben«, sagte ich ganz zivilisiert zu Frauke. »Jan hat mir ja schon von seinem Haus vorgeschwärmt.«

»Ja, er hat mir gesagt, dass er dich von früher kennt. Lustiger Zufall.«

»Wir hatten ein Zimmer in derselben WG«, sagte ich.

»Das kann aber nicht sein«, sagte Frauke. »Jan hat in einer reinen Männer-WG gewohnt. Von da hat er nämlich seine schrecklichen Junggesellenmacken!«

»Kann sein. Ich hab ja auch nur ein Semester dort gewohnt«, sagte ich. »Mein erstes Semester. Es war eine ziemlich chaotische WG, Jan, Verena und ich und ein dicker Medizinstudent, den wir Mops genannt haben. Verena hatte ein Faible für Henna und Räucherstäbchen, Mops hatte ein Faible für Dosensardinen, ich hatte ein Faible für Jan und Jan ein Faible für Verena.« Ich lachte. »Hat er dir jemals erzählt, wie sie es auf dem Küchentisch getrieben haben und dabei eine geöffnete Dose Sardinen übersehen haben, die unter der Tageszeitung gelegen hatte? Ekelhaft, so ein WG-Leben, wirklich! Mops hatte auch eine Katze, machte aber nie das Katzenklo sauber. Mich schüttelt es, wenn ich heute daran denke.«

Frauke schüttelte sich auch. »Und wann soll das gewesen sein?«, fragte sie.

»Na, vor ziemlich genau fünfzehn Jahren«, sagte ich.

»Nee, da vertust du dich aber«, sagte Frauke. »Vor ziemlich genau fünfzehn Jahren war Jan in seinem letzten Semester und hat nur gelernt. Das weiß ich so genau, weil ich zur selben Zeit daheim in Schmallenberg saß und mit Laura-Kristin schwanger war.«

»Nee, da vertust du dich aber«, sagte ich. »Ich bin mir ganz sicher, dass das vor fünfzehn Jahren war, weil ich kurz darauf Lorenz kennen gelernt habe und mit Nelly schwanger wurde. Und die wird am Montag vierzehn.«

»Ausgeschlossen«, sagte Frauke aggressiv.

»Also, ich werde ja wohl noch den Geburtstag meiner Tochter wissen«, sagte ich genauso aggressiv.

»Und ich sage, es ist ausgeschlossen, dass Jan auf einer Sardinenbüchse Sex hatte, während ich mein Studium an den Nagel gehängt hatte und im Sauerland rumhing und schwanger war«, sagte Frauke.

Allmählich dämmerte mir, warum sie so stinksauer aussah. Ihr Gesicht war purpurrot.

»Also, ich kann mich natürlich auch täuschen«, sagte ich. Aber das kam jetzt ein bisschen spät. Ich fürchtete, Jan würde heute keinen gemütlichen Abend mit seiner Frau verbringen. Tat mir leid für ihn, aber wer hätte das auch von ihm gedacht? Niemals hatte er gegenüber einem von uns eine Freundin erwähnt, schon gar keine, die in Schmallenberg im Sauerland saß und von ihm schwanger war. Hätte er das getan, wären wohl weder Verena noch ich mit ihm ins Bett gegangen. Vor allem ich nicht.

»Ich will nach Hause«, sagte Julius. Er hing wie ein Mühlstein an meinem Hals.

»Wir gehen jetzt sofort, Schätzchen«, sagte ich.

Zu Frauke sagte ich: »Ich denke, für mich ist die Mütter-Society nichts. Tut mir leid, wenn ich deine Zeit verschwendet haben sollte.«

»Und mir tut es leid, wenn ich dir falsche Hoffnungen gemacht haben sollte«, sagte Frauke. »Für manche ist die Mütter-Society einfach ein paar Nummern zu groß. Aber es war nett, dass du da warst. Vielen Dank nochmal für die Blumen.«

Herrje, was waren wir doch höflich und gesittet.

»Gern geschehen«, sagte ich.

Anne stellte den Eimer mit Wasser vor Fraukes Füße. »Die Spuren des Massakers sind beseitigt. Jedenfalls am Teppich. Am Kind wird das wohl nicht so schnell gehen.«

»Hoffentlich hat der kleine Draufgänger wenigstens was daraus gelernt«, sagte Frauke und tätschelte Jasper den Kopf. »Ich denke, ein bisschen weniger Fernsehen würde ihm guttun, Anne. Wenn du wegen seiner Verhaltensauffälligkeit einen guten Kinderpsychologen brauchst – auf unserer Homepage haben wir eine Liste angelegt. Doktor Sendemann ist eine Koryphäe auf seinem Gebiet.«

»Oh, wenn Jasper jemals verhaltensauffällig werden sollte, bin ich dankbar für eure Tipps«, sagte Anne. »Ihr habt ganz sicher eine Menge Erfahrungen mit Verhaltensauffälligkeiten zusammentragen können.«

»Wollt ihr etwa schon gehen?«, fragte Gitti.

»Ja, unbedingt«, sagte ich.

»Gleich beginnt nämlich unser Mutter-Kind-Japanisch-Kurs«, sagte Anne. »Das macht einen Heidenspaß und bringt den Kindern wahnsinnig viel. Wir lernen dort Judo, Karate, Sushi, Soja, Origami und Toyota, und heute ist, glaube ich, Kamikaze dran. Unser Lehrer ist eine Koryphäe auf seinem Gebiet.«

»Kommt doch auch mal vorbei, nächste Woche machen wir Harakiri«, setzte ich hinzu.

»Schön, dass ihr von alleine einseht, dass ihr nicht zu uns passt«, sagte Sabine. »Manche wollen nämlich einfach nicht verstehen, dass wir Wert auf Stil und Klasse legen.«

»Ja, und die weinen dann sicher«, sagte ich. »Fallen auf die Knie und betteln.«

»Da müsst ihr euch bei uns keine Sorgen machen«, sagte Anne. »Es gibt da ja ganz andere Institutionen, bei denen man seine Sadomaso-Fantasien ausleben kann.«

Sabine suchte ganz offensichtlich fieberhaft nach einer beleidigenden Erwiderung, aber es fiel ihr auf die Schnelle nichts mehr ein.

Karsta hustete rasselnd.

»Also, wenn die pumpernickelgesund ist, dann heiße ich aber Ottokar«, sagte Ellen.

»Es heißt pumperlgesund, Ottokar«, sagte Sabine.

»Ach, schaufel dir doch ein Loch, Sabine«, sagte Ellen. »Also, ich find's schade, dass ihr nicht Mitglied werden könnt, ihr beiden.«

»Danke, sehr nett.«

»Ich bringe euch noch zur Tür«, sagte Frauke.

»Wir sehen uns dann beim Schutzengelfilzkursus«, rief uns Gitti hinterher.

Ich hörte Sabine höhnisch auflachen. »Strafe muss sein«, sagte sie. »Gut gemacht, Gitti.«

»Seid bitte nicht so traurig, dass es nicht geklappt hat«, sagte Frauke an der Tür. »Ihr seid, wie gesagt, nicht die Einzigen, die es versucht haben. Auf zehn Bewerbungen kommen bei uns neun Absagen.«

»Ja, es ist schon hart, sich vorzustellen, dass wir so einen herrlichen Nachmittag nicht jeden Freitag erleben dürfen«, sagte Anne. »Und ich muss sagen, es ist wirklich faszinierend, wie toll dein Sohn jetzt schon das Ti Äitsch beherrscht.«

»Das stimmt«, sagte ich. »Aber so reizvoll ich das mit den Fremdsprachen auch finde – Julius müsste wohl erst mal einen Selbstverteidigungskurs machen, um hier zu überleben.«

Anne und ich gackerten auf dem Heimweg wie alberne Hühner.

»Weißt du, du hattest Recht«, brachte Anne zwischen zwei Lachanfällen hervor. »Ich fühle mich wirklich viel besser, seit ich diese Frauen kennen gelernt habe. Zum ersten Mal seit langem weiß ich, dass ich doch keine so schlechte Mutter bin. Alles ist relativ, wenn man sich nur mit den richtigen Leuten vergleicht.«

Auf der Bank unter der alten Linde neben dem Kiosk saß ein dickliches junges Mädchen und leckte an einem »Magnum«.

»Guck mal! Ist das nicht diese Laura-Kristin?«

»Doch«, sagte Anne. »Oh mein Gott, wenn Frauke das ›Magnum‹ sehen würde!«

»Sie weint«, sagte ich. »Guck doch mal!«

»Ich sehe es«, sagte Anne.

Meine euphorische Stimmung schwand dahin. »Sollen wir nicht hingehen? Stell dir vor, das wäre eins von unseren Kindern.«

»Geh du hin«, sagte Anne. »Ich kaufe den Kindern so lange ein Eis. Was wollt ihr, ›Magnum‹ oder ›Cornetto‹?«

»›Flutßefinda‹«, sagte Jasper.

»Sprich bitte richtig, Jasper, du bist nicht hochbegabt«, sagte Anne.

Als ich mich neben Laura-Kristin setzte, wischte sie sich verschämt die Tränen ab. Sie kullerten trotzdem weiter aus ihren Augen wie Tropfen aus einem Wasserhahn, den man nicht richtig zugedreht hatte.

»›Magnum‹ ist immer noch das beste Eis«, sagte ich. »Aber die Schokolade springt immer so blöd in der Gegend rum, wenn man reinbeißt.«

»Ja, weil sie so dick ist«, sagte Laura-Kristin und schniefte. »Das ist aber gerade das Besondere am ›Magnum‹. Sind Sie eine Freundin von meiner Mutter?«

»Nein«, sagte ich sehr bestimmt. »Ich meine, nein, ich bin nur eine Bekannte«, setzte ich etwas moderater hinzu. »Ich war heute Nachmittag bei ihr zu Besuch.«

»Ich weiß, ich hab Sie ja gesehen. Gab es wirklich keinen Kuchen, oder hat meine Mutter den nur vor mir versteckt?«

»Wenn, dann hat sie ihn auch vor mir versteckt«, sagte ich. »Hör mal, ich weiß ja, dass es mich nichts angeht, aber warum sitzt du hier und weinst?«

Laura-Kristin lutschte eine Weile lang abwechselnd an ihrer Unterlippe und dem Magnum. Dann sagte sie: »Weil ich wahrscheinlich schwanger bin.«

Ich versuchte, nicht schockiert auszusehen.

Laura-Kristins Tränen flossen jetzt stärker. Wie kleine Bäche bahnten sie sich einen Weg zwischen den Pickeln hinunter.

»Na ja, das kann man ja ganz einfach feststellen«, sagte ich. »Mit einem Schwangerschaftstest.«

»Wie schnell geht das denn?«, fragte Laura-Kristin. »Ich meine, wie schnell, nachdem ...«

»Nach dem Geschlechtsverkehr?«, fragte ich.

Laura-Kristin zuckte zusammen. »Nachdem das ... Sperma ...« Sie ließ das »Magnum« unbeachtet neben sich auf die Bank sinken.

»Ehrlich gesagt, das weiß ich nicht genau. Es dauert schon eine Weile, bis man eine Schwangerschaft im Körper nachweisen kann.« Ich sah Hilfe suchend zu Anne hinüber. Aber die war damit beschäftigt, den beiden Jungs ihre Eistüten zu öffnen. »Wie lange ist es denn her?«

»Gerade eben«, sagte Laura-Kristin.

»Oh. Nein, ich denke, so schnell kann man das nicht nachweisen. Aber wenn es gerade erst passiert ist, ist es noch nicht zu spät für die Pille danach.« Wieder sah ich zu Anne hinüber. »Du weißt doch, was das ist?« Ich war mit der Situation hoffnungslos überfordert. Da saß ich mit einer wildfremden Vierzehnjährigen auf einer Bank und versuchte ihr die Pille danach anzudrehen. Wahrscheinlich machte ich mich gerade strafbar.

»Ja«, sagte Laura-Kristin. »Aber ich weiß nicht, wo man die bekommt.«

Das wusste ich auch nicht. »Anne? Kannst du mal kommen? Anne ist Hebamme, die kennt sich mit so etwas aus«, sagte ich.

»Ich würde vorschlagen, du gehst zu ›Pro Familia‹«, sagte Anne, als ich sie mit dürren Worten eingeweiht hatte. »Deinen Freund nimmst du am besten mit.«

»Welchen Freund denn?«, fragte Laura-Kristin.

»Na, den, der, welcher ...«, sagte ich. Herrje. »Der, mit dem du geschlafen hast, Herzchen.«

Laura-Kristin schluchzte laut auf. »Ich habe doch mit niemandem geschlafen.«

»Aber du denkst doch, du könntest schwanger sein«, sagte ich, nur um nochmal sicherzugehen, dass wir über dieselbe Sache sprachen.

»Ja«, schluchzte Laura-Kristin.

»Was genau habt ihr denn miteinander gemacht?«, fragte Anne ein bisschen ungeduldig.

Ich sah zu den beiden Kleinen hinüber. Sie hielten ihre »Flutschefinger« nebeneinander und verglichen, wer den größeren hatte.

»Ich hab gar nichts gemacht«, sagte Laura-Kristin. »Ich mache nie was. Ich tu immer so, als ob ich das gar nicht merke, was er da macht.«

»Dein Freund, meinst du«, sagte ich. Mein Mund fühlte sich ganz trocken an. Ich wollte nach Hause zu Nelly und mit ihr über Verhütung sprechen.

»Ich hab doch gesagt, ich habe keinen Freund«, sagte Laura-Kristin. »Er ist mein Klavierlehrer.«

Ich sah entsetzt zu Anne hinüber. Aber Anne hatte bessere Nerven als ich.

»Und der Klavierlehrer und du – ihr seid ineinander verliebt?«, fragte sie.

»Nein«, sagte Laura-Kristin. »Er sagt immer, dass er mich gern hat, aber mehr sagt er nie.«

»Und du?«

»Ich sag sowieso nie was. Ich tu immer so, als ob ich gar nicht merke, was er da macht, in seiner Hose, mit seinem ... Aber heute, da hat er immer weitergemacht, und plötzlich war da überall ... es klebte auf meinen Sachen.«

Mir war speiübel, es fehlte nicht viel, und ich hätte mich auf den Bürgersteig übergeben.

»Ich glaube, er war selber ganz erschrocken darüber«, sagte Laura-Kristin.

»Wenn es nur auf deinen Sachen geklebt hat, dann kannst du nicht schwanger sein«, sagte Anne kategorisch.

»Doch«, sagte Laura-Kristin.

»Nein!«, sagte Anne.

»Aber meine Freundin sagt, ihre Mutter sagt, ihre Freundin ist über ein *Handtuch* schwanger geworden«, sagte Laura-Kristin.

»Nein, das geht nicht«, sagte Anne. »Nur unter *äußerst* skurrilen Bedingungen.«

»Was ist denn danach passiert?«, fragte ich.

»Herr Ludwig hat mich mit in sein Badezimmer genommen, um alles abzuwaschen, aber es kann ja überall hingelaufen sein. Eins reicht ja, um schwanger zu werden.«

»Nein«, sagte Anne. »Wenn du vollständig angezogen warst, dann ist das ausgeschlossen.«

»Ganz bestimmt?«, fragte Laura-Kristin.

»Ganz bestimmt«, sagte Anne. »Du bist nicht schwanger.«

»Oh Gott, da bin ich aber erleichtert«, sagte Laura-Kristin. »Meine Mutter hätte mich umgebracht.«

»Ganz bestimmt nicht«, sagte ich. »Deine Mutter – hör mal, Laura-Kristin, du musst deiner Mutter davon erzählen. Dieser Klavierlehrer, der darf das nicht tun! Das ist verboten, was er getan hat, und er gehört dafür bestraft.«

»Aber das würde mir meine Mutter ja doch nicht glauben«, sagte Laura-Kristin. »Sie sagt immer, der Unterricht ist so teuer und Herr Ludwig ist eine Koryphäe auf seinem Gebiet ...«

»Schätzchen, deine Mutter muss davon erfahren«, sagte ich. »Und natürlich wird sie dir glauben.« Frauke tat mir jetzt schon leid. Wenn man mir so etwas von einem Lehrer meiner Tochter erzählen würde, würde ich losgehen und den Kerl auf der Stelle umbringen.

»Ich dachte, wenn ich dick bin, dann findet er mich vielleicht hässlich und hört damit auf ...«, sagte Laura-Kristin. »Stattdessen habe ich nur Ärger mit meiner Mutter bekommen.«

»Wie lange geht das denn schon so?«, fragte Anne.

»Schon lange«, sagte Laura-Kristin. »Es ist immer ein bisschen mehr geworden. Zuerst hat er es ganz heimlich gemacht, aber dann immer offener. Einmal habe ich Flavia gefragt, ob er das bei ihr auch macht. Aber sie wusste nicht, was ich meine.«

»Aber Schätzchen, wenn deine Mutter hört, was dieser Mann mit dir gemacht hat, dann musst du da nie wieder hin«, sagte ich. »Und Flavia auch nicht.«

»Und dieser widerliche Kerl kommt ins Gefängnis«, sagte Anne.

Laura-Kristin sah erschreckt aus. »Muss ich da vor Gericht und so?«

»Auf jeden Fall musst du jetzt nach Hause und das alles deinen Eltern sagen«, sagte ich. »Das ist wichtig, hörst du, Laura-Kristin?«

Laura-Kristin nickte.

»Sollen wir mitkommen?«, fragte Anne.

Laura-Kristin schüttelte den Kopf. »Nein, das mache ich schon allein. Ich warte, bis Marlon und Flavia im Bett sind.«

»Gut«, sagte Anne. »Oh, ich glaube, ich sitze auf deinem ›Magnum‹.«

»Das macht nichts«, sagte Laura-Kristin. »Ich war sowieso satt.«

Als ich Julius an diesem Abend ins Bett brachte, wollte er die Geschichte von Goldlöckchen hören, der von einem bösen Jungen in den Schrank gesperrt wurde.

Ich erzählte die Geschichte von Goldlöckchen, wie er den bösen Jungen bei den Ohren packte und aus dem Zimmer schleifte.

»Denn Goldlöckchen ist viel stärker und größer als der böse Junge«, sagte ich.

»Aber der böse Junge hat Goldlöckchen in den Schrank gelockt«, sagte Julius. »Und dann hat er einfach abgeschlossen. Gut, dass Jasper mich gerettet hat. Da drinnen hat es nämlich furchtbar ekelhaft geriecht.«

»Wonach hat es denn gerochen?«, fragte ich.

»Nach Waschpulver«, sagte Julius.

»Nach Waschpulver?«

Julius nickte. »Das war so ekelhaft, dass ich brechen musste.«

Diese Neuigkeit wollte ich Anne nicht vorenthalten. Ich rief sie an, als Julius eingeschlafen war.

»Na, wie fühlst du dich?«, fragte ich.

»Einfach toll«, sagte Anne. »Mein über Jahre angestauter Alltagsfrust ist wie weggeblasen. Ich habe meinen Kindern zur Feier des Tages einen Auflauf aus Biogemüse vorgesetzt, eine pädagogisch wertvolle Geschichte vorgelesen, zwei Wäschekörbe mit Herrenhemden gebügelt und eine faltenreduzierende Gesichtsmaske aufgelegt. Ich fühle mich so gut, dass ich mir sogar vorstellen kann, Sex zu haben, wenn mein Mann nachher von der Arbeit kommt. Wenn er denn kommt, es ist immerhin schon nach neun, und ich weiß nicht, wie lange dieser Adrenalinschub noch anhält.«

»Vielleicht hält er ja noch etwas länger an, wenn ich dir sage, dass Julius sich in Marlons Schrank übergeben hat«, sagte ich.

»Wirklich? Klasse«, sagte Anne. »Dass ich nicht auf die Idee gekommen bin! Sag mal, wie war das mit diesem Schutzengelfilzkurs? Hab ich da was verpasst?«

»Also, wenn du mitmachen würdest, dann müsste der Kurs nicht abgesagt werden, und Gittis guter Ruf wäre wiederhergestellt«, sagte ich. »Mimi und Trudi und ich gehen auf jeden Fall hin. Trudi ist ganz begeistert.«

»Also gut«, sagte Anne. »Dann gehe ich auch mit. Ich könnte ein paar Frauen aus meiner Beckenbodengymnastik mitbringen. Die tun alle, was ich sage.«

»Das wäre toll«, sagte ich. »Und so einen Schutzengel kann schließlich jeder gebrauchen.« Ich machte eine kurze Pause. »Anne? Tut mir leid, dass ich dich mit zu Frauke geschleppt habe. Diese Frauen sind wirklich Hyänen. Ich weiß gar nicht, warum ich unbedingt zu dieser Mafia gehören wollte.«

»Ich wollte es ja auch«, sagte Anne. »Kann man ja nicht ahnen, dass das alles Psychopathinnen sind.«

»Meinst du, wir würden auch nicht merken, wenn unsere Kinder sexuell missbraucht würden?«

»Ich weiß nicht«, sagte Anne. »Ich bilde mir ein, ich würde es merken. Aber vielleicht ist das ja anmaßend. Wer rechnet schon mit so etwas?«

»Niemand. Dieser widerliche Klavierlehrer. Das arme Mädchen«, sagte ich. »Meinst du, sie hat es ihren Eltern schon gesagt?«

»Die sind jetzt sicher schon auf der Polizeiwache«, sagte Anne. »Und die Hyänen von der Mütter-Society suchen den Klavierlehrer heim und machen ihn fertig, wie sich das für eine schlagende Verbindung gehört. Der kann einem eigentlich leidtun.«

»Meinst du, die kastrieren den?«, fragte ich hoffnungsvoll.

»Ich würde es jedenfalls tun. Wenn dieser Kerl deine Tochter angegrabscht hätte, würde ich ihm alles abschneiden.«

»Gut zu wissen. Ich hatte es nicht gemerkt, aber wir sind ja längst unser eigenes Mütter-Netzwerk, du und ich.«

»Genau. Wir sind unsere eigene Mütter-Mafia. Du und ich und Mimi. Die wird mal eine prima Mutter abgeben. Und deine Freundin Trudi gehört natürlich auch dazu. Gestern hat sie mir gesagt, dass sie bereits jede Menge Kinder hatte. In ihren vorigen Leben. Es müssen ein paar echte Satansbraten dabei gewesen sein, denn sie sagt, in diesem Leben muss sie das nicht nochmal haben. Wir bilden ein super Netzwerk, wir vier.«

»Ja, und wir sparen uns dieses Zickengetue, wir sind viel origineller als diese Obermamis.«

»Genau«, sagte Anne. »Wir brauchen diese vafickten Weibßbilda gar nicht.«

In der Nacht träumte ich das erste Mal seit langer Zeit wieder von Sex. Der Jaguarmann presste mich in den Beifahrersitz seines Jaguars und riss mir die Klamotten vom Leib. Er selbst war, bis auf eine Krawatte, nackt.

Ich klammerte mich an der Krawatte fest und flüsterte: »Es tut mir so leid, dass ich den Lack beschädigt habe. Ich möchte es wirklich wiedergutmachen.«

»Das ist aber nicht so einfach«, sagte der Jaguarmann. »Das ist ein Jaguar, also versuch hier keine VW-Käfer-Nummer abzuziehen, okay?«

Ich küsste den Jaguarmann so innig ich konnte.

»Das war aber allerhöchstens Audiniveau«, sagte er. »Wenn du es nicht besser kannst, solltest du lieber aussteigen.«

Aber das wollte ich auf keinen Fall. Ich hatte schon zu lange keinen Sex mehr gehabt, und ich wusste, dass ich aufwachen würde, wenn ich jetzt ausstieg. Ich sagte dem Jaguarmann unanständige Sachen. Im Traum sagte ich immer unanständige Sachen. Dem Jaguarmann schien es zu gefallen, er legte sich jedenfalls »Rolls-Royce«-mäßig ins Zeug. Kurz vor meinem Orgasmus klopfte jemand gegen die Scheibe. Ich sah die Gesichter von Frauke und Sabine direkt über mir.

Sabine sagte: »Sie ist doch gar nicht sein Typ – ich dachte, er steht auf fügsame Asiatinnen. Seine Mutter wird ihm das Taschengeld streichen.«

Und Frauke sagte: »Diese Unterwäsche ist allerhöchstens Opelniveau.«

Unterwäsche? Ich schaute erschrocken an mir herunter: Tatsächlich: Ich hatte meine Unterwäsche noch an, sogar drei Höschen übereinander. Schweißgebadet wachte ich auf.

Auf Omi Wilmas Wecker war es Viertel nach drei.

Was für ein merkwürdiger Traum. Seine symbolische Bedeutung lag auf der Hand. Drei Unterhosen übereinander! Ich war entsetzt von meiner unbewussten Einstellung zur Sexualität, die mir dieser Traum offenbart hatte. Wenn Trudi heute kam, würde ich sie zwingen, das Feng-Shui in meiner Partnerschaftsecke massiv auszuarbeiten. Ich war noch zu jung, um künftig nur von Sex zu träumen. Und dann auch noch so unbefriedigend. Auch wenn es in einem Jaguar war: Sex im Auto ist irgendwie immer ein wenig billig. Und gegen den Jaguarmann als Sexualpartner war auch einiges einzuwenden: erstens seine Vorliebe für käufliche Asiatinnen, zweitens seine Mutter mit den angetackerten Ohren. Ich hoffte sehr, dass ich befriedigendere Träume haben würde, wenn Trudi sich meiner Partnerschaftsecke angenommen hatte.

Weil ich nicht wieder einschlafen konnte, geisterte ich auf leisen Sohlen durch das Haus. Zuerst schaute ich bei Nelly ins Zimmer: Sie lag auf dem Bauch und machte leise Schnorchelgeräusche. Ihre Hand umklammerte die Ohren des alten Schlafesels. Wie lange würde sie wohl noch so kindlich aussehen, wenn sie schlief? Wann würde statt des Schlafesels ein Junge dort liegen? Ich hoffte, bis dahin würden noch eine Menge Jahre vergehen. Und ich hoffte sehr, dass ihr niemals so ein widerlicher Mensch über den Weg laufen würde wie Laura-Kristins Klavierlehrer.

Julius' Decke lag wie üblich auf dem Boden. Als ich ihn wieder zudeckte, sagte er leise: »Mami.« Ich hätte vor Rührung beinahe geweint: Mein Sohn träumte von mir.

Drei Stunden später klingelte der Wecker. Obwohl ich mich wie gerädert fühlte, stand ich auf und nahm eine Dusche. Ronnie, Mimi und Trudi wollten pünktlich um acht Uhr vor der Tür stehen, um der Küche und dem Esszimmer den letzten Schliff zu verleihen, Max wollte mit dem Baumhaus beginnen, und außerdem hatte sich ein E-Bayer namens wildwill2 angekündigt, der heute Omi Wilmas Frisierkommode abholen wollte. Wie es der Zufall wollte, kam auch wildwill2 aus Zülpich-Ülpenich. Es war, als würde ich diesem Ort und seinen Bewohnern nun die Ungastlichkeit von damals mit Mahagoni-Scheußlichkeiten heimzahlen können.

Wildwill2 war Anfang fünfzig, wog schätzungsweise hundertzwanzig Kilo und trug eine FC-Köln-Schirmmütze zu einem ballonseidenen Trainingsanzug in Lila und Grau. Mit bürgerlichem Namen hieß er Wilhelm Zukowski, das wusste ich, weil er dreihundertneunzig Euro auf mein Konto überwiesen hatte. Er bestand aber darauf, dass ich »wildwill« sagte und »du«.

Im Gegenzug nannte er mich »omiopfer«, was der blöde Name war, den Mimi sich für mich bei »E-Bay« ausgedacht hatte.

»Du, omiopfer, diese dreigeteilten Spiegelaufsätze bekommt man heutzutage ja gar nicht mehr. Und dieses einmalige Holz! Meine Frau schwärmt für die Fünfzigerjahre. Wir können dieses Scheiß-Ikea-Zeug nicht mehr sehen.«

Ich erzählte wildwill2 von dem zur Kommode passenden Doppelbett. »Aber leider schlafe ich da zurzeit noch drin«, sagte ich. »Ich werde es erst bei ›E-Bay‹ reinstellen, wenn ich ein Ersatzbett habe.«

Wildwill2 geriet völlig aus dem Häuschen, als er das hörte. »Kann ich das mal sehen, omiopfer?«

»Natürlich«, sagte ich.

Ja, und so kam es, dass ein Mann in meinem Bett lag, als Lorenz mit dem Volvo vorfuhr, um die Kinder abzuholen. Die Haustür stand offen, und so hörte ich ihn nicht kommen, bis er in der Schlafzimmertür stand. Möglicherweise war der Anblick ein wenig irreführend: Wildwill2 lag rücklings auf dem Bett, und ich saß auf der Bettkante und hatte Dollarzeichen in den Augen. Wildwill2 hatte mir gerade fünfhundert Euro für das Bett geboten, falls er es sofort mitnehmen könne. Ich versuchte ihm auch noch die dreiarmige Deckenlampe schmackhaft zu machen.

»Die ist ja so was von Fünfzigerjahre«, sagte ich. »Die macht sogar Fünfzigerjahre-Licht!«

»Jau«, sagte wildwill2. »Ich höre förmlich, wie sie nach mir schreit.«

»Ich höre sie auch«, sagte ich. »Sie ruft: Nimm mich! Nimm mich!«

»Ähem, ähem«, machte Lorenz. »Ich störe ja nur ungern, aber ich wollte die Kinder abholen. Ich konnte ja nicht wissen, dass du äh ... Herrenbesuch hast. Im Ehebett meiner Eltern. Wie pikant.«

»Sag bloß, in diesem Bett wurdest du gezeugt«, sagte ich.

»Das nehme ich doch stark an«, sagte Lorenz. »Meine Eltern neigten diesbezüglich nicht zu Experimenten.«

Wildwill2 rechnete. »Wenn Sie schon hier drin gezeugt wurden, dann ist das Teil ja echt antik«, sagte er.

»Sehr charmant«, sagte Lorenz. »Ich würde sagen, ungefähr so antik wie Ihr Trainingsanzug.«

»Wahnsinn«, sagte wildwill2.

»Wenn du sechshundert Euro zahlst, Lorenz, kannst du das Bett als Erinnerung behalten«, sagte ich.

Wildwill2 stöhnte ängstlich auf.

»Hast du sie noch alle?«, fragte Lorenz.

»Na gut«, sagte ich. »Wildwill – wir sind im Geschäft. Fünfhundert Euro, und du kannst das Bett sofort auseinanderschrauben und mit nach Zülpich-Ülpenich nehmen. Und die Lampe schenke ich dir!«

Wildwill2 freute sich einen Wolf.

Ich ging mit Lorenz in den Garten hinunter. »Ist ›E-Bay‹ nicht großartig?«, sagte ich.

»Ach, den Typ hast du dir bei ›E-Bay‹ aufgerissen«, sagte Lorenz. »Also, ich hätte dir schon was Besseres gegönnt.«

»Sehr nett, danke«, sagte ich. »Aber das sagst du ja nur, weil du selber eine Neue hast.« Ich wartete darauf, dass es mir wehtat, darüber zu sprechen, aber Tatsache war: Es machte mir nichts aus. Mein Mann hatte mich gegen ein blutjunges, blondes Model eingetauscht – na und? Ich hatte jetzt mein eigenes Leben. »Ist sie nicht mitgekommen?«

»Sie wartet zu Hause«, sagte Lorenz.

»Bei sich zu Hause oder bei dir zu Hause?«

»Das ist jetzt dasselbe. Sie ist bei mir eingezogen.«

»Na ja, Platz genug hast du ja«, sagte ich.

»Sie wollte dich gerne kennen lernen«, sagte Lorenz. »Aber ich habe ihr gesagt, es sei zu früh. Du stehst noch unter posttraumatischem Trennungsschock.«

»Ach nein«, sagte ich. »Ich glaube, das habe ich hinter mir.«

»Ulfi sagt, du bist am Telefon total ausgerastet.«

»Nicht ich bin ausgerastet«, sagte ich. »Ulfi ist ausgerastet, als er gehört hat, dass ich mir einen eigenen Anwalt genommen habe.«

»Das ist ja auch völlig schwachsinnig«, sagte Lorenz. »Das wird nur unnötig teuer.«

»Für dich«, sagte ich.

»Und damit auch für dich«, sagte Lorenz. »Was meinst du denn, wie viel Honorar dein Anwalt kassieren wird? Das geht doch alles vom großen Haufen ab.«

»Wir werden es überleben«, sagte ich. Ich hatte das Gefühl, der große Haufen, von dem Lorenz sprach, war noch größer, als ich überhaupt zu hoffen gewagt hatte. »Sei lieb zu den Kindern, Lorenz. Nelly ist immer noch stinksauer auf dich, also sorg dafür, dass sie an diesem Wochenende keinen von euch nackt sieht. Lass Julius nicht aus den Augen, guck auch in der Nacht öfter mal nach ihm, er hat im Augenblick Angst vorm Dunkeln, sperr ihn also bloß nicht in den Schrank oder so. Und wenn du zu ›McDonald's‹ gehst, weil du wieder mal keinen Bock auf Kochen hast, dann lass ihn keine Mayonnaise essen, davon muss er sich übergeben. Und denk daran, dass Nelly von dem Zeug nie satt wird, sondern spätestens nach einer Stunde eine richtige Mahlzeit braucht. Am besten gibst du ihr alle zwei Stunden was, denn sonst futtert sie wahllos alles, was sie finden kann. Lass Julius vor dem Zubettgehen anrufen, damit ich ihm gute Nacht sagen kann, und erzähl ihm eine Geschichte von Goldlöckchen, in der niemand stirbt oder eine Reise macht oder sich sonst irgendwie verabschiedet, denn das regt ihn zurzeit sehr auf. Bitte nutz die Gelegenheit, mit Nelly für Mathe zu lernen, sie schreibt ausgerechnet am Montag eine Arbeit. Morgen um spätestens achtzehn Uhr sollen sie deshalb wieder hier sein, damit sie früh ins Bett gehen können, und wehe, du lässt Julius ein Mittagsschläfchen machen, nur damit du und deine Neue eure Ruhe habt. Und das Wichtigste: Sag, was du willst, aber sag auf keinen Fall: Das ist jetzt eure neue Mami, oder so etwas in der Art, denn sonst bringe ich dich um. Ist das so weit alles klar?«

»Also, wirklich, Conny, als ob ich Julius in den Schrank sperren würde!«, sagte Lorenz.

Ich wusste, dass ich vielleicht etwas übertrieben besorgt war, aber das war immerhin das erste Wochenende seit Julius' Geburt, das ich ohne meinen Sohn verbringen würde.

Es war frühlingshaft warm, und im Garten herrschte beinahe Volksfestatmosphäre.

»Was sind denn das alles für Leute?«, fragte Lorenz.

»Also, deine Kinder und Trudi kennst du ja, die beiden im Overall heißen Mimi und Ronnie und sind hier für die Innenausstattung und Renovierung zuständig, der Dicke ist ein Arbeitskollege von Ronnie, der voll auf meine Kochkünste abfährt und mich auch sonst ganz toll findet, und der Junge mit den süßen Locken ist ein Freund von Nelly. Sie ist in ihn verliebt, aber wehe, du sprichst sie darauf an. Ja, und die Leute, die am Zaun stehen und rumschreien und mit dem Anwalt drohen, das sind die Nachbarn, die wirst du ja wohl von früher kennen.«

»Hempels, die Plage der Insektensiedlung«, sagte Lorenz. »Lieber wie bei Hempels unterm Sofa als mit Hempels auf dem Sofa, hat mein Vater immer gesagt. Dass die noch leben, bei diesem Übergewicht und dem hohen Blutdruck!«

»Ja, das Leben ist ungerecht«, sagte ich.

»Die fiese Alte wollte mich immer mit ihrer Tochter Gitti verkuppeln, so einem Mordstrumm mit Damenbart«, erinnerte sich Lorenz. »Was ist eigentlich aus der geworden?«

»Ach, die soll wahnsinnig abgenommen und als Model Karriere gemacht haben. Hat sich so einen affigen Künstlernamen zugelegt. Paris Sowieso.«

Lorenz guckte mich entgeistert an.

»War nur'n Scherz«, sagte ich.

Das Wochenende ging schneller vorbei, als ich gedacht hatte. Max hämmerte und sägte draußen im Garten an den Buchen, und weil Hempels ihn keine Minute aus den Augen ließen, machte ich mir weiter keine Sorgen um ihn. Falls er sich in den Finger schneiden oder vom Baum kippen würde, würden Hempels schon Alarm schlagen. Ich hoffte außerdem, dass sie uns ein paar von den vielen Fotos, die sie schossen, als Andenken überließen. Die Post brachte einen neuen Brief von Süffkens, Brüderle und Becker, in dem Herr Becker mich darüber informierte, dass ich den Forderungen seiner Mandanten bezüglich der Bäume noch immer nicht nachgekommen sei, dass das Parken auf dem Bürgersteig nach wie vor verboten sei und dass mein Hund, falls er noch einmal im Vorgarten der Hempels sein Geschäft erledige, egal ob klein oder groß, beim Ordnungsamt angezeigt würde.

»Welcher Hund denn?«, fragte ich alarmiert.

Ronnie und Mimi beruhigten mich. »Mach dir nichts draus, der gute Herr Becker ist schon ein bisschen senil, und Hempels beschweren sich über so viele Leute, da kommt er ab und an mal ein bisschen durcheinander.«

»Anton wird Herrn Becker auseinandernehmen,

das macht er immer«, sagte Ronnie. »Wann hast du denn nun endlich deinen Termin bei ihm?«

»Am Dienstag«, sagte ich.

»Er wird dir gefallen«, sagte Ronnie. »Er sieht nicht nur gut aus, er ist auch richtig nett, stimmt's, Mimi?«

»Ja, und er ist Single«, sagte Mimi. »Genau wie du.«

Ich begann mich allmählich richtig auf meinen Anwalt zu freuen.

Weil wir schon am Samstagabend mit der Küche und dem Esszimmer fertig wurden, schlug Ronnie vor, schon am nächsten Tag mit den Fußböden in den Kinderzimmern zu beginnen. Das Klick-Parkett aus Ahorn war im Baumarkt vorrätig und konnte dank Ronnie auch sonntags dort abgeholt werden. Zuerst wollte ich ablehnen und Ronnie und Mimi einen gemütlichen Sonntag zu zweit vorschlagen, nach der vielen Arbeit hatten sie sich den doch wirklich verdient. Doch dann fiel mir ein, dass ich die beiden in ihrem eigenen Interesse von jeglicher Zweisamkeit abhalten sollte, und ich erklärte mich einverstanden.

Als Mimi und Ronnie am Samstagabend nach Hause gehen wollten, zwang ich sie noch, drei Flaschen Rotwein mit mir und Trudi zu leeren. Wenn sie was getrunken hatte, hatte Mimi mir nämlich anvertraut, wurde sie immer schrecklich schläfrig. Das war gut. Denn wenn sie schlief, konnten Ronnie und sie keinen Sex haben. Und wenn sie keinen Sex hatten, konnten sich die Spermien ungestört vermehren.

Mimi schlief vor Mitternacht am Esstisch ein, obwohl ich mir zwischen dem Nachschenken alle Mühe gegeben hatte, unterhaltsam zu sein. Ich hatte in erster Linie von den Kindern erzählt.

Ronnie wollte Mimi nach Hause tragen.

»Aber dass du mir bloß nicht auf dumme Gedanken kommst«, sagte ich, als er sie über die Türschwelle trug.

»Was meinst du?«, fragte Ronnie.

»Du weißt schon – Finger weg von einer schlafenden Frau. Und Finger weg auch von dir selbst, hörst du?«

»Wie bitte?«

»Du hast mich schon richtig verstanden«, sagte ich. »Dusch einfach kalt!«

Am nächsten Morgen waren Mimi und Ronnie noch tatendurstiger als sonst, was mir bestätigte, dass meine Rechnung aufgegangen war. Allerdings konnte ich Mimi wohl kaum jeden Abend betrunken machen, das würde ihrer Gesundheit schaden. Wenn sie doch nur endlich schwanger wäre.

Sonntagmittag schon lag der schmutzig graue Nadelfilz in der Einfahrt, zusammengerollt für die Entsorgung, und Ronnie, Mimi, Trudi und ich verlegten das Parkett im Akkord.

Gitti kam auf ein Schwätzchen vorbei. Sie setzte sich auf Nellys im Flur zwischengeparktes Bett und sah uns zu.

»Marie-Antoinette ist mit meinen Eltern in den Zoo gefahren«, sagte sie. »Ich wäre ja auch gerne mitgekommen, aber das war meinen Eltern zu teuer.« Sie seufzte. »Ich habe leider wieder mal nicht im Lotto gewonnen! Ihr habt den Schutzengelkurs doch nicht vergessen, oder?«

»Nein, nein«, sagte ich. »Ganz im Gegenteil. Anne bringt vielleicht noch ein paar Freundinnen mit.«

»Und ich auch«, sagte Trudi. »In meiner Atemtherapie-Supervisionsgruppe sind Schutzengel im Augenblick das Thema.«

»Toll«, sagte Gitti. »Es macht ja nichts, dass es eigentlich Filzen mit Kindern heißt, Hauptsache, es sind genug Teilnehmer da. Die von der Mütter-Society werden schön blöd gucken.«

»Warum bist du da überhaupt noch Mitglied?«, fragte ich. »Für die bist du doch bloß die Quoten-Alleinerziehende. Merkst du eigentlich nicht, wie die immer auf dir rumhacken?«

»Ach, da hab ich ein dickes Fell«, brummte Gitti. »Und ich hab ja auch jede Menge Vorteile. Ich und Marie-Antoinette. Ohne die Mütter-Society könnte sie weder Klavierunterricht nehmen noch Sprachkurse machen. Und wenn sich die Zeitfenster schließen, hat sie die Chancen für alle Zeit versäumt.«

»So ein Quatsch«, sagte Trudi.

»Also, du als Kinderlose kennst dich da nicht so gut aus, Trudi. Ich kann dir gerne den Artikel von Dr. Hellmann kopieren«, sagte Gitti.

»Nee, danke«, sagte Trudi. »Ich bin Diplompsychologin, und ich habe zu diesem Thema mehr gelesen als alle Mütter deiner Society zusammen. Du musst nicht alles glauben, was die dir sagen. Was du brauchst, ist ein Clearing, Gitti. Danach bist du ein neuer Mensch.«

»Sie braucht wohl eher eine Typberatung«, raunte Mimi mir zu. Wir lagen auf den Knien nebeneinander und klopften mit einem Gummihammer Nut und Feder des Ahornparketts ineinander.

»Und eine gründliche Rasur«, raunte ich zurück.

»Und vierzig Jahre auf einer Schönheitsfarm«, flüsterte Ronnie.

»Ich habe übrigens eine Bastelanleitung für den indianischen Traumfänger gefunden, auf den du mich angesprochen hast«, sagte Gitti zu Trudi. »Wenn du willst, mache ich dir einen. Einen ganz individuellen, mit deinem Totemtier und so. Ganz preiswert.«

Trudi war wieder einmal entzückt. »Das ist eine wunderbare Kursidee, Gitti! Vielleicht bieten wir das mal kombiniert an: Entdecke den Indianer in dir, und wir basteln uns einen individuellen Traumfänger. Das wäre sicher der Renner!«

»Au ja«, sagte Gitti. Aber dann setzte sie resigniert hinzu: »Aber das Familienbildungswerk würde so einen esoterischen Heidenkram niemals bewilligen. Die sind doch katholisch. Und meine Eltern würden das auch nicht gutheißen.«

»Dann machen wir es einfach woanders«, sagte Trudi. Wenn sie herumspinnen konnte, war sie ganz und gar in ihrem Element. »Hier in Constanzes Wintergarten zum Beispiel. Wenn der renoviert ist, eignet der sich fantastisch für Workshops und Seminare. Wir könnten unser eigenes Bildungswerk aufmachen.«

»Also, ich habe durchaus auch Pläne mit meinem Wintergarten«, sagte ich. »Ich will dort nämlich in einer Hängematte schaukeln und lesen, wenn's recht ist!« Gitti und Marie-Antoinette würden noch mit Sack und Pack in *meinen* Wintergarten einziehen, wenn ich Trudi und Gitti weiter ungebremst Pläne schmieden ließe.

Während Ronnie die Fußleisten anbrachte und

Trudi, Gitti und Mimi die Möbel wieder in die Kinderzimmer räumten, nahm ich mir die Zeit, eine Geburtstagstorte für Nelly zu backen, eine Mandarinen-Quark-Torte mit einer 14 aus Mandarinen in der Mitte. Ich versteckte sie vor Gitti im Keller.

Die Zeit bis achtzehn Uhr vertrieben wir uns mit Putzen. Wir putzten, wischten und wienerten das ganze Haus blitzblank. Trudi wollte mit einem Ausräucherungsritual beginnen, aber ich erlaubte es ihr nicht. Von ihren Räucherstäbchen wurde mir immer todschlecht. Vor allem die mit Weihrauch waren übel. Trudi war nicht wirklich beleidigt, sie reinigte die Atmosphäre mit ein paar schwungvollen Handbewegungen.

Willkommen auf der Homepage der

Mütter-Society,

dem Netzwerk für Frauen mit Kindern.

Ob Karrierefrau oder »nur«-Hausfrau,

hier tauschen wir uns über Schwangerschaft

und Geburt, Erziehung, Ehe, Job, Haushalt

und Hobbys aus und unterstützen uns

gegenseitig liebevoll.

Zutritt zum Forum nur für Mitglieder

14. April

Bin supi-traurig, weil meine Gyn meint, Wurzeline könnte jetzt doch ein Wurzel sein, sie ist sich zu 55 Prozent sicher, und ich könnte den ganzen Tag heulen, weil ich mich doch schon so sehr auf die Kleidchen und Hüte und Schuhe gefreut habe. Es macht überhaupt keinen Spaß mehr, Timmi anzuziehen, seit er Größe 104 trägt. Alles nur öde Jungssachen in Oliv und Marine, ohne Muster, und wenn Aufdrucke, dann nur Feuerwehrautos oder »Bob der Baumeister«. Wehe, man zieht einem Jungen mal was mit einer Blume drauf an – dann keift meine Schwiegermutter sofort, mach das weg,

der Junge wird sonst schwul! Mein Männe hat mich aber ganz süß getröstet, er meint, wenn es wieder ein Junge wird, bekommen wir einfach noch ein drittes Kind und so weiter, bis ich endlich meine kleine Prinzessin habe. Das ist ja der Vorteil, wenn man so jung wie ich mit dem Kinderkriegen anfängt. Mein Männe hat mir zum Trost dann auch ein supi-tolles Collier mit Rubinen geschenkt, das er mir eigentlich erst zur Geburt schenken wollte. (Wir wollten Wurzeline »Ruby« nennen, wäre das nicht supi-süß gewesen? Wehe, du klaust mir jetzt den Namen, Sonja!) Er hat wieder mal viel zu viel verdient, und damit er seiner Ex und dem Finanzamt nicht alles in den Rachen schmeißen muss, werden wir das Haus renovieren. Das untere Bad wird neu gemacht, und ans Esszimmer wird ein englischer Wintergarten angebaut – dort kann ich dann unter Palmen sitzen und stillen, wenn es draußen schneit. Hat jemand eine Idee für das Bad? Ich fände einen Hauch Orient nicht schlecht, mein Männe will es schwarz-weiß.
Mami (trauriger Kugelbauch) Ellen

P. S. Ich habe im Esszimmer die Schränke leer geräumt und nicht weniger als sieben Flaschen teuren Cognac gefunden, den mein Männe von irgendwelchen Patienten zu Weihnachten bekommen hat. Wir trinken keinen Cognac, wer hat eventuell Interesse an dem Zeug? Die Flaschen sind noch versiegelt.

14. April

Ich! Mit Cognac kann man Acrylfarben verdünnen und die Pinsel reinigen. Ich brauche immer Mengen davon. Ich komme die Flaschen nachher gleich abholen, wenn's recht ist.
Mami Gitti

14. April

Egal ob orientalisch oder schwarz-weiß – denk dran, ein Pissoir einzubauen, Ellen. Es gibt sehr formschöne mit Deckel, passend zu WC, Bidet und Waschbecken. Denn so wichtig es ja für die psychosexuelle Entwicklung auch sein mag, Jungs und Männer im Stehen pinkeln zu lassen, so unangenehm ist es doch immer noch, den Urin wieder zu entfernen. Seit wir das Pissoir haben, ist das Problem des schlechten Zielens und unnötigen Herumspritzens gelöst. Jan und Marlon finden es beide ganz toll und sind in ihrer psychosexuellen Entwicklung total ungehemmt.
Frauke

15. April

Auf keinen Fall orientalisch, auf jeden Fall Pissoir. Frauke hat Recht, der ganze Ärger mit Urinstein an den unmöglichsten Stellen erübrigt sich, wenn der Mann sein eigenes Pinkelbecken hat. Für Peter ist es ohnehin ein Muss gewesen, er konnte ohnehin nicht im Sitzen pinkeln, ohne mit dem Rüssel ins Wasser zu tauchen. Wenn sich also irgendeine Frau in eurem Bekanntenkreis

damit brüstet, ihren Mann zum Sitzpinkler erzogen zu haben, könnt ihr laut lachen, denn es bedeutet, dass er nur einen sehr, sehr kleinen Johannes hat. Haha.
Sabine

15. April

Stehe ich wieder mal auf der Leitung, oder hast du tatsächlich im letzten Eintrag behauptet, der Schwanz deines Mannes sei so lang, dass er im Wasser baumelt, wenn er auf dem Klo sitzt, Mami Sabine??? Habe das an unserem Klo mal ausgemessen und bin zu dem Schluss gekommen, dass Peter mit seinem Teil vermutlich eine Boeing 747 in der Luft betanken könnte. Herzlichen Glückwunsch!
Mami Gitti

P. S. Der Cognac ist übrigens super, Ellen, habe gerade zwei Becher Farbe damit verdünnt. Ganz tolle Qualität.

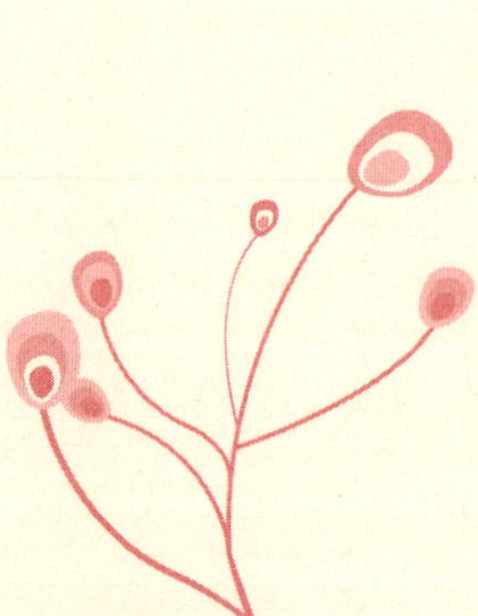

8. Kapitel

Ronnie und Mimi wollten schließlich nach Hause gehen, und natürlich konnte ich ihnen das nicht verbieten. Aber ich dachte an Ronnies Spermienkonzentration und schlug vor, dass zumindest Mimi noch bleiben und sich betrinken solle. Weder Mimi noch Ronnie fanden den Vorschlag gut. Weil mir nichts anderes einfiel, schlug ich vor, Trudi mit hinüberzunehmen, um ihr das Haus zu zeigen und dessen Aura. Trudi hatte nämlich angeboten, das Haus der Pfaffs von allen Unfruchtbarkeitsgeistern zu befreien.

Trudi war entzückt, und Ronnie und Mimi waren zu höflich, um das Angebot auszuschlagen.

Als sie alle drei brav davonzogen, hielt ich Trudi zurück und flüsterte: »Bleib schön lange, hörst du? Versuch, wenn möglich, dort zu übernachten. Leg dich zwischen sie, wenn's sein muss.«

»Ja, sag mal!«, rief Trudi. »Ich bin ja schon sehr offen, aber dass ausgerechnet du mich zu einem flotten Dreier überreden willst, das überrascht mich doch sehr!«

»Schscht, du perverse Schafsnase! Du sollst doch nicht mit denen ins Bett gehen! Du sollst sie nur daran hindern!«

Trudi zog die Augenbrauen hoch. »Du bist wohl nervös wegen dieser London, was?«

»Paris. Nein. Ja. Aber das hat doch nichts damit zu tun.«

»Trudi, kommst du?« Ronnie und Mimi waren schon am Gartentor angekommen.

»Keine Sorge, ich bin gleich wieder da und stehe dir bei«, sagte Trudi.

»Bloß nicht«, flüsterte ich. »Du sollst Ronnie und Mimi doch davon abhalten, sinnlos Spermien zu vergeuden. Wenn's sein muss, die ganze Nacht.«

Da kapierte Trudi endlich. »Ich werde mein Bestes geben«, sagte sie. »Ich kann eine schrecklich abtörnende Nervensäge sein, wenn ich will.«

»Das weiß ich doch«, sagte ich.

Lorenz' Volvo fuhr pünktlich vor, offenbar hatte er meine Drohungen ernst genommen oder aber die Kinder schlichtweg satt. Ich hatte es mir nicht verkneifen können, mich noch einmal umzuziehen und Make-up aufzulegen. Man konnte ja nie wissen, ob diese Paris nicht im Auto saß, um einen Blick auf mich zu erhaschen. Ich wollte auf keinen Fall, dass sie verstand, warum Lorenz mich verlassen hatte.

Nur für sie zog ich diesen Push-up-BH an, der meinen Busen auch auf größere Distanz hin unübersehbar machte. Aber das wäre gar nicht nötig gewesen, denn als ich die Haustür mit einem strahlenden Lächeln öffnete, sah ich mich Auge in Auge mit einer umwerfenden Person mit hüftlangen, goldblonden Barbiehaaren.

»Huaaah«, machte ich erschrocken. Die Frau war genauso groß wie ich, die einzige Frau außer meiner Mutter, die mir gerade in die Augen gucken konnte. Ich schaute schnell hinunter zu ihren Füßen, um zu gucken, ob sie da auch mithalten konnte. Nein, das sah mir nach einer zierlichen Größe 39 aus, schade. Und es waren echte »Manolo Blahniks«, diese Folterwerkzeuge auf Absätzen, die so viel kosteten wie eine Familienpauschalreise nach Mallorca und die jeden, der sie besaß, automatisch in die Reihen der oberen Zehntausend aufsteigen ließen. Neben den Schuhen standen meine beiden Kinder, Nelly links, Julius rechts. Barbie hatte ihnen beiden einen Arm auf die Schulter gelegt.

»Da wären wir«, sagte sie. Ihre Zähne waren so weiß, dass ich geblendet die Augen schließen musste.

Julius hängte sich fröhlich an meinen Hals. »Paris hat mir ein ›Lego‹-Flugzeug geschenkt«, sagte er.

Nicht dumm von Paris.

»Sie haben wirklich die nettesten Kinder der Welt«, sagte sie. Wirklich nicht dumm. Ich schätzte sie auf Anfang dreißig, also höchstens zwei, drei Jahre jünger als mich.

»Ja, und das ist meine Mami«, sagte Nelly und warf ihre Tasche in den Flur. »*Sie* ist von Natur aus so blond.«

»Wahnsinn«, sagte Paris. »So helle Haare sind absolut selten geworden. Man sagt ja, dass echte Blondinen in ein paar Jahrzehnten komplett ausgestorben sein werden. Ohne meinen Friseur wäre ich zum Beispiel ganz langweilig straßenköterblond.«

»Es ist aber gut gemacht«, sagte ich, um wenigstens etwas zu sagen. Ich hielt über ihre Schulter nach Lorenz Ausschau. Er hatte wie üblich auf dem Bürgersteig geparkt und schleppte schwer an etwas, das wie ein Kaffeevollautomat aussah.

»Das will ich doch hoffen«, sagte Paris. »Ich fliege immer extra zu Udo Waltz. Ich bin übrigens Paris, aber das hast du dir sicher schon gedacht.« Sie streckte mir ihre Hand entgegen. »Wenn ich mal Kinder kriege, sind die sicher leider auch höchstens straßenköterblond.«

Ich schüttelte die Hand herzlich. »Ich bin Constanze.«

»Was für ein toller Name«, sagte Paris. »So intellektuell, finde ich.«

»Das täuscht aber«, sagte Lorenz. Er keuchte leicht unter der Last der Kaffeemaschine. »Könnte ich vielleicht mal hier durch? Das Teil wiegt eine Tonne!«

»Bitteschön«, sagte ich und trat beiseite. Offenbar war die Maschine für mich bestimmt. »Kommen Sie doch rein, Paris. Was übrigens auch ein, äh, interessanter Name ist. Sind Ihre Eltern Amerikaner?«

»Ich habe ein ›Lego‹-Flugzeug bekommen und Nelly eine Kette mit einem rosa Herz. Und dir hat Papi die Kaffeemaschine mitgebracht, Mami.«

»Das sieht sie ja selber«, sagte Lorenz.

»Kleine Geschenke erhalten die Freundschaft«, sagte ich.

»Meine Mutter ist Amerikanerin«, sagte Paris. »Mein Vater ist zur Hälfte Franzose und zur anderen Hälfte deutsch.«

»Sie ist dreisprachig aufgewachsen«, sagte Nelly. »Ihre Schwester heißt Venice und modelt auch. Weißt du, wie viel man als Model verdient, Mami? Mehr als Papi.«

»Aber nur, wenn man sehr viel Glück hat«, sagte Paris. »Die meisten Models leben in schäbigen Apartments, essen nichts als Magerjoghurt und Ananas und hängen auf blöden Partys rum, um sich einen prominenten Rennfahrer, Adeligen oder Schauspieler zu angeln, um das Scheißmodeln an den Nagel zu hängen, bevor man selber an den Nagel gehängt wird.«

»Und außerdem koksen sie alle«, sagte Lorenz. »Und kotzen nach jedem Essen.«

»Keine Sorge, ich habe doch gar nicht gesagt, dass ich Model werden will«, sagte Nelly.

»Ich habe bei ›McDonald's‹ in die Bällchen gebrochen«, sagte Julius an meinem Hals.

»Ach, Nelly, hast du vergessen, dass er keine Mayonnaise verträgt?«

»Nee, ich nicht. Aber Papi.«

»Und du hast es ihm nicht gesagt!«

Nelly zuckte mit den Schultern. »Ich bin doch nicht der Erziehungsberechtigte. Aber ich hab's ihm gesagt. Hinterher.«

»Die Kinder können nichts dafür«, sagte Paris und streichelte Julius über den Kopf. »So etwas muss ein Vater doch wissen! Hat Julius die Löckchen eigentlich auch von dir, Constanze?«

»Ich dachte, er kotzt bei Ketchup«, sagte Lorenz. »Bei Ketchup und bei Schlagsahne. Wenn ich das schwere Ding hier nicht bald irgendwo abstelle, krieg ich einen Bandscheibenvorfall. Also, wohin damit?«

»In die Küche. Er kotzt bei Mayonnaise und Roter Bete«, sagte ich. »Von Schlagsahne bekommt er Durchfall. Ist das denn so schwer zu merken?«

»Am besten, du machst mir mal eine Liste«, sagte Paris zu mir. »Mit allen wichtigen Dingen, die Kinder betreffend. Die hängen wir dann zu Hause auf. Lorenz muss sie auswendig lernen, und ich kann ihn abfragen.«

»Paris konnte auch meine Rechenaufgaben. Papi nicht«, sagte Nelly. »Und da heißt es doch immer, Models sind blöd wie Knäckebrot.«

»Gegen viele meiner Kolleginnen ist Knäckebrot noch echt clever«, sagte Paris. »Aber zufällig hatte ich immer eine Eins in Mathe. Und du, Lorenz?«

Lorenz zog es vor, nicht darauf zu antworten. »Was ist denn hier passiert?«, rief er aus. Er hatte den scheußlichen Mahagoni-Küchenschlauch erwartet und stand nun perplex in dem weitläufigen himmelblauen Wunder, das wir geschaffen hatten, angestrahlt von der untergehenden Sonne.

»Hast du die Wand auch bei ›E-Bay‹ versteigert?«, fragte Lorenz.

Ich platzte beinahe vor Stolz.

»Das sieht ja richtig gut aus«, sagte Nelly. Es klang ein bisschen erstaunt. »Gar nicht wie selbst gemacht.«

»Was für eine entzückende Küche«, rief Paris. »Ist das nicht entzückend, Lorenz? So fröhlich und doch schlicht. Und Lorenz hat gesagt, du hättest keinen Geschmack.«

»Geschmäcker sind bekanntlich verschieden«, sagte Lorenz. »Und das hier ist ja eigentlich das Haus meiner Eltern.«

»Ja, aber das kann man nun wirklich nicht mehr erkennen«, sagte ich. »Nur in den Badezimmern. Die Löckchen hat Julius übrigens aus Lorenz' Familie, bei uns haben alle glattes Haar. Lorenz zwar auch, aber seine Mutter hatte Locken. Das überspringt nur manchmal eine Generation.«

»Meine Mutter hatte Dauerwellen«, sagte Lorenz. »Blau getönte Dauerwellen. Aber vielleicht vererbt sich das ja auch, wer weiß?«

»Hm, na dann hat Julius die Locken eben vom Briefträger«, sagte ich.

Paris lachte glockenhell. »Ach, du bist wirklich komisch, Constanze«, sagte sie. »Lorenz, sie ist so witzig, wieso hast du gesagt, sie hätte keinen Humor?«

»Weil sie keinen hat«, sagte Lorenz. »Man denkt das nur, in Wirklichkeit meint sie alles ernst.«

»Ich habe Hunger«, sagte Nelly.

»Ich auch«, sagte Julius.

»Ich habe Cannelloni gemacht«, sagte ich. »Wollt ihr mitessen? Es ist genug da.«

»Nein danke«, sagte Lorenz. »Wir gehen nachher essen.« Ich hatte gewusst, dass er das sagen würde, deshalb hatte ich ja auch gefragt. In Wirklichkeit wollte ich nichts weniger als mit den beiden essen.

»Och, Lorenz«, sagte Paris. »Lass uns bitte bleiben! Constanze und ich wollen uns doch näher kennen lernen. Wir sind jetzt eine Patchworkfamilie – also, ich finde das einfach herrlich, du nicht? Es hat so etwas Kosmopolitisches, Modernes.«

»Äh, tja«, sagte ich.

»Ich habe den Tisch schon vor zwei Wochen bestellt«, sagte Lorenz.

»Ich bin ja ein absoluter Familienmensch«, sagte Paris. »Deshalb fand ich Lorenz ja auch so attraktiv, im Gegensatz zu so manchen Jet-Settern, alles ewige Junggesellen mit Geld und Lamborghini. Lorenz ist ein Mann, der schon mal bewiesen hat, dass er nicht bindungsscheu ist.«

Aha, das war es also, was Frauen an verheirateten Männern reizte. Der Kindersitz auf der Rückbank des Volvo.

»Eigentlich fehlt nur noch unser eigenes kleines

Baby«, sagte Paris und kicherte. »Ein süßes Lockenköpfchen. Oder gleich Zwillinge! Und Nelly darf immer Babysitten. In deinem Alter war ich ganz scharf drauf, Nelly. Sie riechen so lecker.«

»Ich kann Babys nicht ausstehen«, sagte Nelly. »Ich fand schon Juli furchtbar, als er klein war. Immer nur schreien, schlafen, trinken und in die Windeln kacken.«

»Gar nicht wahr«, sagte Julius.

»Julius war bestimmt ein supersüßes Baby«, sagte Paris. »Er ist doch heute noch supersüß.«

»Er war glatzköpfig und sabberte«, sagte Nelly.

»Stimmt ja gar nicht«, sagte Julius.

»Doch, stimmt wohl. Du hast ausgesehen wie Opa Bauer, nur ohne die Brille.«

»Ich zeige euch nachher Bilder von euch, als ihr Babys wart«, sagte ich. »Nelly hat erst mit zwei Jahren Haare bekommen, Julius.«

»Können wir jetzt bitte gehen, Paris?«

»Wenn es sein muss.« Paris sah mich verschwörerisch an. »Obwohl ich jetzt viel lieber bei euch bleiben und Babyfotos angucken würde.«

Lorenz gab Nelly und Julius einen Kuss.

»Vergiss nicht, Omis Kaffeemaschine mitzunehmen, Papi«, sagte Nelly. »Dieses wahnsinnig teure Markengerät, um das uns alle beneiden.«

»Ach nee, lass mal, das kann deine Mutter bei ›E-Bay‹ versteigern«, sagte Lorenz.

Als ich am nächsten Morgen in der Kindergartengarderobe den Jaguarmann traf, wurde ich feuerrot, weil ich mich an die unanständigen Sachen erinnerte, die ich zu ihm gesagt hatte und die er mit mir gemacht hatte. Es war zwar nur im Traum gewesen, aber trotzdem.

»Hallo«, sagte der Jaguarmann. Er hatte dieselbe tiefe Stimme wie in meinem Traum.

»Hallo«, sagte ich. Ich brachte kaum mehr als ein Flüstern zu Stande.

Seine Tochter hatte ein leuchtend rotes Samtkleid an, und ihre Haare waren zu niedlichen Schnecken aufgedreht. Ob das der Jaguarmann gemacht hatte? Ich versuchte ihn mir vorzustellen, wie er mit Kamm und Haarspängchen hantierte, ein rührendes Bild.

»Ich habe heute Geburtstag«, sagte das Mädchen zu mir. »Ich bin jetzt sechs Jahre alt.«

»Na so was«, sagte ich. »Meine Tochter hat heute auch Geburtstag. Aber leider wird sie nicht sechs.«

»Meine Schwester ist jetzt vierzehn«, sagte Julius. »Da kann man den Führerschein machen und Auto fahren.«

»Aber nur in Amerika«, sagte der Jaguarmann.

»Mama hat ihren Führerschein verloren«, sagte Julius.

»Ach tatsächlich?« Der Jaguarmann schenkte mir einen Blick aus seinen dunklen Augen.

»Wirklich verloren«, sagte ich schnell. »Nicht etwa abgegeben!«

Der Jaguarmann lachte. »Hab ich auch gar nicht vermutet. Ist Ihre Tochter wirklich schon vierzehn?«

»Ja«, sagte ich ein wenig lauernd. Jetzt musste er sagen: »Aber Sie sehen so jung aus!«, und darauf wieder ich: »Ja, ich war selber erst vierzehn, als ich schwanger wurde ...«

Leider kam es nicht zu diesem Dialog, denn Sabine und Frauke fielen mit ihren Vandalenkindern in die Garderobe ein.

»Ihr ßeid alleß doofe Müllßluckaß«, sagte Marlon.

»Du doofer sprachbehinderter Heini bist selber ein Müllschlucker!«

»Mama, der Marlon hat mich und die Wibeke geschubst.«

»Flavia! Was habe ich dir über das Petzen gesagt? Oh, hallo«, sagte Frauke zu mir.

»Hallo, Frauke«, sagte ich. Ich hatte ihr gegenüber ein schlechtes Gewissen, weil a) mein Sohn in ihren Schrank gekotzt hatte, b) durch mein Geplapper Jans Doppelleben als studentischer Frauenheld ans Licht gekommen war und ich c) wusste, dass sie wusste, dass ich wusste, dass sie nicht gemerkt hatte, dass der Klavierlehrer ihre Tochter sexuell missbraucht hatte.

Aber Fraukes Lächeln war herzlich. Sie trug mir offensichtlich nichts nach.

Umso kühler fiel Sabines Begrüßung aus. »Ach, Dings, hallo.«

»Hallo«, sagte ich genauso kühl.

Dem Jaguarmann und seiner Tochter schenkte Sabine ein erstaunlich strahlendes Lächeln. »Guten Morgen! Heute ist Emilys Geburtstag, nicht wahr? Deine Oma hat mir schon ganz viel davon erzählt, Emily, und Wibeke freut sich schon ganz doll auf das Kinderfest am Samstag und den Clown. Na, wie hat dir denn das tolle Puppenhaus gefallen, das der Schreiner für dich gemacht hat? Wibeke und Karsta haben auch ein schönes Puppenhaus. Das hat ihnen ihr Papi aber selber gemacht, deshalb ist es nicht so groß.«

Emily machte große Augen. Der Jaguarmann sagte: »Die Geschenke bekommt sie erst heute Nachmittag. Und der Clown sollte eine Überraschung sein.«

»Seißdreck!«, sagte Marlon. Ich fand es sehr passend.

Aber Sabine war hartgesotten. »Na dann viel Spaß noch«, sagte sie nur. »Und viele Grüße an Ihre Mutter, ja?«

»Gerne«, sagte der Jaguarmann. »Ähm – wie war noch gleich der Name?«

»Müllßucka!«

»Ziegenweidt-Sülzermann«, sagte Sabine. »Ich bin im Produktmanagement in der Firma Ihres Vaters.«

»Ach ja richtig«, sagte der Jaguarmann und küsste Emily zum Abschied.

»Flitßebörne!«

»Ihre Mutter sehe ich ab und an beim Golfen«, sagte Sabine. »Wenn ich denn Zeit dazu habe. Gerade am Wochenende bin ich ja viel geschäftlich unterwegs. Wibeke und Emily sind übrigens auch zusammen im Ballettunterricht. Wann möchtest du denn mal zu Wibeke zum Spielen kommen und dir das Puppenhaus anschauen?«

»Gar nicht«, sagte Emily. »Ich hab Wibeke auch gar nicht zu meinem Geburtstag eingeladen, das hat meine Oma getan.« Sie hopste in den Gruppenraum. Ich grinste anerkennend. Von den Kindern konnten wir in puncto Direktheit noch eine Menge lernen.

»Wiedersehen«, sagte der Jaguarmann.

Sabine lächelte heiter. Sie lächelte, bis der Jaguarmann die Garderobe verlassen hatte. Dann stellte sie das Lächeln abrupt ein und sagte: »Dieser arrogante Arsch! Der weiß genau, wer ich bin und was ich tue. Es ist ein Kreuz, dass man zu so einem höflich sein muss! Ich hasse diese Typen, die nie einen Finger krumm machen mussten, weil sie schon in Geldscheinen gewickelt wurden! Und diese alte Schachtel, seine Mutter – mir wird schon schlecht, wenn ich die nur sehe! Immer kommt sie mit irgendwelchen Spendenaufrufen an, und natürlich kann man nicht nur zehn Euro spenden, nein, es muss immer ein dicker Scheck sein, die Frau weiß schließlich, was ich verdiene. Dass ich damit aber meinen Mann, die Hypotheken, zwei Kinder und die Kinderfrau durchbringen muss, das ist ihr nicht klar. Sie denkt, ich reiße mir für die Firma nur aus reinem Vergnügen Tag und Nacht ein Bein aus.« Für einen Moment sah sie sehr alt und sehr hässlich aus. Beinahe hätte sie mir leidgetan.

Aber nur beinahe.

»Hat deine Freundin schon einen Termin beim Psychiater für ihren verhaltensgestörten Schreihals gemacht?«, fragte sie mich.

»Jasper ist nicht verhaltensgestört«, sagte ich empört. Wenn hier einer verhaltensgestört war, dann Sabine. Aber Sabine hatte beschlossen, mich nicht mehr zu beachten.

»Und, Frauke, hängt bei euch der Haussegen wieder gerade?«

»Ja, genau, wie geht es denn Laura-Kristin?«, fragte ich.

»Mit Jan und mir ist wieder alles bestens«, sagte Frauke. »Das war alles nur ein Missverständnis, Constanze hat da ganz schön was durcheinandergebracht.«

»Habe ich das?«

»Ist ja nicht so schlimm«, sagte Frauke und lachte. »Irgendwie war es ja auch ganz lustig. Aber ich kann Jan ja schlecht böse sein für Frauengeschichten, die er vor meiner Zeit gehabt hat. Außerdem sagt er, er ist so froh, dass er mich hat, und dass er diese Verena neulich mal beim Einkaufen getroffen hat und dass sie wahnsinnig fett geworden ist und schlechte Zähne hat und keine Kinder und keinen Mann ... – die Ärmste, oder? Sie hat ihr Studium zwar zu Ende gemacht, aber deshalb ist sie trotzdem keine glückliche Frau. Ich bedauere jede Frau über fünfunddreißig, die keine Kinder hat.«

»Ich auch«, sagte Sabine. »Ich habe mir den Vormittag freigenommen, um mit Karsta zum Kinderarzt zu gehen. Sie hat sich auf dem Clubnachmittag eine Erkältung eingefangen. Sie hat die ganze Nacht gehustet, die Ärmste. Kann es sein, dass ihr diesen Virus eingeschleppt habt, Cornelia?«

»Nein, wir doktern gerade noch an der Pest herum«, sagte ich.

Nelly war hellauf begeistert von ihren Geschenken, sogar von Julius' selbst gemachtem Bilderrahmen (rosa mit aufgeklebten Rosen).

»Da kommt ein Bild von dir rein, Juli«, sagte sie. »Damit jeder sieht, was für einen süßen kleinen Bruder ich habe. Danke, die Sachen sind alle supertoll! Und die Torte ist so schön!«

Ich machte ein Foto von Nelly und Julius, wie sie sich umarmten, und war ziemlich sicher, dass man später darauf Heiligenscheine über ihren Köpfen sehen würde. Was hatte ich doch für engelsgleiche Kinder!

Trudi schenkte Nelly einen Gutschein für eine Energiemassage, und Mimi brachte eine wunderschöne Palme für Nellys Zimmer herüber. Trudi hatte sich übrigens in der Nacht gar nicht zwischen Mimi und Ronnie ins Ehebett drängeln müssen, denn freundlicherweise hatte die Katze die beiden die ganze Nacht vom sinnlosen Spermienverschleudern abgehalten, indem sie ihre Jungen geboren hatte. Sechs Stück, jede Stunde eins, es war eine harte Nacht gewesen. Mimi schenkte Nelly auch gleich symbolisch eins der Kätzchen. Sie könne es haben, wenn es sechs Wochen alt wäre, und sie könne sich aussuchen, ob sie lieber ein rot getigertes oder ein braun getigertes haben wolle. Nelly konnte sich nicht entscheiden.

»Am besten nehmt ihr gleich zwei«, sagte Mimi, und Nelly und Julius waren gleichermaßen hingerissen.

»Das ist der schönste Geburtstag in meinem ganzen Leben«, sagte Nelly.

»Meiner auch«, sagte Julius.

Den absoluten Vogel schoss allerdings Lorenz ab, der Nelly das allerneuste mega-coole Fotohandy samt Vertrag schenkte mitsamt dem Versprechen, die monatliche Rechnung zu bezahlen, sofern sie sich nicht auf über hundert Euro beliefe. Ich wollte erst widersprechen, aus Angst, Nelly würde nun Tag und Nacht smsen und quatschen, aber dann beschloss ich, mich hier nicht einzumischen. Auch Paris rief an, um Nelly zu gratulieren und ihr einen gemeinsamen Einkaufsbummel vorzuschlagen. Nelly war entzückt, vor allem, weil Paris mit ihrer goldenen »American Express«-Karte bezahlen wollte.

»Eigentlich ist es doch cool, dass mein Vater jetzt mit einem stinkreichen Model zusammen ist«, sagte sie. »Er hätte sich ja auch so eine furztrockene Arbeitskollegin aussuchen können.«

Ich fand auch, dass Paris gar nicht so übel war. Sie brachte ein bisschen Glanz und Glamour und Manolo Blahnik in unser Leben. Trudi und Mimi meinten zwar, dass mir ein bisschen gesunde Eifersucht nicht schaden konnte, aber ich konnte solche Gefühle nun mal nicht künstlich erzeugen. Warum auch? Paris war nett, und es ging mir doch viel besser, wenn ich ihr Lorenz von Herzen gönnte. Ja, sie war sogar so nett, dass ich ihr eigentlich sogar noch etwas Besseres gegönnt hätte.

Nelly wollte unbedingt »Findet Nemo« angucken. Ich wäre lieber in »Troja« gegangen, weil mir Anne, Mimi, Trudi und sogar Gitti von Brad Pitts nacktem Hintern vorgeschwärmt hatten. Gitti hatte sogar gesagt, dass Brad Pitts Hintern sich toll *angefühlt* hätte, was uns alle irritiert hatte. Wir hielten es für so gut wie ausgeschlossen, dass Brad Pitt der große Unbekannte war, der Marie-Antoinette gezeugt hatte. Mimi meinte, Marie-Antoinettes Vater sei mit ziemlicher Sicherheit der Schwimmbad-Reiniger des tunesischen Ferienclubs, in welchem Gitti damals ihren Urlaub verbracht hatte. Auf jeden Fall hatte »Troja« sie alle in seinen Bann gezogen, und ich wollte Brad Pitts Hinterteil auch unbedingt sehen, um mitreden zu können. Trudi hatte der Film so sehr begeistert, dass sie nun prompt auch ein Leben aus dieser Epoche vorzuweisen hatte, als schöne Ägäis-Prinzessin und Geliebte diverser griechischer Helden und Halbgötter. Das war keine große Überraschung:

In all ihren früheren Leben war Trudi entweder Prinzessin, Königin, Gräfin, Papst, Raumschiffkapitän oder Indianderhäuptling gewesen und immer schön und klug. Erstaunlicherweise scheinen alle Leute mit einem früheren Leben etwas Besonderes gewesen zu sein, man wird kaum jemand treffen, der zugibt, eine zahnlose Küchenmagd gewesen zu sein oder ein Schuhverkäufer. Womöglich ist das auch der Grund dafür, warum sich die meisten nicht an ihr früheres Leben erinnern. Trudi sagte ja gern, dass sie mich schon immer gekannt habe, und auch in der Antike sei ich schon mit dabei gewesen, aber wenn sie davon anfing, stellte ich meine Ohren gewöhnlich auf Durchzug. Mir reichte dieses eine Leben hier völlig.

Nelly war schon mit dem Geschichtskurs in »Troja« gewesen und hatte gesagt, dass Brad Pitts Hintern das einzig Gute an diesem Film gewesen sei. Die Hälfte der Zeit habe sie nur die Augen zusammengekniffen, weil ständig irgendwer von Speeren, Schwertern und Pfeilen durchbohrt worden sei und sowieso alle sterben würden, und das müsse sie nun wirklich nicht nochmal haben. Ich würde also warten müssen, bis Brad Pitts nackter Hintern im Fernsehen gezeigt wurde.

Das Gute an »Findet Nemo« war, dass Julius mitkommen konnte, für das blutige Troja hätte er solange bei Anne und Jasper bleiben müssen. Ich kaufte eine extra große Portion Popcorn und fiel fast in Ohnmacht, als mir die Verkäuferin einen riesigen Eimer über die Theke reichte. Wenn er leer war, konnten wir ihn zu Hause als Wäschekorb benutzen, aber ich zweifelte daran, dass wir ihn jemals leer essen konnten. Nelly wollte außerdem Cola und Julius Limonade, und beide wollten Eiskonfekt und Chips, und weil heute Nellys Geburtstag war, durften sie ausnahmsweise alles haben. Nur der Transport war etwas schwierig, weil sich die Kinder bereits in den Kinosaal verdrückt hatten und mir nicht beim Tragen helfen konnten.

»Ach du lieber Gott«, sagte die Frau hinter mir. »Der Film dauert 90 Minuten, aber die Leute denken, sie könnten in der Zeit verhungern.«

Ich erkannte die Stimme sofort. Als ich mich umdrehte, den Eimer Popcorn unter den einen Arm geklemmt, Chipstüte und Eiskonfekt obenauf gestapelt und mit dem Kinn fixiert, die Getränke mit der anderen Hand gegen die Brust gedrückt, sah ich direkt in die Augen der Mutter des Jaguarmannes.

»Nur kein Neid«, sagte ich etwas mühsam. Mein Kinn knisterte in die Chipstüte.

Die Mutter des Jaguarmannes zog die Augenbrauen hoch und wandte sich ab. Sie hatte mich schon wieder nicht erkannt.

»Eine Tüte Weingummi bitte«, sagte sie zur Verkäuferin. Ich schielte im Vorbeigehen auf die Plakate. Was wollte sich die alte Schachtel hier am helllichten Nachmittag angucken? Brad Pitts nackten Hintern?

Wir hatten gute Plätze in der zweiten Reihe von hinten, Mitte, und weil ich so lange nicht mehr im Kino gewesen war, genoss ich sogar die Werbung. Dummerweise nur saßen die Mutter des Jaguarmannes und die kleine Emily schräg hinter uns.

Emily hatte uns natürlich erkannt. »Guck mal, Oma, das ist der Julius aus meinem Kindergarten und seine Mutter«, sagte sie.

»Freut mich, Sie kennen zu lernen«, sagte die

Oma ungefähr so erfreut, als habe sie gerade Hämorrhoiden an ihrem Hintern entdeckt.

»Wir kennen uns doch«, sagte ich. »Sie haben mich neulich mit Ihrem Mercedes fast getötet.«

»Ach«, sagte die Frau gedehnt. Dann sah sie auf meine Kinder und unseren reichlichen Proviant und sagte: »Na, das passt ja!«

Was sollte denn das schon wieder heißen? Diese Frau trieb mich wirklich jedes Mal auf die Palme.

»Möchtest du Eiskonfekt?«, fragte Julius Emily.

»Nein danke«, sagte die Mercedes-Schrulle. »Emily hat Weingummi.«

Neben ihr saß ein etwas abgerissen aussehender junger Mann mit Jeansjacke. »Aber ich würde gerne etwas Eiskonfekt haben, wenn's geht«, sagte er.

Die Mercedes-Schrulle wedelte mit der Hand vor ihrer Nase in der Luft herum. »Kann es sein, dass Sie eine Überdosis Knoblauch zu sich genommen haben, junger Mann?«

»Ganz normal Gyros mit Zaziki«, sagte der junge Mann.

»Unverschämtheit«, sagte die Mercedes-Schrulle. »Wenn man so stinkt, geht man doch nicht unter Leute.«

»Ich rieche selber gar nichts«, sagte der junge Mann und wandte sich an mich. »Riechen Sie was?«

»Nein«, sagte ich. Er saß glücklicherweise zu weit weg.

Die Mercedes-Schrulle sah mich an, als habe sie nichts anderes von mir erwartet. Sie und Emily rückten einen Platz weiter. Sie saßen jetzt direkt hinter mir, und ich bildete mir ein, ihre spitzen Knie in meinem Rücken zu spüren.

Der junge Mann nahm sich noch ein Eiskonfekt, dann wurde es wieder dunkel, und der Film fing an. Er zog mich sofort in seinen Bann. Ein junges, verliebtes Pärchen bezog gerade seine neue Wohnung. Sie erwarteten ihre ersten Kinder und dachten über die Namen nach, die sie ihnen geben würden. Und dann – Himmel war das traurig! – fielen die Frau und die Kinder einem heimtückischen Mord zum Opfer. Ich fragte mich wirklich, warum dieser Film ab null Jahren freigegeben war! Gut, bei dem jungen Paar handelte es sich um computeranimierte Clownfische, und die Kinder (ungefähr viertausend) waren noch in den Eiern gewesen, aber ich glaubte nicht, dass Troja insgesamt Dramatischeres zu bieten hatte.

Aufgewühlt futterte ich mich tief in den Popcorneimer.

»Geht es vielleicht auch etwas leiser?«, zischte die Mercedes-Schrulle.

Ich reichte den Popcorneimer etwas beschämt an Julius weiter.

Nemo, das einzige Clownfischbaby, das überlebt hatte, kam in die Schule und schwamm auf dem Rücken eines Rochens davon, direkt an einen gefährlichen Meeresgraben. Ein lautes Piepsen ertönte. Ich ahnte schon, dass die nächste Katastrophe unmittelbar bevorstand.

Julius schlürfte die Limonade geräuschvoll durch seinen Strohhalm.

Emilys Oma seufzte ebenso geräuschvoll. Der Druck ihres Knies in meinem Rücken wurde fester.

Wieder piepste es. Ich begriff, dass das nicht zum Soundtrack des Filmes gehörte.

Nemo wurde von einem Taucher gefangen und

entführt. Sein Vater war untröstlich. Ich auch. Das war mehr, als ein Clownfisch ertragen konnte. Ich sah zu Julius hinüber, aber der sah ganz fröhlich aus, soweit ich das im Dunkeln erkennen konnte.

Lautes Piepsen. Dann die Melodie von »Ein Rudi Völler!«.

»Herrgott nochmal!«, sagte Emilys Oma. »Machen Sie sofort das Handy aus, oder ich hole jemanden vom Personal!«

»Schschscht!«, sagte ich. »Ich habe überhaupt kein Handy dabei!« Außerdem spielte meins ganz brav und leise »Für Elise«, wenn es denn überhaupt mal klingelte.

»Ruhe«, sagte jemand von weiter vorn. »Ein Rudi Völler« verstummte.

Eine Weile konnten wir dem Film ungestört folgen. Es blieb dramatisch. Als der Clownfisch und seine Doktorfischfreundin auf eine Gruppe angeblich vegetarischer Haie trafen, musste Julius meine Hand halten, und Nelly musste mir sagen, wann ich die Augen wieder aufmachen konnte.

»Atmen Sie doch wenigstens mit geschlossenem Mund«, sagte die Mercedes-Schrulle zu dem jungen Mann, der Gyros gegessen hatte.

Irgendwo in der Nähe spielte jemand die Melodie von »Die Hände zum Himmel«.

»Jetzt reicht es mir aber«, sagte die Mercedes-Schrulle und klopfte auf die Lehne meines Sitzes.

»Lassen Sie das bitte«, sagte ich. »Das ist nicht mein Handy, und damit basta.«

»Die Hände zum Himmel« ging mit einem Doppelpiepser in »The Final Countdown« über und gleich danach in »Ich bin jung und brauche Geld«.

Es dauerte noch ein Weilchen, aber als Nemos armer Vater sich durch eine Herde Feuerquallen kämpfte, merkte ich endlich, dass es Nellys Handy war, das uns all diese schönen Melodien bescherte.

»Bist du noch ganz dicht?«, zischte ich. »Mach das sofort aus.«

»Es hat fünfzig verschiedene Klingeltöne«, flüsterte Nelly. »Und elf Geräusche. Es kann wiehern und sich räuspern und jodeln!«

Julius kicherte. »Bitte, lass es mal wiehern, Nelly, biiiiitte!«

Ich begriff, dass die Heiligenscheine über den Köpfen meiner Kinder nur eine vorübergehende Erscheinung gewesen waren.

»Stell das Handy sofort aus!«

»Gleich! Ich suche schon die ganze Zeit nach dem Furz. Der hört sich täuschend echt an. Warte mal, hör doch.«

Es piepste, dann rülpste jemand laut und Ekel erregend. Julius und Nelly kicherten haltlos.

»Typisch«, sagte die Mercedes-Schrulle.

Ich brauchte eine Weile, bis ich begriff, dass das Handy gerülpst hatte und nicht Nelly selber.

»Nelly!«, zischte ich empört. »Pack das Ding sofort in deinen Rucksack.«

»Noch einmal, bitte. Der Furz ist so gut! Die Ziege hinter uns regt sich darüber bestimmt unheimlich auf.« Es piepste wieder, dann lachte Nellys Handy unheimlich. »Scheiße, schon wieder nicht der Furz!«

Julius kicherte noch mehr. Er hörte sich an, als ob er gekitzelt würde.

»Ruhe!«, sagte jemand von weiter vorn.

»Es hat keinen Zweck, ich versuche das schon seit

einer Stunde«, sagte die Mercedes-Schrulle. »Aber was will man von solchen Proleten auch anderes erwarten?«

»Sie sind doch selber am lautesten«, sagte der junge Mann.

»Und Sie klappen mal ganz schnell wieder Ihren Mund zu«, sagte die Mercedes-Schrulle. »Das ist doch eine Zumutung, dieser Gestank.«

»Ruhe, verdammt nochmal!«, sagte der jemand von weiter vorn. »Es gibt noch Leute, die sich für den Film interessieren.«

Nellys Handy furzte. Es war ohrenbetäubend. Fast hätte ich mir die Nase zugehalten.

Julius ließ vor Lachen den Eimer mit dem Popcorn auf den Boden fallen. Er war leider noch ziemlich voll. Das Popcorn verteilte sich raschelnd im Fußraum.

»Her mit dem Handy!«, zischte ich sauer.

Julius krümmte sich vor Lachen, Nelly ebenso.

Das Handy furzte erneut.

»Das ist wirklich unerhört«, sagte die Mercedes-Schrulle.

Da hatte sie ja leider Recht. Aber gerade als ich mich umdrehen und mich für meine ungezogenen Kinder entschuldigen wollte, fuhr die Mercedes-Schrulle fort: »Mich wundert überhaupt nichts mehr. Frauen Ihres Schlages haben ihre Kinder nie im Griff. Was aus den bedauernswerten Kreaturen mal werden wird, wenn sie erwachsen sind, mag man sich kaum vorstellen. Fest steht nur, dass *wir* mal für sie aufkommen müssen! Kein Wunder, dass unser Sozialstaat den Bach hinuntergeht.«

Mir platzte der Kragen. »Ich finde, wer im Glashaus sitzt, sollte nicht mit Steinen werfen! Als ob Sie beurteilen könnten, was aus meinen Kindern mal werden wird. Gut, sie benehmen sich ab und zu mal daneben, aber sie entwickeln sich völlig normal, und ich versichere Ihnen, dass mein Sohn es mal nicht nötig haben wird, sich seine Ehefrau in Fernost zu kaufen, um das Familienerbe zu sichern.«

Ich hatte das Gefühl, nicht nur die Mercedes-Schrulle, sondern die ganze hintere Reihe würde kollektiv nach Luft schnappen. Aber danach herrschte Ruhe.

Na also.

Ich streckte Nelly die Hand hin, und sie legte widerspruchslos das furzende Handy hinein. Ich stellte es ab und warf es in meine Handtasche. Julius und Nelly hörten auf zu lachen. Die letzten fünfundzwanzig Minuten von »Nemo« konnten wir ungestört genießen. Gott sei Dank sanken sich Vater und Sohn am Ende wieder in die Flossen.

Als der Abspann lief und das Licht anging, wies ich meine Kinder an, das Popcorn vom Boden zu sammeln.

»Die kommen eh mit so einem großen Staubsauger und machen das weg«, maulte Nelly.

»Das ist mir egal«, sagte ich und stand auf, um mir das Popcorn von den Klamotten zu schütteln und einen Blick auf die Mercedes-Schrulle zu werfen. Ich wartete noch auf eine Retourkutsche, aber sie stand nur da und guckte an mir vorbei. Neben ihr stand Emily, und neben Emily stand – der Jaguarmann.

Ich vergaß für einen Moment zu atmen.

Scheiße! Scheiße! Scheiße! Da stand er und guckte mich mit seinen schönen braunen Augen an, als würde er mich zum ersten Mal sehen. Wann hatte er sich denn hineingeschlichen? Oh Gott, war das schrecklich! Ich hatte seine Mutter beleidigen wollen, aber doch nicht ihn! Er war doch immer so nett zu mir. Und er konnte doch nichts dafür, dass seine Mutter ihn zu früh aufs Töpfchen gesetzt hatte. Ich hätte gern etwas gesagt, aber ich wusste beim besten Willen nicht, was.

»Mami?« Nelly packte meinen Arm. »Du siehst so komisch aus. Ist dir schlecht?«

»Nein, alles in Ordnung«, sagte ich niedergeschlagen und drehte mich vom Jaguarmann weg. Hoffentlich würde ich nie wieder von ihm träumen.

✿

Am nächsten Morgen hatte ich meinen Termin bei Mimis Rechtsanwalt, und weil ich absolut keine Lust hatte, dem Jaguarmann noch einmal über den Weg zu laufen, brachte ich Julius erst um kurz vor neun in den Kindergarten, um dann sofort weiterzufahren. Das Büro des Anwaltes lag in einem der schicken Gebäude im Mediapark, in denen sich die Architekten einen Spaß daraus gemacht haben, Aufzüge und Treppen vor den Besuchern zu verstecken.

Ich irrte eine Weile durch das Erdgeschoss, bis ich endlich vor einem Aufzug stand. Während ich auf die Kabine wartete, kontrollierte ich in dem mannshohen Spiegel daneben, ob ich immer noch so gut aussah wie zu Hause. Bis auf ein bisschen verschmierte Wimperntusche war alles tadellos. Weil Mimi und Ronnie mir ununterbrochen von diesem Anton vorgeschwärmt hatten, konnte ich davon ausgehen, dass sie es umgekehrt bei ihm genauso gemacht hatten.

Ich wollte seine Erwartungen auf keinen Fall enttäuschen. Trudi hatte hart am Feng-Shui meiner Partnerschafts- und Sexualleben-Ecke gearbeitet, und ich fand, es wurde allerhöchste Zeit für ein erstes Date nach Lorenz. Mimi war zutiefst schockiert gewesen, als ich ihr erzählt hatte, dass ich außer mit Jan (im Dunkeln) und mit Lorenz (überwiegend Missionarsstellung) keinerlei Bettgeschichten vorzuweisen hatte. Sie hatte sofort angeboten, Julius heute vom Kindergarten abzuholen, »falls Anton dich zum Mittagessen einlädt«, und es fehlte eigentlich nur noch, dass sie ein Hotelzimmer für uns gebucht und mir eine Packung Kondome in die Hand gedrückt hätte. Während ich mich im Spiegel betrachtete, sah ich, wie jemand neben mich trat.

Es war der Jaguarmann.

Mein Herz setzte für einen Schlag aus, bevor es wie wild zu klopfen anfing. Der Jaguarmann guckte mit einer Art mildem Erstaunen auf mich hinunter. Ich hasste das Schicksal dafür, dass es mir diesen Menschen ständig über den Weg laufen ließ.

»Was machen Sie denn hier?«, fragte ich.

»Hm, also, jetzt haben Sie mich erwischt«, sagte der Jaguarmann. »Ich bin hier, um mir eine neue Frau aus Fernost zu kaufen. Im sechsten Stock sitzt das beste Frauenhandelsyndikat des Landes. Die haben dort eine Wahnsinnsauswahl.«

Ich wurde noch röter, als ich ohnehin schon war. »Hören Sie, ich wollte Sie gestern wirklich nicht beleidigen«, sagte ich. »Ich wollte Ihre Mutter beleidigen.«

Der Jaguarmann zog die Augenbrauen hoch.

Ich hätte einfach den Mund halten können, aber

stattdessen plapperte ich einfach weiter. »Weil sie mich zuerst beleidigt hat. Jedes Mal, wenn wir uns treffen, bringt sie mich mit ihrer Arroganz auf die Palme. Bei unserem ersten Treffen hätte sie mich beinahe überfahren. Und im Grunde habe ich vollstes Verständnis für Sie, auch wenn ich das, was Sie getan haben, natürlich nicht wirklich billige, aber es war eben Ihre Art zu rebellieren und sich für die Erziehung Ihrer Mutter zu revanchieren. Ich glaube nicht, dass Sie dafür verantwortlich gemacht werden können, dass Ihre Mutter Sie zu früh aufs Töpfchen gesetzt hat.«

»Man kann mich nicht dafür verantwortlich machen, dass ich zu früh aufs Töpfchen gesetzt wurde?«, wiederholte der Jaguarmann entgeistert.

»Nein, im Grunde sind Sie ein Opfer«, sagte ich. »Wenn ich Sie ansehe, dann sehe ich in Ihnen den kleinen, vernachlässigten, einsamen, reichen Jungen, der der Welt beweisen wollte, dass Liebe und Geld nichts miteinander zu tun haben. Das entschuldigt natürlich nicht alles, was Sie getan haben, aber es ist immerhin eine Erklärung.«

Der Jaguarmann sah mich mit gerunzelter Stirn an. »*Das* sehen Sie, wenn Sie mich angucken? Einen kleinen Jungen? Wissen Sie, das ist was ganz Neues für mich. Die meisten Frauen sagen, ich sähe aus wie der große Bruder von Johnny Depp.«

»Na ja«, sagte ich. Eingebildet war der wohl gar nicht. »Ich bin eben nicht wie andere Frauen.«

»Das stimmt wohl. Sagen Sie, würden Sie mit diesem faszinierenden psychologischen Gutachten auch bei Gericht für mich aussagen?«, fragte der Jaguarmann.

»Ich hoffe, das wird nicht nötig sein«, sagte ich. Was wollte er tun? Seine Mutter vom Balkon schubsen? Ich hätte vollstes Verständnis dafür gehabt. Aber mir war klar, dass er nur versuchte, das Ganze etwas ins Lächerliche zu ziehen, um der Angelegenheit das Peinliche zu nehmen. Ich würde sagen, dafür war es längst zu spät. »Und weswegen sind Sie nun wirklich hier?«

»In Wirklichkeit gehe ich zu dem Psychiater im dritten Stock«, sagte der Jaguarmann. »Und Sie?«

»Ich habe einen Termin mit meinem Scheidungsanwalt«, sagte ich. »Im zehnten Stock.«

Der Jaguarmann lachte laut auf.

»Was ist denn daran so komisch?«, fragte ich. »Jede vierte Ehe in Deutschland wird geschieden, das heißt nicht, dass ich auch zu früh aufs Töpfchen gesetzt wurde, falls Sie das meinen.«

Der Jaguarmann lachte immer noch. »Na, dann steigen Sie doch mal ein«, sagte er und zeigte auf die Aufzugstüren, die sich geöffnet hatten.

Sein Lachen erschien mir so unpassend, und seine Augen leuchteten so merkwürdig, dass ich es mit der Angst zu tun bekam.

»Nein, danke, ich gehe zu Fuß«, sagte ich. »Treppensteigen ist ja so gesund.«

»Tja, dann ...« Der Jaguarmann trat ohne mich in den Aufzug. »Wir sehen uns«, sagte er.

»Klar«, sagte ich. Das Letzte, was ich sah, bevor die Aufzugstüren sich schlossen, waren die leuchtenden, dunklen Augen. Er sah wirklich aus wie Johnny Depp. Nicht wie dessen großer Bruder.

Es dauerte etwas, bis ich die Treppen gefunden hatte – gut versteckt –, und ich hatte auf dem Weg in den zehnten Stock genug Zeit, über mich und den Jaguarmann nachzudenken. Ich kam zu dem Schluss, dass das eben die weitaus peinlichste Begebenheit meines Lebens gewesen war. Mir fiel auch niemand ein, dem je etwas Peinlicheres passiert war, mit Ausnahme der Frau, die mit mir nach Julius' Entbindung auf einem Zimmer gelegen hatte. Ihr Name war Yola Haltmann gewesen, und sie war auch zwei Tage nach der Geburt ihrer Tochter immer noch dick wie ein Ballon. Wenn sie das Aquarium mit dem Baby darin über den Flur schob, wurde sie des Öfteren gefragt, wann es denn bei ihr endlich so weit sei, und darüber geriet sie verständlicherweise in Wut. Noch wütender machten sie Zeitschriften, in denen Bilder von prominenten Frauen gezeigt wurden, die drei Tage nach der Entbindung ihrer Kinder in bauchfreien Schlauchkleidern auf Partys tanzten und hinreißend aussahen.

»Wie zum Teufel soll das denn gehen?«, rief Yola aus und pfefferte die Zeitschrift an die Wand. »Unter dieses Kleid passt nicht mal ein Höschen, geschweige denn eine Damenbinde so groß wie ein Kopfkissen. Wir hocken hier mit unseren Dammschnitten in einem Schwimmring, tragen Netzunterhosen und haben Quarkwickel auf der Brust, und diese Frauen haben mit Wochenfluss und Milcheinschuss nicht das Geringste zu schaffen – mir soll noch einmal jemand erzählen, dass es einen gerechten Gott gibt!«

Am selben Tag verlor Yola die kopfkissengroße Damenbinde, von der sie gesprochen hatte, im Flur. Sie rutschte einfach aus ihrer Netzunterhose und fiel mit einem sanften Plumps auf das Linoleum. Jemand bückte sich und rief: »Sie haben da etwas verloren,

Fräulein«, um es dann angewidert wieder fallen zu lassen, aber Yola ging einfach weiter, als habe sie es nicht gehört. Sie lebt heute unter einem anderen Namen in einer anderen Stadt.

Das war das einzige Ereignis, das mir einfiel, das peinlicher war als das, was ich mit dem Jaguarmann erlebt hatte.

Als ich im zehnten Stock ankam, war ich fest entschlossen, in Zukunft nicht mehr so redselig zu sein. Reden war Silber, Schweigen war Gold. Hätte ich in dieser Angelegenheit von Anfang an geschwiegen, würde ich mich jetzt bedeutend wohler in meiner Haut fühlen. Aber Fehler waren dazu da, damit man aus ihnen lernte, sagte Trudi immer. Das nächste Mal: einfach Klappe halten. Bei diesem Anton würde ich nur das Allernötigste sagen. Statt irgendeinen Unsinn von mir zu geben, konnte ich beispielsweise lächeln. Ich hatte sehr schöne Zähne.

Die Kanzlei von Mimis und Ronnies Anwalt und seinem Partner präsentierte sich in stylischem Wurzelholz, Edelstahl und Glas und roch nach vielen gewonnenen Fällen.

»Constanze Wischnewski. Ich habe einen Termin bei Herrn Alsleben«, sagte ich zu der jungen Frau am Empfang. Sie trug eine Wurzelholzbrille, passend zur geschwungenen Theke.

»Herr Doktor Alsleben ist gleich für Sie da«, sagte die Frau. Die Brille sah aus wie selbst geschnitzt. »Ein Käffchen?«

»Ja gerne«, sagte ich. Herr Doktor, aha. Dieser tolle Anton war auch noch promoviert. Sollte er mich tatsächlich zum Essen einladen, würde ich Lorenz davon erzählen. Er besaß eine Art natürlichen Bildungsneid auf alle Juristen mit Doktortitel. Es würde ihn schrecklich wurmen, wenn ich mit so einem ausging.

Ich setzte mich auf einen Ledersessel im geschmackvollen Wartebereich, und die Wurzelholzbrillenfrau servierte mir einen Cappuccino, der meine Nerven beruhigte. Allerdings nur vorübergehend. In der »Brigitte«, in der ich blätterte, gab es ein kleines Portrait von Johnny Depp. Ich klappte die Zeitschrift zu, als ob sie Feuer gefangen hätte. Stattdessen nahm ich meine gesammelten Briefe von Brüderle, Süffkens und Becker heraus sowie alles, was ich von Lorenz und Ulfi zum Thema »harmonische Trennung« zusammengetragen hatte. Es war ein ansehnlicher Stapel.

»Sie können jetzt hineingehen«, sagte die junge Frau mit der selbst geschnitzten Sehhilfe. »Herr Doktor Alsleben erwartet Sie.«

Ich strich meinen Rock glatt, klemmte mir den Papierstapel unter den Arm und spazierte so elegant wie möglich in das Büro. Und ich lächelte. Herr Doktor Anton Alsleben stand vor dem raumbreiten Fenster, hinter dem sich ein beeindruckendes Köln-Panorama darbot. Aber ich hatte dafür keinen Blick übrig. Ich starrte nur entsetzt auf Herrn Doktor Alsleben.

Er war niemand anders als der Jaguarmann.

Ich drehte mich auf dem Absatz um und ging zurück zur Tür.

»Wo wollen Sie hin?«, rief der Jaguarmann.

»Ich gehe und schaufel mir ein Loch«, sagte ich.

Der Jaguarmann holte mich an der Wurzelholztheke ein und hielt mich am Arm fest. »Ich verstehe, wenn Sie gewisse Vorbehalte haben, sich von mir anwaltlich vertreten zu lassen«, sagte er. »Aber ich versichere Ihnen, die Tatsache, dass meine Mutter mich zu früh auf den Topf gesetzt hat, wirkt sich nicht nachhaltig auf meine Fähigkeiten als Rechtsanwalt aus.«

Die Wurzelholzbrille machte große Augen.

Ich machte meine zu. So, jetzt hatte ich Yola Haltmann in Sachen Peinlichkeit definitiv überholt.

»Hören Sie, mir ist das genauso peinlich wie Ihnen«, sagte der Jaguarmann. Ich machte meine Augen wieder auf und sah, dass seine immer noch leuchteten. Vermutlich aus purer Schadenfreude. Er grinste auch so blöd. »Ich war auch nicht gerade erfreut, als mir unten am Aufzug klar wurde, dass Sie höchstwahrscheinlich die Freundin von Ronnie und Mimi sind. Aber wenn Sie jetzt wieder gehen, werden die beiden beleidigt sein.«

»Ja, das werden sie wohl«, sagte ich. »Aber ich kann das unmöglich tun. Wenn ich Sie wäre, würde ich diesen Fall für mich mit Absicht verlieren. Sogar gegen Hempels.«

»Tja, Sie sind aber nicht ich«, sagte der Jaguarmann. »Ich bin ein Profi. Nicht wahr, Frau Möller? Sie können Frau Wischnewski sicher bestätigen, dass ich ein Profi bin.«

»Er ist der Beste«, sagte die Wurzelholzbrille. »Wenn ich mich jemals scheiden lassen sollte, dann auf jeden Fall mit ihm. Unsere Warteliste ist ellenlang. Manche Leute heiraten überhaupt nur, um sich von Herrn Doktor Alsleben wieder scheiden zu lassen.«

»Es ist natürlich Ihre Entscheidung«, sagte der Jaguarmann. »Aber ich hätte Sie wirklich gern als meine Mandantin.«

»Ich war es, die neulich Ihr Auto zerkratzt hat«, sagte ich.

»Ich weiß«, sagte der Jaguarmann. »War mir im Nachhinein sehr peinlich, dass ich so einen Wirbel gemacht habe. Was fährt Ihr Mann für einen Wagen?«

»Einen Volvo. Kombi.«

»Sie wissen, dass Ihnen die Hälfte davon zusteht, oder? Auch wenn Sie Ihren Führerschein verlegt haben.« Der Jaguarmann führte mich am Arm zurück in sein Büro. Ich ließ mich führen, mein Körper hatte jegliche Spannung verloren.

»Frau Möller, machen Sie uns bitte einen Kaffee, ja?«, sagte der Jaguarmann über seine Schulter. »Und für Frau Wischnewski einen Cognac. Einen doppelten.«

Ich rief Mimi vom Handy aus an, um ihr zu sagen, dass ich Julius selber vom Kindergarten abholen würde.

»Oh«, sagte Mimi enttäuscht. »Hat Anton dich etwa nicht zum Mittagessen eingeladen? Dieser Stoffel!«

»Ich denke, ich kann mit ziemlicher Sicherheit sagen, dass ich nicht sein Typ bin«, sagte ich erschöpft.

»Ach was, das kann man doch so schnell noch gar nicht sagen«, meinte Mimi. »Ich werde mal ein ernstes Wörtchen mit ihm reden müssen. Und er hat wirklich kein bisschen mit dir geflirtet?«

»Nein. Er war sehr professionell«, sagte ich.

»Also wirklich«, sagte Mimi und lachte. »Dabei kann er so charmant sein, wenn er will. Und witzig! Er hat einen wahnsinnig subtilen Humor. Genau wie du. Ihr habt überhaupt unheimlich viel gemeinsam, beide geschieden, zwei Kinder ... habe ich dir eigentlich schon erzählt, wie unheimlich süß er mit seiner Tochter umgeht? Sie dürfte in etwa so alt sein wie Julius. Ich denke, ihr müsst euch einfach ein bisschen besser kennen lernen. Am besten lade ich euch beide zum Abendessen ein, so im privaten Rahmen ist er vielleicht weniger professionell.«

»Leider kann ich da nicht«, sagte ich.

»Aber ich habe doch noch gar nicht gesagt, wann«, sagte Mimi.

»Ich weiß jetzt schon, dass ich krank sein werde«, sagte ich. »Mimi, ich muss Schluss machen, Julius wartet sonst im Kindergarten auf mich. Wir sehen uns ja heute Nachmittag in Gittis Filzkurs.«

»Ach ja«, sagte Mimi und seufzte schwer. »Ich kann's gar nicht erwarten.«

Willkommen auf der Homepage der

Mütter-Society,

dem Netzwerk für Frauen mit Kindern.

Ob Karrierefrau oder »nur«-Hausfrau,

hier tauschen wir uns über Schwangerschaft und Geburt, Erziehung, Ehe, Job, Haushalt und Hobbys aus und unterstützen uns gegenseitig liebevoll.

Zutritt zum Forum nur für Mitglieder

19. April

Habe heute das Ergebnis unserer Amniozentese erhalten: Unser Baby ist kerngesund und wird ein Junge. Er wird Ruben heißen. Ich verspreche dir, dass wir ihn niemals »Ruby«, rufen werden, Ellen.

Wie faltet man eigentlich Spannbetttücher? Kannst du nicht mal jemanden auftreiben, der darüber einen Kurs gibt, Frauke?

Sonja

19. April

Gratuliere ganz herzlich zum Jungen, Sonja, glaub mir, es gibt nichts Schöneres. So nett das mit Mädchen auch ist, erst mit einem Sohn ist eine Familie doch so richtig komplett! Die Gefühle für einen Jungen sind auch ganz anders als die für ein Mädchen, du wirst es erleben. Spannbetttücher sind übrigens ganz einfach zu falten, ich kann es dir gerne mal zeigen.

Frauke

20. April

Gott sei Dank, dass die gute Frau Porschke weiß, wie man Spannbetttücher faltet und ähnlichen Kram, mit dem ich mich nicht auch noch abgeben will, wenn ich von der Arbeit nach Hause komme. Fahre morgen mit Wibeke und Karsta zu einem Casting für Kindermodeaufnahmen. Peter und ich finden beide, dass man ruhig Kapital daraus ziehen darf, dass man so hübsche Kinder zu Stande gebracht hat. Drückt meinen Mäusen die Daumen.

Sabine

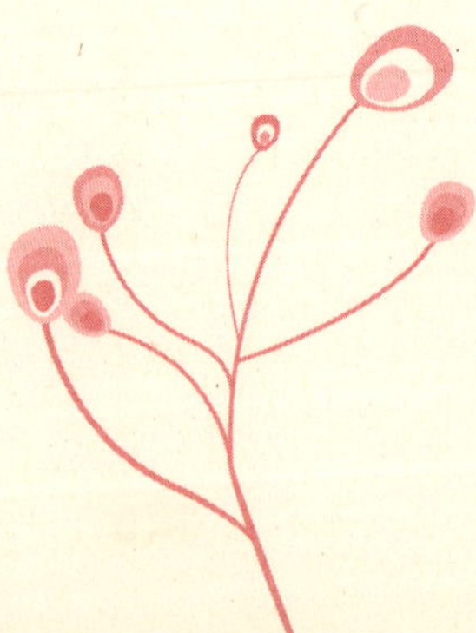

9. Kapitel

Sowohl Anne als auch Trudi hatten ihr Versprechen eingehalten und ein paar Freundinnen zum Engelfilzen mitgebracht. Gitti geriet über die vergleichsweise große Gruppe geradezu aus dem Häuschen.

»Zehn Leute plus die Kinder! Das hat es noch nie gegeben«, sagte sie. »Das wird in die Annalen dieser Einrichtung eingehen.«

»Dann können *wir* ja wieder gehen«, flüsterte Mimi mir zu.

Aber das kam natürlich gar nicht infrage. Das Filzen war gar nicht so einfach, wie es aussah, aber es hatte etwas Beruhigendes, fast Meditatives, beide Hände in Seifenlauge zu tauchen und stundenlang die gleichen Bewegungen auszuführen. Ich brauchte ewig, um die kleine Kugel zu rollen, die der Kopf meines Engels werden sollte, und bei den Flügeln versagte ich gänzlich. Sogar Julius' Schutzengel sah am Ende besser aus als meiner. Mimis Engel war natürlich perfekt, sie machte offenbar nur perfekte Sachen. Trudis Engel sah ein bisschen zerrupft aus, und Annes Engel hatte eine lustige Punkfrisur. Gittis Engel waren die schönsten. Sie hatte ganz kleine, handtellergroße Engelchen gemacht, um uns Farbbeispiele und Techniken zu demonstrieren.

Eine Frau aus Annes Beckenbodengymnastikkursus kreischte laut auf, als sie sie sah.

»Wie entzückend! Wie unglaublich zauberhaft!«, schrie sie. »Wenn man sie sich um den Hals hängt, sind sie wie kleine Talismane. Damit gehen wir in Serie!«

»Helene hat den ›Kitsch&Kunst‹-Laden im Libellenweg«, erklärte Anne. »Sie hat ein Gespür für Trends.«

»Jawohl!«, schrie Helene. »Das habe ich! Filzschmuck ist ja schon lange in, aber diese Engelchen sind ein absolutes Novum. Ich kaufe Ihnen hundert Stück ab, Frau Hempel, wann können Sie liefern? Fünfzehn Euro pro Stück, ist das in Ordnung?«

»Na ja«, sagte Gitti. »Das ist eigentlich ein bisschen viel.«

Mimi und Trudi rammten ihr beide den Ellenbogen in die Rippen.

»Viel?«, kreischte die Frau. »Ich filze hier seit über einer Stunde an meinem Engel und habe gerade mal den Kopf fertig – da sind fünfzehn Euro doch ein erbärmlicher Stundenlohn, oder? Glauben Sie mir, ich verkaufe die Dinger in meinem Laden für vierzig Euro wie nichts. Wir sollten sie uns bundesweit patentieren lassen. Wir gründen unser eigenes Label, ›Angelfilz‹, ›Filzengel und mehr‹, ›Flügelchen AG‹, irgendwie so etwas. Damit werden wir reich!«

Mimi rammte diesmal mir den Ellenbogen in die Rippen. »Jetzt ist Gitti so beschäftigt, dass sie nicht mehr jeden Tag vorbeikommen und uns alles wegessen kann!«

»Ja, toll«, sagte ich.

»Was guckst du denn die ganze Zeit so griesgrämig? Mach dir nichts draus, wenn Anton nicht mit dir geflirtet hat, Ronnie hat gesagt, manchmal ist er ein bisschen schüchtern.«

»Na ja ...«, sagte ich. »Weißt du, Mimi, ich kannte Anton schon vorher. Seine Tochter geht mit Julius in den Kindergarten.«

»Wie klein die Welt doch ist«, sagte Mimi. »Aber umso besser!«

»Nein«, sagte ich. »Ich weiß auch über seine Vergangenheit Bescheid und, ehrlich gesagt, habe ich ihm auch ziemlich deutlich zu verstehen gegeben, was ich davon halte.«

»Was denn für eine Vergangenheit?«, fragte Mimi.

»Seine Ehe mit dieser Thailänderin. Du weißt schon.«

»Du meinst Jane«, sagte Mimi. »Ihretwegen musst du dir nicht den Kopf zerbrechen. Jede Frau bekommt Minderwertigkeitskomplexe, wenn sie sich mit Jane vergleicht. Ich kenne sie sehr gut. Wir waren zusammen ein Gastsemester auf der Harvard Business-School. Über mich und Ronnie haben sich Anton und Jane ja überhaupt erst kennen gelernt. Aber die Sache ist längst vorbei. Sie sind seit vier Jahren getrennt.«

»Die Frau war in Harvard?«, fragte ich verwirrt. Ich erinnerte mich ganz genau an Fraukes und Sabines Worte. Demnach hatte Anton seine Frau aus einem Bordell freigekauft. Hatte sie sich dort das Geld für ihr Studium verdient?

»Nur ein Semester«, sagte Mimi. »Sie hat eigentlich in Schottland studiert. Ihr Vater hat dort ein Landgut, fast ein Schloss, mit einem eigenen Schlossgespenst. Ronnie und ich haben da mal unsere Sommerferien verbracht, und nachts haben wir das Gespenst tatsächlich gehört. Es raschelte und knisterte direkt über unseren Köpfen, und eines Nachts fiel es dann zwischen zwei morschen Dachbalken – plumps – direkt auf unser Bett. Es war ein Marderbaby. Kannst du dir vorstellen, wie ich gekreischt habe? Constanze? Warum guckst du so komisch?«

»Weil ich ... äh, aber ich dachte, Antons Frau wäre eine Thailänderin und sie wäre zurück nach Thailand gegangen.« *In das Loch, aus dem sie gekrochen war,* hatte Sabine gesagt.

»Nein«, sagte Mimi. »Sie ist jetzt in England, im Management einer Londoner Investmentbank, und sie macht da einen fantastischen Job. Es hat Anton das Herz gebrochen, als sie gegangen ist und Molly mitgenommen hat, aber er ist drüber hinweg. Ehrlich.«

Ich hatte eigentlich angenommen, der schrecklichste Teil des Tages läge bereits hinter mir. Jetzt musste ich schmerzlich erkennen, dass das ein Irrtum gewesen war.

»Jane ist eine schillernde Persönlichkeit«, sagte Mimi. »Umwerfend schön und absolut brillant. Ich glaube, sogar Ronnie war heimlich in sie verliebt, auch wenn er es nie zugegeben hat. Anton jedenfalls war hingerissen, und selbst seine bornierte Mutter war schwer beeindruckt von Jane. Der Vater schottischer Landadel, die Mutter aus einer Familie schwerreicher thailändischer Seidenhändler, mehr Geld auf einem Haufen findet man wirklich selten. Und Jane liebte Anton wirklich, zumindest am Anfang. Aber es ging nicht lange gut. Jane ist ein echter Workaholic, viel schlimmer als ich, sie hat trotz der Kinder vierzehn Stunden am Tag gearbeitet, die ganze Woche über war sie im Ausland. Die Ehe ging daran kaputt, und, ehrlich gesagt, war ich in diesem Fall ausnahmsweise mal auf der Seite des Mannes. Ich meine, man kann keine Kinder kriegen und einfach weitermachen wie vorher, oder? Nicht mal Männer können das. Hach, die Geschichte hat mich damals echt mitgenommen. Aber Anton ist drüber weg, das kannst du mir wirklich glauben. Er hatte in der Zwischenzeit schon wieder die ein oder andere Affäre, und Ronnie und ich sind sehr zuversichtlich, dass er sich wieder verliebt. Weil wir ihn damals mit Jane sozusagen verkuppelt haben, fühlen wir uns irgendwie für ihn verantwortlich.«

Ich knetete wie wild an meinem Engelsflügel.

»Constanze? Du siehst aus, als ob du gleich anfängst zu heulen.«

»Ja, das würde ich auch am liebsten tun«, sagte ich.

»Also, so hässlich ist dein Engel nun auch wieder nicht«, sagte Mimi. »Wir können ihn den Katzen zum Spielen geben. Hör mal, jetzt guck doch nicht so. Wenn Anton nicht dein Typ ist, zwingt dich doch niemand, was mit ihm anzufangen. Es war bloß so eine Idee von uns.«

»Ich habe Anton gesagt, dass mein Sohn es mal nicht nötig haben würde, sich seine Frau in Fernost zu kaufen«, sagte ich.

Mimi sah mich mit großen Augen an. »Das hast du nicht«, sagte sie.

»Doch, das habe ich. Frauke und Sabine haben mir gesagt, dass Anton seine Frau aus den Ferien mitgebracht hat, preiswert in einem Bordell gekauft. Und als sie ihm keine männlichen Erben gebären konnte, habe er sie zurück in die Slums geschickt. Ich habe ihm gesagt, dass es vermutlich daran liegt, dass seine Mutter ihn zu früh aufs Töpfchen gesetzt hat. Fünf Minuten später hat sich dann herausgestellt, dass er mein Anwalt ist.«

Mimis Mund stand weit offen. Schließlich brach sie in brüllendes Gelächter aus.

»Schön, dass das wenigstens einen von uns amüsiert«, sagte ich.

Herr Becker, der einzig Überlebende der Anwaltskanzlei Süffkens, Brüderle und Becker, ließ sich von Antons freundlich formulierter Bitte, Herrn Beckers Mandanten, also Hempels, mögen bitte in Zukunft von der Belästigung seiner Mandantin, also mir, Abstand nehmen, nicht einschüchtern. Er schickte umgehend eine vierzehnseitige Fotodokumentation über unser Grundstück, dessen Vegetation, den Komposthaufen und das Baumhaus an das Bauamt, das Ordnungsamt, das Jugendamt und das Grünflächenamt. Auf einem Foto sah man auch mich, wie ich die Wäsche aufhängte.

Zwei Tage später bekam ich Besuch.

»Guten Tag, mein Name ist Höller, und ich möchte bitte die nicht genehmigten baulichen Anlagen auf Ihrem Grundstück besichtigen«, sagte der junge Mann.

Ich hatte sofort ein schlechtes Gewissen wegen des Baumhauses. »Tute mir Leite«, wollte ich sagen. »Iche nur Putzefrau. Komme andermal wieder, wenn Frau Wischeneweski sein zu Hause, bitte.« Aber dann kam mir der Gedanke, dass möglicherweise morgen schon jemand von der Gewerbeaufsicht vor der Tür stehen könnte, wenn ich meine eigene illegale Putzfrau spielte.

»Einen Augenblick, bitte, ich telefoniere nur mal schnell mit meinem Anwalt«, sagte ich zu dem Mann vom Bauamt. »Kommen Sie doch solange rein, und machen Sie sich einen Kaffee.«

Während mich Frau Wurzelholzbrille-Möller zu Anton durchstellte, klingelte es wieder an der Tür. Diesmal war es eine Frau.

»Mein Name ist Kurt, und ich komme vom Jugendamt. Uns liegt eine Anzeige wegen Kindesvernachlässigung vor«, sagte sie.

Jetzt geriet ich in Panik. Ich verfrachtete Frau Kurt zu ihrem Kollegen in die Küche und zog mich mit dem Brokattelefon ins Badezimmer zurück.

Endlich hatte ich Anton an der Strippe.

»Hier ist Constanze Wischnewski«, rief ich aufgeregt. »K-k-kommen Sie sofort! Bei mir steht die halbe Stadtverwaltung in der Küche. Angeblich habe ich illegal gebaut und meine K-k-kinder vernachlässigt!«

»Bleiben Sie ganz ruhig, und schicken Sie die Leute wieder weg«, sagte Anton. »Sie sollen sich das nächste Mal bitte telefonisch ankündigen.«

»Aber wenn ich die jetzt wegschicke, dann mache ich mich doch erst recht verdächtig«, rief ich.

»Haben Sie Ihre Kinder vernachlässigt?« Es klang eine Spur ungeduldig.

»Natürlich nicht!«

»Sehen Sie, deshalb müssen Sie auch nichts befürchten«, sagte Anton. »Schicken Sie die Leute einfach weg. Sie haben jetzt keine Zeit, und damit basta.«

»Aber die Kinder haben ein Baumhaus gebaut«, rief ich. »Ein ziemlich großes. Ich glaube, das kann der Bauamtsmensch vom Fenster aus sehen. Oh Gott, können die mich sofort verhaften?«

Die Türklingel schnarrte erneut.

»Haben Sie das gehört? Das ist bestimmt noch so einer!«, rief ich. »Kommen Sie bitte, lieber Herr Doktor Jaguarmann, bitte kommen Sie.«

Anton seufzte. »Jetzt bleiben Sie ganz ruhig und tun, was ich Ihnen gesagt habe. Ich kann nicht kommen, weil ich einen sehr wichtigen Mandanten hier sitzen habe.«

»Sie sind ja eine tolle Hilfe«, rief ich. »Wenn ich im Gefängnis nur einen Anruf tätigen darf, weiß ich schon mal, wen ich nicht anrufen werde!«

Zitternd legte ich auf.

Es war aber nur Anne, die vor der Tür stand. »Ich habe gerade zwei Stunden frei und wollte die Zeit nutzen, um deine Badeanzüge anzuprobieren«, sagte sie. »Du hast gesagt, du kannst mir welche für den Urlaub leihen.«

Ich fiel ihr weinend um den Hals. »Gott sei Dank, Gott sei Dank! Du musst Julius vom Kindergarten abholen und bei dir verstecken. Sie wollen ihn mir wegnehmen.«

»Was redest du denn da?« Anne schob mich von sich.

»In der Küche sitzen zwei Beamte von der Stadt. Der eine will Max' Baumhaus abreißen, die andere ist wegen der Kinder hier. Hempels haben gesagt, ich würde die vernachlässigen«, flüsterte ich.

»Also, das ist doch ...«, rief Anne empört und stapfte an mir vorbei in die Küche. Der Bauamtsmann und die Jugendamtsfrau standen vor meinem Kaffeevollautomaten und wussten nicht, auf welchen Knopf sie drücken mussten.

»Sagen Sie mal, was fällt Ihnen eigentlich ein«, fauchte Anne.

»Aber die Dame sagte, wir sollten uns selber bedienen«, sagte der Mann erschreckt.

»Sie können doch nicht einfach hier auftauchen und unbescholtene Bürger wie Verbrecher behandeln«, fauchte Anne. »Nur weil dummdreiste Rentner wie diese Hempels irgendwelche an den Haaren herbeigezogene Verdächtigungen äußern! Diese Frau hier ist die liebevollste und aufopferndste Mutter, die mir je untergekommen ist. Sie verpasst keinen Laternenbastelnachmittag und keinen Elternabend, sie kocht jeden Tag warme, vollwertige Mahlzeiten aus Bioobst und -gemüse, und jeden Abend erzählt sie ihren Kindern eine Geschichte, die sie selbst erfunden hat! Sie hat die Kinder über sechs Monate voll gestillt, und bei ihr ist das Playmobil nach Themen sortiert. Sie lässt die Kinder nicht mal aus den Augen, wenn sie aufs Klo gehen, also kommen Sie mir nicht mit Kindesvernachlässigung!«

Die Frau vom Jugendamt hatte ihre Schultern bis an die Ohren gezogen. »Aber das habe ich doch gar nicht gesagt. Es ist nur unsere Pflicht, jedem Hinweis nachzugehen.«

»Ach, jetzt kommen Sie mir nicht so«, schnauzte Anne. »Ich bin Hebamme, und ich komme oft genug in Haushalte, in denen die Hilfe vom Jugendamt bitter nötig wäre. Aber da tauchen Sie nicht auf, da nicht!«

»Das stimmt aber so nicht«, sagte die Frau.

»Ach, sagen Sie mir nicht, was stimmt und was nicht stimmt«, sagte Anne. »Nehmen Sie Ihren Kollegen da, und verschwinden Sie, bevor ich so richtig wütend werde. Wir zahlen jeden Monat einen Haufen Steuern, von denen Sie und diese sozial schmarotzenden Denunzianten da nebenan finanziert werden!«

»Aber wir haben doch gar nicht ...«, sagte der Mann vom Bauamt. »Wenn es ein anderes Mal besser passt, werden wir selbstverständlich ...«

»Gar nichts werden Sie!«, rief Anne und scheuchte die beiden vor sich in den Flur und durch die Haustür. »Wissen Sie, wie viel ich im Monat an Steuern zahle? Wissen Sie, dass meine Kinder und die Kinder dieser Frau hier später mal Ihre Rente finanzieren werden? Wissen Sie, wie wütend mich das macht, dass Sie unsere mühsam erarbeiteten Steuerbeträge dafür aus dem Fenster schmeißen, neurotischen Rentnern die Langeweile zu vertreiben? Stellen Sie sich doch mal vor, bei Ihnen würde jemand vor der Tür stehen und sagen, dass sie Ihre Kinder vernachlässigen, nur weil die fiese Oma von nebenan so viel Zeit hat, Briefe ans Amt zu schreiben! Wie fänden Sie denn das? Ja, genau, beschissen fänden Sie das! Ich werde es mir nicht nehmen lassen, dem Stadtdirektor gegenüber Ihre Namen zu erwähnen, wenn ich das nächste Mal seiner schwangeren Frau einen Hausbesuch abstatte, darauf können Sie sich verlassen! Wie waren die Namen noch mal, Constanze?«

»Herr Höller und Frau Kurt«, sagte ich. »Aber hau sie nicht.«

»Herr Höller und Frau Kurt«, sagte Anne. »Dieser Morgen könnte der Anfang vom Ende Ihrer Karriere sein!« Sie warf die Haustür mit Schwung ins Schloss und drehte sich zu mir um. »Das hätten wir«, sagte sie. »Kann ich jetzt deine Badeanzüge anprobieren?«

»Sobald ich dir die Füße geküsst habe«, sagte ich.

Zwanzig Minuten später klingelte es wieder.

»Das wird jetzt ein Beamter vom Ordnungsamt sein«, sagte Anne. »Gib ihm einen Tritt in den Hintern.«

»Nein, iche diese Male mache Putzefraue-Trick«, sagte ich und riss die Tür mit einem möglichst einfältigen Gesichtsausdruck auf.

Auf Omi Wilmas Fußmatte stand Anton.

»Wasse Sie denn hier wolle?«, fragte ich verdutzt.

»Ich dachte, ich schaue doch besser mal nach dem Rechten«, sagte Anton. »Sie klangen vorhin so aufgeregt.«

»Ja, war ich auch«, sagte ich. »Ich weiß, das ist blöd, aber woher sollen denn diese Leute wissen, dass Hempels sich das alles nur ausgedacht haben? Möchten Sie einen Kaffee?« Mir war der hässliche Flur peinlich, ich wollte ihn gern in die hübscheren Gefilde locken.

»Nein danke«, sagte er, folgte mir aber in die Küche, wo ich geschäftig den Kühlschrank aufmachte, ein Glas Marmelade und die Dose mit dem Aufschnitt herausholte und beides irritiert anschaute.

»Ich wollte mich nur vergewissern, dass mit Ihnen alles in Ordnung ist«, sagte Anton.

»Das ist sehr nett«, sagte ich, machte den Kühlschrank erneut auf und stellte Marmelade und Wurstdose wieder hinein. Stattdessen nahm ich die Milchflasche heraus. »Ich rege mich leider immer sehr schnell auf. Meine Freundin Trudi sagt, das liegt an meinen übermäßig vorhandenen Schuldgefühlen. Ich habe zum Beispiel jedes Mal rasendes Herzklopfen, wenn ich in der S-Bahn einen Kontrolleur sehe, obwohl ich immer eine Fahrkarte habe. Kennen Sie das auch?«

»Nein«, sagte Anton. »Ich bin ja nur zu früh auf den Topf gesetzt worden. Mit Schuldgefühlen wurde bei mir nicht gearbeitet.«

Ich wurde wieder einmal rot. »Ja, ähm, wissen Sie, ich nehme an, Sie sind gar nicht zu früh auf den Topf gesetzt worden«, sagte ich.

»Ach nein? Und was hat Sie zu diesem Sinneswandel bewogen?«

»Man hatte mir leider falsche Informationen ... also, ich habe mich da wirklich völlig ...«, *Reden ist Silber, Schweigen ...* »Sie waren immer so nett zu mir, und mein Gefühl hat mir auch ... aber als Ihre Mutter mich ...« Ich brach ab und holte tief Luft. »Tut mir leid, was ich über gekaufte Frauen und so weiter gesagt habe«, sagte ich dann schnell und flüssig. »Es war falsch von mir, diese blöde Geschichte für bare Münze zu nehmen. Und äh ...«

Anton sah mich abwartend an.

»Das war's«, sagte ich. Dafür, dass ich seine Mutter beleidigt hatte, wollte ich mich nicht entschuldigen.

Anton lächelte schwach. »Es geht im Kindergarten also wirklich das Gerücht herum, ich hätte meine Frau in einem thailändischen Bordell gekauft? Was sagt man denn noch so?«

»Ich glaube, das möchten Sie gar nicht wissen«, sagte ich. »Außerdem arbeite ich ja schon wie besessen an der Verbreitung eines Gegengerüchtes. Demnach waren Sie mit einer Großnichte König

Bhumibol Adulyadings verheiratet und haben undercover gegen den weltweit größten Menschen- und Drogenhandelsring ermittelt. Für Ihr Engagement wird Ihnen demnächst der Friedensnobelpreis verliehen, und Hollywood möchte die Filmrechte für Ihre Lebensgeschichte kaufen. Johnny Depp soll Ihre Rolle spielen.«

»Ja, denn Tom Cruise haben wir abgelehnt. Er ist jetzt stinkbeleidigt«, sagte Anton. Und dann standen wir eine Weile voreinander und schwiegen. Ich überlegte, ob ich meine Einladung zu einer Tasse Kaffee wiederholen sollte. Immerhin hatte ich ja die Milch aus dem Kühlschrank geholt.

In diesem Augenblick bog Anne in meinem knappsten schwarzen Badeanzug um die Ecke. Sie sah Anton überhaupt nicht, sie zupfte nur genervt an dem schwarzen Lycra.

»Nee, guck mal, das sieht doch scheiße aus«, sagte sie. »Da kommt die halbe Brust raus und der halbe Hintern.«

»Äh, Anne«, sagte ich. Ich war zwischen Mitleid und der Freude darüber, dass Anne gerade im Begriff war, sich noch mehr zu blamieren als ich, hin und her gerissen.

Sie hatte nur Blicke für den Badeanzug. »Wenn ich ihn über den Hintern ziehe, fällt die Brust raus, und wenn ich ihn über die Brust ziehe, sieht man den ganzen Hintern«, sagte sie.

»Aber so wird man besser braun«, sagte Anton.

Anne hob den Kopf und glotzte Anton mindestens fünf Sekunden entsetzt an. Auf ihrem Hals bildeten sich rote Flecken.

»Huch!«, sagte sie schließlich matt.

»Hallo«, sagte Anton und streckte ihr die Hand hin. »Ich bin Anton Alsleben. Oder Herr Doktor Jaguarmann, wie Frau Wischnewski mich gerne mal nennt.«

Anne hielt sich mit der einen Hand den Busen fest, die andere streckte sie Anton hin. »Und ich bin die Königin des Beckenbodens«, sagte sie.

Am darauf folgenden Freitag weihten wir das Baumhaus offiziell ein. Anton hatte mir versichert, dass ein solch kleines und überdies vorbildhaft kindersicheres Bauwerk keineswegs genehmigungspflichtig sei, er hatte dies auch dem Bauamt bereits schriftlich mitgeteilt, ebenso hatte er sich mit dem Jugend- und Ordnungsamt in Verbindung gesetzt und Herrn Becker einen freundlichen Brief zukommen lassen, in dem er Herrn Beckers Mandanten, also Hempels, vor weiteren rufschädigenden Anzeigen und Äußerungen warnte, da sonst seine Mandantin, also ich, eine Klage gegen Hempels anstrengen und nach Paragraf Dingenskirchen ohne jeden Zweifel gewinnen würde. Seitdem hatte Herr Becker nichts mehr von sich hören lassen.

Das Grünflächenamt war Anton allerdings durchgegangen, und so hatte eines Tages ein gewisser Herr Langhaus bei mir vor der Tür gestanden, um den Baumbestand meines Grundstücks zu registrieren. Ehe ich wusste, wie mir geschah, hatte er fast alle meine Bäume zu schützenswerten Exemplaren erklärt und mir ausdrücklich verboten, sie ohne schriftliche Genehmigung abzuholzen. Nur die serbischen Fichten durfte ich fällen, da hatte Herr Langhaus nichts dagegen. Die Hempels hatten seinen Rundgang von ihrem Wachfenster aus verfolgt, zuerst voller Triumph, dann, als sie gemerkt hatten, dass Herr Langhaus keineswegs an einem Kahlschlag interessiert war, mit fassungsloser Wut.

»Ja, wozu haben wir Sie denn überhaupt angeschrieben?«, rief Herr Hempel, und Frau Hempel quiekte: »Wir machen Sie dafür haftbar, wenn unsere Regenrinne kommenden Herbst wieder durch das Laub verstopft wird und mein Heinrich von der Leiter fällt und sich das Genick bricht!«

»Letzten Montag haben die Kinder hier einen Feuersalamander gefunden«, sagte ich. Ich wusste, dass ein lebendiger Feuersalamander rein ökologisch betrachtet immer einem toten Rentner vorzuziehen war.

Herr Langhaus wollte das auch sofort dem Naturschutzbund mitteilen. »Gärten wie diese sind eine letzte Oase der Natur in einer Stadt voller Thuja-Hecken und Kirschlorbeer«, sagte er. »Sie können sich wirklich glücklich schätzen, einen so herrlichen, wertvollen Baumbestand geerbt zu haben. Und Sie auch«, setzte er an Hempels gewandt hinzu.

Herr Hempel sagte etwas sphinxhaft: »Wir haben hier ein Enkelchen im Haus wohnen, dessen frohe Jugend ganz allein Sie auf Ihrem Gewissen haben.«

»Ach, Sie waren das«, sagte ich zu Herrn Langhaus. Er verstand nicht, was ich meinte.

Jedenfalls feierten wir am Freitagnachmittag die Fertigstellung des Baumhauses, das heißt, die Kinder feierten, Max und Nelly und Nellys Freundin Lara, Julius und Jasper. Ich hatte ihnen eine Torte gebacken und eine alkoholfreie Bowle zusammengerührt, und beides wurde mit Max' selbst konstruiertem Seilzug drei Meter fünfzig nach oben gezogen. Zur feierlichen Eröffnung wurde die Piratenflagge gehisst, die ich bei Gitti in Auftrag gegeben hatte: Ein weißer Totenkopf mit gekreuzten Knochen auf schwarzem Grund in perfekter Patchworktechnik. Das Baumhaus war wirklich wunderschön geworden, eigentlich zu schön, um von einem vierzehnjährigen Jungen gebaut worden zu sein. Als ich es zusammen mit Anne besichtigte, war mir angesichts der vielen zauberhaften Details klar, dass Max ganz schrecklich in Nelly verliebt sein musste und überdies wahrscheinlich hochbegabt war, richtig und in echt. Die Äste, die das Geländer bildeten, waren zum Teil mit geschnitzten Mustern verziert, überall waren ganz dezent und wie nebenbei Nellys Initialen eingearbeitet, und sogar das Gesicht, das Max dem künstlichen Kamin auf dem Dach gegeben hatte, hatte Ähnlichkeit mit Nelly. Im Inneren des fünfeckigen Häuschens, das zugleich Kajüte, Burghalle und Übernachtungsplatz darstellte, stand mit kleinen Buchstaben in einen Balken geritzt: »Wünsche wie die Wolken sind, schiffen durch die stillen Räume, wer erkennt im lauen Wind, ob's Gedanken oder Träume?«

»Ist das aus einem Song?«, fragte ich Max.

Er wurde ein bisschen rot. »Von Eichendorff«, sagte er. »Haben wir in der Schule durchgenommen.«

Ich war sehr gerührt.

»Ist das nicht hinreißend?«, fragte ich Anne, als wir wieder auf dem Boden waren. »Dein Sohn ist der absolute Wahnsinn. So viel Talent, Geschick und Fantasie – und dazu diese Wimpern. Wenn ich vierzehn wäre, wäre ich rettungslos und für immer in ihn verliebt.«

»Ich mag mir kaum vorstellen, was erst aus ihm geworden wäre, wenn ich ihn rechtzeitig in den Oboen- und Chinesischunterricht gesteckt hätte«, sagte Anne.

»Hat dir jemals jemand so ein romantisches Geschenk gemacht?«

»Nein«, sagte Anne. »Von meinem Mann hat er das ganz sicher nicht. Und von mir auch nicht. Wir sind langweilige Pragmatiker, wir haben Geschenke schon vor Jahrzehnten abgeschafft, jeder kauft sich, was er braucht.«

»Und die dumme Nelly merkt noch nicht mal, was los ist«, sagte ich. »Sie thront da in ihrem Elfenwaldschloss und telefoniert mit ihrem Handy. So was von unsensibel!«

Vom Baumhaus ertönte ein lauter Furz und vielstimmiges Gekicher.

»Und absolut unromantisch«, sagte ich. »Das hat sie nicht von mir!«

Annes Handy spielte die Titelmusik von »Mission Impossible«. Eine ihrer Patientinnen hatte an der Supermarktkasse einen Blasensprung erlitten.

Während Anne sich zu ihrer Gebärenden aufmachte und die Kinder sich über die Torte und die Bowle hermachten, stürzten wir Erwachsenen uns in die Arbeit. Ronnie und Richard, Ronnies dicker Arbeitskollege, hatten mit der Renovierung des unteren Badezimmers begonnen, das kackbraune Klosett lag bereits im Vorgarten. Mimi und ich waren damit beschäftigt, Nellys Zimmer rosa zu streichen, und Trudi vollführte seltsame Rituale im ganzen Haus, in deren Verlauf sie Salz verstreute, Rosenquarze in Ecken legte und auf geheimnisvolle Weise mit den Armen in der Luft herumwirbelte.

Als es an der Tür klingelte, vermutete ich einen E-Bayer namens mortalcombat, der die stolze Summe von zweitausendfünfhundert Euro für einen schwarzen Ledersessel mit Holzrahmen hingeblättert hatte. Angeblich war der Sessel von einem Designer namens Charles Eames und sein Geld definitiv wert, das sagten jedenfalls Ronnie und Mimi, die das Ding selber zu ersteigern versucht hatten. Das hatten sie mir allerdings erst gesagt, nachdem mortalcombat die Versteigerung bereits gewonnen hatte.

»Seid ihr wahnsinnig?«, hatte ich ausgerufen. »Ich hätte euch das hässliche Ding doch mit Vergnügen geschenkt!«

Aber davon wollten Mimi und Ronnie nichts wissen.

»Du brauchst das Geld«, sagte Mimi.

Vor der Tür stand Anton mit Emily.

»Sie sind mortalkombat?«, fragte ich einigermaßen entgeistert.

»Nein«, sagte Anton. »Ich bin Anton Alsleben, Ihr Anwalt, erinnern Sie sich nicht?«

Hinter mir kam Mimi die Treppe herunter. »Ach, Anton, wie schön!«, sagte sie. Und zu mir sagte sie. »Ich hatte Anton und Emily eingeladen, die Kätzchen anzugucken. Ich hoffe sehr, dass Emily Anton überredet, eins zu nehmen. Anton wusste nicht, wann und ob er's schafft, vorbeizukommen, also habe ich einen Zettel an die Tür gehängt, auf dem steht, wo wir sind.«

»Ach so«, sagte ich und malte mir bei dem Versuch,

mir lässig die Haare aus dem Gesicht zu streichen, einen rosa Streifen ins Gesicht.

Mimi quittierte es mit einem unwilligen Kopfschütteln. Ich wusste gar nicht, was sie hatte. Das letzte Mal, als ich Anton zur Tür gebracht hatte, war ich rücklings über Omi Wilmas Schirmständer aus Messing gestolpert und beinahe hingefallen. Aber das hatte ich Mimi gar nicht erzählt.

»Weißt du was, Emily? Wir zwei gehen jetzt rüber zu den Kätzchen«, sagte sie fröhlich. »Und dein Papi bleibt solange hier bei Constanze und trinkt einen Kaffee. Und dabei wird er lächeln und Witze machen und beweisen, dass er wirklich so charmant ist, wie ich immer sage.«

Anton wurde ein wenig rot. Nur ein bisschen, aber ich registrierte es voller Dankbarkeit. Wenigstens war ihm auch mal etwas peinlich.

Als Emily und Mimi gegangen waren, lächelte ich ihn etwas schief an. »Sie wollen uns immer noch verkuppeln. Ich wünschte, sie würden es etwas dezenter anstellen. Dann wäre es nicht ganz so peinlich.«

»Ach, das bin ich gewöhnt«, sagte Anton. »Meine Freunde und meine Mutter versuchen ständig, mich zu verkuppeln.«

Ich war sofort ein bisschen eifersüchtig. Meine Mutter hatte niemals den Versuch gemacht, mich mit irgendwem zu verkuppeln. Als ich noch nicht mit Lorenz zusammen gewesen war, hatte sie ständig gesagt: »Der Mann, der dich mal abkriegt, kann einem jetzt schon leidtun«, und seit ich nicht mehr mit Lorenz zusammen war, hatte sie mehrfach geäußert, dass sie sich nicht vorstellen konnte, dass ich in meinem Alter und Zustand noch mal einen Doofen fände.

»Kaffee?«, fragte ich und warf einen Blick auf die Wanduhr. »Es ist nach fünf, wir könnten uns einen Brandy hineinkippen, dann wälzen wir uns vielleicht wild knutschend auf dem Küchenfußboden, wenn Mimi wiederkommt.«

»Also, dafür wäre wohl mehr nötig als ein Brandy«, sagte Anton und lachte.

»Was denn zum Beispiel?« Ich kratzte an der rosa Farbe auf meiner Wange.

Anton ging nicht darauf ein. Wahrscheinlich wäre die Antwort zu unhöflich gewesen. *Zwei Flaschen Whiskey, Hypnose und eine Pfanne über den Kopf – dann könnte ich mir vielleicht vorstellen, Sie anzufassen.*

»Der Anwalt Ihres Mannes möchte, dass wir uns zu einem Vergleich zusammensetzen«, sagte er stattdessen.

»Ist das denn klug?«, fragte ich.

»Wir können uns mal anhören, was die zu sagen haben«, sagte Anton. »Offenbar ist Ihr Mann bereit, einen deutlich höheren monatlichen Unterhalt zu zahlen, wenn Sie im Gegenzug auf die Auszahlung eines Teils des Ihnen zustehenden Vermögens verzichten, das überwiegend in nicht verfügbaren Anlagen steckt.«

»Ach, der kann seine hässlichen Couchtische und Bilder doch gerne behalten«, sagte ich.

Plötzlich stand Anton ganz nah vor mir. Mit dem Daumen fuhr er behutsam über meinen Wangenknochen.

Ich schnappte überrascht nach Luft.

»Da ist noch etwas Farbe«, sagte er und sah mir tief in die Augen.

Ein lauter »Mami-der-Hahn-läuft-weg!«-Ruf, gefolgt von einem kräftigen, täuschend echt wirkenden »Kikerikiii« verhinderte gerade noch rechtzeitig, dass meine Beine unter mir wegknickten und ich in Zeitlupe am Schrank hinunterrutschte.

»Ich komme!«, rief ich und wurde rot, weil ich mich wirklich fühlte wie kurz vor einem Orgasmus. Wangenknochensex – ich hatte ja nicht gewusst, dass es so etwas überhaupt gab!

Durch die weit offenen Türen zum Wintergarten hörte man die Kinder und Trudi lachen und Frau Hempel »Unverschämtheit« quieken.

»Hühner dürfen hier nicht gehalten werden, und schon gar keine Hähne«, rief Herr Hempel. »Wir sind im Rechtsschutz, wir haben ein Anrecht darauf, morgens ausschlafen zu können. Das hier ist reines Wohngebiet, keine landwirtschaftliche Nutzfläche.«

Wieder krähte Nellys Handy, und die Kinder lachten sich halb tot.

»Kommen Sie, ich stelle Sie den Nachbarn vor«, sagte ich zu Anton.

Obwohl Anton nur ein bisschen Farbe aus meinem Gesicht gekratzt hatte, war mir mit einem Mal klar, dass ich verliebt war, absolut und unsterblich verliebt. Ich fühlte mich so jung und lebendig und beschwingt wie noch nie in meinem ganzen Leben. Irgendetwas in mir sagte mir nämlich, dass Anton trotz der scheinbar unendlichen Kette peinlicher Ereignisse, die uns miteinander verband, Ähnliches fühlte. Aber wir waren wohl beide noch nicht so weit, einander mit diesen Gefühlen zu konfrontieren. Das machte nichts.

Fürs Erste würde es mir reichen, Anton ab und an zu sehen, mit ihm über meine Scheidung zu reden, ihm tief in die Augen zu gucken und beschwingt und lebendig über Schirmständer zu stolpern. Alles Weitere würde sich ergeben.

Mimi guckte böse, als Anton und Emily sich zwei Stunden später verabschiedeten – »Ihr könnt doch mit zu Abend essen, Constanze kocht fantastisch! Nein, keine falschen Ausreden! Du kannst dieses blöde Wochenende in Disney-Land jederzeit nachholen!« –, aber ich winkte den beiden fröhlich hinterher.

Bloß nichts überstürzen.

Das letzte Mal, als ich verliebt gewesen war, hatte ich einen traurigen Geschwindigkeitsrekord aufgestellt: kennen lernen, Geschlechtsverkehr, schwanger werden – alles in einer Woche. Man hatte ja gesehen, wohin das führt. Nein, diesmal würde ich diese wunderbaren Schmetterlinge im Bauch so lange wie möglich auskosten.

Anne kam von ihrer Geburt zurück, als Anton bereits gefahren war. Die Frau hatte die Sache in zweieinhalb Stunden hinter sich gebracht. So hatte ich mir das beim ersten Mal auch vorgestellt, aber Nelly hatte geschlagene fünfundzwanzig Stunden gebraucht. So ungerecht ging es auf der Welt zu.

Anne wollte unbedingt noch joggen, damit sie im Urlaub in meinen schwarzen Badeanzug hineinpasste. Also wiesen wir Max und Nelly an, auf Julius und Jasper aufzupassen, solange wir weg waren.

»Und wehe, ihr lasst den Hahn aus dem Häuschen«, sagte ich, weil Hempels immer noch zeternd an ihrem Beobachtungsfenster standen und nicht begriffen, dass es weit und breit keinen Hahn gab, sondern nur ein albernes Handy.

Wir liefen unsere übliche Runde durch die Siedlung, aber weil Trudi das erste Mal mitlief, liefen wir langsamer als sonst. Genauer gesagt liefen wir so langsam, dass eine hundertjährige Frau mit Gehhilfe bequem neben uns her hätte schlurfen können.

»Und das soll besser sein als Sex?«, fragte Trudi auch prompt.

»Wer hat das denn behauptet?«, fragte Mimi.

»Also, ich find's besser als Sex«, sagte Anne.

Ich sagte nichts. Ich dachte an Anton.

»Also, ich muss euch etwas sagen«, sagte Mimi.

»Ich auch«, sagte Anne. »Da vorne kommen Sabine Ziegenweib-Sülzmaul und Frauke Dingenskirchen, Oberdominas der Mütter-Society, angejoggt! Ein bisschen mehr Tempo, wenn ich bitten darf. Die denken ja sonst, hier kommt der Herzschrittmacher-Seniorenclub und nicht die gefürchtete Führungsriege der streng geheimen Mütter-Mafia!«

Frauke und Sabine legten ebenfalls einen Zahn zu, als sie uns sahen. Als wir voreinander abbremsten, war es ein bisschen so wie beim großen Wagenrennen in »Ben Hur«. Fehlte nur noch, dass wir schnaubten und wieherten und unsere Mähnen schüttelten.

Sabine gab Mimi die üblichen Luftküsschen. »Wie schön, dich zu sehen, Schätzchen. Frauke, das ist meine ehemalige Kommilitonin Mimi, von der ich dir erzählt habe. Du weißt schon, die so gerne schwanger werden würde, bei der es aber einfach nicht klappt.«

»Freut mich«, sagte Frauke und strahlte.

»Frauke hat drei Kinder und bekommt jetzt ein viertes«, sagte Sabine. »Sie kann einfach nicht genug davon bekommen, vollgeschissene Windeln zu wechseln!«

»Das sollte aber eigentlich noch ein Geheimnis bleiben«, sagte Frauke und strahlte noch mehr.

»Vielleicht kann Frauke dir ja mal ein paar gute Tipps geben«, sagte Sabine. »Wenn jemand weiß, wie man schwanger wird, dann sie.«

»Ach, eine gesunde Lebensweise, viel Folsäure und ein paar Stunden Zeit zu zweit – mehr ist doch gar nicht nötig«, sagte Frauke bescheiden. »Ich halte allerdings schon seit einem halben Jahr eine spezielle Diät ein, die das Säuremilieu in der Scheide beeinflusst und damit das Geschlecht des Kindes bestimmt. Ich will nämlich unbedingt noch einen Jungen, Mädchen sind so schwierig!«

»Ich denke, Mimi wäre das Geschlecht völlig egal«, sagte Sabine. »Hauptsache überhaupt ein Kind, nicht wahr? Ich persönlich wollte ja immer lieber Mädchen haben. Karsta wird übrigens demnächst als Kindermodel Karriere machen.«

»Was denn? Die kleine Garsta?«, wiederholte ich fassungslos. Für welches Produkt sollte dieses abgrundtief hässliche Kind denn Werbung machen? Überdimensionale Schnuller, vielleicht? ›Ist Ihr Kind auch so unansehnlich? Schämen Sie sich, mit ihm auf die Straße zu gehen? Dann kaufen Sie *Tarnschnuller*, und niemand wird es bemerken. *Tarnschnuller* – und niemand wendet sich mehr ab!‹ Oder Garsta in Großaufnahme, den Rettungsbootmund weinerlich verzogen, das Doppelkinn in die Brust gedrückt, sich Rotze von der Kartoffelnase wischend. Dazu eine Stimme aus dem Off: ›Der kleinen Garsta kann geholfen werden. Verband Deutscher Schönheitschirurgen.‹

Ich war noch immer fassungslos, als wir wieder zu Hause ankamen.

Trudi warf sich platt auf den Rasen und keuchte. »Warum seid ihr denn auf dem Rückweg so gerast?«

»Na, wir wollten uns vor denen doch keine Blöße geben«, sagte Mimi.

»Haben wir aber! Das nächste Mal hören wir denen nicht nur mit offenem Mund zu, dass das mal klar ist«, sagte Anne ärgerlich. »Dann verteilen wir auch ein paar Beleidigungen. Wir sind schließlich die gefürchtete Mütter-Mafia.«

»Wir sollten das in Rollenspielen trainieren«, sagte Trudi.

»Pssssst, Mami«, zischte Nelly vom Baumhaus herunter. »Komm bitte mal. Es ist was Schlimmes passiert!«

»Wo sind die Kleinen?«

»Drüben bei Ronnie, es fehlt ihnen nichts«, sagte Nelly. »Wir waren hier oben und haben das Teleskop ausprobiert, man kann wahnsinnig weit damit gucken, sogar in die Häuser hinein. Und dann hat Julius das dicke Mädchen entdeckt, Laura-Kristin, hinten am Spielplatz, in der Weidenhütte. Sie war dabei, sich die Pulsadern aufzuschneiden.«

»Oh mein Gott!«, sagte Anne.

Mimi griff sich mit der Hand ans Herz, und Trudi vergaß für ein paar Sekunden zu keuchen.

»Keine Sorge, sie hat es nicht richtig gemacht«, sagte Nelly. »Sie wusste nicht, dass man längs schneiden muss, sie hat quer an sich rumgeritzt, und bevor sie richtig tief schneiden konnte, waren wir ja auch schon bei ihr.« Nelly schnaubte. »Dilettantisch.«

»Und wo ist sie jetzt?«

»Hier oben im Baumhaus«, sagte Nelly. »Sie will auf keinen Fall nach Hause, und sie weint nur und sagt, das nächste Mal würde sie sich eben erhängen. Kommst du jetzt und holst sie hier mal runter?«

Laura-Kristin saß an die Wand gedrückt unter Max' Gedichtbalken und hatte das Gesicht in ihren Händen verborgen. Max ging unbehaglich vor ihr auf und ab.

»Sie hört nicht auf zu heulen«, sagte er.

»Verschwinde mal von hier«, sagte Anne. »Das ist eine Sache unter Frauen.«

Aber auch nachdem Max weg war, dauerte es eine Weile, bis wir Laura-Kristin zum Sprechen bewegen konnten.

»Es ist wegen dieses Klavierlehrers, stimmt's?«, sagte Anne. »Er müsste doch längst hinter Schloss und Riegel sitzen!«

»Tut er a-haber ni-hicht«, schluchzte Laura-Kristin. Und dann erzählte sie uns die ganze traurige Geschichte: Nach unserem Treffen vor dem Kiosk vor zwei Wochen war sie nach Hause gegangen, ein bisschen erleichtert, weil sie nicht schwanger war und wir gesagt hatten, dass das alles nicht ihre Schuld sei. Laura-Kristin hatte ihren ganzen Mut zusammengenommen, um ihrer Mutter zu erzählen, was der Klavierlehrer getan hatte.

»Sehr tapfer«, sagte Anne.

Aber Frauke hatte Laura-Kristin nicht geglaubt. Sie hatte gesagt, Laura-Kristin solle sofort damit aufhören, so einen Unsinn zu erfinden. Sie wolle sich nur wichtig machen und in den Vordergrund spielen.

»Sie hat gesagt, Herr Ludwig ist so ein gut aussehender Mann, meinst du, der würde sich für so ein dickes, pickeliges Mädchen wie dich interessieren«, schluchzte Laura-Kristin.

Anne und ich waren gleichermaßen betroffen.

»Ich statte dieser Frauke jetzt mal einen Besuch ab, den sie so schnell nicht vergessen wird«, sagte Anne. »Ich schiebe ihr ihre blöde Geschlechterdiät in den blöden Hintern und dann ...«

»Anne!«

»Ist doch wahr! Warum glaubt sie ihrer Tochter nicht?«

»Keine Ahnung«, sagte ich. Vielleicht kannte sie ihre Tochter ja besser als wir. Aber wieso sollte das Mädchen so eine Geschichte erfinden? Und warum sollte sie an ihren Handgelenken herumritzen?

»Niemand glaubt mir«, schluchzte Laura-Kristin.

»Wir glauben dir«, sagte ich fest. »Und wir gehen jetzt mit dir zur Polizei. Komm!«

»Ich will nicht zur Polizei«, sagte Laura-Kristin. »Die untersuchen einen da gynäkologisch und fragen ekelhafte Sachen. Das kenne ich doch aus dem Fernsehen.«

»Nein«, sagte ich. »Kein Mensch wird dich dort auch nur komisch angucken, das verspreche ich dir. Es ist wichtig, dass du diesen Mann anzeigst, Laura-Kristin, sonst macht er dasselbe auch mit anderen Mädchen.«

»Und wenn die mir bei der Polizei auch nicht glauben?«

»Die werden dir glauben«, sagte ich energisch, aber Anne sagte: »Da ist natürlich was dran. So ohne Beweise und dann auch noch ohne Unterstützung durch die Eltern ... – also dann steht Aussage gegen Aussage, würde ich sagen.«

»Sehen Sie«, sagte Laura-Kristin. »Dadurch würde ich alles nur noch viel schlimmer machen.«

Ich war einen Augenblick lang völlig ratlos.

»Da bleibt nur eins: Wir müssen uns diesen Klavierlehrer selber vorknöpfen«, sagte Max von draußen.

»Ihr solltet doch nicht lauschen«, sagte Anne.

»Die Kiste ist nicht schallisoliert.«

»Dieser Klavierlehrer, der gehört doch ...«, sagte Nelly. »Warum klingeln wir nicht einfach und quetschen seine Finger zwischen den Deckeln des Klaviers ein?«

»Oder einen anderen Körperteil«, sagte Anne.

»Die Kinder haben Recht«, sagte ich. »Wir können nicht darauf hoffen, dass die Polizei das alles regelt – ohne Beweise. Wir müssen uns der Sache selber annehmen. Nur wie?«

»Wir sind die Mütter-Mafia«, sagte Anne. »Uns wird etwas einfallen.«

Nelly und Max wollten wissen, was die Mütter-Mafia sei.

»Wir sind eine kreative Gegenbewegung zu dem Supermami-Verein von Laura-Kristins Mutter«, sagte Anne.

»Eine streng geheime Gegenbewegung«, sagte ich.

»Und eine kriminelle«, sagte Anne. »Wenn's sein muss.«

»Wirklich?«, fragte ich ängstlich.

Laura-Kristin wollte wissen, ob wir auch Pistolen hätten.

»Wir haben bessere Methoden, Bösewichte fertigzumachen«, sagte Anne.

»Fragt sich nur, welche«, sagte ich.

Aber ich hätte mir keine Sorgen machen müssen.

Als wir Laura-Kristin mit ins Haus zu Mimi und Trudi brachten und ihnen die Geschichte erzählten, dauerte es nicht lange, bis wir alle zusammen eine unglaubliche Menge kriminelle Energie freigesetzt hatten. Das Wohnzimmer knisterte förmlich davon.

»Was wir brauchen, sind Beweise«, sagte Mimi. »Am besten Fotos und Bandaufnahmen.«

»Ein Geständnis.«

»Ich habe eine gute Digitalkamera«, sagte Max.

»Wir könnten den Mann entführen und so lange foltern, bis er ein Geständnis ablegt«, sagte Trudi.

»So etwas zählt später aber nicht«, sagte ich. »Und es gilt dann nur als Beweis dafür, dass wir den Kerl entführt und gefoltert haben.«

»Dann schicken wir ihm einen Lockvogel«, sagte Anne.

»Genau«, sagte Nelly begeistert. »Ich mache den Lockvogel. Und wenn er bei mir auch sein Teil auspackt, dann werfe ich ihn rückwärts vom Klavierhocker.«

»Das kommt ja gar nicht infrage«, sagte ich.

»Außerdem würde es nicht funktionieren«, sagte Laura-Kristin. »Bei mir hat es ganz schön lange gedauert, bis er überhaupt damit angefangen hat. Zuerst habe ich es ja selber gar nicht kapiert, das war alles wie zufällig. Und weil ich mir nichts anmerken habe lassen, hat er sich immer mehr getraut, immer mehr. Ich hätte ihn besser auch mal von der Klavierbank geschubst, aber ich bin gar nicht auf die Idee gekommen. Ich bin es wohl selber schuld. Nelly wäre das sicher nicht passiert.«

»Du kannst nichts dafür«, versicherte ihr Mimi, aber Laura-Kristin schien das nicht zu glauben.

»Anstatt die Klavierstunden zu schwänzen und jede Menge Mars auf dem Spielplatz zu essen, hätte ich hingehen und ihn erschießen sollen«, sagte sie.

Anne setzte sich gerader hin. »Du hast die Unterrichtsstunden geschwänzt, und deine Mutter weiß nichts davon?«, fragte sie.

Laura-Kristin nickte.

»Dann weiß ich, was wir machen können«, sagte Anne. »Du gehst einfach noch einmal hin, wir kommen mit und machen Fotos davon, wie er dich belästigt.«

»Er wird sie wohl kaum belästigen, wenn wir daneben sitzen«, sagte ich. »Und bei aller Liebe – ich glaube, dass wir Schwierigkeiten haben werden, uns unbemerkt unter das Sofa zu schmuggeln.«

»Vielleicht kann man durch das Fenster fotografieren«, sagte Max.

»Herr Ludwig hat ein Haus«, sagte Laura-Kristin. »Das Klavier steht im Wohnzimmer, und das ist im Erdgeschoss.«

»Na also«, sagte Anne. »Laura-Kristin geht rein und nimmt Klavierunterricht, wir stehen draußen am Fenster, er zieht seinen Lümmel aus der Hose, wir machen Fotos, Laura-Kristin gibt ihm einen Tritt, und wir rennen alle zusammen weg – fertig!«

Die Haustürklingel unterbrach unsere Gedanken. Ronnie kam mit Jasper und Julius zurück. »Es ist acht Uhr, ich dachte, die beiden müssten langsam mal ins Bett.«

Laura-Kristin sprang erschrocken auf. »Scheiße! Wenn ich nicht bis acht zu Hause bin, krieg ich schrecklichen Ärger.«

»Du kannst bei mir schlafen«, sagte Nelly. »Es

stinkt zwar schrecklich nach Farbe, aber Mama sagt, das sind ungiftige Dämpfe.«

»Es sind gar keine Dämpfe«, sagte ich.

»Es wäre schon klug, wenn Laura-Kristin zu Hause schliefe«, sagte Trudi. »Sonst machen wir alles nur noch viel komplizierter.«

»Vorher solltest du dir das Blut abwaschen«, sagte Mimi. »Nelly soll dir frische Klamotten geben.«

»Da pass ich doch gar nicht rein«, sagte Laura-Kristin.

»Doch, ich hab auch ein paar unförmige Säcke«, sagte Nelly, charmant und taktvoll wie immer. Während sie mit Laura-Kristin nach oben ging, suchten wir im Telefonbuch nach Jeremias Ludwig.

»Einer von uns muss sich als Frauke ausgeben«, sagte ich. »Am besten du, Mimi.«

»Das kann ich nicht«, sagte Mimi. »Mir klopft jetzt schon das Herz bis zum Hals!«

»Das ist aber nicht gut«, sagte Ronnie. »Mimi soll sich auf keinen Fall aufregen. Das ist nicht gut für das Baby.«

»Welches Baby – oh!«, kreischten wir alle durcheinander.

Ronnie und Mimi lächelten breit. »Wollte ich euch eben beim Joggen schon sagen«, sagte Mimi. »Aber da kamen die beiden Obermamis, und ich wollte nicht, dass die das wissen.«

Wir überschütteten sie mit Küssen, Umarmungen und Glückwünschen.

»Ich hoffe ja, dass ihr wisst, wem ihr das zu verdanken habt«, sagte Trudi. »Ach, jetzt komme ich mir allmählich doch irgendwie blöd vor, so als einziges Mitglied der Mütter-Mafia, das keine Mutter ist.«

»Hey«, sagte ich. »Als Luise von Preußen hattest du doch wohl mehr als genug Kinder.«

»Ja«, sagte Anne. »Und vergiss nicht, dass du Ludwig den Vierzehnten geboren hast – soll das denn gar nicht zählen?«

»Ihr macht euch über mich lustig«, sagte Trudi. »Von mir aus. Aber jetzt zurück zu Laura-Kristin. Wir haben eine Mission.«

Ich nahm einen Schluck Whiskey, bevor ich den Hörer in die Hand nahm.

»Jeremias Ludwig«, sagte eine tiefe Männerstimme. Ich hatte etwas Öligeres, Schleimiges erwartet. Aber wie hört sich ein Pädophiler an? Im Hintergrund hörte man deprimierende Streicher.

»Guten Abend, hier ist Frauke Werner-Kröllmann«, sagte ich. »Bitte entschuldigen Sie die Störung, mein lieber Herr Ludwig.«

»Sie stören nicht, Frau Werner-Kröllmann. Ich sitze gerade gemütlich im Wohnzimmer und gebe mich ganz dem Genuss von Mahler hin.«

Leider hatte Omi Wilmas Brokattelefon keine Mithörfunktion. Die anderen hatten sich daher eng um mich geschart.

»Herr Ludwig, das ist mir schrecklich peinlich, aber ich habe jetzt erst herausgefunden, dass Laura-Kristin schon zweimal Ihren Unterricht versäumt hat«, sagte ich und versuchte so doof zu klingen wie Frauke immer. »Stattdessen war sie heimlich mit ihrer Freundin im Kino.«

»Das erklärt, warum sie nicht bei mir war«, sagte der Klavierlehrer.

»Ach nee«, flüsterte Anne.

»Ich dachte schon, dass sie vielleicht keinen Spaß

mehr am Klavierspiel hat. Und das wäre doch so schade, denn sie ist wirklich talentiert, die kleine Laura-Kristin.«

»Ja, das weiß ich, und ich war auch furchtbar sauer, als ich es herausgefunden habe. Na ja, jetzt ist sie jedenfalls voller Reue«, sagte ich. »Und mir tut es auch furchtbar, furchtbar leid, dass Sie zweimal umsonst gewartet haben. Wo doch Ihre Zeit so kostbar ist und Ihre Warteliste so lang. Es spricht nur für Sie, dass Sie das Mädchen nicht bei mir verpetzt haben.«

»Na ja«, sagte der Klavierlehrer und lachte. »Man war ja selber auch mal jung.«

»Ich weiß, dass es ein bisschen dreist ist, aber ist es wohl möglich, dass Laura-Kristin die Klavierstunden nachholt? Was, gleich morgen Früh?« Ich reckte den Daumen nach oben. »Oh nein, das passt wunderbar. Ich weiß es sehr wohl zu schätzen, dass Sie Ihren freien Samstagvormittag opfern. Ja, sie wird pünktlich sein, das verspreche ich. Und seien Sie ruhig streng zu ihr.«

Als ich auflegte, applaudierten alle.

»Du warst noch fieser als Frauke selbst«, sagte Anne.

Als Laura-Kristin und Nelly die Treppe herunterkamen, erklärten wir ihnen, dass die »Operation Beweisfotos« morgen Früh über die Bühne gehen sollte.

»Dann sitzt er morgen Mittag schon in Haft«, sagte Mimi.

✿

Es war gar nicht so einfach, in den Garten des Klavierlehrers einzudringen. Zur Straße hin wurde das Haus von hohen Mauern und Hecken abgeschirmt, wie es sich für das Haus eines pädophilen Perversen gehörte. Schließlich schlugen wir uns mit Gewalt durch eine winzige Lücke in der Leylandzypressenhecke, Nelly, Max, Trudi und ich. Anne und Mimi bewachten den Eingang, durch den Laura-Kristin eben todesmutig geschritten war.

Das Wohnzimmer, in dem das Klavier stand, hatte nur ein Fenster, und unter diesem Fenster war ein großes Beet angelegt worden, mit besonders stacheligen Rosen.

»Der Mann ist ein Profi«, flüsterte ich ärgerlich.

»Und ein Kräuterliebhaber«, sagte Trudi. Sie stand begeistert vor einem Hochbeet in einer ganz anderen Ecke. »Engelwurz, Purpursalbei, Goldminze – toll!«

Max kletterte mit seiner Kamera auf einen schmächtig aussehenden Blutpflaumenbaum. »Von hier sehe ich das ganze Zimmer. Laura-Kristin sitzt schon am Klavier. Dummerweise mit dem Rücken zu uns.«

»Seid doch leise, sonst hört er uns noch«, sagte ich.

»Nee, die Fenster sind dreifach verglast«, sagte Max. »Er sieht uns höchstens. Wenn ich ihn sehen kann, dann kann er mich doch auch sehen. Soll ich mal winken?«

»Laura-Kristin hat doch gesagt, dass er eine wahnsinnig fette Brille braucht«, sagte Nelly. »Aber dass er zu eitel ist, sie aufzusetzen.«

»Vielleicht hat er ja inzwischen Kontaktlinsen«, sagte Max und packte die Kamera aus.

»Oh Gott«, sagte ich. Durch die dreifach verglasten Fenster hörte ich Laura-Kristin eine Tonleiter spielen.

»Was macht er denn?«, fragte Nelly

»Er läuft durch den Raum.«

Nelly schlug sich durch die Rosen und schob ihre Augen vorsichtig über die Fensterbank.

»Sei vorsichtig«, sagte ich. »Wenn er dich sieht, ist es vorbei. Trudi, was machst du da hinten?«

»Ich nehme mir nur ein paar Ableger«, sagte Trudi.

»Ich fasse es nicht«, sagte ich. Offenbar war ich nicht der einzige Amateur hier.

Laura-Kristin spielte. Es klang wie »Für Elise«, jedenfalls der Anfang. Es war klar, dass Laura-Kristin definitiv nicht hochbegabt war, zumindest was das Klavierspiel betraf.

»Er setzt sich neben sie«, sagte Nelly.

»Endlich«, sagte ich. In diesem Augenblick spielte meine Handtasche ebenfalls »Für Elise«.

»Mein Handy«, sagte ich erstaunt. Das Ding klingelte nur alle Jubeljahre mal bei mir. Eigentlich hätte ich es längst abgeschafft, aber ich behielt es für Notfälle bei mir. »Hallo?«

»Ich bin's«, sagte Lorenz.

»Ach du, Dirk«, sagte ich mit Absicht. Ich fand es anmaßend, dass Lorenz immer nur »ich bin's« sagte, als wäre er der Einzige, der mich auf meinem Handy anrufen würde. Na gut, er war der Einzige, aber das konnte er ja nicht wissen.

»Wer ist Dirk?«, wollte Lorenz auch prompt wissen.

»Er rückt immer näher.«

»Fall da bloß nicht runter, Nelly«, sagte ich.

»Wer ist Dirk?«

»Kennst du nicht. Was gibt's denn, Lorenz, es ist gerade echt ungünstig.«

»Ich wollte das Kinderwochenende tauschen«, sagte Lorenz. »Paris hat Geburtstag, und ich habe ihr einen Kurzurlaub geschenkt.«

»Mit Paris nach Paris?«

»New York«, sagte Lorenz.

»Jetzt macht er die Hose auf.«

»Oh mein Gott«, rief ich. »Trudi, lauf nach vorne und sag Anne und Mimi, sie sollen klingeln. Lorenz, ich muss Schluss machen, das geht schon klar, wir telefonieren noch einmal.« Ich warf das Handy in meine Handtasche.

»Nein, wartet«, sagte Max. »Man kann gar nichts sehen.«

»Er fummelt sich aber da unten rum«, sagte Nelly.

»Man kann das aber auf dem Bild nicht sehen«, sagte Max.

Laura-Kristin klimperte schneller. Es klang jetzt noch weniger nach »Für Elise« als je zuvor.

Ich wurde nervös. Was wir hier taten, war absolut wahnsinnig. Unverantwortlich. Total plemplem.

»Ey Wahnsinn, ich glaube, der holt sich da jetzt echt einen runter«, rief Max.

»Jetzt reicht es aber«, rief ich panisch. »Trudi, sag Anne Bescheid, sie sollen Sturm klingeln!« Ich schlug mich ohne Rücksicht auf die Rosen durch die Rabatte.

Durch das Fenster konnte ich nur Laura-Kristins Rücken und den des blond gelockten Klavierlehrers sehen. Von hinten sah er aus wie ein Mädchen. Aber die Bewegungen seiner rechten Hand waren eindeutig nicht mädchenhaft.

»Hey, du da«, schrie ich und trommelte so fest ich konnte gegen das Fenster. Laura-Kristin und der Klavierlehrer drehten sich um.

Ich kreischte etwas Unartikuliertes.

»Ja, super«, rief Max auf dem Baum. Die Kamera klickte.

Der Klavierlehrer sprang auf und verstaute seine Genitalien in Rekordzeit in der Hose. Laura-Kristin rannte aus dem Zimmer. Der Klavierlehrer war sich nicht schlüssig, was er tun sollte. Er kam ans Fenster.

»Das genügt«, schrie ich zu Max hinauf. »Los, weg hier, bevor er uns erwischt.«

»Soll er mal versuchen«, sagte Max und sprang leichtfüßig vom Baum.

»Trudi! Lass endlich die blöden Kräuter, und komm!«

Wir quetschten uns durch die Lücke in der Hecke; zuerst Nelly, dann Trudi und ich und zum Schluss Max.

Der Klavierlehrer hatte das Fenster geöffnet. »Hallo, ist da jemand?«, hörten wir ihn rufen. »Hallo? Hat da jemand geklopft?«

»Nicht nur geklopft«, flüsterte Nelly.

»Ich glaube fast, der hat uns gar nicht gesehen«, sagte ich. »Kommt, weg hier.«

»Ich würde ihn aber gerne noch verprügeln«, sagte Max.

»Der wird im Knast noch genug vermöbelt«, sagte ich. »Scheiße!« In meiner Handtasche spielte es erneut »Für Elise«.

»Ich mach dir mal einen neuen Rufton drauf«, sagte Nelly. »Möchtest du einen Song? Froschquaken? Oder das Geräusch von ’ner Toilettenspülung? Das ist echt voll cool.«

»Hallo!«, sagte ich unfreundlich ins Telefon. Das

war typisch für Lorenz, er akzeptierte niemals, dass jemand anderes keine Zeit für ihn hatte.

Niemand antwortete.

»Du Schaf, das war doch eine SMS«, sagte Nelly.

»Ach so.« Seit wann schickte Lorenz SMS? Aber die Nachricht war nicht von Lorenz. Sie war von Anton.

»Essen Montagabend? Hole Sie um 20.00 Uhr ab. Jaguarmann.«

Ich starrte eine ganze Weile darauf.

»Warum grinst du wie ein Honigkuchenpferd?«, fragte Nelly.

»Ach, nur so«, sagte ich und grinste weiter wie ein Honigkuchenpferd. Das Leben war schön.

Anne, Mimi und Laura-Kristin kamen uns auf der Straße entgegengelaufen.

»Ich glaube nicht, dass er uns verfolgt«, sagte Mimi.

»Ich glaube nicht, dass er überhaupt begriffen hat, was los war«, sagte Trudi. »Er hat gar nichts gesehen, nur gehört. Wenn überhaupt. Laura-Kristin hat ja sehr laut gespielt, und der gute Mann war ja auch – wie sagt man? – sehr in sich gekehrt? Seht mal, Stecklinge vom Purpursalbei!«

»Ich habe meinen Rucksack drinnen vergessen«, sagte Laura-Kristin.

»Das macht nichts«, sagte Anne. »Den bekommst du schon wieder. Habt ihr denn ein Foto gemacht?«

»Ja«, sagte Max. »Mehrere. Wollt ihr sie sehen?«

Wir drängelten uns alle um Max und die Kamera.

»Ich denke, dafür kriegt er ein paar Jährchen«, sagte Mimi schließlich.

»Das schicken wir jetzt deinem Vater per E-Mail«, sagte ich zu Laura-Kristin, die sich angeekelt weggedreht hatte. »Keine Sorge. Dein Vater wird dir auf jeden Fall glauben. Wir haben auch alle gesehen, was dieser Mann gemacht hat, und mit diesen Fotos hat es die Staatsanwaltschaft ganz leicht.«

»Du kannst sehr stolz auf dich sein, Laura-Kristin«, sagte Trudi. »Weil du so mutig warst, dich da noch einmal hinzutrauen, kannst du diesen Menschen jetzt hinter Gitter bringen.«

»Vielleicht gehe ich später mal zum Geheimdienst«, sagte Laura-Kristin. »Ich finde ›Alias‹ so cool. Du auch, Nelly?«

»Keine Ahnung, ich darf's nie gucken«, sagte Nelly mürrisch.

»Es wäre super, wenn man dieses Foto auf der Homepage der Mütter-Society veröffentlichen könnte, so mitten hinein zwischen ihre Rezepte und die Erziehungstipps«, sagte Anne.

»Das kann ich machen«, sagte Max.

Wir sahen ihn alle ziemlich perplex an. »Ja, das ist kein Problem«, sagte Max. »Das ist ja schließlich nicht die Deutsche Bank oder der Geheimdienst oder so. Ich brauche keine zehn Minuten, mich da reinzuhacken.«

Wir sahen ganz neue Möglichkeiten auf uns zukommen.

»Aber du musst mir so einen schwarzen Balken übers Gesicht machen«, sagte Laura-Kristin. »Ich will nicht, dass mich jemand erkennt.«

Dann lächelte sie breit. »Vielen Dank euch allen. Das werde ich euch nie vergessen. Ihr seid so cool. Wenn ich mal selber Kinder habe, darf ich dann bei eurer Mütter-Mafia Mitglied werden?«

»Na klar«, sagte ich. »Bei uns ist jeder herzlich willkommen.«

Willkommen auf der Homepage der
Mütter-Society,
dem Netzwerk für Frauen mit Kindern.
Ob Karrierefrau oder »nur«-Hausfrau,
hier tauschen wir uns über Schwangerschaft
und Geburt, Erziehung, Ehe, Job, Haushalt
und Hobbys aus und unterstützen uns
gegenseitig liebevoll.
Zutritt zum Forum nur für Mitglieder

20. Mai

Nachdem der Virus, der unsere Homepage befallen hatte, beseitigt ist, können wir nun endlich wieder den normalen Betrieb aufnehmen. Wir haben Anzeige gegen Unbekannt erstattet, aber die Polizei hat uns wenig Hoffnung gemacht, den Hacker dingfest zu machen. Aber es wird sich aller Wahrscheinlichkeit nach um ein paar Jugendliche handeln, die sich einen Spaß erlaubt haben. Na toll, das wird wohl nie aufhören, dass wir die Erziehungsfehler weniger engagierter Eltern ausbaden müssen. Bin in Eile, muss

morgen und übermorgen zum Seminar an den Starnberger See und habe noch nicht gepackt.
Sabine

20. Mai

Es gibt eine Menge Neuigkeiten aus dem Hause Werner-Kröllmann. Wie einige von euch schon wissen, erwarte ich unser viertes Kind. In Anbetracht dieser Tatsache werde ich selbstverständlich vom Posten der Obermami zurücktreten. Ihr könnt euch also schon einmal überlegen, wer von euch sich für die Wahl meiner Nachfolgerin aufstellen lassen möchte.
Jan und ich freuen uns sehr auf das Baby. Unsere Älteste wird ja gerade flügge, und da ist es doppelt wichtig und schön, dass wir als Eltern noch einmal so ganz und gar gebraucht werden. Laura-Kristin wird ab Sommer ein sündhaft teures Elite-Internat in Süddeutschland besuchen. Es war Laura-Kristins dringlichster Wunsch, auf diese Schule zu gehen, und nach einem langen Gespräch mit der Schulleitung bin ich nun auch überzeugt, dass sie dort gut aufgehoben sein wird. Man wird sich speziell um ihre Matheschwäche kümmern, und auch ihr Übergewicht wird dort kein Thema mehr sein. Es gibt ein Team aus Sterneköchen und Ökotrophologen, die sich um die ausgewogene Ernährung der Schüler kümmern, die Lehrkräfte sind handverlesen, promoviert und allesamt Koryphäen auf ihrem Gebiet, es gibt ein vielfältiges Sport- und Freizeitangebot, und es ist sicher aufregend, mit den Kindern von

berühmten Schauspielern, Fernsehgrößen und Wirtschaftsmagnaten zusammenzuleben.
Es liegen mir noch nicht alle Anmeldungen für das »Atmen gegen den Mütterstress«-Seminar kommende Woche vor. Die Psychologin und Atemtherapeutin Trudi Becker ist eine Koryphäe auf ihrem Gebiet, und ich bin sehr froh, sie für die Mütter-Society gewonnen zu haben. Wer möchte, kann sich gleich für ihr nächstes Seminar anmelden: »Wege aus der Perfektion – Auch Mütter können Fehler machen«.
Frauke

P. S. Flavia will unbedingt Violine lernen. Wer kennt eine gute Lehrerin? Abgeschlossenes Studium ist Voraussetzung.

20. Mai
Frauke, Süße, das ist ja supi-schön. Ich hätte nie gedacht, dass du in deinem Alter noch einmal ein Kind bekommst, und jetzt bin ich natürlich hin und weg, dass wir alle zusammen unsere Kinderwagen schieben können, du, Sonja und ich. Ich ziehe meinen Hut, wirklich, ich finde das so supi-mutig von dir, dass du dich das traust, mit fast vierzig noch mal schwanger zu werden, echt, Wahnsinn. Das Risiko, ein behindertes Kind großzuziehen, also, toll, ich würde mich das nie trauen. Aber meine Cousine ist auch glückliche Mami von einem Down-Syndrom-Kind. Es gibt ja da heutzutage auch ganz tolle Möglichkeiten der Frühförderung und so weiter, auch für

Wasserkopfkinder. Und sicher wird dein Kind auch davon profitieren, mit unseren normalen Kindern zu spielen. Alles, alles Liebe von Mami Kugelbauch Ellen

P. S. Ich werde dir im »Kunst&Kitsch«-Lädchen auch so einen supi-süßen Schutzengel kaufen, wie ich einen habe. Sie sind aus Filz, und es gibt sie in allen Farben. Sie werden an Ketten um den Hals getragen und sind der absolute Renner in diesem Mai, sagt die Ladenbesitzerin. Jedes ist ein Unikat, deshalb sind sie nicht ganz billig. Möchtest du lieber einen rosafarbenen oder einen blauen?
P. P. S. Wisst ihr übrigens, wer auch schwanger ist? Mimi Pfaff, die Frau, die aussieht wie Audrey Hepburn und diesen wahnsinnig gutaussehenden Baumarktleiter geheiratet hat. Mein Mann hat ihnen beiden die Zähne gemacht, die haben nicht nur richtig viel Kohle, sondern auch unheimlich gute Beziehungen. Jemand sollte sie fragen, ob sie nicht bei uns Mitglied werden will, dann schieben wir unsere Kinderwagen zu viert!

24. Mai

Am Starnberger See war es himmlisch, auch wenn Frau Porschke es in der Zwischenzeit geschafft hat, Karsta vom Hochstuhl fallen zu lassen. Ihre Nase musste mit fünf Stichen genäht werden. Wenn sie nun wegen Frau Porschke keine Modelkarriere machen kann, werde ich die alte Frau regresspflichtig machen.

Die Schutzengelketten habe ich gesehen, die Frau von meinem Chef hat auch so eine. Sie sind unverschämt teuer im »Kunst&Kitsch«, ich denke, Gitti wird sie uns mindestens zum Einkaufspreis geben, nicht wahr, Gitti? Ich hätte gern einen in Schwarz-Weiß.
Habe Mimi Pfaff übrigens wegen Mitgliedschaft in Mütter-Society gefragt, aber sie sagte, sie sei schon in einer anderen Mütter-Vereinigung. Sagt euch ein Club namens M. M. irgendwas? Es muss eine sehr exklusive Sache sein, eine Art Geheimloge für Mütter.
Sabine

24. Mai

Selbstverständlich bekommt ihr alle die Engelketten zum Vorzugspreis, Mamis. Zehn Prozent Rabatt plus nochmal zwei Prozent Skonto, wenn ihr euren Engel übers Internet bestellt: www.angelfilz.de. Und für alle, die im Juni an meinem Workshop »Häkeln von Topflappen im Retrostil« teilnehmen, gibt es nochmal 15 Prozent Rabatt.
Mami Gitti

Nachwort

Wie immer stecken in diesem Roman viel mehr Arbeitsstunden, Schweiß und Herzblut als vorher vermutet, und ohne die tatkräftige Mithilfe anderer wäre das Buch wohl nie fertig geworden.

Bedanken möchte ich mich vor allem bei meiner Mutter für die viele Zeit, die sie mit meinem Sohn verbracht hat, und die Selbstverständlichkeit, mit der sie immer für uns da ist, wenn wir sie brauchen. Dieser Roman ist dir gewidmet, Mama, weil du die schönste, liebevollste und verrückteste aller Mütter bist, und weil du mir vorlebst, wie man mit Stil und Spaß älter wird. Und mir manchmal auch zeigst, wie man es eben nicht machen sollte.

Mein Dank gilt außerdem meiner Lektorin Dr. Claudia Müller für ihre Geduld und ihre lustigen, aufmunternden E-Mails. Danke auch dafür, dass du meine Witze verstehst und mein angeknackstes Ego stets mit Lob aufplusterst.

Meinem Mann Frank danke ich für sein Verständnis, die vielen gesunden Mahlzeiten aus dem eigenen, verregneten Garten und die Opfer, die er für die »Mütter-Mafia« bringen musste.

Bei Biggi, Heidi und Micha bedanke ich mich für die vielfältige moralische und praktische Unterstützung – ich bin sehr froh, dass es euch gibt. Falls du jemals ein Kind bekommen solltest, Biggi: Ich werde da sein und deine hormonell und soziologisch bedingte Persönlichkeitsveränderung genauso tapfer ertragen wie du meine.

Meiner Freundin Dagmar möchte ich für das gute Timing danken, es war sehr inspirierend zu wissen, dass jemand zur selben Zeit unter demselben Druck an einem Bestseller arbeitet – und nebenbei auch noch ein Leben führt, sogar ein aufregendes. Danke für die vielen witzigen E-Mails und die nudeligen Erholungstage in LG.

Zum Schluss möchte ich mich bei all den Müttern bedanken, die mich zu diesem Roman inspiriert haben, ob bewusst oder unbewusst. Bei den »Mein-Kind-wird-sicher-mal-Model/Nobelpreisträger/Bundeskanzler«-Müttern, die einem klarmachen, wie herrlich durchschnittlich das eigene Kind doch ist. Bei den »Warum-hast-du-dich-noch-nicht-auf-der-Liste-eingetragen?«-Müttern, die einen daran erinnern, dass man abends nicht tatenlos auf dem Sofa herumhängen muss. Und bei den »Du-musst-dich-nicht-entschuldigen-dass-es-bei-dir-so-schlimm-aussieht«-Müttern, die einem deutlich machen, dass man sich das hektische Aufräumen und Staubsaugen auch hätte sparen können. Ich finde, es wird höchste Zeit, dass wir aufhören, uns gegenseitig unsere vermeintlichen Verfehlungen unter die Nase zu reiben, denn davon werden wir selber ja keine besseren Mütter. Stattdessen sollten wir anfangen, uns gegenseitig für das zu schätzen, was wir besonders gut können.

Ich möchte die Gelegenheit nutzen und mich hiermit für alle gemeinen Bemerkungen entschuldigen, die ich in diesem Zusammenhang jemals gemacht habe, Putzteufel, Tupper-Dominas und Gehirnamputationen betreffend. Es tut mir leid, aber das waren die Hormone!

Handlung und Personen in diesem Buch sind wie jedes Mal völlig frei erfunden. Ich bin immer wieder erstaunt, wie viele Menschen sich trotzdem in meinen Büchern wiederzuerkennen glauben. Mal ehrlich: Ist es denn nicht schrecklich peinlich, herumzugehen und zu erzählen, dass man bis aufs Haar den asozialen, tückischen und strohdoofen Nachbarn aus dem Roman gleicht? Ich finde schon.

Kerstin Gier, im Sommer 2004